古典文獻研究輯刊

二七編

曾永義 主編

第 1 冊

方法的試煉：古代文學與文化的多維觀照（上）

蘇悟森、黃金燦 著

國家圖書館出版品預行編目資料

方法的試煉：古代文學與文化的多維觀照（上）／蘇悟森、
黃金燦 著 -- 初版 -- 新北市：花木蘭文化事業有限公司，
2023〔民 112〕
目 2+278 面；19×26 公分
（古典文學研究輯刊 二七編；第 1 冊）
ISBN 978-626-344-247-4（精裝）
1.CST：中國文學 2.CST：文學評論
820.8   111021977

ISBN-978-626-344-247-4

古典文學研究輯刊
二七編 第 一 冊   ISBN：978-626-344-247-4

方法的試煉：古代文學與文化的多維觀照（上）

作 者	蘇悟森、黃金燦
總 編 輯	杜潔祥
副總編輯	楊嘉樂
編輯主任	許郁翎
編 輯	張雅淋、潘玟靜 美術編輯 陳逸婷
出 版	花木蘭文化事業有限公司
發 行 人	高小娟
聯絡地址	235 新北市中和區中安街七二號十三樓
	電話：02-2923-1455／傳真：02-2923-1452
網 址	http://www.huamulan.tw 信箱 service@huamulans.com
印 刷	普羅文化出版廣告事業
初 版	2023 年 3 月
定 價	二七編 11 冊（精裝）新台幣 28,000 元

〈二七編〉總目

編輯部　編

《古典文學研究輯刊》二七編　書目

《古典文學研究輯刊》二七編
各書作者簡介·提要·目次

第一、二冊　方法的試煉：古代文學與文化的多維觀照

作者簡介

　　蘇悟森，1992 年生，女，安徽舒城人。本科、碩士畢業於安徽師範大學；博士畢業於中國社會科學院研究生院，專業為中國古代文學；2020 至 2022 年為華南師範大學文學院博士後，主要研究方向為魏晉南北朝文學。

　　黃金燦，1988 年生，男，安徽鳳臺人。本科、碩士畢業於安徽師範大學；博士畢業於中國社會科學院研究生院，專業為中國古典文獻學；2019 至 2022 年為華南師範大學文學院博士後，主要研究方向為中國古代詩學。

提　要

　　本書「試煉」的方法可大致歸納為五種，依次是：詩史互證、文獻輯考、文本分析、多維探究、多方學習。

　　比較能展現詩史互證方法的文章有《〈史記〉對先唐詩歌的影響綜論》《漢魏六朝詠史詩對〈史記〉人物意象的拓展》等篇，主要探討《史記》對先唐詩歌的影響這一專題下的諸問題；比較能展現文獻輯考方法的文章有《歷代〈文選〉刻本中的陶詩文獻輯說》《陶淵明〈述酒〉詩文獻輯校匯評》等篇，主要對一些陶詩研究文獻進行了輯考；比較能展現文本分析方法的文章有《論〈詩經〉中的天文意象》《論王維詩自然意象的運用方式》等篇，主要借助對《詩經》、王維詩、李賀詩、蘇舜欽詩文等文本的分析，探討了一些相關問題。

　　所謂「多維探究」，首先是多篇文章之間因視角的不同而展現出的視角多維，其次是單篇文章內部因綜合運用了多種具體方法而展現出的方法多維。《司馬談「六家」說方法論意義管窺》《陶詩與中國古代貧士形象》等篇多少帶有這種「多維」色彩；至於「多方學習」，作為方法而言更是常識。這裡特地標舉出來，主要是想用它來概括《王叔岷莊學研究方法管窺》《讀蔣寅〈視角與方法：中國文學史探索〉》等文的方法共性，雖然諸文類型不同，但都體現了多方學習前輩治學方法的努力。

目　次

第三冊 唐代意象論中的時空觀研究

作者簡介

　　初嬌嬌（1990～），女，漢族，黑龍江省海倫市人，華東師範大學文藝學博士畢業，現任職於哈爾濱師範大學美術學院。講授課程主要包括中外美術史、中國畫論、藝術概論等。曾多次參與國家社會科學基金項目，並在《中國文學批評》《中國美學研究》《哈爾濱工業大學學報社會科學版》等核心雜誌發表論文多篇，擅於審美意象研究，具體研究領域為：中國古典美學、文藝美學、藝術學理論。

提 要

　　審美意象是時空中的存在。在意象理論深入發展、文學藝術絢爛多元的唐代時空與審美意象之間產生了深情交融與碰撞，並融匯到詩、書、畫、藝等審美意象深層，形成獨具特色、富含詩性且彰顯古典美學精神的意象時空觀念。全書選取唐代這一特定歷史時期意象時空觀的發展，來管窺古典意象論中的時空觀念。一方面，它處於特殊審美意象發展階段，承前啟後，蘊藉著豐富審美性時空意涵；另一方面，唐代盛世包容，文藝多元深入，唐人對於自身存在的外部審美世界和內在境界時空都充滿著熱情探索和審美沉思，以此就會呈現出意象時空的詩性探源和深度建構。在結構上從總體美學特質、本體論時空觀、創構論時空觀、藝術論時空觀等層面深入唐代意象論中，由形而上的哲學思想遍及形而下的文藝現象。唐代意象論時空呈現出蘊含時代語境的美學主題，展現了思想文化的多元本體形態，並縱深沉潛於意象創構全過程，最後又在藝術化的審美具象呈現中將時空觀念推移到廣闊藝術長廊與詩意宇宙之中。唐代意象論中時空觀是時代風貌和民族心靈所獨有的思維模式，展現了有唐一代文人的內心世界和情感軌跡，在整個中國古典美學的歷史長河中寫上了濃墨重彩的一筆，對後來時空審美研究也產生了深遠影響。

目 次

第四冊　應劭《風俗通義》言說方式研究

作者簡介

　　張建國，安徽含山人，1990 年生。2010 年至 2014 年就讀於閩南師範大學中文系，2014 年至 2017 年就讀於西南大學文學院中國古代文學專業，指導教授為韓雲波教授。2019 年至今，就讀於上海交通大學人文學院中國古代文學專業，師從許建平教授。曾發表《〈風俗通義〉與〈搜神記〉創作對比研究》、《簡論「詩言志」與「詩緣情」》、《〈劍俠傳〉編者為王世貞可否成為定論？──兼與羅立群教授商榷》、《明崇禎十三、十四年廬州府疫災及社會救治》等論文。

提　要

　　《風俗通義》是東漢末期汝南人應劭所作，記述了漢代以及漢代以前大量的社會風俗。近代以來，《風俗通義》受到學術界越來越多的關注，但對《風俗通義》的研究多集中於文獻學、史學、語言學方面，《風俗通義》文學研究還較少，從言說方式角度切入對《風俗通義》的研究至今尚未出現。「言說方式」是由具體的言說目的和言說內容所決定的並互相影響的文本表達方式，簡言之就是「為什麼說」和「說什麼」決定了「怎麼說」，而「怎麼說」又影響了「為什麼說」和「說什麼」的表達效果。其中包含文章結構的安排、題材的選擇、敘事方法的使用、句子的修辭、字詞的錘鍊等一切文本表達方式。借由「言說方式」這個外在形式，在深度上可以探究到文本背後作者的文心，在廣度上也可以發現言說方式、言說內容、言說目的三者之間幽微的聯繫。「子曰：言之無文，行而不遠」，「怎麼說」往往比「說什麼」更重要。《文心雕龍》

謂:「漢世善駁,則應劭為首」,以應劭《風俗通義》為文本,研究其言說方式對瞭解漢代的士風、文風具有典型意義,對拓寬當今學術路徑亦不無裨益。

本文重點探究了《風俗通義》引經據典、謹案、對比三種極富特色的言說方式,對作者為何選擇這三種言說方式進行探因,揭示它們的生成及其對《風俗通義》文學性、辨風正俗的思想性等方面的影響。本文第一章,綜合學界對「言說方式」的使用情況,從語言學角度對「言說方式」進行概念界定,分析從言說方式角度切入《風俗通義》研究的可行性以及創新性。第二章對《風俗通義》引經據典的言說方式進行探究,對《風俗通義》所引典籍進行數量、思想特徵的統計分析,認為《風俗通義》的學術歸屬當為子部儒家類而非子部雜家類。本章還探究了應劭採用這種言說方式的四大原因,指出這一言說方式對《風俗通義》「辨風正俗」及其語言風格的影響。第三章,首先對「謹案」言說方式加以舉隅,從歷時和共時的兩個維度對這一言說方式的形成進行探因,認為它是應劭對《方言》、《史記》、《漢書》、《韓詩外傳》的繼承並結合自身的史官身份加以改造而來,是應劭同時代書籍中獨有的言說方式,指出它對全書內容、結構起到的完善作用,並為文本的小說因素提供了生長空間,將《風俗通義》與《搜神記》加以對比考察,論述了該書與《搜神記》創作上的關聯,證明這一言說方式對保留小說因素的重要意義。第四章研究了《風俗通義》極突出的對比言說方式,認為《風俗通義》在言說目的上繼承了「春秋筆法」的懲惡揚善,在創作中則體現出對「春秋筆法」中「直書其事」和「微婉隱晦」的繼承,揭示它對《風俗通義》「辨風正俗」及其文學色彩的影響。由前列論述,期能在《風俗通義》的研究上有所推進,為學界提供一個新的研究視角。

目　次

第五冊　宋代志怪小說研究

作者簡介

袁文春，男，1975 年 10 生，廣東省梅州市人，中國古代文學博士，現為仲愷農業工程學院副教授，主要從事中國古代小說、文化與文學等方面的研究，曾在《史學集刊》、《學術界》、《文藝評論》等刊物上發表學術論文近三十篇。

提　要

宋代志怪小說因其文學性缺失而不被學界重視。其實從歷史來看，宋代志怪小說文學性缺失正是宋人自覺追求的結果。本書跳出文學本位研究視野，嘗試從更寬廣的文化視角研究宋代志怪小說。從發生學上講，中國古代小說並不產生於文學領域，而是起源於中國古代目錄學領域的歸類實踐，因此，中國古代的小說概念並不是文學體裁劃分出來的一種文體概念，而是中國古代圖書目錄歸類產生的類別概念。在中國古代目錄學體系中，小說乃經、史、子、集四部中子部十家中的一家，故稱子部小說。志怪原屬史部，後因其虛幻不實而被刪退至子部小說類中變為志怪小說。本書採用文化研究的理論與視角，力求還原宋人的志怪小說觀念，立足於古人的文化價值立場研究宋代志怪小說的產生、發展及其演變。本書內容可濃縮成一個關鍵詞：價值。本書緊扣價值問題，先梳理志怪小說概念形成的歷史過程，強調志怪小說概

念所隱含的經史價值取向，既而從宋代理學家鬼神觀角度探討宋代志怪小說存在的合法性問題，再具體論述宋代志怪小說存在的價值依據，並進一步論述宋代志怪小說在宋代主流價值觀影響下的敘事形態，接著繼續論述宋代休閒娛樂文化對宋代志怪小說原有價值意識的影響，最後從娛樂市場即瓦舍勾欄角度論述宋代新興商品經濟對宋代志怪小說世俗化影響。總之，價值是本書研究的核心所在，是研究的切入點也是立足點，是研究的出發點也是目的地。本書綜合運用統計、比較分析、文獻分析、案例研究等方法，從不同角度加強論證力量。

目　次

第六冊　《紅樓夢》補天的雙重涵義之探析

作者簡介

　　姚萱。靜宜大學中國文學系暨中國文學所畢業。十歲時開始讀紅樓夢，十八歲開始研究紅學。從一個普通紅迷，到被它拯救，為此寫了一本有關《紅樓夢》的論文。希望平生能從一個書呆子、做一個讀書人，再成為一個知識分子。生命之途漫漫，情悟彼岸遙遙，願此生的絢爛與苦痛，都能如俞平伯論紅學所言：「我們在路上，我們應當永遠在路上。」

提　要

　　本書以《紅樓夢》的補天涵義為研究主題。歷來學界熱衷研究的「補天」主題，以第一回女媧補天救世神話出發，多聚焦討論「盛筵必散」的世家末世，或有連結到作者藉此表達的自懺愧悔之情。然而，上述所討論之範圍，往往集中於世俗層面的討論，未觸及《紅樓夢》中理想層面的內容，且「補天涵義」之定義和範圍亦不明確。

．

除卻貴族世家遭逢的「末世之天」以外，在《紅樓夢》中，亦有承載作者理想的「補天」涵義存在。故本書將《紅樓夢》中的「補天涵義」，區分為「世俗涵義」與「理想涵義」，一方面歸納歷來學界在「世俗層面」的研究成果，另一方面，提出作者在「理想層面」的補天涵義，分別探析「補天之雙重涵義」的內容，並藉由賈寶玉作為雙重補天者的身份，探析補天涵義在《紅樓夢》中的全幅展現，期許能藉由補天涵義的完整討論，為《紅樓夢》一書開闢新的詮釋面向。

目　次

第七、八冊　中華民族神話宗法化述論

作者簡介

　　袁詠心，女，1984 年生於湖北大冶，2017 年入中南民族大學，師從向柏松先生研究中國古代神話，2020 年獲博士學位，現為長江大學人文與新媒體

學院講師。求學期間及執教以來，學術興趣由文學而入史學，再至神話學，先後在《民族文學研究》《文化遺產》《中南民族大學學報》（社科版）等刊物上發表相關學術論文十餘篇，主要研究方向為中國古代文學與神話學。

提　要

中華民族神話的宗法化，是指中華民族神話的內容表述、意義生成、文化闡釋、審美特徵等，無不圍繞宗族社會的父權、族權、夫權、神權而展開，其中既帶有原始宗法的特點，又帶有宗族奴隸制的特色，同時還烙有宗法封建制的印記。

中華民族神話之所以會走上宗法化的道路，是因為由兩周宗法所界定的農牧互動的齒狀循行這一歷史模式對中華民族神話的先在制約，由祭天故習而來的宗法倫理對中華民族神話的原初影響，以及宗族社會對中華民族神話的現實指引。中華民族神話宗法化的總體原則，是圍繞宗族家族歷史記憶以確定天人關係、人倫彝則、社會秩序。中華民族神話宗法化的核心內容，則主要是由祖先崇拜而來的共同祖先的認同，以及由以延祖嗣而來的太平大同。在宗法化的過程中，中華民族神話既呈現出一體化的特徵，如原則的一體化、價值訴求的一體化，也呈現出多元化的面貌，如北方民族神話的尊神權、尚勇武、輕女性，南方民族神話的崇道德、任巧智、重女性，藏族神話的明死生、循中道、合陰陽。

中華民族神話宗法化的目標指向三個層面：文明與自然的衝突，親親尊尊的倫理訴求，以延祖祀的現實目的。這決定了中華民族神話宗法化的審美特徵與意義生成，即神格的世俗化、德行的完美性與強烈的生命意識，以及由此而來的切實的人生態度、人人皆可為聖賢的人生導向、自然與文明衝突下的抗爭意識。正是在這一內涵的揭示中，中華民族神話擁有了生趣盎然的雋永詩意。

目　次

上　冊

第九冊　白玉蟾詩中月意象研究

作者簡介

　　洪鈺琁，嘉義市人。國立嘉義大學中國文學系碩士、國立嘉義大學中國文學系學士。現任中等學校教師。撰有《白玉蟾詩中月意象研究》。

提　要

　　金丹派南宗之壯大與白玉蟾對於教團管理密不可分，他除了擁有道士身分，更是寫出一千多首詩的文人。在他漫長的人生當中，高掛星空的客觀月亮，在他主觀的內心世界是什麼模樣？藉由詩作中月意象研究，讓我們得以一窺作品所呈現的樸質與快活、月所蘊藏的內涵和思想，及其寫作技巧和道教文學中的地位。

　　月意象詩作，約占白玉蟾詩作總數的三分之一，但前人研究中未留意此現象，因此本文除了探析白玉蟾生平及著述，著重探討月意象詩作的主題內容，及每首詩中月意象所展現的型態，並初步分析白玉蟾和眾弟子月意象詩之迥異，及傳承之可能性。

目　次

第十冊　趙杏根學術文選

作者簡介

　　趙杏根，江蘇江陰人。文學博士，英國愛丁堡大學博士後，蘇州大學中文系教授，博士研究生導師。曾為美國阿帕拉契亞州立大學客座教授一年，兩度為臺北東吳大學客座教授各半年。已經出版的主要著作有《乾嘉代表詩人研究》《佛教與文學的交會》《江蘇民間故事研究》《論語新解》《孟子講讀》《老子教讀》和《中國古代生態思想史》《實用中國民俗學》等多部。

提　要

　　本書所收論文，主要研究關漢卿、白樸、馬致遠、高明等元代名家所作經典戲劇，顧炎武、歸莊、吳兆騫、江湜等清代著名詩人的詩歌，桐城派大家梅曾亮的散文，姚燮等清代詩人的行事，禪宗文獻《歷傳祖圖敘贊》、姚燮著述等清代文獻，以及現代學者顧頡剛的民俗學研究，當代學者李興盛的流人學研究等，涉及文學、史學、民俗學、佛學、文獻學等學術領域。通過這些論文，讀者可以瞭解趙杏根對相關作家作品的解讀，對戲劇、詩文乃至人文學術的獨到見解，以及在清代文獻研究方面所達到的高度。這些論文，都沒有融入到趙杏根其他的學術著述中，《中國知網》等電子學術期刊中無法檢索到。末附錄趙杏根退休之前主要著述目錄。

目　次

第十一冊　《金瓶梅》在中日的傳播及閱讀

作者簡介

傅想容，國立成功大學中國文學博士，研究方向為中國古典小說，現任鹽城師範學院文學院副教授，曾任實踐大學應用中文系兼任助理教授、新生醫護管理專科學校通識教育中心專案講師。

提　要

《金瓶梅》為明代四大奇書中最具爭議的書，奇淫之辨的討論至今未曾終止。作為文本生發地的中國，以及域外最早接受《金瓶梅》的日本，兩國學術界對《金瓶梅》的研究相對其他三部奇書均來得晚。本論文以「《金瓶梅》在中日的傳播及閱讀」為題，全文共分六章：

第一章為緒論，說明本論文的研究背景及目的，並回顧學界相關研究成果，進而提出研究方法、進行步驟與研究範圍。

第二章論述《金瓶梅》在明代的鈔本及刻本傳播，其中包含刻本傳播的商業化。同時考察文人序跋及崇禎本《金瓶梅》的圖文評點。

第三章以清代的流傳及社會的閱讀評價為論述重點。在禁毀政策下，《金瓶梅》在清代的傳播迥異於明代，不同的時空背景亦出現不同的流播方式。而隨著書籍及戲曲流通的普及，社會上也出現不同的閱讀反應。

第四章聚焦於二十世紀的版本論爭及世情閱讀。其中包含學界對刪節本的評論、對詞話本、崇禎本的優劣論爭，以及研究者、畫家如何詮釋《金瓶

梅》的世情色彩。

　　第五章旨在論述日本江戶時代至二戰後的譯介。江戶時代、大正時期及
二戰後的日本，分別處於不同的時空背景，對《金瓶梅》也有不同的解讀，
因而交織出不同的傳播風貌。

　　第六章為結論，統整全文研究心得，並提出未能觸及的問題以作為日後
研究的展望。

目　次

方法的試煉：古代文學與文化的多維觀照(上)

蘇悟森、黃金燦 著

作者簡介

　　蘇悟森，1992 年生，女，安徽舒城人。本科、碩士畢業於安徽師範大學；博士畢業於中國社會科學院研究生院，專業為中國古代文學；2020 至 2022 年為華南師範大學文學院博士後，主要研究方向為魏晉南北朝文學。

　　黃金燦，1988 年生，男，安徽鳳臺人。本科、碩士畢業於安徽師範大學；博士畢業於中國社會科學院研究生院，專業為中國古典文獻學；2019 至 2022 年為華南師範大學文學院博士後，主要研究方向為中國古代詩學。

提　　要

　　本書「試煉」的方法可大致歸納為五種，依次是：詩史互證、文獻輯考、文本分析、多維探究、多方學習。

　　比較能展現詩史互證方法的文章有《〈史記〉對先唐詩歌的影響綜論》《漢魏六朝詠史詩對〈史記〉人物意象的拓展》等篇，主要探討《史記》對先唐詩歌的影響這一專題下的諸問題；比較能展現文獻輯考方法的文章有《歷代〈文選〉刻本中的陶詩文獻輯說》《陶淵明〈述酒〉詩文獻輯校匯評》等篇，主要對一些陶詩研究文獻進行了輯考；比較能展現文本分析方法的文章有《論〈詩經〉中的天文意象》《論王維詩自然意象的運用方式》等篇，主要借助對《詩經》、王維詩、李賀詩、蘇舜欽詩文等文本的分析，探討了一些相關問題。

　　所謂「多維探究」，首先是多篇文章之間因視角的不同而展現出的視角多維，其次是單篇文章內部因綜合運用了多種具體方法而展現出的方法多維。《司馬談「六家」說方法論意義管窺》《陶詩與中國古代貧士形象》等篇多少帶有這種「多維」色彩；至於「多方學習」，作為方法而言更是常識。這裡特地標舉出來，主要是想用它來概括《王叔岷莊學研究方法管窺》《讀蔣寅〈視角與方法：中國文學史探索〉》等文的方法共性，雖然諸文類型不同，但都體現了多方學習前輩治學方法的努力。

目
次

前言：方法的試煉

　　雖說至法無法，但只要是人類的實踐活動，就畢竟得有一個入手之處；再怎麼神而化之，也終歸得有一個閃展騰挪的順序。對於學術研究而言，方法是不可或缺的；對於學術研究者而言，方法的羈絆也是必須直面的。我們將本書命名為「方法的試煉」，首要目的就是想突出對方法的重視。我們重視方法，並不代表已掌握了方法，所以我們想要「試煉」。用「試煉」這個詞，並沒有什麼形而上的意味，就是嘗試和鍛鍊的合稱。方法的試煉，就是對方法的嘗試（包括試錯）和鍛鍊（可以理解為強化訓練的比喻說法）。方法適不適宜，得嘗試過才知道；適宜的方法要想熟練掌握，得強化訓練才可以。

　　本書共收錄大小文章 35 篇，通過它們「試煉」的方法可大致歸納為五種，依次是：詩史互證、文獻輯考、文本分析、多維探究、多方學習。前三種是具體方法，後兩種既是普遍方法也是基本路徑。

　　比較能展現詩史互證方法的文章有《〈史記〉對先唐詩歌的影響綜論》《史家之絕唱，無韻之〈離騷〉——〈史記〉的詩學特質》《在詩與史中徘徊——先唐詩歌對〈史記〉詩學精神的繼承》《漢魏六朝詠史詩對〈史記〉人物意象的拓展》《漢魏六朝遊俠詩與〈史記〉的人格遺韻》《漢魏六朝邊塞詩對〈史記〉悲壯美的再現》等篇，主要探討《史記》對先唐詩歌的影響這一專題下的諸問題。

　　比較能展現文獻輯考方法的文章有《歷代〈文選〉刻本中的陶詩文獻輯說》《歷代〈文選〉刻本中的〈陶徵士誄〉文獻輯說》《陶淵明〈述酒〉詩輯校匯評》《陶淵明〈述酒〉詩文獻輯考——以歷代相關詩歌為中心》等篇，主要對一些陶詩研究文獻進行了輯考。

　　比較能展現文本分析方法的文章有《論〈詩經〉中的天文意象》《論王維詩自然意象的運用方式》《晴春煙起連天碧：試論「和」在李賀詩中的表現》《「長吉賦物，使之堅，使之銳」：再論李賀詩歌中的「硬性詞」》《論蘇舜欽詩文消息相通的藝術風貌》等篇，主要借助對《詩經》、王維詩歌、李賀詩歌、蘇舜欽詩文等文本的分析，探討了一些相關問題。

　　所謂「多維探究」，可以從兩個層面來說，首先是多篇文章之間因視角的不同而展現出的視角多維，其次是單篇文章內部因綜合運用了多種具體方法而展現出的方法多維。《司馬談「六家」說方法論意義管窺》《〈文選〉在陶詩經典化中的作用——以異文、注釋、選篇為中心》《陶詩與中國古代貧士形象》《槐樹歷史文化意蘊趣談》《古代文化史視域下的玫瑰》等篇多少帶有這種「多維」色彩。

　　至於「多方學習」，作為方法而言更是常識。這裡特地標舉出來，主要是想用它來概括《王叔岷莊學研究方法管窺》《文學的求索與文化的關懷——讀蔣寅〈視角與方法：中國文學史探索〉》《建構樂府學的不懈努力——讀吳相洲〈樂府歌詩論集〉》《張西平：問學於中西之間》《評周裕鍇〈夢幻與真如——佛教與中國文學論集〉》等文章的方法共性，諸文有的是學術評傳，有的是讀後感，有的是採訪稿，有的是書評，雖然類型不同，但都體現了我們多方學習前輩治學方法的努力。〔註1〕

　　本書所收的文章中，《論〈詩經〉中的天文意象》《樂府古辭〈陌上桑〉故事流變新論》《〈史記〉對先唐詩歌的影響綜論》《史家之絕唱，無韻之〈離騷〉——〈史記〉的詩學特質》《在詩與史中徘徊——先唐詩歌對〈史記〉詩學精神的繼承》《漢魏六朝詠史詩對〈史記〉人物意象的拓展》《漢魏六朝遊俠詩與〈史記〉的人格遺韻》《漢魏六朝邊塞詩對〈史記〉悲壯美的再現》《論〈文選〉在陶詩經典化中的作用——以異文、注釋、選篇為中心》《歷代〈文選〉刻本中的陶詩文獻輯說》《歷代〈文選〉刻本中的〈陶徵士誄〉文獻輯說》《陶淵明〈述酒〉詩輯校匯評》《陶淵明〈述酒〉詩文獻輯考——以歷代相關詩歌為中心》《陶詩與中國古代貧士形象》《張西平：問學於中西之間》《郝春文：與敦煌學一路走來》《評吳懷東〈三曹與魏晉文學研究〉》諸篇為蘇悟森撰（約 22 萬字），其餘為黃金燦撰（約 14 萬字）。

〔註1〕 本書所及現當代學界前輩頗多，出於簡潔與規範考量，行文中皆徑呼名諱，在此一併致意。

　　我們二人的研究方向一個偏重先唐，一個偏重唐及唐後，可以互補。因之本書研究對象的歷史跨度比較大，探討的具體問題也比較多，這或許可以增加一點可讀性。我們不敢說本書有什麼學術建樹，倒是有點新意，讀者展卷即得，也不必在此自誇。比較自信的一點是，本書體現了我們對學術的熱愛，展示了我們的學術趣味與學術個性。能夠將它們與同道分享，我們感到幸運且幸福。本書大部分內容都以單篇形式發表過，算是經歷了一次檢驗。趁這次出版的機會，我們又盡力做了一些修改、提升。但錯誤和不足肯定還有很多，期待方家不吝賜教，我們一定虛心改正，爭取不斷超越自己。

第一編

論《詩經》中的天文意象

關於《詩經》中的天文意象，歷來研究者多集中於對個別天象尤其是對雲意象的探討，鮮有系統討論者。清洪亮吉《毛詩天文考》和當代學者薛復興《倬彼雲漢，為章于天──〈詩經〉自然審美研究天文篇》一文，在古今學者的研究成果中各具代表性。〔註1〕洪亮吉對《詩經》各篇中出現的諸如日食、月食、星宿等天象，進行了詳細的考證，大體上屬於天文學範疇。薛文從哲學的角度，論證了《詩經》中天文意象的審美特徵。本文試圖從文學和審美的角度出發，探討《詩經》中天文意象的變化歷程和造境方式。

一、《詩經》天文意象的表現形態

《詩經》中的天文意象包括三個層面：作為觀念存在的宇宙之天，作為天體存在的日月星辰，作為天象存在的風雨雷電。

首先來看作為觀念存在的宇宙之天。它是一種整體存在，在《詩經》中有兩種表現形態：自然之天和人格化之天。自然之天作為人類的異己對象而存在，然而卻憑藉其高遠、光明的存在狀態，逐漸被賦予了人的意志與品格，從而轉化為與宗教、道德、政治緊密相連的人格化之天。「宛彼鳴鳩，翰飛戾天」（《小雅‧小宛》），「鳶飛戾天，魚躍于淵」（《大雅‧旱麓》），天是鳥兒活動的背景與場所，然而這個場所卻不同於「鴥彼晨風，鬱彼北林」（《秦風‧晨風》）

〔註1〕薛富興《倬彼雲漢，為章于天──〈詩經〉自然審美研究天文篇》（湖北師範學院學報，2004年第24卷第2期）一文指出：「《詩經》『天文』審美包括天空宏觀整體、天空中日月星辰微觀天體對象和陰晴風雨等自然氣候現象三個層面。」本文的分類對此有所參照。

中的北林，是人們日常生活中可以肆意涉足的地方。〔註2〕天以其廣闊籠罩四野，以其高遠獨立於生活之外，當先民的目光隨著鳥兒的高飛久久注視著蒼穹時，天成為只可仰望而不可企及的遙想，高高在上的天正是以其距離，與人類劃出了一道難以逾越的鴻溝。然而，天在表現出高遠特徵的同時，也呈現出光明的特點：「明明上天，照臨下土」（《小雅・小明》）。天因其高遠使人敬畏，又因其光明受到讚美，在先民對天既畏又愛的矛盾心理中，自然之天漸漸被賦予了人的意志與品格，成為人間禍福的主宰。「不愧于人，不畏于天」（《小雅・何人斯》），人們的言行舉止需要接受天的審判；「蒼天蒼天，視彼驕人，矜此勞人」（《小雅・巷伯》），人們遭到不公待遇可以向天訴冤，這反映了先民試圖跨越天人鴻溝的努力，並且這種努力裏還隱含道德因素的萌芽。

具有道德意味的人格化之天，不僅是民間的信仰對象，還與政治生活緊密相連。「文王在上，於昭于天」（《大雅・文王》）、「漆沮之從，天子之所」（《小雅・吉日》），天是擁有最高權力者的代稱，這反映了周代的天命觀，周代統治者繼承了殷代的天命思想，以解釋其政權的合理性。同時，「無念爾祖，聿修厥德。永言配命，自求多福。殷之未喪師，克配上帝。宜鑒于殷，駿命不易」（《文王》），周代執政者以殷為鑒，注重道德功能。這是對人類自身力量的肯定，然而這種肯定態度，往往構成對天之權威性的威脅。「昊天不傭，降此鞠訩。昊天不惠，降此大戾」（《小雅・節南山》）、「浩浩昊天，不駿其德。降此飢饉，斬伐四國」（《小雅・雨無正》），即反映出先民對人格化之天的埋怨與斥責。

人格化之天由傾訴對象、求助對象轉變為懷疑對象、發難對象，正說明周代先民的理性覺醒，也說明在以天人合一為主導的中國文化中所存在的天人對立思想。即使當「天」指稱的是「父母」，這種對立也依然沒有得到消解，「母也天只，不諒人只」（《鄘風・柏舟》），「悠悠昊天，曰父母且。無罪無辜，亂如此憮」（《小雅・巧言》），呈現出的並非濃濃親情，而是權力對人心的壓制。只有《小雅・蓼莪》展示出了別樣風貌，在「欲報之德，昊天罔極」的詠歎聲中，我們感受到的是「父兮生我，母兮鞠我。拊我畜我，長我育我。顧我復我，出入腹我」的脈脈溫情。雖然這裡的「昊天」未必是「父」之代稱，但在恩比天高的比喻中，天不再可畏可怨，而是可愛可親。至此，天人

〔註2〕 本文所引《詩經》正文據程俊英、蔣見元《詩經注析》（中華書局，1991年版），下文不再出注。

之間的心理距離大大縮短，周代先民以理性精神實現了真正的天人合一。

其次來看作為天體存在的日月星辰，它們不僅是自然天體，往往還具有比喻本體的性質。《詩經》中日、月的表現形態基本相同：一是自然本身；二是時間單位；三是比喻本體。「離離鳴雁，旭日始旦」（《邶風·匏有苦葉》），「日之方中，在前上處」（《邶風·簡兮》），「日之夕矣，羊牛下來」（《王風·君子于役》）分別描寫了早晨、中午和黃昏時分的太陽；「月出之光」（《齊風·雞鳴》）是對月光的描寫，這是自然中的日月。然而「日就月將」（《周頌·敬之》）的運行本身，又給人以微妙的時間意識，「君子于役，不日不月」（《王風·君子于役》），「一日不見，如三月兮」（《鄭風·子衿》），即說明日月可以成為表示時間的單位。此外，日月還具有比喻意味。「如月之恒，如日之昇」（《小雅·天保》），即是以月由虧而盈、日出而就明的運行變化，象徵天子福祿的豐厚飽滿。「日居月諸，照臨下土」（《邶風·日月》），「日居月諸，胡迭而微」（《邶風·柏舟》），則是以日月比喻自己的丈夫，這「是繼承了古來的光明崇拜」〔註3〕。對於先民來說，「日有食之，亦孔之醜」（《小雅·十月之交》），可見日月正因光明受到讚美。本來照臨下方的日月應當明亮，可是現在卻「胡迭而微」，這正是以日、月無光所帶來的黯淡與寒冷，比喻「夫之恩寵不加於己」〔註4〕的悲涼處境。當然，《詩經》中的日月不全然是丈夫的代表，它們也可以比喻女子：「東方之日兮，彼姝者子，在我室兮」（《齊風·東方之日》），「東方之月兮，彼姝者子，在我闥兮」（《東方之日》），則說明日月可以成為美人的象徵。

《詩經》中的星辰也分為自然之星、人格化之星和比喻之星。「昏以為期，明星煌煌」（《陳風·東門之楊》），「子興視夜，明星有爛」（《鄭風·女曰雞鳴》），或夜深或未明，星辰可以指示時間；「七月流火」（《豳風·七月》），星辰可以指示節令；「定之方中，作于楚宮」（《鄘風·定之方中》），星辰可以指導生活；「瞻彼昊天，有嘒其星」（《大雅·雲漢》），「倬彼雲漢，昭回于天」（《雲漢》），星辰可以預知陰晴。這是先民在對自然星辰的長期觀察中積累起來的天文學常識，運用於農事和生活實踐的表現。而《小雅·大東》中的星辰則具有人格化特點：「跂彼織女，終日七襄。雖則七襄，不成報章。睆彼牽牛，不以服箱。東有啟明，西有長庚。有捄天畢，載施之行。維南有箕，不

〔註3〕葉舒憲：《〈詩經〉的文化闡釋》，湖北人民出版社，1994年版，第596頁。
〔註4〕聞一多：《詩經通義》，湖北人民出版社，1993年版，第346頁。

可以簸揚。維北有斗，不可以挹酒漿。維南有箕，載翕其舌。維北有斗，西柄之揭。」這裡展現了《詩經》罕見的上天入地、飛揚跋扈式的奇特想像，然而其背後卻有一定的文化淵源。原始先民多以部落先祖或傑出人物命名星辰，據趙逵夫考察，織女星以秦民族先祖女修命名，牽牛星則以發明了牛耕的叔均命名〔註5〕，因此《大東》中的星辰人格化就顯得順理成章。然而這裡對星辰的態度並非崇敬而是譏諷，正反映了周代先民的理性覺醒，至此，星辰從原始宗教的赫赫光輝中走向了現實人世。比喻之星則在「會弁如星」（《衛風·淇奧》）的細碎光亮中得以體現，將帽縫中點綴的碎玉比作閃閃的星光，正反映出先民對星辰初步的審美感知。

最後來看作為天象存在的風雨雷電。《詩經》中的天氣描寫涉及陰晴寒暑、風雲雷電、雨露雪霜等多種氣象，並且各種氣象經常互相交織融為一體。「上天同雲，雨雪雰雰」（《小雅·信南山》），「英英白雲，露彼菅茅」（《小雅·白華》），這是自然中風雲雨露的灌溉之利；「秋日淒淒，百卉具腓」（《小雅·小旻》），「曀曀其陰，虺虺其雷」（《邶風·終風》），「冬日烈烈，飄風發發」（《小旻》），這裡的自然天象脫離了農事，直接與感知對接。然而無論是灌溉之利，還是觸覺之寒涼、視覺之晦暗、聽覺之可怖，都是天氣變化在人心靈上留下的哀樂起伏，當這種哀樂繼續綿延，則有了比喻義的氣象：「麻衣如雪」（《曹風·蜉蝣》）以雪之晶瑩潔白比喻蜉蝣翅膀之輕盈透亮，「鬒髮如雲，不屑髢也」（《鄘風·君子偕老》）、「出其東門，有女如雲」（《鄭風·出其東門》）以雲比喻女子或女子秀髮的多且美，「瞻望弗及，泣涕如雨」（《邶風·燕燕》）以雨水的源源不斷比喻淚水的滾滾而流，「戎車嘽嘽，嘽嘽焞焞，如霆如雷」（《小雅·采芑》）以迅猛之雷電比喻軍容之浩大威武；「凱風自南，吹彼棘心」（《邶風·凱風》）以長養萬物的和煦南風比喻哺育子女的辛勞母親；「終風且暴，顧我則笑」（《邶風·終風》）、「習習谷風，以陰以雨」（《邶風·谷風》）以摧殘百物、飄忽不定的暴風象徵「德音無良」（《日月》）的丈夫。此外，《詩經》中的「風」尚有引申含義：「吉甫作頌，其詩孔碩，其風肆好」（《大雅·嵩高》）中的風則是指歌之音調，「或出入風議」（《小雅·北山》）中的風則是指高談闊論的從容態度，然而引申義的風與原義已無關涉，成為完全人事化的社會意象。

〔註5〕見《漢水、天漢、天水——論織女傳說的形成》（《天水師範學院學報》，2006年第6期）一文。

　　《詩經》中三類天文意象，都呈現出自然與人格化的雙重表現形態。並且，從自然形態到人格化形態的轉變，正反映了天象走向意象的變化歷程。

二、《詩經》天文意象的變化歷程

　　《詩經》中的天文意象，呈現出從原始宗教的信仰對象和日常生活的功利對象，走向獨立自由的審美意象的變化歷程。

　　《詩經》中的天自始至終都沒有成為獨立的審美意象。即使《詩經》中對天有「浩浩」「悠悠」的形象描摹，但字裏行間傳達出的敬畏之心遠遠多於欣賞之情。周代先民對天的審美意識，始終匍匐在敬畏、怨懟的情緒腳下，在對「浩浩昊天」（《雨無正》）的仰望視線裏戛然而止。

　　《詩經》中的日月意象，則由原始的光明崇拜對象轉變為審美意象。崇拜光明，一則光明使得一切清晰可辨，避免了在黑暗中摸索；二則太陽光輝給人間帶來的溫暖，足以抵擋嚴寒。其本質還是在於光明對生活的便利。如果說以日月象徵丈夫，還帶有對光明和溫暖的依戀，那麼以日月喻美人則走向了獨立的審美。《齊風・東方之日》有云：「東方之日兮，彼殊者子，在我室兮。在我室兮，履我即兮。東方之月兮，彼殊者子，在我闥兮。在我闥兮，履我發兮。」此則是以日月的光輝燦爛比喻美人的顧盼生輝精彩絕豔。曹植「遠而望之，皎若太陽升朝霞」的比喻，正是對這種審美意識的提煉。以日月比美人並非基於對光明現實功利性的關注，而是源於光彩奪目的審美震撼。

　　《詩經》中的雲意象最能體現從功利到審美的發展軌跡，並且以雲為喻，也體現了由具象走向抽象的審美效果。

　　雲意象最先是在「多」的層面上，表達它的比喻義。「上天同雲，雨雪雰雰」（《小雅・大田》），「有渰萋萋，興雨祁祁」（《大田》），雲能致雨，對雨的渴望是對豐收的企盼，它反映出先民日用飲食的樸素理想。以「萋萋」形容雲的翻湧不息，說明了先民對雲形狀變化的關注，雖然這種關注是基於灌溉的功利目的，但它透露出雲意象表示「多」的引申含義。《齊風・敝笱》「其從如雲」「其從如雨」「其從如水」正是在「多」的意義上使用這些比喻。聞一多認為《詩經》中的雲、雨、水「都是性的象徵」〔註6〕，其實不然。雲、雨並舉似有性象徵的嫌疑，但朝雲暮雨的傳說故事在《詩經》時代並不顯著。聞一多認

〔註6〕劉晶雯整理：《聞一多詩經講義》，天津古籍出版社，2005 年版，第 8 頁。

為雲、虹相通是美人的象徵〔註7〕，可是《詩經》對雲、虹的態度卻截然不同：對雲大致褒揚讚美，對虹始終牴觸禁忌。「蝃蝀在東，莫之敢指」（《鄘風‧蝃蝀》）、「朝隮于西，崇朝其雨」（《蝃蝀》）以虹為天地淫邪之，「彼童而角，實虹小子」（《大雅‧抑》）中的虹則為潰敗之意。雖然雲與虹在「氣」的層面上確有相通重疊之處，「薈兮蔚兮，南山朝隮」（《曹風‧候人》）指的就是雲氣，但當它們各自凝結成形後卻分道揚鑣。而《敝笱》中與雲對舉的雨和水，也非性之象徵。雨因千絲萬縷給人以數量繁多之感，例如「泣涕如雨」著眼於二者墜落形態相似的同時，也寫出了淚如雨之源源不斷，這正說明雨具有「多」之含義。並且，《詩經》中表示「眾多」的字中，以從水之字最多，從水之字多與河流有關。這反映出在周代先民的思維中，與人們生活聯繫緊密的河流，不僅僅是阻隔交通的障礙，也是孕育生命的源頭，從水之字由描摹河流走向更廣闊的使用空間，正是這種意識的反映。「其葉湑湑」（《唐風‧杕杜》）形容樹葉的繁盛茂密，「室家溱溱」（《小雅‧無羊》）形容家庭的蓬勃興旺，正說明以水喻多是基於對河流水量的關注。

雲意象除了表示「多」的含義之外，往往還具有「美」的含義。如果說「齊子歸止，其從如雲」僅僅是在「多」的意義上使用這個比喻，那麼「諸娣從之，祁祁如雲。韓侯顧之，爛其盈門」（《大雅‧韓奕》）則在眾多的意義上，又多出一層美女如雲、燦然光華之美。以雲喻美，是從先民的日常生活裏悄然升騰起來的審美意識，在先民與自然日復一日的耳鬢廝磨中，那些漂浮於他們頭頂上方的雲，不僅僅「作為與人類利害相關的對象」〔註8〕，也作為審美對象被人們欣賞。這從「英英白雲，露彼菅茅」中即可窺見一斑，雖詩句旨在灌溉，但「英英」二字卻頗具美感，《集傳》釋「英英」為「輕明之貌」〔註9〕，可以想見，當初凝視行雲，白雲輕卷明淨的形態給了詩人怎樣難忘的審美體驗。「倬彼雲漢，為章于天」（《大雅‧棫樸》）雖非寫雲，雲漢原指銀河，可是先民用雲來命名本身，已然說明對銀河的態度裏隱含著對雲的情感。當先民仰望天空，稱讚銀河是天之紋采，雲也就成為美之形象被欣賞和讚歎，漢劉珍「摛藻揚暉，如山如雲」（《贊賈逵詩》）以雲喻文采即是對

〔註7〕 聞一多：《高唐神女傳說之分析》，《神話與詩》，武漢大學出版社，2009年版，第79～86頁。
〔註8〕 〔日〕小川環樹：《風與雲——感傷文學的起源》，《風與雲——中國詩文論集》，中華書局，2005年版，第7頁。
〔註9〕 〔宋〕朱熹：《詩集傳》，中華書局，2011年版，第228頁。

這種讚美態度的彰顯。雲意象，在從灌溉之源走向喻多、喻美的過程中，逐漸擺脫現實功利的束縛，因其自身形式上的美感成為獨立純粹的審美意象。

以雲為喻體現了由具象走向抽象的審美效果。《鄘風‧君子偕老》以「如山如河」比喻秀髮，《小雅‧都人士》以「卷髮如蠆」作比，都體現了一種具象的美，它們通過具體生動的喻體使得本體的形象如在目前，即使「如山如河」氣象闊大，並且河水的流動似乎也為整體境界牽出了一抹飛動之勢，但山河的變化具有相對穩定的實在形態。雲則不同，瞬息萬變的雲以其姿態萬千打破具體而微的實在美，為質實的生活增添了飛揚的靈性。因而「鬢髮如雲」的比喻為想像贏得了空間，這是由具象美走向抽象美的初步表現。同樣，「有女如雲」的比喻，相比於同一詩中「有女如荼」的質實美，更具有了一種迷離惝恍的模糊美。

從現實功利態度中解放出來的雲，漂浮在審美世界上空，引導審美由質實走向空靈。從光明崇拜的原始宗教中釋放出來的日月星辰，也同樣點綴著審美蒼穹。如果說「會弁如星」透露出的審美意識，還只是像碎玉那樣零星微茫的話；「東方之日」與「東方之月」則要明朗很多，它們傳達出女子光彩照人不可方物的美，以日月喻美人如同以雲為喻，是由具象走向抽象、由質實走向空靈的表現。後代以器物比喻天體的詩歌常受批評，也是因為天象自身所具有的審美優勢，它們不像山河草木那樣可登可涉可採可伐，它們融入生活又超出生活，人類無法捕捉和掌控的距離，反而給了它們極大的想像和審美空間。而以天象喻人事瞬間溝通了天人，在闊大的境界中體現了天人合一的大美，這正是《詩經》中天文意象在審美效果上有別於其他自然意象的獨特之處。

三、《詩經》天文意象的造境方式

如果說《詩經》以天象喻人事只是反映了先民的審美覺醒，使他們樸素的生活頓時鮮亮了起來的話；那麼通過天文意象營造意境，則是更深一層的審美創造。其中，不同類型的天文意象又呈現出不同的造境方式。

首先來看作為天體存在的日月星辰，它們主要通過營構圖景的方式來營造意境。《詩經》中的日意象有朝夕之分，因此對應的意境及情感則有悲喜之別。「嗈嗈鳴雁，旭日始旦」描畫了日出時分的迷人圖景，朝陽與鳴雁的意象組合，既充滿動態的美感，又暗示出抒情主人公等待未婚夫的焦急心態。紅彤彤的太陽，彷彿讓我們看到女主人公稚氣的臉上與之交相輝映的霞光，朝

陽蓬勃升起的姿態，正是她蓬勃青春的寫照，由朝陽帶來的詩境清麗明朗而非蕭條衰颯。在這樣的詩境中，我們體會到女主人公的心情，雖然焦急但並不絕望，那一輪升起的朝陽，正是她心頭燃燒的熱情和冉冉升起的希望。《君子于役》則描畫了黃昏圖景，「雞棲于塒，日之夕矣，羊牛下來」，女主人公由「雞棲于塒」的一瞥意識到已是日落黃昏，放眼望去，成群結隊的牛羊從山坡上漫漫而下準備回家。這裡對於夕陽本身並沒有多著筆墨，然而夕陽的餘暉卻籠罩了全詩，它柔和的線條把一切都融進了無邊暮色，呈現出安穩和平的光景，雖然也帶有一點惋惜嗟歎的情調。這樣安穩和平的家園情景，觸動了女主人公內心的善意與柔情，「君子于役，如之何勿思」「君子于役，苟無饑渴」的平實里正飽含著她的脈脈溫情。因此，林庚說：「《君子于役》卻帶給我們以家的和穆，這正是《詩經》這一個時代的特色，所謂的『溫柔敦厚』，豈不正是家園的感情？」〔註10〕這正是日意象在《詩經》中造境的藝術表現。

　　《詩經》中的月意象呈現出與日意象不同的審美表現。《陳風·月出》：「月出皎兮，佼人僚兮。舒窈糾兮，勞心悄兮。月出皓兮，佼人懰兮。舒憂受兮，勞心慅兮。月出照兮，佼人燎兮。舒夭紹兮，勞心慘兮。」皎潔的月亮與美麗的姑娘上下輝映融為一體，相比於日光的明麗，月光顯得朦朧。如夢似幻的月光披在美人身上，呈現給我們的不是明豔的五官，而是一個優美的身影，和一個縹緲的意境。這樣，我們的關注點便由人物外表而被引向人物內心。並且，靜謐的月夜不同於喧鬧的白天，它更私密，月色彷彿是一層保護色，它容易讓人敞開心扉吐露秘密，因此，在這樣的意境中，抒情主人公的思念如同這如水的月光，汨汨而出緩緩流淌。同時，正因為月亮的參與，使得無論是月下的美人還是月下的思念，都顯得純潔無邪。

　　《詩經》中的星意象同樣具有造境功能。「嘒彼小星，三五在東」「嘒彼小星，維參與昴」，本是「肅肅宵征，夙夜在公」的途中所見，它暗示了抒情主人公早出晚歸的「寔命不同」；同時，這幾顆零落小星，也是抒情主人公自身寫照，眾人皆已入眠，自己卻要獨自奔走，小星營造出來的寥落意境，正傳達出主人公內心的孤寂。《鄭風·女曰雞鳴》「子興視夜，明星有爛」則是一派寧靜和平的圖景，從這將明未明時分的靜謐裏，我們彷彿聽出了這對夫妻無言的默契，它與後文「琴瑟在御，莫不靜好」的畫面前後呼應相得益彰。《小雅·苕之華》「牂羊墳首，三星在罶」則是另一幅圖景，《集傳》「罶中無魚而水靜，

〔註10〕林庚：《唐詩綜論》，商務印書館，2011 年版，第 322 頁。

但見三星之光而已」〔註11〕，三星在水中的倒影歷歷可見，襯托出沒有生命活動的岑寂，這正寫出了「飢饉之餘，百物彫耗」〔註12〕的光景。

其次來看作為天象存在的風雨雷電，它們主要通過渲染氛圍的方式營造意境。《詩經》中的自然風雨，往往盤桓在詩歌開篇或是每章開頭，奠定全詩的感情基調。《邶風・北風》開篇就渲染了雨雪交加、寒冷刺骨的環境與氛圍，「北風其涼，雨雪其雰」，《集傳》「言北風雨雪，以比國家危亂將至，而氣象愁慘也」〔註13〕，以此寫出國家將亡、人民離散之際的悲涼心境。《豳風・東山》「我來自東，零雨其濛」的詠歎聲迴旋在每一章開頭，它奠定了全詩的感情基調，也籠罩了每一章的敘述內容，使得無論是描述眼前悲苦境況還是回憶過去甜蜜場景，都蒙上一層難以抑制的憂傷。那淅淅瀝瀝的小雨，雖不濃烈，但卻綿長，是「無邊絲雨細如愁」的無處不在和綿延不絕，它寫出抒情主人公「剪不斷，理還亂」的愁緒滿懷。《鄭風・風雨》的每一章開頭也渲染了風雨交加的氛圍：「風雨淒淒」側重於寒風給人帶來的涼意，是觸覺；「風雨瀟瀟」側重於風吹雨打的瑟瑟聲響，是聽覺；「風雨如晦」側重於風雨帶來的晦暗觀感，是視覺。三章從不同的感覺出發，全方位地描繪了風雨情狀。本來，這種反覆渲染的陰暗寒涼氛圍，「最容易勾起離情別緒」〔註14〕，脆弱的心靈在此時最需要陪伴與溫暖，因此女主人公如願以償地見到君子，便更顯得欣喜若狂，之前的風雨氛圍正是為了反襯此時的欣喜之情。

《詩經》中具有比喻義的風雨，同樣營造了悲涼意境。《小雅・何人斯》「彼何人斯？其為飄風。胡不自北？胡不自南？胡逝我梁？祇攪我心」，飄風攪亂人心卻又無可捕捉，它象徵著來去匆匆蹤跡杳然的丈夫，又暗示出無可挽留隨風而逝的舊情，在飄風意象所營造的撲朔迷離氛圍中，女主人公「於輾轉反側、神思恍惚之際，往事今情就可能全化作散亂的片段，夢幻般地漂浮於眼前」〔註15〕的疑惑與哀傷，在讀者面前展露無遺。《邶風・終風》四章分別以「終風且暴」「終風且霾」「終風且曀，不日有曀」「曀曀其陰，虺虺其雷」開頭，渲染了狂風暴雨雷電交加的可怖氛圍，由狂風而暴雨是程度的加

〔註11〕 《詩集傳》，第 231 頁。
〔註12〕 《詩集傳》，第 231 頁。
〔註13〕 《詩集傳》，第 34 頁。
〔註14〕 程俊英、蔣見元：《詩經注析》，中華書局，1991 年版，第 251 頁。
〔註15〕 潘嘯龍：《〈何人斯〉之本義與〈孔子詩論〉的評述》，《漳州師範學院學報》，2004 年第 4 期，第 19 頁。

深，雨停轉陰給人以天晴的期待，可是不一會兒工夫，又雷聲陣陣，陷入了更深的黑暗；這樣的自然環境正是女主人公自身悲慘處境的寫照，是她狂暴的丈夫帶給她的切膚感受，同時也寫出她眷戀無依、期待落空的無望與痛苦。此外，給人帶來寒冷與不便的自然風雨，極易讓人聯想起生活中的困苦與艱難。《豳風·鴟鴞》「予室翹翹，風雨所飄搖」，以及《小雅·正月》「終其永懷，又窘陰雨。其車既載，乃棄爾輔。載輸爾載，將伯助予」，雖然描寫的都是自然風雨，但由於兩首詩全篇或部分比手法的運用，使得這裡的自然風雨又指向了人生風雨。而詩中風雨氛圍的營造，正出神入化地傳達出命途偃蹇人世多艱的人生感喟。

雖然日月星辰等天體主要以營構圖景的方式造境，而風雨雷電等天象主要以渲染氛圍的方式造境，但二者並非涇渭分明毫無交叉。《詩經》中的風雲雨露意象，有時也通過營構圖景的方式，營造情景交融之意境。《鄭風·野有蔓草》「野有蔓草，零露漙兮」，即描畫了原野碧草青青、草上露珠閃爍的清晨美景，而這令人賞心悅目的美景裏，正包含著「邂逅相遇，適我願兮」的由衷喜悅；同時，晶瑩剔透的露珠，像極了那位「清揚婉兮」的美人水光靈動的眼睛。《秦風·蒹葭》從「蒹葭蒼蒼，白露為霜」到「蒹葭淒淒，白露未晞」再到「蒹葭采采，白露未已」的轉換，在傳達出時間流逝愈見急迫的心情的同時，也勾勒了蕭疏遼闊的秋景，營造出淒迷蒼茫的意境，從而傳達出詩人求而未得的無限悵惘之情。而被王夫之譽為「以樂景寫哀，以哀景寫樂，一倍增其哀樂」〔註16〕的「昔我往矣，楊柳依依；今我來思，雨雪霏霏」，則具更強的視覺衝擊力。這種衝擊主要得益於兩點——疊詞摹狀和今昔對比。雖則《風雨》詩中「淒淒」「瀟瀟」也是疊詞，但它們是觸覺和聽覺描寫，不如此處「霏霏」是對雨雪形狀的直接描摹；而在今昔對比中，「楊柳依依」和「雨雪霏霏」的強烈時間落差，更是促使我們完成對桃紅柳綠之春景以及白雪皚皚之冬景的補充想像，這也是此詩雨雪意象比其他詩篇更有畫面感的關鍵所在。

當然，本文對日月星辰和風雨雷電造境方式的區分，是基於二者的側重點而言。日月星辰給我們更多的是視覺審美，因而它們主要通過營構圖景的方式來造境；而風雨雷電牽涉到了多種感覺，並且它們的變化形態也較日月星辰為複雜，因此它們呈現出來的意境方式，更多的是一種縈繞的氛圍，而非一幅靜態的圖畫。然而，二者雖造境方式略有不同，但都殊途同歸地完成了情景交融

〔註16〕〔清〕王夫之：《薑齋詩話》，人民文學出版社，1998年版，第140頁。

之意境的營造。

概括言之，在《詩經》三類天文意象中，作為觀念存在的宇宙之天，自始至終都沒有發展成為獨立自由的審美意象。作為天體存在的日月星辰，和以天象存在的風雨雷電，逐漸擺脫了宗教信仰對象和日常功利對象的束縛，在以天象喻人事的比喻修辭中，展現了《詩經》時代先民的審美覺醒。並且，日月星辰和風雨雷電，更分別以營構圖景和渲染氛圍的方式，殊途同歸併互有交叉地營造了情景交融之意境，從而奠定了《詩經》抒情性的藝術格調。

樂府古辭《陌上桑》故事流變新論

    樂府古辭《陌上桑》憑藉其題材的豐富性、主旨的多元化、人物的生動性、情節的戲劇化成為漢樂府敘事詩典範，並引起後代文人不斷的追憶與模仿，學界對之已經有不少論述。〔註1〕本文的新意在於：通過羅敷故事在後代文人擬作中的流變情況，包括採桑題材的由來與轉型，詩作主旨的延續與變異，人物形象的缺失與再現，藝術手法的繼承與創新，窺見樂府詩向文人詩轉變過程中，由敘事到抒情，由群體到個體，由質樸到華美，由活潑到凝重的演變軌跡。擬作在不同時代和階段中呈現出的不同風貌，又使得文人詩自身的嬗變歷程「昭然若揭」。

一、題材：採桑主題的生前身後事

    《樂府詩集》引崔豹《古今注》曰：「《陌上桑》者，出秦氏女子。秦氏，邯鄲人，有女名羅敷，為邑人千乘王仁妻。王仁後為趙王家令。羅敷出採桑於陌上，趙王登臺見而悅之，因置酒欲奪焉。羅敷巧彈箏，乃作《陌上桑》之歌以自明。趙王乃止。」〔註2〕此為《陌上桑》本事，現存古辭《陌上桑》也即

〔註1〕 劉懷榮：《「採桑」主題的文化淵源與歷史演變》，《文史哲》，1995年第2期；諸葛憶兵：《「採蓮」雜考──兼談「採蓮」類題材唐宋詩詞的閱讀理解》，《文學遺產》，2003年第5期；任紅敏：《採桑主題與採桑女形象的演變》，《重慶師範大學學報》，2006年第1期；唐會霞：《接受與傳播──論〈陌上桑〉的擬作》，《西北大學學報》，2007年第2期；唐會霞、趙紅：《採桑題材在元明清的變奏》，《求索》，2008年第8期；易聞曉：《〈陌上桑〉擬作的主題演變》，《貴州師範大學學報》，2009年第3期；等等。

〔註2〕 〔宋〕郭茂倩：《樂府詩集》，中華書局，1998年版，第410頁。

《日出東南隅》篇詞意與之不符，並非同一曲。但因二者題材與主題俱較為接近，原詞又不傳，故《陌上桑》曲借《日出東南隅》歌辭入樂，由此引發了採桑主題在魏晉六朝的創作熱潮。

採桑，作為羅敷故事發生發展的背景和契機，其自身經歷了萌芽、發展、定型、演變的全部歷程，包蘊著極為豐富的文化及審美內涵。採桑因為是一種女性的勞動行為，其勞動的場所——桑林，也自然成為男女相戀的地方。採桑母題最早可追溯到上古神話，傳說有禹與塗山氏在桑中的遇合，此後《詩經》中更是頻頻出現「桑」字。《鄘風·桑中》「期我乎桑中，要我乎上宮，送我乎淇之上矣」的反覆吟詠，〔註3〕《小雅·隰桑》「隰桑有阿，其葉有難。既見君子，其樂如何」的重申疊唱，〔註4〕寫的都是青年男女在桑林的幽會情景。這是採桑主題的孕育與萌芽，它傳達出採桑女和戀人間的兩情相悅。隨著禮教禁嚴，「奔者不禁」禮俗的漸趨消亡，採桑這一流淌著美麗迷人氣息的題材，逐漸染上了一層禮制的理性精神。《詩經·七月》「女心傷悲，殆及公子同歸」，正是這是這一轉變中的關捩點。「春日載陽，有鳴倉庚」的陽春三月，本就容易勾起女子懷春的萬千思緒，而桑林之會的古俗傳統又給人無限遐想，採桑環境是如此地相似，只是採桑女的心情卻不再相同，她置身的並非《溱洧》「士與女，戲其相謔，贈之以勺藥」的歡樂氛圍，而是面臨著被「公子」擄走的道德困境，她的擔憂實是男女桑林之會的古俗與新起的禮教之間的矛盾衝突，是古俗在禮教壓抑之下的潛意識流露，它昭示了採桑主題在後來的轉型。到了漢代，採桑主題更是由兩情相悅朝著相互衝突的方向轉變。《列女傳》中《陳辯女傳》述說陳國辯女採桑時遭逢晉大夫解居甫調戲並拒絕，《魯秋潔婦傳》述說秋胡妻遭丈夫調戲後投水，採桑的青春活潑氛圍漸行漸遠，禮制的莊嚴整肅精神取而代之。〔註5〕由此，採桑的故事情節完成了從兩情相悅到狹路相逢的轉變，為漢樂府《陌上桑》故事情節的展開與演繹奠定了基礎。

漢樂府《陌上桑》是採桑主題的定型者和集大成者。辭分三解：第一解側面烘托羅敷之美，第二解寫使君與羅敷的正面交鋒，第三解是羅敷巧辭誇夫。詩歌開頭「日出東南隅，照我秦氏樓」是環境描寫，此二句一出，立即將讀者帶回《詩經》時代春日遲遲的採桑氛圍中，由此奠定全篇輕鬆活潑的喜

〔註3〕 〔漢〕毛亨傳，〔漢〕鄭玄箋，〔唐〕孔穎達疏：《毛詩正義》，北京大學出版社，1999年版，第191頁。

〔註4〕 《毛詩正義》，第924～925頁。

〔註5〕 參見劉懷榮《「採桑」主題的文化淵源與歷史演變》一文。

劇格調。次寫羅敷服飾之美，此為正襯，接著從行路人的各種驚訝留戀中，側面烘托羅敷的驚世絕豔，呈現出一個青春、婀娜的採桑女形象。第二解使君與羅敷的衝突，實是對轉變後採桑主題的進一步繼承，採桑的男女豔情色彩以及衝突的情節模式，在這裡得到了集成與融合。同時，《陌上桑》也體現出了新變因素：「羅敷喜蠶桑，採桑城南隅」交代出了採桑原因。從漢樂府《上山採蘼蕪》「織縑日一匹，織素五丈餘，將縑來比素，新人不如故」（《玉臺新詠》卷一），以及《焦仲卿妻》「三日斷五匹，大人故嫌遲」（《樂府詩集》卷七十三）等詩句中，我們可以看出，在漢代除容貌外，勞動能力也是評判女性的重要因素，因此，羅敷的採桑不僅僅是上古豔情的遺留，羅敷身上也並非只有容貌之美，她同時符合了漢代的婦德標準。第三解羅敷誇夫無非三個方面：富貴、高位、氣宇軒昂。這固然是嘲諷使君的情節需要，但確實也透露出漢代物產豐饒以及崇官崇富的時代風貌。從《長安有狹斜行》「大子二千石，中子孝廉郎。小子無官職，衣冠仕洛陽」（《樂府詩集》卷三十五）的敘述可見，當時崇尚高官富貴實是普遍風氣。

漢魏六朝是採桑題材詩歌發展最繁榮的階段。漢樂府《陌上桑》之後，文人更是有意模仿創新，續寫了採桑故事的美麗傳奇。僅收入郭茂倩《樂府詩集》第二十八卷的就達三十首之多，還有第二十八卷之外，如第六十三卷收錄的曹植《美女篇》。《美女篇》是採桑主題的又一新變，它保留了採桑女的美麗婀娜，捨棄了互相衝突的情節設置，但它又不同於《詩經》時代的春光明媚，而是流露出春閨獨守的寂寞之情。曹詩是以美女求高義不得比喻自己抑鬱不得志，它通過在採桑題材中融入屈原「美人香草」傳統，抒寫了文士懷抱。此後，採桑主題大多不出三個維度：盛讚採桑女的美麗，以張率《日出東南隅行》為最甚；稱讚採桑女的貞潔，以傅玄《豔歌行》為代表；抒發春閨寥落之情，以吳筠《陌上桑》最為典型。採桑題材在漢魏六朝的盛行，實與時代審美趨向密切相關。魏晉時代是人的自覺時代，是美的自覺時代，而羅敷顯然就是一個集眾美於一體的形象，成為美的化身與符號，難怪曹植要以她來自況，也難怪其他文士要替她來感懷春閨寂寞之情了？嗣後，「詩至於宋，性情漸隱，聲色大開，詩運一轉關也」〔註6〕，對女性和器物的觀照，成為上層社會的生活樂趣，因而羅敷的美麗正是可供他們審視的對象。且看張率的《日出東南隅行》，全詩十六句，幾乎句句不離羅敷的容貌裝飾，極盡華采，他筆下的羅敷，沒有性格，彷

〔註6〕〔清〕沈德潛：《說詩晬語》，人民文學出版社，1979年版，第203頁。

彿是「錯彩鏤金」的塑像。而採桑題材本身所具備的男女豔情色彩，恰好又符合了上層統治者沉溺於靡靡之音的欲求。且看吳歌、西曲那吟詠純樸愛情的民歌，遇上梁、陳的上層統治者和文士，是怎樣被沉醉地玩賞和瘋狂地追隨，以致孕育出了宮體，就能明白梁、陳文士對採桑題材有著怎樣的好奇與興趣。

採桑題材的詩歌雖在唐朝有所發展，但早已不似六朝時的彬彬之盛了，《樂府詩集》收錄九首，其中李白和李賀的《日出行》兩首與採桑活動並無關聯，其餘幾首的主題大多不出六朝牢籠，只有晚唐李彥遠《採桑》一詩與眾不同。李詩曰：「採桑畏日高，不待春眠足。攀條有餘愁，那矜貌如玉。千金豈不贈，五馬空躑躅。何以變真性，幽篁雪中綠。」〔註7〕此詩中的採桑女根本無暇顧及容貌的精心裝飾與使君的風流韻事，因為她的全部心思都在採桑喂蠶的農事上，一變採桑題材的豔情色彩。其實，這種變化在唐前已有前奏。《樂府詩集》收錄的唐前無名氏《陌上桑》曰：「日出秦樓明，條垂露尚盈。蠶饑心自急，開奩妝不成。」〔註8〕只不過其時的審美趣味注重感觀享受，因此這首具有現實意味的詩歌，注定只能是淹沒在時代的洪流之中獨弦難奏，直到李彥遠《採桑》之後，這根斷了的弦才算重新接上，並奏出了採桑題材詩歌在唐以後的變徵之音。這從宋梅堯臣《傷桑》一詩中也可窺見端倪。梅詩曰：「桑條初變綠，春野忽飛霜。田婦搔蓬首，冰蠶絕繭腸。」（《宛陵先生集》卷一）採桑環境不復春光明媚，而是冰霜淒慘；採桑女也不再妖嬈多情，而是蓬頭垢面。至此，採桑活動那美麗惝恍的迷人色彩已經蕩然無存，採桑題材也就自然而然地落下了帷幕。

縱觀採桑題材詩歌在唐以後的衰落，大致與時代變遷中的審美變化密切相關。唐朝去古已遠，「桑」意象的神話色彩已不再像從前那樣引人追慕，唐朝國力昌盛，大唐士子更多關注的是現實生活和理想抱負，因此採桑的豔情色彩已不足以讓他們追憶流連。當然，這也與南北地域文化的升降際遇有關。同為豔情題材，採蓮題材似乎更能引起唐人的興趣，王勃《採蓮歸》「官道城南把桑葉，何如江上採蓮花」（《樂府詩集》卷五十），正一語道破其中玄妙。採蓮題材源於古辭《江南》，據諸葛憶兵考證，唐朝的採蓮詩歌多是觀看「採蓮」歌舞表演時所作。〔註9〕由此可以想見，舞者婀娜曼妙的舞姿，自然會令觀者

〔註7〕《樂府詩集》，第417頁。

〔註8〕《樂府詩集》，第413頁。

〔註9〕諸葛憶兵：《「採蓮」雜考——兼談「採蓮」類題材唐宋詩詞的閱讀理解》，《文學遺產》，2003年第5期第64頁。

如癡如醉，並且由「採蓮」歌舞聯想起的採蓮畫面更是讓人心生嚮往。桑樹多次出現於《詩經》，是北方陸生植物；荷花頻頻出現於《楚辭》，是江南水鄉風光。試想採桑，即使是盛裝麗服，是桑葉沃若秀色可餐，是「柔條紛冉冉，落葉何翩翩」（曹植《美女篇》），又如何與劃著小船唱著小曲，「葉翠本羞眉，花紅強似頰」（王勃《採蓮曲》），荷花與人面相映成趣的採蓮相比擬？僅從審美的角度而言，採桑的質實確實少了採蓮的那一抹靈動，因而，在距離神話已相當遙遠的唐朝，採桑題材之讓位於採蓮題材就變得十分合理。到了宋代，文人多以冷靜的態度審察生活，詩歌的主人公多是日常生活中的凡夫俗子，採蓮的浪漫尚且不顧，更何況迷人程度不及採蓮的採桑？因而，在宋代及其以後的詩歌史上，採桑題材留下的只能是幾筆透出寒苦呻吟的潦草墨痕。

作為羅敷故事展開的背景與契機，採桑活動除了上述的文化內涵之外，還有著豐富的美學內涵，那就是化美為媚的藝術效果。「媚就是在動態中的美」〔註10〕，這在樂府古辭《陌上桑》中展現得還不明顯，因為詩中對羅敷的服飾描寫仍屬靜態，但由於有了採桑活動的預設，全詩便給人以動態的聯想，從而為羅敷平添了幾分靈動。後來文人擬作則充分利用了化美為媚的藝術效果，突顯羅敷在採桑過程中體現出來的動態之美。例如張正見《採桑》「葉高知手弱，枝軟覺身輕」（《樂府詩集》卷二十八），羅敷嬌媚萬千的形象呼之欲出；再如賀徹《採桑》「釧聲時動樹，衣香自入風」（《樂府詩集》卷二十八），聲味並呈，極大地拓展了審美空間。當然，這種化美為媚的手法並非採桑獨有，采蘋、采蘩、採蓮、採芣苢等一系列的勞動都具有這種效果，這裡只是就與本文主題密切相關的採桑活動，探討其中可能蘊藏的審美潛質。

二、主旨：多元整合與多元輻射

漢樂府《陌上桑》主題確非一指，歷來眾說紛紜。總結之，大概有以下幾種觀點：揭露了統治階級的荒淫無恥，是一首抗暴的讚歌；歌頌了民間女子秦羅敷貞潔的品質和過人的智慧；是上古桑林豔情的遺留，反映了貴族女子秦羅敷和使君之間的較量與角逐。

《陌上桑》的主題之所以呈現出多元化傾向，實與它對採桑題材以及藝術手法的整合密切相關。如上所述，採桑主題自身帶有濃厚的男女豔情色彩，它在萌芽階段確實是兩情相悅的象徵，但隨著時代推移，採桑主題完成由兩情相

〔註10〕〔德〕萊辛著，朱光潛譯：《拉奧孔》，人民文學出版社，1984年版，第121頁。

悅到狹路相逢的轉變，因此《陌上桑》寫羅敷裝束的美麗，既是漢代物產豐饒重視器物之美的反映，更是一種正襯的文學手法，藉以烘托羅敷的形象之美。而羅敷誇夫則是一種巧妙且具獨創性的文學虛構，羅敷與使君的衝突是對轉變後桑林主題的繼承，前有《陳辯女傳》《魯秋潔婦傳》為例，可是《陳辯女傳》中辯女拒絕解居甫的過程不得而知，《魯秋潔婦傳》中的秋胡妻最終以死明志，前者缺少文學的趣味性，後者的結局令人扼腕歎息，而《陌上桑》取二者之長避二者之短，既有趣味性的對白，又符合中國讀者喜好團圓結局的審美心理，同時又塑造出機智聰慧的羅敷形象。因此，獨創羅敷誇夫的情節，可謂是一舉數得。至於誇夫的細節，多是文人的創作，不能完全等同於羅敷身份，這其實是民間說唱藝術遺留下的痕跡，如《焦仲卿妻》中有蘭芝向仲卿訴說自己「十三能織素，十四學裁衣。十五彈箜篌，十六知禮儀」的詩句，如果完全將它看作是蘭芝自述，則會覺得蘭芝有自戀驕矜的嫌疑，實際上這只是作者借蘭芝之口來表達她的賢德知禮，正如其後又借蘭母之口訴說一遍是相同的道理，同樣，這裡的羅敷誇夫也只是作者借羅敷之口來顯示她聰明機靈的方式與手段。

由於《陌上桑》對桑林古俗、故事傳說、時代風貌、藝術形式等多個方面都進行了整合，故其自身呈現出多元化的解讀維度。而這些維度又給了後代擬作多元化的啟示和發展空間，形成多元化輻射格局，從而使這些擬作的主旨姿態各異。上文已總結了後代擬作的主題，加上採桑題材衰落時期的新變主題，一共四種：春閨寂寞，貞潔道德，桑女妖嬈，採桑勞作。

第一類抒寫春閨寂寞的詩歌以曹植《美女篇》為較早代表，但春閨寂寞只是曹詩的淺在主題，其深層主旨卻是借樂府題材的採桑故事抒寫個人的懷抱、得失，《陌上桑》與其說是它的源流，不如說是一個契機，《美女篇》的內質，已經脫離了樂府而直接與屈原開創的文士傳統相對接，故而充滿了政治寄寓意味。此後，吳均、王筠等人紛紛繼承這一春閨寂寞主題，但已經同古樂府的民間立場炯然有別，呈現出敏感多思的文人化傾向。如吳均《陌上桑》：「嫋嫋陌上桑，蔭陌復垂塘。長條映白日，細葉隱鸝黃。蠶饑妾復思，拭淚且提筐。故人寧如此，離恨煎人腸。」〔註11〕這裡，吳均把樂府題材的採桑故事與中國詩歌中的遊子思婦傳統結合起來，寫出了採桑女懷遠思人的愁腸宛轉。如果說《美女篇》是披著採桑故事的外衣在追尋「香草美人」的

〔註11〕《樂府詩集》，第412頁。

主題，那麼吳均的《陌上桑》則是借著採桑的契機在代言閨中少婦的入骨相思之情。對於這一類抒寫春閨寂寞主旨的詩歌而言，漢樂府《陌上桑》是一個觸媒，《陌上桑》中遺留的桑林古俗色彩，給了這些文士們啟迪，於是他們順著遐想的方向各抒己見，直到與其他的詩歌傳統融會貫通，創造出異於古樂府的文人詩歌。

第二類表現貞潔道德的詩歌直接受《陌上桑》衝突情節的啟示，尤其是詩中「使君自有婦，羅敷自有夫」的說辭，向來被看作是羅敷堅守貞潔婦德的表徵。西晉傅玄就在此基礎上變本加厲，在《豔歌行》中大談風教，其結尾四句「使君自有婦，賤妾有鄙夫。天地正厥位，願君改其圖」〔註12〕可謂道德訓誡溢於言表，這樣的主題傾向既來源於《陌上桑》中羅敷的言行，也得益於傅玄自身的道德修養。傅玄是西晉著名的文學家和思想家，對社會問題極為關注，其《秋胡行》一詩即側重道德評判。因此，在《陌上桑》中寄寓道德評判並不突兀。可以說，傅玄對《陌上桑》進行模擬，並非出於對採桑題材的熱衷，而是其中的倫理道德因素吸引了他，使這位「道德家」忍不住發聲歌唱。

第三類盛讚桑女妖嬈的詩歌，顯然是受到《陌上桑》中遺留的桑林豔情色彩的影響。只不過陸機《日出東南隅行》一改以往擬作只刻畫羅敷一人形象的傳統，濃墨重彩地描繪了春日採桑的群像，所謂「高臺多妖麗」，在陸詩中，採桑的現實意義已退居其次，衝突的故事情節已不復可聞，剩下的只是美，是暮春三月麗人成群，在綠水濱嬉戲笑鬧的春遊美景。之後鮑照《採桑》緊隨其後，「採桑淇澳間，還戲上宮閣」（《樂府詩集》卷二十八）的採桑盛況不減陸詩。到了梁、陳，對羅敷之美的描摹更是層出不窮，如梁蕭子範《羅敷行》：「城南日上半，微步弄妖姿。含情動燕俗，顧景笑齊眉。不愛柔桑盡，還憶畏蠶饑。春風若有顧，惟願落花遲。」〔註13〕雖然詩中說羅敷「畏蠶饑」，可是通覽全詩，詩的重點並非農事，採桑於羅敷也不過是點綴，實際上詩歌是借化美為媚的採桑活動，展現羅敷的柔美妖嬈。在梁、陳上層貴族的詩作裏，羅敷的性格已消隱不見，呈現出來的只是一個供人欣賞的美女；與使君衝突的情節只是一筆帶過，藉以增加幾分風流浪漫的氣息。

第四類關於採桑勞作主題的詩歌，肇始於唐前，發展於晚唐時期，盛行於唐後，一直是漢樂府《陌上桑》擬作中的獨音另類。它們與《陌上桑》文本已

〔註12〕《樂府詩集》，第 418 頁。
〔註13〕《樂府詩集》，第 418 頁。

無多少關聯，唯一的聯繫大概就在於採桑活動，但這些詩歌中的採桑活動，早已消失了上古桑林的豔情色彩，與其他任何一件農事沒有區別，甚至還透著冰霜苦寒的呻吟。宋末陳允平《採桑行》中的採桑女「朝晴採桑南，暮雨採桑北。採得桑歸遲，小姑怨相促」（《兩宋名賢小集》卷三百十五），生活的艱辛溢於言表；明胡應麟《採桑渡二首・其二》「採桑作羅綺，總為他人忙。不見長干娼，一曲衣盈箱」（《少室山房集》卷九），採桑女對生活的不公充滿了埋怨；清張問陶《採桑曲》「豈獨春蠶細如縷，君不見，道旁餓殺採桑女」（《船山詩草》卷十一），苛捐雜稅的黑暗現實，將採桑女逼到了生活的絕境。《陌上桑》中採桑的美景，羅敷的美貌，情節的曲折都不能讓這些詩人駐足流連，他們以悲天憫人的目光緊緊注視著生活底層，替這些勞苦民眾「歌其食」「歌其事」，繼承與發揚著風雅精神的現實品格。

三、形象：羅敷形象的缺失與再現

漢樂府《陌上桑》主要刻畫了三個人物形象：使君，羅敷，羅敷之夫。使君和羅敷在詩歌中直接描寫，而羅敷之夫則通過羅敷之口虛擬描寫。在後來文人擬作中，虛擬人物描寫轉化為直接描寫，直接人物描寫也發生種種不同的變化。

先看使君。樂府古辭《陌上桑》這樣描述：「使君從南來，五馬立踟躕。使君遣吏往，問是誰家姝」，以及「使君謝羅敷：『寧可共載否？』」。從中可以看出使君的頤指氣使和恃權輕狂，是比較招人討厭的負面形象。可是在後來的文人擬作中，使君的輕狂要麼被輕描淡寫，以致感覺不到其討厭的存在；要麼竟一改其負面形象，轉而成為可以被同情的角色。例如陳傅縡《採桑》以「空勞使君問，自有侍中郎」（《樂府詩集》卷二十八）作結，似含有微微的惆悵；又如北周蕭撝《日出行》「正值秦樓女，含嬌酬使君」（《樂府詩集》卷二十八），秦女與使君間的對抗衝突被溫情脈脈的兩相憐惜所取代。使君形象之所以呈現出這樣的變異軌跡，一方面與桑林古俗兩情相悅的文化傳統有關，另一方面則是時代風氣的變化所致。漢代的風俗改革不會允許羅敷有違婦德，可是到了魏晉，儒家禮教漸漸鬆弛，人的情感得到了重視，而文人們又喜歡追尋些風流韻事，因此，在禮教鬆弛的縫隙處，他們將筆觸重新伸向了上古的桑林之會，在自己的作品中重溫桑林的旖旎豔情。

羅敷之夫在古辭《陌上桑》中是一個虛寫人物，但通過羅敷的描述，我們大致可以得出這樣的印象：一個氣宇軒昂位高權重的儒生公子。然而在後

來的擬作中，除去缺位的不談，大致分化為兩種形象：遊子和紈綺子弟。前者如吳均《陌上桑》《採桑》二詩，以及唐朝郎大家宋氏的一首《採桑》：雖然吳均二詩中並未正面出現遊子形象，但其對羅敷的定位既然是思婦，與之對應的羅敷之夫自然是久客未返的遊子了；而宋氏《採桑》「妾思紛何極，客遊殊未返」，直接交代出羅敷之夫的遊子身份。這樣嶄新的形象，是樂府題材的《陌上桑》與遊子思婦傳統相結合開出的絢麗花朵。至於紈綺子弟形象，蕭子顯《日出東南隅行》一詩展現得最為徹底，「鞶囊虎頭綬，左珥䚡盧貂。橫吹龍鍾管，奏鼓象牙簫」（《樂府詩集》卷二十八），這裡的夫婿不再是「為人潔白皙，鬑鬑頗有須。盈盈公府步，冉冉府中趨」的儒生，而是錦衣貂裘追求絲竹享樂的紈綺子弟，這樣的形象倒是能折射出當年金谷園主石崇的影子，魏晉以來過著窮奢極靡生活的世家子弟，在這裡曲折地進入羅敷故事之中，並得到了充分反映。

羅敷形象在《陌上桑》中最為光彩奪目，歷來為人們津津樂道。羅敷不僅有容貌之美，更有熱愛勞動的美好品質，並且面對使君既堅守貞德，又露出調皮智慧的一面，其健康活潑的天性以及智慧聰穎的品格，正寄寓了社會民眾的渴望。羅敷集眾美於一身的形象，正是群體審美理想的凝聚、昇華與寄託。而這眾美之中最迷人之處無疑就在於她的智慧。同樣是遭遇調戲後的反抗，《魯秋潔婦傳》中的秋胡妻以及《羽林郎》中胡姬，就採取了相對激烈的方式來維護她們凜然不可犯的尊嚴，從中可以看出她們剛烈的性格。羅敷的反抗沒有激烈言辭，沒有流血犧牲，然而卻綿裏藏針，於談笑間讓使君的無理要求灰飛煙滅，化險為夷，既維護了自己的尊嚴，又打擊了使君的囂張氣焰。在羅敷誇讚夫婿的得意語氣中，我們彷彿已經看到了使君的垂頭喪氣、鎩羽而歸。然而這樣的羅敷形象，在後代的文人擬作中卻不復出現，造成羅敷形象的長時間空白。或者說羅敷形象在變異的過程中，由於被賦予了其他色彩，消失了她往日的神采。

曹植《美女篇》中的採桑女固然美麗，但這種美麗並非來自群體認同，而是曹植個體審美理想的體現。「顧盼遺光彩，長嘯氣若蘭」的採桑女，與「翩若驚鴻，婉若遊龍」（《洛神賦》）的宓妃已無多大區別，其氣質的相似已經消解了羅敷作為個別存在的獨特性格，而只能成為曹植詩歌美女系列中的一個，象徵著文人的清高脫俗與孤芳自賞。吳均等人詩歌中的羅敷，則已褪化成代表著人類普泛情感的思婦，在春日裏對桑抒懷。至於傅玄筆下的秦羅敷，只是一

個遵守婦德的楷模，面對使君的無理要求，樂府古詩是「羅敷前置辭」，而傅詩是「斯女長跪對」，樂府古詩中羅敷的陳詞「使君自有婦，羅敷自有夫」，也被傅玄改造成了「使君自有婦，賤妾有鄙夫」，在這樣的改造之中，羅敷靈動活潑的氣質喪失殆盡，變得愚滯呆板、低聲下氣。至於六朝宮體詩中的羅敷形象，竟連性格側面都沒有，更不要說性格的獨特性了。中唐之後的採桑女為生計自顧不暇、疲於奔波，對其性格的塑造更是蒼白。至此，樂府古詩中那個神采奕奕的秦羅敷，竟漸漸走失在後代的文人擬作中，成為不可企及的遙想。

擬作之外，張籍《節婦吟》中的節婦形象，卻在另一個時空裏與羅敷遙相呼應。該詩並非採桑題材的擬作，但詩中人物形象的精神內質以及推拒的情節模式，卻與《陌上桑》有著千絲萬縷的聯繫。其詩曰：「君知妾有夫，贈妾雙明珠。感君纏綿意，繫在紅羅襦。妾家高樓連苑起，良人執戟明光裏。知君用心如日月，事夫誓擬同生死。還君明珠雙淚垂，恨不相逢未嫁時。」〔註14〕學界基本認定《節婦吟》是一首卻聘詩，但詩中的節婦形象卻在明清受到了諸多質疑，這主要源於詩中「感君纏綿意，繫在紅羅襦」以及結尾「還君明珠雙淚垂，恨不相逢未嫁時」的敘述。繫明珠於紅羅襦說明已經動心，還明珠時的落淚更是明證。既然如此，在明清道德家的眼裏，詩中的女主人公就不能算作節婦，當然也就隨之受到批評。可是如果我們仔細揣摩詩意，會發現其實這樣的措辭只是一種婉拒的方式，而措辭背後卻隱藏著別樣的深意。開頭「君知妾有夫，贈妾雙明珠」兩句，語氣雖然不如《陌上桑》中「使君自有婦，羅敷自有夫」嚴厲，但已經潛在地表明了自己不認可的態度。「妾家」四句，有解釋說，前兩句是女主人公表明良人不在身邊自己獨處深閨的寂寞，越是華麗的住宅，越能襯托心靈的空虛，而她對贈明珠者依依不捨的拒絕，是限於禮教的不允許。可是我們不要忘了，詩中有「事夫誓擬同生死」這一句，這是何等的堅決！一個「誓」字寫出了她的主動姿態，表明她願意與丈夫同生共死的決心，這種堅決裏飽含對丈夫至死不休的愛戀，這是源於內心熾熱的情感，而非禮教給予的牢籠，這樣一個敢愛敢恨的女子，對贈明珠者的拒絕，也絕非是「發乎情，止乎禮義」。其實，「妾家高樓連苑起，良人執戟明光裏」正是女主人公有尊嚴地炫耀，前一句表明自己生活過得很好，潛臺詞就是告誡對方不要來打擾；後一句說明丈夫的情況，意在提醒對方自己是有夫之婦，不僅如此，其述說丈夫的語氣裏還隱含著女主人公豐富微妙的心

〔註14〕《樂府詩集》，第 1328 頁。

理活動。《詩經·伯兮》云「伯兮朅兮，邦之傑兮。伯也執殳，為王前驅」，女主人公為丈夫驕傲的情感溢於言表；當《節婦吟》中的女主人公回想丈夫時，我們幾乎可以透過她寵溺的眼神，看到她內心夾雜著思念的潛在喜悅與驕傲。而最受道德家批判的「感君纏綿意，繫在紅羅襦」以及「還君明珠雙淚垂，恨不相逢未嫁時」四句，也並非女主人公內心真情的流露，只是在拒絕時不至於使對方過分尷尬的「外交辭令」，而她的態度在其他詩句中已經表明。

樂府古辭《陌上桑》中的羅敷在《節婦吟》中尋覓到了知音，張籍借著相同的推拒情節，展現了一個與羅敷精神相通的節婦。雖然二者推拒的對象有所不同，一個是恃權而驕的使君，一個是「用心如日月」的君子，但二者的機靈聰慧卻是一脈相承的。羅敷誇夫，節婦也是誇夫，羅敷借誇夫對輕狂的使君予以嘲諷，節婦借誇夫對贈明珠君子進行婉拒，她們不僅都達到了目的，也同樣表現得十分得體，並且展現了她們過人的智慧。文人擬作中消逝的羅敷形象，在張籍的《節婦吟》裏得到了再現，並綻放出動人的光彩。

四、風格：從樂府詩到文人詩

樂府古詩《陌上桑》以生動幽默的筆調敘述了一個饒有趣味的故事，是樂府詩中長篇敘事詩的典範。其人物形象的栩栩如生，故事情節的曲折跌宕，採桑環境的烘托渲染，充分體現了它的敘事性質。《陌上桑》中的秦羅敷，雖是一個集眾美於一身的虛構形象，但是卻保留了羅敷作為一個女性的真實性格。她精心裝束中體現出的愛美天性，拒絕使君時的得意神情，正向我們展示了一個活潑的女子形象，這裡有她的喜怒哀樂，有她舉手投足間流露出的細微心理。然而在後代的文人擬作中，羅敷形象的性格展現不再備受關注，引起文人競相追逐的，只是那綺麗倩影所留下的一抹嫣紅。曹植《美女篇》中那個美麗的採桑女，並不是作為一個有血有肉的女性，而是作為曹植抒情的一種載體；至於傅玄《豔歌行》中的秦羅敷，已經完全馴服於禮教的約束，成為道德的符號與標本。文人們的關注焦點不再是《陌上桑》中的人物性格，而是由此衍生出的抒情說理向度，樂府詩中那個天真活潑的羅敷形象，在文人們千差萬別的意圖與理想改造下，連性格的一個側面都得不到完整的表達。正如同樣是寫愛情悲劇，樂府古詩《焦仲卿妻》中的劉蘭芝就有其性格的獨特性，她雖是一個賢惠淑德的妻子，但並沒有由此泯滅她作為女性的個性與尊嚴，被休時「人賤物亦鄙」的反語，臨行前「精妙世無雙」的裝束，分別時「妾當作蒲葦」的誓言，重逢時「舉手拍馬鞍」的直率，赴死時「舉身赴清

池」的決絕，正展現了她作為一個女性，所有的痛苦與掙扎，所有的守望與期待。作者在這裡還原的是一個真實的蘭芝，這裡記錄了她生命的痕跡，當千載之後的讀者，看到她當時的抉擇與眼淚，仍能為之動容，感到錐心的疼痛。而之後白居易的《長恨歌》，雖然對楊妃的心理也有所刻畫，比如「衣冠不整下堂來」的急切，「梨花一枝春帶雨」的憂傷，但總體而言，楊妃形象更多的是融進了作者的幻想，她的姿態是被動的，她的性格是朦朧的，她給讀者帶來的是一種飄忽的美感，像是《蒹葭》中那個「在水一方」的伊人。注重塑造人物形象的樂府詩，在向文人詩轉變的過程中，抒情的欲求越來越支配著人物形象，從而使她們呈現出變形的趨勢。而《陌上桑》中對抗的故事情節，在擬作中不是消失得無影無蹤，就是簡化為一筆可有可無的點綴，即使如傅玄《豔歌行》的大量保留，也早已失去了樂府詩的曲折生動，而成為他說教的舉例說明；人物語言消失了，豐富有趣的對白，變成了文人式的喃喃自語，文人詩的抒情傳統取代了樂府詩的敘事傳統。

樂府古辭《陌上桑》作者已不可考，它的曲辭雖然經過文人的加工潤色，但仍然是群體話語的集中體現。集眾美於一身的羅敷形象，是群體理想的凝聚與昇華；詩歌於字裏行間透露出的褒貶傾向，是社會道德介入的結果；曲辭「日出東南隅，照我秦氏樓」中的「我」字，明顯地保留了民間說唱藝術的痕跡，這裡的「我」是泛指，既可以指「我」，也可以指「你」，是我們大家共同所有的，它再現了說唱過程中說者與聽者互動的情景，而保留在曲辭中，恰到好處地拉近了與讀者的心理距離，讓人倍感親切。而後代文人詩則是自我的抒情與寫照，展現的是他們個人的心跡與理想，曹植《美女篇》中的採桑女美則美矣，可總是透露著一絲不被世人理解的孤芳自賞，那是屬於曹植情感的載體，不是群體理想的凝聚和昇華，因此也缺少了普適性的接受基礎。樂府詩演變到了文人詩，群體話語逐漸淡出，個體性取代了群體性，詩歌成為個體精神的高蹈；如果說樂府詩是人來人往的庭院，可以供人乘涼話桑麻；那麼文人詩就是深似海的豪門，主人在雕樑畫棟的屋子裏倍感孤獨，外面的行人則望而卻步。

樂府詩喜好鋪排，《陌上桑》描寫人物，寫羅敷是「頭上倭墮髻，耳中明月珠。緗綺為下裙，紫綺為上襦」，寫羅敷之夫是「十五府小史，二十朝大夫。三十侍中郎，四十專城居」，具有民間文學的套語性質，可以描繪與之類似的一類人。對於羅敷的外貌，詩中並無直接描寫，而是運用烘雲托月的手法，即

通過服飾描寫和路人反應來襯托；對羅敷性格的塑造，主要是借助於人物語言才得以完成。詩歌語言雖有華麗之處，但總體風格質樸生動不尚雕琢，相對於樂府古辭而言，曹植《美女篇》就有踵事增繁之勢，藝術手法也多種多樣並趨於創新。同樣是描寫人物姿容，曹詩不再專注於側面烘托的手法，而是加入了直接刻畫，例如「顧盼遺光彩，長嘯氣若蘭」即是對人物氣質的直接描畫。曹詩不僅追求形似更注重神似，這是魏晉以來重神似的審美風氣在曹詩中的反映。同樣是描寫服飾，樂府詩是靜態呈現，曹詩則是「羅衣何飄飄，輕裾隨風還」的動態呈現，這種化美為媚的藝術手法上承《詩經‧碩人》，經曹植《美女篇》的創造性使用後，更被六朝詩人們發揮到極致。之後陸機《日出東南隅行》描畫人物更為精雕細琢，寫儀容是「美目揚玉澤，蛾眉象翠翰。鮮膚一何潤，秀色若可餐。窈窕多容儀，婉媚巧笑言」，既有局部的外貌描寫，又有動態的神態刻畫；寫裝束是「暮春春服成，粲粲綺與紈。金雀垂藻翹，瓊佩結瑤璠」，金鑲玉佩，錯彩鏤金；寫姿態是「赴曲迅驚鴻，蹈節如集鸞。綺態隨顏變，沉姿無定源。俯仰紛阿那，顧步咸可歡。遺芳結飛飆，浮景映清湍」，隨物宛轉，生動傳神，太康的繁縟詩風在他筆下展露無遺。〔註15〕到了南朝，永明詩人追求聲律，宮體詩人追求新巧，他們的詩作雖然在內容上略顯單薄，但在寫作技巧方面確有裨益後人之功。在樂府詩《陌上桑》中還有「『羅敷年幾何？』『二十尚不足，十五頗有餘』」這樣的奇數句式，到了沈約等人筆下，全部變為偶數句式，對仗工整格律謹嚴，為唐朝近體詩的繁榮積累了經驗。而徐伯陽的七言擬作以及王褒的雜言擬作，又拓展了詩歌的表現體裁。藝術手法樸拙的樂府曲辭，在向文人詩轉變的過程之中，得到極大豐富，並隨著文人詩的發展日趨精巧化、個性化。

漢樂府《陌上桑》全篇洋溢著一種輕鬆活潑氛圍。詩歌開頭的環境是美好的，接著出場的女主人公是美麗的，路人的言行舉止讓人忍俊不禁，嘲諷使君的情節使人痛快，最後的結局讓人欣慰。整首詩歌彷彿是在上演一齣精彩紛呈的「喜劇」，令人目不暇接。後代文人擬作中，這樣輕鬆的喜劇格調幾乎消失不見，充溢的是文人式的傷感氣息。曹詩抒發抑鬱不得志的苦悶，吳均等人的閨怨詩抒寫思婦的離愁別緒與入骨相思，傅玄《豔歌行》的諄諄說教裏透著對時代風氣的隱憂，宮體詩人輕歌曼舞的快感背後是對生命無常的深層失落，中

〔註15〕《樂府詩集》，第419頁。

唐之後的採桑詩歌則是生活艱辛的痛苦呻吟。樂府詩中羅敷那美麗調皮的淺淺笑靨，在文人詩裏只能化作眉頭緊鎖的一縷輕歎；樂府詩在進入文人詩的創作軌道之後，由開放的外傾敘事轉向了封閉的內在抒情，在文人的長籲短歎聲中變得宛轉惆悵。

綜上所述，蘊藏著豐富文化意蘊和審美內涵的採桑題材，因樂府古辭《陌上桑》的精彩抒寫，引發了後代文人的創作熱潮。這些擬作或借羅敷的貞潔品質強調道德，或因羅敷的美好形象顧影自憐，或借採桑題材的綺麗豔情代言閨怨，或借推拒的情節模式描摹心理。在異彩紛呈的演繹中，樂府詩注重人物性格和故事情節的敘事傳統，逐漸讓位於文人詩的抒情傳統；象徵著群體話語以及由此而來尚類同的民間文學特性，逐漸被文人詩的個體獨創性取代；文風由質樸活潑走向搖曳多姿；情感基調由明快轉向傷感。而文人詩經由曹植的奠基、轉型，永明年間的聲律規範，齊梁宮體詩的求變求新後，歌詠生活與理想的盛唐氣象，中唐之後向日常生活的審美傾斜，為自身發展積累了內容與形式方面的諸多經驗。《陌上桑》及其各具風貌的諸多擬作，為上述詩歌發展進程添加了濃墨重彩的一筆。

司馬談「六家」說的方法論意義管窺

　　現當代以來，以司馬談「六家」說為起點而展開的先秦是否存在「六家」問題一直是學界討論的熱點，直至 2018 年仍有為清理、總結相關問題而專門召開的學術研討會。〔註1〕本文擬在學界現有研究成果的基礎上，再進一步做以下三個方面的工作：第一，對司馬談「六家」提法是否合理這一公案的來龍去脈加以梳理、介紹，並就中突出爭論雙方的研究思路；第二，對司馬談「六家」說的繼承與創新特質加以強調，並在介紹前人觀點的基礎上，補充說明其在「法家」提法及「數目分類法」上的繼承與創新；第三，將西方理論家的觀點作為思維的刺激物，將他們對方法論的闡述作為分析司馬談提出「六家」說方法論意義的參照系。錯誤之處，望方家指正。

一、司馬談「六家」說是否合理

　　眾所周知，用「六家」概念來概括先秦主要學術思想流派，是司馬談的首創。據司馬遷《史記‧太史公自序》載，「學天官於唐都，受《易》於楊何，習道論於黃子」的太史公司馬談，因「愍學者之不達其意而師悖」，遂於漢武帝建元、元封之間論六家之要指云云。在這篇被後世稱為《論六家要指》的專論中，司馬談不僅提出了著名的「六家」說，還從理論高度對諸家的核心思想

〔註1〕 2018 年 8 月 12 日，中國人民大學國學館舉辦了一場以為「法家」概念正名為主題的學術研討會。會議由中國人民大學宋洪兵召集，其主要議題為：先秦時期是否存在「法家」？司馬談的「六家」分類是否合理？確定一個學派是否成立的標準是什麼？圍繞這些議題，應邀與會的蔣重躍、李銳、曹峰、喻中等學者都發表了自己的見解。參見《中華讀書報》2018 年 8 月 22 日第 2 版，《光明日報》2018 年 9 月 1 日第 11 版。

及其優缺進行了概括：

> 《易·大傳》：「天下一致而百慮，同歸而殊途。」夫陰陽、儒、
> 墨、名、法、道德，此務為治者也，直所從言之異路，有省不省耳。
> 嘗竊觀陰陽之術，大祥而眾忌諱，使人拘而多所畏；然其序四時之
> 大順，不可失也。儒者博而寡要，勞而少功，是以其事難盡從；然
> 其序君臣父子之禮，列夫婦長幼之別，不可易也。墨者儉而難遵，
> 是以其事不可遍循；然其強本節用，不可廢也。法家嚴而少恩；然
> 其正君臣上下之分，不可改矣。名家使人儉而善失真，然其正名實，
> 不可不察也。道家使人精神專一，動合無形，贍足萬物；其為術也，
> 因陰陽之大順，採儒墨之善，撮名法之要，與時遷移，應物變化，
> 立俗施事，無所不宜，指約而易操，事少而功多。〔註2〕

從司馬談的行文邏輯來看，他對陰陽、儒、墨、名、法「五家」思想都有
褒有貶，惟對道家思想只褒不貶，這是司馬談為了突出自己推崇道家的學術旨
趣而有意進行的特殊處理，這種為文之法無可厚非。李聖傳在《〈論六家要旨〉
之文本新釋》一文中認為：「司馬談《論六家要旨》表現出了一種前所未有的
歷史自覺，那就是能站在理性的辯證的立場，一分為二地對待事物的兩面性，
既發現其優點，又能認清其不足。在前人普遍的排斥異己、標榜自我的時代語
境中，司馬談選擇的是平等對話，選擇的是融通互補，選擇的是廣納百家之長，
這在先秦兩漢的歷史文化語境中是寥落星辰也是獨樹一幟的。」〔註3〕故而後
人雖對司馬談於道家思想只褒不貶的觀點略有微詞，但對其所劃分的「六家」
基本上都是承認的。

兩千多年來，司馬談「六家」說基本未曾受到過質疑，直到胡適在《中國
古代哲學史》（即《中國哲學史大綱》上卷）一書中提出中國古代「並無所謂
『法家』」之論，後來任繼愈又撰《先秦哲學無「六家」——讀司馬談〈論六
家要旨〉》一文，將胡適「先秦無法家」說系統地拓展為「先秦無六家」說，
自此先秦有無「六家」問題遂成為一樁學術公案。如欲探討這一問題，能否準
確把握司馬談「六家」提法的首先發難者胡適的理論意圖，顯然是至關重要的。
關於胡適的反對觀點及其理論意圖，我們可從其《中國古代哲學史》及該書的
臺北版《自記》中窺見一斑：

〔註2〕 〔漢〕司馬遷：《史記》（第十冊），中華書局，1982 年版，第 3288～3299 頁。
〔註3〕 李聖傳：《〈論六家要旨〉之文本新釋》，《船山學刊》，2012 年第 2 期，第 88 頁。

古代本沒有什麼「法家」。讀了上章的人當知道慎到屬於老子、楊朱、莊子一系；尹文的人生哲學近於墨家，他的名學純粹是儒家。又當知道孔子的正名論，老子的天道論，墨家的法的觀念，都是中國法理學的基本觀念。故我以為中國古代只有法理學，只有法治的學說，並無所謂「法家」。中國法理學當西曆前三世紀時，最為發達，故有許多人附會古代有名的政治家如管仲、商鞅、申不害之流，造出許多講法治的書。後人沒有歷史眼光，遂把一切講法治的書統稱為「法家」，其實是錯的。但法家之名，沿用已久了，故現在也用此名。但本章所講，注重中國古代法理學說，並不限於《漢書・藝文志》所謂「法家」。〔註4〕

這個看法根本就不承認司馬談把古代思想分作「六家」的辦法。我不承認古代有什麼「道家」「名家」「法家」的名稱。我這本書裏從沒有用「道家」二字。因為「道家」之名是先秦古書裏從沒有見過的。我也不信古代有「法家」的名稱……至於劉向、劉歆父子分的「九流」，我當然更不承認了。……這樣推翻「六家」「九流」的舊說，而直接回到可靠的史料。依據史料重新尋出古代思想的淵源流變：這是我四十年前的一個目標。我的成績也許沒有做到我的期望，但這個治思想史的方法是在今天還值得學人的考慮的。〔註5〕

胡適明確指出，中國古代「並無所謂『法家』」，他「也不信古代有『法家』的名稱」，甚至「根本就不承認司馬談把古代思想分作『六家』的辦法」。這一觀點無論是從當時還是現在看來都可謂驚世駭俗。但細味胡適語意，我們發現他之所以這樣說是為了凸顯自己獨特的學術理念。他在《中國哲學史》中的諸多表述，如「中國只有法理學」「古代有名的政治家如管仲、商鞅、申不害之流」「講法治的書」等，已經顯示出他力圖擺脫前人已有的理論框架的束縛，回到哲學家、哲學著作本身，通過對第一手材料的分析，重新構建屬於自己的理論乃至理論體系的端倪。到了1958年，他為該書臺北版撰寫《自記》的時候，這一理念已經完全成熟。他明確指出自己的意圖是「直接回到可靠的史料，依據史料重新尋出古代思想的淵源流變」，並強調「這個治思想史的方法是在

〔註4〕歐陽哲生主編：《胡適全集》（第六卷），北京大學出版社，2013年版，第352～353頁。

〔註5〕《胡適全集》（第六卷），第144頁。

今天還值得學人的考慮的」。由此可見，胡適無論是推翻「六家」說還是推翻「九流」說，其核心意圖都是為了避免前人「舊說」的牽掣，直接以可靠的史料為據，重新建立屬於自己的「新說」。

趙吉惠《〈史記·論六家要指〉的文本解讀與研究》一文在反駁胡適「先秦無名家」的觀點時認為：「我們固然應當承認中國先秦學術思想史以儒、道、墨三家為主，但是，中國是多元文化，不能以此去否認其他諸家的存在。當然這是從思想方法說的，主要還應當看事實。先秦兩漢古籍記載惠施、公孫龍的言論事蹟較豐。從今存本《公孫龍子》和散見於《莊子·天下》篇中的惠施、公孫龍資料，可以看出他們不但有自己的哲學思想體系，而且有明確的社會政治主張，有相當多的弟子，有自己獨特的著作，有自己的學風，難道還不能成為一家嗎？」〔註6〕可見，胡適的這一想法是很好的，但問題也接踵而至。

就此我們再補充三點意見：第一，中國古代文化是「層累式」發展的，任何人的學說都不可能是純粹的戛戛獨造，它們都是在前人工作基礎上展開的。任何一則有歷史淵源的材料，在研究它之前的問題時，它是二手的；在研究它產生之時或產生之後的問題時，它又成了一手的。如果把它們都視為「舊說」一概推翻，就會導致越往後的研究越無法展開。第二，凡是有價值的學術研究，總歸是要提供新東西，無論是將前人已有的地基進一步挖深，還是將前人已有的堂廡進一步拓建，都必須要有自己獨到的貢獻。如果司馬談僅僅是將前人的史料一一排比駢列，那麼他的《論六家要指》大可不必做。第三，胡適先是不承認「法家」的存在，繼而連「六家」「九流十家」之說也一併推翻，照此邏輯推演下去，先秦以後二千餘年中學人們努力開闢的新領域、建立的新學說都將失去其存在的意義，這是令人難以接受的，也是很危險的。要而言之，胡適的處理辦法啟發學人在研究時要有獨立思考的意識，這是其獨到之處；但前人成說產生的時代背景、前人提出某說理論旨趣的現實原因，似也應加以考慮。

在胡適之後，任繼愈又撰《先秦哲學無「六家」——讀司馬談〈論六家要旨〉》一文認為：

> 自從司馬談著《論六家要旨》後，封建學者多以此為根據，認為先秦有「六家」。只要細讀司馬談原文，這恐怕是出於誤會。有些

〔註6〕趙吉惠：《〈史記·論六家要指〉的文本解讀與研究》，《人文雜誌》，1997年第6期，第85頁。

「家」在先秦根本不存在，也有些家，有其名而未必有其實——像
司馬談所列舉的那樣的內容。……先秦有的只是老子學派、莊子學
派、公孫龍學派等。道家、名家、陰陽家，先秦根本沒有過。那麼，
司馬談《論六家要旨》是不是造謠？也不是。他講的六家，是漢初
當時流行的六個重要學派。……司馬談的六家分類說，對於處理當
時百家眾說的複雜現象，是有其積極意義的，雖然不盡妥當，也不
夠深入，但在兩千年前，也算難得了。〔註7〕

可見，任繼愈之所以認為「先秦哲學無六家」，是從先秦哲學的實際存在樣態
出發進行分析的。他指出，有些「家」在先秦根本不存在，而有些家則有其名
而未必有其實，「司馬談所列舉的那樣的內容」與之並不完全相符。他又進而
明確強調：「先秦有的只是老子學派、莊子學派、公孫龍學派等。道家、名家、
陰陽家，先秦根本沒有過。」此論的邏輯起點與胡適如出一轍，即都是力圖回
到先秦各學派發生的現場，從前往後梳理先秦各學派的發展脈絡。與此同時，
我們也應該看到，任文也並沒有完全否定司馬談「六家」說的積極意義。

與胡適、任繼愈的看法不同，馮友蘭在《論「六家」》一文中則認為先秦
是存在「六家」的。他指出：

漢朝的歷史學家，對於先秦的哲學思想，作了不少整理和研究
的工作。對於先秦哲學思想的派別源流，提出了一些看法和解釋。
他們的這番工作，是中國哲學史研究的第一步。

漢朝的歷史學家第一個對先秦思想作整理研究工作的是司馬
談。《史記·太史公自序》裡保留有他創作的「論六家要旨」。他認
為先秦有六個學派，稱為六家：即儒、墨、名、法、陰陽、道德（道
家）。……劉歆認為先秦思想有十家。……我認為司馬談和劉歆的說
法，是有根據的。

他們（先秦各家）的思想發展成為體系，就成為各種學術流派。
這些流派是本來有的，司馬談和劉歆在記錄中把它們明確起來，給以
相當的名字，其中有些名字，是沿用原來有的名稱，例如儒家和墨家，
有些是他們給的新名稱，例如名家、法家、陰陽家、道家。〔註8〕

可見，馮文對司馬談「六家」說的繼承與創新之處認識得很清楚。他還指

〔註7〕任繼愈：《中國哲學史論》，上海人民出版社，1981年版，第431～434頁。
〔註8〕馮友蘭：《論「六家」》，《哲學研究》，1959年第Z2期，第69～75頁。

出，在先秦的典籍裏，像「儒」「儒者」「墨者」「隱者」「辯者」「法術之士」「重物輕生之士」等專指一類人的名稱是比較常見的。這也進一步說明司馬談在為「六家」命名時的繼承與創新之處。

趙吉惠也對司馬談「六家」說持肯定態度，並進一步對其理論貢獻進行了總結：「我認為司馬談概括的『六家說』是比較符合中國學術思想史發展實際的。《論六家之要指》在理論上明顯地做出了兩大貢獻。第一，對六家諸子學說，做出了比較準確的界定與概括，基本抓住了每家每派學說的核心與實質內容，為瞭解、認識中國思想文化，提供了宏觀、整體的理論框架，二千年來為中國學者所認同，至今仍是我們研究中國文化史的重要理論座標。第二，對六家諸子學說採取了分析的方法，他對每一家學說（道家除外），既肯定其長處，又指出其短處，從而建立了研究中國文化史的科學方法，奠定了研究中國學術思想史的良好學風，對於研究中國思想文化史具有普遍的方法論指導意義。」〔註9〕對司馬談「六家」說的實質及其在後代影響的概括是相當合理的。

二、司馬談「六家」說的繼承與創新

筆者認為，司馬談的「六家」說之所以能夠「對於處理當時百家眾說的複雜現象」具有積極意義，「從而建立了研究中國文化史的科學方法，奠定了研究中國學術思想史的良好學風，對於研究中國思想文化史具有普遍的方法論指導意義」，主要源自於他既有繼承又有創新的學術方法。司馬談首先對六家的理論內涵作了明確描述，邁出了先秦兩漢學術發展的關鍵一步，是學術進步的需要。關於司馬談的「六家」說是如何既繼承又創新的，學界已多有探討，下面主要選取兩個尚未見系統闡發的問題進一步論證之。

學界對司馬談「六家」說的爭議在於，有人質疑在他之前並無「六家」之說；至於其中各家之名，有的在他之前也不常見，有的則根本未見。其中對他「法家」提法的質疑尤為典型。眾所周知，在《孟子》中「法家」的名稱就已經出現，只是它的意涵並非完全是司馬談所指。《孟子·告子》篇曰：「入則無法家拂士，出則無敵國外患者，國恒亡。」漢趙岐《注》曰：「入謂國內也，無法度大臣之家、輔拂之士；出謂國外也，無敵國可難，無外患可憂。則凡庸之君驕慢荒怠，國常以此亡也。」〔註10〕直至南宋朱熹《集注》仍沿用此說曰：

〔註9〕 《〈史記·論六家要指〉的文本解讀與研究》，第86頁。
〔註10〕 〔戰國〕孟軻撰，〔漢〕趙岐注：《孟子》，上海古籍出版社，1990年版，第225頁。

－38－

「法家，法度之世臣也；拂士，輔弼之賢士也。」〔註11〕趙岐以為「法家」是指「法度大臣之家」，這雖與司馬談的「法家」不同，但肯定也具有司馬談所言之「法家」的「正君臣上下之分」的質素。對此我們只要看看古人是如何理解「法度」一詞即可明瞭。目前學界尚未見以「法度」為中介，探尋孟子「法家」一詞之義涵並進而比較其與司馬談「法家」一詞之義涵的異同者。下面嘗試以戰國至漢初的經典文本的詳細分析為基礎探究之。

考《荀子》一書，「法度」一詞共出現 9 次。首先，《荀子》中的「法度」一詞經常與「禮義」一詞同時出現，可見荀子所說的「法度」帶有濃厚的儒家色彩。《性惡》曰：「人之性惡，其善者偽也。……故枸木必將待檃栝、烝、矯然後直，鈍金必將待礱、厲然後利。……是以為之起禮義、制法度，以矯飾人之情性而正之，以擾化人之情性而導之也。始皆出於治，合於道者也。」〔註12〕荀子認為人性是惡的，因此需要「為之起禮義、制法度，以矯飾人之情性而正之，以擾化人之情性而導之」。因為「禮義」「法度」之於人之「情性」，正類似於檃栝、烝矯之於枸木，礱厲之於鈍金，都是「轉惡向善」必不可少的程序。在這裡，荀子將「制法度」與「起禮義」區別開來，可知「禮義」更傾向於道德層面的規範，而「法度」則更傾向於法律方面的準繩。《性惡》又曰：「聖人積思慮，習偽故，以生禮義而起法度，然則禮義法度者，是生於聖人之偽，非故生於人之性也。……故聖人化性而起偽，偽起而生禮義，禮義生而制法度。然則禮義法度者，是聖人之所生也。」〔註13〕與上一則材料一樣，這裡的「禮義」「法度」也是伴隨出現，可見它們是同一種更高範疇意義上的「規則」在不同社會層面上的具體表現。《大略》又曰：「三王既已定法度，制禮樂而傳之，有不用而改自作，何以異於變易牙之和，更師曠之律？無三王之法，天下不待亡，國不待死。」〔註14〕荀子又將「定法度」與「制禮樂」並列而言，同時將它們與易牙的烹飪之法、師曠的音樂之律相類比，表明它們都是各自領域中的普遍規律或最高法則。這裡的「法度」也是指社會管理的規則制度，法律規範、行政條例、道德準則等不同層面的原則、規定都包括在內。《大略》曰：「國將興，必貴師而重傅，貴師而重傅則法度存。國將衰，必賤師而輕傅，賤師而輕傅則人有快，人有快則法度壞。古者

〔註11〕〔宋〕朱熹：《四書集注·孟子集注》，上海古籍出版社，1987 年版，第 100 頁。
〔註12〕〔清〕王先謙：《荀子集解》，中華書局，1988 年版，第 434～435 頁。
〔註13〕《荀子集解》，第 437～438 頁。
〔註14〕《荀子集解》，第 518 頁。

匹夫五十而士。天子諸侯子十九而冠，冠而聽治，其教至也。」〔註15〕荀子認為「貴師而重傅」是「法度存」的關鍵，因為「師」和「傅」的主要職能就是教人以「法度」的。「賤師而輕傅則人有快，人有快則法度壞」是說師、傅之道一旦遭到輕視，人們就會陷入欲望的放縱、快意之中，這樣整個社會的「法度」就會敗壞。再結合荀子「冠而聽治，其教至也」的論述，可知這裡的「法度」更側重於指禮教，強調禮義之準則的教化作用。

其次，《荀子》中的「法度」一詞也可指國家組織體系在運轉過程中應該遵循的準則。《君道》曰：「道者何也？曰：君道也。君者何也？曰：能群也。能群也者何也？曰：善生養人者也，善班治人者也，善顯設人者也，善藩飾人者也。……善班治人者人安之……天子三公，諸侯一相，大夫擅官，士保職，莫不法度而公，是所以班治之也。」〔註16〕這裡的「道」主要是指「君道」，而君之所以為「君」，是因其「能群」，而「能群」有四個要求，被稱為「四統」；而「善班治人」正是「四統」之一，人君「善班治人」則「人安之」。那麼如何才算是「善班治人」呢？荀子認為，「天子三公，諸侯一相，大夫擅官，士保職，莫不法度而公，是所以班治之也。」也就是說，每個等級的官職設置都要有成法，而且人人都要各司其職，並最終做到「莫不法度而公」，這樣才能算「善班治人」。這個「法度」主要是指國家建立的組織體系及這個體系在運轉過程中應該遵循的準則。

在《韓非子》一書中「法度」也出現9次。首先，《韓非子》中的「法度」有時可泛指事物發展應遵循的普遍規律。《亡徵》曰：「辭辯而不法，心智而無術，主多能而不以法度從事者，可亡也。」〔註17〕這裡的「法度」，泛指各種處理事務的原則。《喻老》曰：「慈於子者不敢絕衣食，慈於身者不敢離法度，慈於方圓者不敢捨規矩。故臨兵而慈於士吏則戰勝敵，慈於器械則城堅固。」〔註18〕這裡的「法度」是指護身、修身之法。《安危》曰：「安術有七，危道有六。安術：一曰、賞罰隨是非，二曰、禍福隨善惡，三曰、死生隨法度，四曰、有賢不肖而無愛惡，五曰、有愚智而無非譽，六曰、有尺寸而無意度，七曰、有信而無詐。」〔註19〕這裡的「法度」是指關乎「死生」的規律。就自然層面

〔註15〕《荀子集解》，第 511～512 頁。
〔註16〕《荀子集解》，第 237 頁。
〔註17〕陳奇猷：《韓非子集釋》，上海人民出版社，1974 年版，第 269 頁。
〔註18〕《韓非子集釋》，第 379 頁。
〔註19〕《韓非子集釋》，第 438 頁。

而言，指生老病死的自然法則；就社會層面而言，指觸犯刑律的誅罰。「死生隨法度」，就是說在上述兩個層面都要謹慎，都要「隨」，如此方能「安」。這也就是「慈於身者不敢離法度」的意思。

其次，《韓非子》中的「法度」多數情況下是指國家治理的準則。《有度》曰：「故當今之時，能去私曲就公法者，民安而國治；能去私行行公法者，則兵強而敵弱。故審得失有法度之制者加以群臣之上，則主不可欺以詐偽。」〔註20〕這裡的「法度之制」既是指與「私曲」相對立的能使「民安而國治」的「公法」，也是指與「私行」相對立的能使「兵強而敵弱」的「公法」。要而言之，皆是指「以法治國」的原則、方法。《外儲說・左上》曰：「韓昭侯謂申子曰：『法度甚易行也。』申子曰：『法者見功而與賞，因能而受官，今君設法度而聽左右之請，此所以難行也。』」〔註21〕這裡的「法度」就是「見功而與賞，因能而受官」之「法」的具體準則，同時也要求立法者要有不「聽左右之請」的公正之心。

最後，《韓非子》中的「法度」在指國家治理的準則時，尤其強調其不同於儒家之「法度」的功能，帶有濃重的法家色彩。《八說》曰：「匹夫有私便，人主有公利。不作而養足，不仕而名顯，此私便也。息文學而明法度，塞私便而一功勞，此公利也。」〔註22〕這裡將「私便」與「公利」對立，也說明「法度」具有公正性，同時「明法度」與「息文學」對舉，則體現了其對「法度」一詞不同於儒家的理解。《八經》曰：「明主之道，臣不得以行義成榮，不得以家利為功。功名所生，必出於官法；法之所外，雖有難行，不以顯焉；故民無以私名。設法度以齊民，信賞罰以盡民能，明誹譽以勸沮，名號、賞罰、法令三隅，故大臣有行則尊君，百姓有功則利上，此之謂有道之國也。」〔註23〕這裡的「法度」是指各種「齊民」的辦法、策略，並特別強調「臣不得以行義成榮」，也與儒家對「行義」的普遍強調不同。《顯學》曰：「以仁義教人，是以智與壽說也，有度之主弗受也。故善毛嬙、西施之美，無益吾面，用脂澤粉黛則倍其初。言先王之仁義，無益於治，明吾法度，必吾賞罰者亦國之脂澤粉黛也。故明主急其助而緩其頌，故不道仁義。」〔註24〕也是明確反對「以仁義教

〔註20〕《韓非子集釋》，第 68 頁。
〔註21〕《韓非子集釋》，第 662 頁。
〔註22〕《韓非子集釋》，第 974 頁。
〔註23〕《韓非子集釋》，第 1037 頁。
〔註24〕《韓非子集釋》，第 1099～1100 頁。

人」，而主張「明吾法度，必吾賞罰」。

在《管子》中「法度」一詞共出現 15 次。首先，《管子》中的「法度」一詞可泛指國家治理的普遍準則。《形勢解·管子解》曰：「儀者，萬物之程序也。法度者，萬民之儀表也。禮義者，尊卑之儀表也。故動有儀則令行，無儀則令不行。故曰：進退無儀，則政令不行。」〔註25〕從上下文可見，「儀」就是「程序」，「法度」就是「儀表」，「儀」與「法度」是相同的，只是一個指更抽象的萬物運行程序，一個指更具體的萬民生息程序。《中匡·內言》曰：「桓公曰：『昔三王者既弒其君，今言仁義，則必以三王為法度，不識其故何也？』」〔註26〕這裡的「法度」取其廣義，有榜樣、標杆的意思。《中匡·內言》又曰：「公曰：『請問為國。』對曰：『遠舉賢人，慈愛百姓，外存亡國，繼絕世，起諸孤，薄稅斂，輕刑罰，此為國之大禮也。法行而不苛，刑廉而不赦，有司寬而不凌，菀濁困滯，皆法度不亡，往行不來，而民遊世矣，此為天下也。』」〔註27〕這裡的「法度」是指「為國」進而「為天下」之法。「此為國之大禮也」之「禮」是「法度」的同義詞，並不是特指禮教，而是泛指「為國」「為天下」的普遍準則。《明法·區言》曰：「威不兩錯，政不二門。以法治國，則舉錯而已。是故有法度之制者，不可巧以詐偽。有權衡之稱者，不可欺以輕重。有尋丈之數者，不可差以長短。」〔註28〕這裡的「法度」是指「以法治國」的原則、方法。《明法解·管子解》曰：「法度者，主之所以制天下而禁姦邪也，所以牧領海內而奉宗廟也。私意者，所以生亂長奸而害公正也，所以壅蔽失正而危亡也。故法度行則國治，私意行則國亂。明主雖心之所愛，而無功者不賞也。雖心之所憎而無罪者弗罰也。案法式而驗得失，非法度不留意焉。」〔註29〕「法度」可以「制天下而禁姦邪」「牧領海內而奉宗廟」，可見是兼指法律層面的制度和道德層面的禮法；「法度」與「私意」對立，說明其具有公正性；「法度」與「法式」同出，說明二者是近義詞。《明法解·管子解》又曰：「明主者，有法度之制，故群臣皆出於方正之治，而不敢為奸。百姓知主之從事於法也，故吏之所使者，有法則民從之，無法則止。」〔註30〕這裡的「法度之制」也是指「以法

〔註25〕黎鳳翔撰，梁運華整理：《管子校注》，中華書局，2004 年版，第 1181 頁。
〔註26〕《管子校注》，第 379 頁。
〔註27〕《管子校注》，第 386 頁。
〔註28〕《管子校注》，第 916 頁。
〔註29〕《管子校注》，第 1210～1211 頁。
〔註30〕《管子校注》，第 1213 頁。

「治國」的制度、方法。

其次，《管子》中的「法度」一詞也可用於特指國家生活中的某一領域的具體準則。《兵法・外言》曰：「舉兵之日而境內不貧者，計數得也。戰而必勝者，法度審也。勝而不死者，教器備利而敵不敢校也。得地而國不敗者，因其民。因其民則號制有發也，教器備利則有制也，法度審則有守也。」〔註31〕結合上下文來看，「戰而必勝者，法度審也」的「法度」主要是指運籌帷幄、決勝制敵的軍隊管理制度或軍法制度。《君臣・短語》曰：「朝有定度衡儀以尊主位，衣服縟絻盡有法度，則君體法而立矣。」〔註32〕在這裡，「法度」與「衣服、縟絻」同出，意在指「衣」「服」的品級、等級。在作者看來，這也是「君體法而立」的重要方面。《七臣七主・雜篇》曰：「暴主迷君非無心腹也，其所取捨，非其術也。故明主有六務四禁。六務者何也？一曰節用，二曰賢佐，三曰法度，四曰必誅，五曰天時，六曰地宜。……侵臣事小察以折法令，好佼反而行私請。故私道行則法度侵，刑法繁則奸不禁。」〔註33〕從上下文可見，作為「六務」之一的「法度」主要是指各種具體的法律法規。「私道行則法度侵，不侵法度則無以成其私」則反映出了「法度」具有「公」的精神內涵。《形勢解・管子解》又曰：「明主內行其法度，外行其理義。故鄰國親之，與國信之。有患則鄰國憂之，有難則鄰國救之。」〔註34〕這裡的「法度」特指國內的管理辦法，同時與「理義」構成互文，說明「法度」「理義」是並列的概念，二者具有相通性。

此外，同屬法家學派的《六韜》中「法度」一詞出現1次。《文韜・文師》曰：「太公曰：『帝堯王天下之時……吏忠正奉法者尊其位；廉潔愛人者厚其祿；民有孝慈者愛敬之；盡力農桑者慰勉之。旌別淑慝，表其門閭。平心正節，以法度禁邪偽。所憎者有功必賞，所愛者有罪必罰。』」〔註35〕從「以法度禁邪偽」這句話來看，一個「禁」字表明「法度」與「邪偽」是勢不兩立的。以「法度」禁「邪」，說明「法度」具有「正」的內涵；以「法度」禁「偽」，說明「法度」具有「真」的內涵。這句話之前還有「平心正節」四字，它們也表明了「法

〔註31〕《管子校注》，第317頁。
〔註32〕《管子校注》，第559頁。
〔註33〕《管子校注》，第993～1002頁。
〔註34〕《管子校注》，第1188頁。
〔註35〕〔周〕呂望：《六韜》，《叢書集成初編》（第954冊），中華書局，1991年版，第2頁。

度」含有「平」「正」的意涵；而「所憎者有功必賞，所愛者有罪必罰」則說明「法度」要求「去私存公」。至於吏「忠正奉法者」「廉潔愛人者」應如何對待，百姓「孝慈者」「盡力農桑者」應如何對待，則是「法度」之精神在治吏、治民等領域的具體體現。「法度」一詞在《商子》中出現3次。其《修權第十四》曰：「夫倍法度而任私議，皆不類者也」〔註36〕，又曰：「廢法度而好私議，則姦臣鬻權以約祿」〔註37〕。其《慎法》曰：「今夫世俗治者，莫不釋法度而任辯慧，後功力而進仁義，民故不務耕戰。」〔註38〕《慎子》出現「法度」1次。《太平御覽》四百二十九引曰：「有權衡者，不可欺以輕重；有尺寸者，不可差以長短；有法度者，不可巧以詐偽。」〔註39〕《司馬法》出現「法度」1次。其《仁本》曰：「其次賢王制禮樂法度，乃作五刑……興甲兵，以討不義。」〔註40〕這些材料對「法度」一詞的理解都與《韓非子》《管子》類似甚至完全相同。諸書間相互承襲的關係雖未能遽定，但都反映了法家學派的共同理解則是基本可以肯定的。屬於老莊學派的《莊子》一書出現「法度」4次。其《外篇·在宥》曰：「昔者黃帝始以仁義攖人之心，堯舜於是乎股無胈，脛無毛，以養天下之形，愁其五藏以為仁義，矜其血氣以規法度。然猶有不勝也」〔註41〕。其《外篇·天運》曰：「故夫三皇五帝之禮義法度，不矜於同而矜於治。故譬三皇五帝之禮義法度，其猶柤梨橘柚邪！其味相反而皆可於口。故禮義法度者，應時而變者也。」〔註42〕另，其《外篇·天道》曰：「禮法度數，刑名比詳，治之末也。」〔註43〕雖未直接出現「法度」一詞，但「禮法度數」的表述也有助於理解「法度」一詞的內涵。至於《文子》一書言必託「老子曰」，其中「法度」一詞也出現9次，其對「法度」作用的理解似乎與莊子不同，但其對「法度」本身的闡釋也不外乎「禮法」「度數」等涵義，不再贅述。

　　以上所述諸家著作，其成書年代或早或晚，但大致不出戰國至漢初這個時

〔註36〕〔清〕孫詒讓：《商子校本》，中華書局，2014年版，第61頁。

〔註37〕《商子校本》，第61頁。

〔註38〕《商子校本》，第90頁。

〔註39〕〔戰國〕慎到：《慎子》，《叢書集成初編》（第581冊），中華書局，1991年版，第10頁。

〔註40〕〔春秋〕司馬穰苴：《司馬法》，《叢書集成初編》（第954冊），中華書局，1991年版，第2頁。

〔註41〕〔清〕郭慶藩：《莊子集釋》，中華書局，1961年版，第373頁。

〔註42〕《莊子集釋》，第514～515頁。

〔註43〕《莊子集釋》，第468頁。

間跨度；所涉及學派有儒家、法家、道家等，他們對「法度」作用的理解存在較大差異，但對「法度」一詞的界定卻具有很大的相似性。通過對以上諸例的分析可見，各家對「法度」的理解是重疊的，至少是交叉的而不是對立的。由此我們也可以判定，趙岐以「法度」一詞訓釋孟子所言的「法家」，這個「法度」與《韓非子》《管子》等法家學派經典著作乃至整個戰國至漢初學術語境下的「法度」義涵也是重疊交叉的，而不是對立排斥的。進一步推想可知，孟子所言的「法家」與法家學派的「法家」雖然有所不同，但它們的義涵也是重疊交叉的，而不是對立排斥的。如此一來，我們可以說司馬談的「法家」一詞極有可能是直接繼承自孟子，繼而對其內涵進行了創新性改造。具體做法是，在將其儒家成分剝離出去的同時，又將其未能包含的法家成分注入進去，從而賦予「法家」一詞符合自己理論體系的新內涵。此外還需要注意的是，在《管子》一書中「法家」與「六家」的名稱都已存在：

> 桓公問管子曰：「特命我曰：『天子三百領，泰嗇，而散大夫准此而行。』此如何？」管子曰：「非法家也。大夫高其壟，美其室，此奪農事及市庸，此非便國之道也。民不得以織為繼綃，而狸之於地。彼善為國者，乘時徐疾而已矣，謂之國會。」（見《管子·山至數》）〔註44〕

> 桓公曰：「何謂五官技？」管子曰：「詩者，所以記物也。時者，所以記歲也。《春秋》者，所以記成敗也。行者，道民之利害也；《易》者所以守凶吉成敗也。卜者，卜凶吉利害也。民之能此者，皆一馬之田，一金之衣。此使君不迷妄之數也。六家者，即見其時，使豫先蚤閒之日受之。故君無失時，無失策，萬物興豐無失利。」（見《管子·山權數》）〔註45〕

按《管子》一書中的材料，最晚也當編寫於西漢初年，這裡的「法家」概念與司馬談所理解的「法家」概念已經基本相同。只是所引材料中講的是法家的「便民之道」而不是司馬談所論的「正君臣上下之分」；當然這並不矛盾，因為司馬談所論乃是法家的主導特徵。至於書中的「六家」，是指《詩》、時、《春秋》、行、《易》、卜這六種學問，與司馬談的「六家」有所不同，但從各家的具體內容來看已經與司馬談的「六家」有很大的相似性。如果司馬談不是

〔註44〕《管子校注》，第 1337 頁。
〔註45〕《管子校注》，第 1310 頁。

借鑒《管子》，也當是對西漢初年流行的學術觀點的進一步總結、提煉。從司馬遷對其父親師承淵源及其「愍學者之不達其意而師悖」的創作心理的強調來看，司馬談「六家」說也定是淵源有自，其與《管子》「六家」很可能有著某種相關性。據此，我們可以最終得出如下結論：「法家」乃至「六家」名稱在司馬談之前或同時稍早已經存在，司馬談的做法屬於典型的「舊瓶裝新酒」，而且這個「酒」的部分材料也已是現成的，司馬談只是添加了新材料，並改造了釀酒方法。

另外，司馬談的繼承與創新還體現在他對「數目分類法」的使用上。這一分類方法體現了中國傳統的思維方式。北齊楊休之編《陶淵明集》時收有《集聖賢群輔錄》二卷，又被稱為「四八目」。之所以被稱為「四八目」，是因為其中以「四」或「八」分類的較多，當然也有以其他數目分類的，例如「四嶽」「四凶」「九官」「舜七友」「舜五臣」「文王四友」「周八士」「太姒十子」「周十亂」「作者七人」「四科」「戰國四豪」「商山四皓」等等，囊括了從上古傳說時期到魏晉時期的許多知名的以數目分類的人物群體，可謂是集「數目分類法」之大成。這些分類多是以先秦典籍的記載為依據，充分說明了古人對「數目分類法」的偏好。也正是因為古人很早就有這種偏好，故而往往會有意地將人物乃至學派群落按照數目進行劃分的習慣。當然，像「太姒十子」這樣的數目不能刻意為之，因為如若太姒只生了九個兒子，非要湊成十個數，這未免太不合情理。至於像「文王四友」「周八士」這樣的歸類則是後人有意為之，因為文王不可能只有四個朋友，而周朝也不可能只有八個士，後人之所以這樣分，是因為他們覺得只有這四個人或八個人在某種品質或學問上最具代表性，而其他人雖然也具有這種品質或學問，但卻不足以代表之。司馬談的「六家」分類也正是如此，他覺得將先秦的思想流派分為「六家」已經基本可以反映當時的學術面貌之主流；而劉向、劉歆父子之所以要進一步細化為「九流十家」，是因為他們的目的是為了給圖書分類，如果只說最重要的派別，很多圖書就無法歸類。總而言之，無論是司馬氏父子還是劉氏父子，他們對「數目分類法」的運用都是對中國古代傳統思維方式的繼承，在繼承的同時，也根據實際工作的需要進行了創新。洪堡特曾經說過：「歸根到底，天才的創造始終只按照一個民族對之進行理解的方式產生影響。」〔註46〕這也

〔註46〕〔德〕洪堡特著，姚小平譯：《論人類語言結構的差異及其對人類精神發展的影響》，商務印書館，1999年版，第234頁。

許正是司馬談、劉歆等人的「六家」「九流」諸說得以在很長一段時期內被普遍理解、接受的深層原因。

三、以西學為參照系看「六家」說的方法論意義

我們用西方人的觀點來分析中國的學術問題，往往會有方柄圓鑿的危險，稍有不慎便會產生生搬硬套的嫌疑。但他們的闡述作為一種參照系或思維的刺激物，往往能使我們跳出具體問題的泥沼，重新以更宏觀的視角去分析問題。既然學術乃天下之「公器」，那麼無論是東方還是西方，在「鑄器」方法上肯定是有普遍性的。近年來學界在研究司馬談「六家」說時，已經出現了一些帶有西方理論思維色彩的成果，這些成果都或多或少地體現了這種普遍性。例如美國學者蘇德愷在《司馬談所創造的「六家」概念》一文中說：「我的意見如此：司馬談從一個新的角度分析當時思想界。他所重視的是概念，而不是各個門派或者不同觀點的淵源。他將天下各個歷史時期的見解與論述集合起來分為六部分。這些概念不再停留在狹義的各『家』內，而是被司馬談歸入一些綜合的新類目。」〔註47〕這一觀點就相當成功地跳出了具體問題的泥沼，從「概念」「類目」等宏觀角度來審視司馬談的「六家」說。鄧曦澤在《問題、方法與經典——〈論六家要旨〉的啟示》一文中說：「司馬談以『問題＋方法＋效用』的方法理解經典，據此，可以提取出他的經典觀，概括為『問題與方法』的經典觀，並暫且表述為：一部經典需要面對一定的問題，並且為問題提供一定的解決方法……司馬談的經典觀在先秦是常見的，只不過他的表述非常規整，把他的經典觀非常清晰、準確、集中地體現出來了，因而具有代表性。」〔註48〕將司馬談的「經典觀」，提煉為「問題＋方法＋效用」的經典觀，並從方法論視角對這一經典觀進行了界定，同時也肯定了它的方法論意義，這也是傳統的細節考辨方法難以做到的。我們以西學為參照系對司馬談「六家」說加以考察後，發現其方法論意義至少還可以從以下方面加以闡釋：

第一，司馬談的「六家」說運用了「綜合」與「檢驗」的方法。德國學者洪堡特在闡述亞里士多德的貢獻時曾指出：「他尋覓和搜集事實，努力把事實

〔註47〕〔美〕蘇德愷：《司馬談所創造的「六家」概念》，《中國文化》，1992 年第 2 期，第 134 頁。

〔註48〕鄧曦澤：《問題、方法與經典——〈論六家要旨〉的啟示》，《哲學動態》，2010 年第 6 期，第 70～71 頁。

提高到普遍觀念的層次；他對前人建立的各種知識系統進行檢驗，指出他們的漏洞，並力圖通過深入探索人類認識能力而構建起他自己的系統。他以超人的智慧綜括起了大量的知識，同時，他依據概念的劃分，用一種統一的關係把所有這些知識貫穿起來。」〔註49〕這一論述用在創立「六家」說的司馬談身上，也同樣適用。司馬談正是通過「尋覓和搜集事實」，努力把先秦學術各流派的「事實」提高到了「普遍觀念的層次」；同時他也對「前人建立的各種知識系統進行檢驗，指出他們的漏洞」，並「通過深入探索」從而「構建起他自己的系統」。洪堡特還說過：「在連續不斷的活動和進步中，精神會發展至這樣一個階段：它彷彿終止了預感和猜度，力圖鞏固已積累起的知識，並將全部的知識綜合為一體。就在這個時期，誕生了科學，並且從科學中發展出了學術思想。」〔註50〕這也使我們想到，隨著春秋戰國學術思想發展到漢初，它也在呼喚著「終止了預感和猜度，力圖鞏固已積累起的知識，並將全部的知識綜合為一體」的學者和學術方法的出現，而司馬談的「六家」說正是順應了這一學術史發展潮流的產物。波蘭學者托波爾斯基也說過：「每一種歷史研究都是依據較為廣闊的背景知識而進行的。沒有這一類知識，甚至在史料中發掘出信息都是不可能的。這類知識能在不同程度上有助於或無助於以正確的（即客觀的或真是的）方式來看待過去。」〔註51〕這與洪堡特「對前人建立的各種知識系統進行檢驗」之論如出一轍，「歷史研究都是依據較為廣闊的背景知識而進行的」，司馬談也正是如此，他以此為基礎來「看待過去」，故而能夠成功地「在史料中發掘出信息」。

第二，司馬談的「六家」說體現了「主導」與「核心」的觀念。美國學者羅曼·雅各布森主張將詩歌進化看作一個系統內的成分變化，這些變化與一個「移動中的主導物」功能有關：「藝術手法的等級制度在一個特定的詩歌種類的構架之內發生變化；此外這種變化還影響詩歌種類的等級制度，同時還波及藝術手法在單個種類之間的分配。最初是次要的、或從屬變異的樣式現在佔據了前臺的顯著位置，而規範化樣式則被推到了後面。」〔註52〕這一理論使我們

〔註49〕《論人類語言結構的差異及其對人類精神發展的影響》，第236頁。
〔註50〕《論人類語言結構的差異及其對人類精神發展的影響》，第236頁。
〔註51〕〔波蘭〕托波爾斯基著，張家哲等譯：《歷史學方法論》，華夏出版社，1990年版，第2頁。
〔註52〕〔美〕羅伯特·休斯著，劉豫譯：《文學結構主義》，生活·讀書·新知三聯書店，1988年版，第141頁。

想到，當「六家」中的各家僅僅作為構成先秦學術這樣「一個有結構的系統」中一個不起眼的因素的時候，它自然沒有資格被視為一種學說，但隨著學術的進化，它的位置在學術「制度」中由次要、從屬地位逐漸「轉移」到「前臺」「主導」地位，它也就具備了成為獨立學說的合法性。法國學者茨維坦·托多洛夫的一段論述也能說明這一點：「在每一個時代，那些相同特徵的核心總是伴有數目很多的其他特徵，不過人們並不看重這些特徵，因此，它們對於把一部作品歸入一種體裁併不起決定性作用。結果便是，根據人們對一部作品這種或那種結構特徵之重要性的判定，這部作品可以屬於不同的體裁。」〔註53〕托多洛夫對「特徵」的理解使我們想到，無論司馬談「六家」中的各家存在何等複雜的層次，都不能影響它各自成為一個獨立的學說。因為由核心特徵支撐起的各家學說完全可以「伴有數目很多的其他特徵」，當其某一種特徵「並不起決定作用的時候」，人們完全可以不看重它，但當它一旦成為核心，決定了人們對其中的「這種或那種結構特徵之重要性的判定」的時候，它就有了成為一種獨立學說的資格。

　　第三，司馬談「六家」說具有構建「理想世界」與組建「概念裝置」的色彩。美國學者喬姆斯基認為：「不要把世界看得太複雜；通過人工設計、設法將其縮減至一小部分理想世界，從而可以對其做深入研究。產生這樣的想法是科學的巨大進步；事實上，這只是最近期才有的事情。通過對理想世界的研究，我們或許還可以找到一些有助於我們理解其他事物的相關原則；我們可以將此看作純科學，即和應用無關、旨在建立基本理論結構的科學。」〔註54〕這使我們想到，司馬談不也正是「通過人工設計」，設法將紛繁複雜的先秦學術狀況「縮減至一小部分理想世界，從而可以對其做深入研究」的嗎？他當然也知道先秦學術不止「六家」，但是這「六家」已經足以構建先秦學術的「理想世界」。他進而「找到一些有助於我們理解其他事物的相關原則」，他的最終設想也「旨在建立基本理論結構的科學」。喬姆斯基還說過：「概念裝置一旦在使用和運轉，我們便進入人類行為。而不管人類行為多麼複雜，可以說，總是在概念裝置的某種『考慮』之中，概念裝置總能對其做出解讀。和我們差不多的人，或者對其自身的認識跟我們相同者，或者能從我們的境地來思

〔註53〕〔法〕茨維坦·托多洛夫著，懷宇譯：《詩學》，商務印書館，2016年版，第81～82頁。

〔註54〕〔美〕喬姆斯基著，曹道根、胡朋志譯：《語言的科學》，商務印書館，2015年版，第14頁。

考的人，對我們正在說的東西都能大致理解。」〔註55〕這使我們想到，司馬談的「六家」說也正是這樣一種「概念裝置」，當司馬談將其提出來之後，它就進入了「使用和運轉」的過程。正是因為我們的行為「總是在概念裝置的某種『考慮』之中，概念裝置總能對其做出解讀」，故而「和我們差不多的人，或者對其自身的認識跟我們相同者，或者能從我們的境地來思考的人」，總是能對司馬談的「六家」說「大致理解」。喬姆斯基在論述伽利略的治學方法時也指出：「理論建構需要聚焦於一點，需要對情景作理想化處理，伽利略對此深信不疑。」〔註56〕這使我們想到，司馬談的理論建構不也正是聚焦於一點，「對情景作理想化處理」後所得出的結論嗎？如果有人認為司馬談的「六家」說因忽略了某些細節問題而顯得不夠周嚴，那麼喬姆斯基的這段話已足以回應之。

第四，司馬談「六家」說蘊含著強烈的「系統」觀念。托波爾斯基認為：「只有當我們把某一門學科看作是一個歷史的整體，也就是把它當成一個正在變化著的系統，我們才能瞭解其發展的辯證法和特有的問題。這還將揭示出該學科的發展趨勢。」〔註57〕這也啟發我們，應該將司馬談的「六家」說置於中國古代學術思想史這個「正在變化的體統中」去考察，應該考慮他的提法是否推進了學術思想史的發展，而不應過度糾結於他創造的新名詞是否在前代存在這類問題。托波爾斯基又指出：「在對系統發展進行有效的歷史研究時是不可能把實際考察與理論思維分割開來的。歷史學家越有研究普遍規律的自覺性，他的研究也將更會有成效。具有研究普遍規律的自覺性是歷史學家所掌握的理論知識型的一種功能。」〔註58〕這使我們想到，司馬談肯定也具有「研究普遍規律的自覺性」，故而他才能「對系統發展進行有效的歷史研究」。喬姆斯基也說過：「合併本身是每一種理論都接受的；如果你有一個系統，能生成無限多含層級組織的表達式，那麼至少，你得有一個合併操作或類似的東西，不管你怎樣去表述它。」〔註59〕這使我們想到，司馬談也正是使用了「合併」方法來對先秦的學術流派加以研究的。先秦學術就像一個「能生成無限多含層級組織的表達式」的系統，而司馬談對「六家」的提煉則像「一個合併操作」。

〔註55〕《語言的科學》，第 23 頁。
〔註56〕《語言的科學》，第 15 頁。
〔註57〕《歷史學方法論》，第 57 頁。
〔註58〕《歷史學方法論》，第 5 頁。
〔註59〕《語言的科學》，第 53 頁。

第五，司馬談的「六家」說為古典學方法論研究提供了典型樣本。托波爾斯基指出：「根據某一模式所進行的十分合理的某些活動，當面臨著一個較新階段所制定的目標時，便有可能顯得十分不合理。合理與不合理永遠也不可能做到涇渭分明，另一方面，對兩者也應聯繫在一起考慮。」〔註60〕這使我們想到，司馬談「六家」說在戰國至漢初的學術發展過程中屬於「根據某一模式所進行的十分合理的某些活動」，但是到了近現代，「當面臨著一個較新階段所制定的目標時，便有可能顯得十分不合理」，這也就解釋了胡適為什麼嘗試推翻他的「六家」說。我們最終應該清醒地認識到，「合理與不合理永遠也不可能做到涇渭分明，另一方面，對兩者也應聯繫在一起考慮」。托波爾斯基還指出：「儘管最一般地來說，歷史研究的各種模式是隨著時代的發展而變化的，其中的一種模式會始終在一個較大範圍內占主導地位；但是，沒有一種研究模式會完全消失，因為它們總是能找到支持者和再度時興的環境。說隨著歷史科學的發展，那些研究模式的數量也一直在不斷增加，這是一點也不誇張的。在某一特定時刻，在科學上最雄心勃勃的一種研究模式都會成為評價逐漸消退或再度復興的模式的標準。每一種模式都會對歷史研究具有一定的價值。即使是往往在否定前一種研究模式的同時而得到發展之後的一種研究模式，多少也會利用前者的技術成果。有時，當某種研究方式仍占主導地位時，也會出現新的解釋問題方式的傑出先驅者，並制訂出新的目標。」〔註61〕這也進一步說明了，司馬談的「六家」說雖然一度遭到了質疑，但直至今日依然具有強大生命力的原因。托波爾斯基在闡述「科學分類的標準」時的一段話也有助於審視現當代以來關於司馬談「六家」說的爭論：「將科學進行分類的人們有時採用了描述的方式，即按照某門特定的學科原來的樣子來看待它；但有時則採取了規範的方式，即按照他們認為應該有的樣子來看待它。不注意到這兩者間的區別有時會引起表面上的爭論，而參加爭論的各派心裏所想的卻都不是他們所爭論的那些東西。因此，劃分某一給定學科的方式可以由它的研究內容、所用方法及結果的見解來決定；而且，在每一案例中，某一特定標準既可以適用於那一學科的實際情況，也可以適用於它的理想形象。」〔註62〕由此可見，司馬談「六家」說是「採取了規範的方式」，即按照他認為先秦學術「應該有的樣子

〔註60〕《歷史學方法論》，第 58 頁。
〔註61〕《歷史學方法論》，第 59 頁。
〔註62〕《歷史學方法論》，第 650～651 頁。

來看待它」；而反對者們則是「採用了描述的方式」，即按照先秦學術「原來的樣子來看待它」。二者之間之所以會出現爭論，乃是因為沒有「注意到這兩者間的區別」。故而雖然參加爭論的各派「有時會引起表面上的爭論」，而事實上他們「心裏所想的卻都不是他們所爭論的那些東西」。在現當代學術界，圍繞司馬談「六家」說的評價問題業已形成了一個小型的專題學術史，無論參與討論的各方採用何種視角、在何種層面展開探討，其探討本身已足以說明司馬談「六家」說是古典學方法論研究的一個典型樣本。

《史記》對先唐詩歌的影響綜論

　　中國古代詩、史皆蔚為大宗，二者同源異流彼此交融。作為「史家之絕唱，無韻之《離騷》」的《史記》，汲取百家鎔鑄一體，其義邃情濃的文學特性，給予後代詩歌創作極大的啟發和影響。因此探討《史記》與後代詩歌的關係，既有助於梳理《史記》在後代詩人中的接受情況，發掘其自身的抒情特質；又有利於揭示中國古代詩歌深厚的歷史內蘊，體悟古代詩人深廣的精神內質。《史記》對唐前詩歌雖不如對唐宋以後詩歌影響大，但是探討先唐詩歌接受《史記》的情況，有助於探究《史記》影響古代詩歌的全貌，並且對探討詩、史間文體互滲的表現及規律也多有裨益。

一、詩、史互滲的理論基礎

　　關於詩、史互滲，聞一多和錢鍾書都從起源上論述過二者的相通性。聞一多在《神話與詩》中說：「原來《詩》本是記事的，也是一種史。」〔註1〕錢鍾書也說：「先民草昧，詞章未有專門。於是聲歌雅頌，施之於祭祀、軍旅、婚媾、宴會，以收興觀群怨之效。記事傳人，特其一端，且成文每在抒情言志之後。賦事之詩，與記事之史，每混而難分。」〔註2〕又說：「古代史與詩混，良因先民史識猶淺，不知存疑傳信，顯真別幻。號曰實錄，事多虛構。想當然耳，莫須有也。述古而強以就今，傳人而藉以寓己。史云呼哉，直詩而已。」〔註3〕古代樂師司教，史官掌書，二者雖各司其職，但職事仍有重合之處，樂

〔註1〕聞一多：《神話與詩》，上海人民出版社，2006年版，第174頁。
〔註2〕錢鍾書：《談藝錄》，三聯書店，2007年版，第102頁。
〔註3〕《談藝錄》，第122頁。

師參與「奠世系」的史事傳承，史官也加入「禮樂詩書」的製作保管，而所謂的「瞽史」更是身兼二職，樂師與史官身份及職事的交叉，也加深了詩、史的彼此交融。詩、史初創之際混同難分，隨著後代體類意識的逐步提升，二者漸漸走上不同的發展道路，然而即使在分道揚鑣之後，它們依然互有交涉，留有當初融合的印跡，並非涇渭分明。因此，錢鍾書指出後人對此問題的認識不足：「於詩則概信為徵獻之實錄，於史則不識有梢空之巧詞。只知詩具史筆，不解史蘊詩心。」〔註4〕史書往往寄託了史家的詩情詩思，而詩歌又多融入了詩人的史識史筆。孟子「《詩》亡然後《春秋》作」（《孟子·離婁下》）即一語道出詩、史間傳承互滲的真相。《詩》具有興觀群怨的教化功能，《春秋》也有勸善懲惡的著述目標，《史記》記載孔子述史是因為「我欲載之空言，不如見之於行事之深切著名也」（《太史公自序》），可見二者體制雖別，宗旨則一，都寄寓了相似的社會理想，承接了相同的文化擔當；並且尚簡用晦的「春秋筆法」與《詩經》的比興手法也不無關聯。

作為「繼《春秋》」的《史記》，在繼承了《春秋》以史明義的史學傳統的基礎之上，更是廣泛吸納了古代詩歌的精神營養，以其濃鬱的抒情特質，顯現出更耀眼的詩性光華。對此，古今學者多有論述。劉熙載說「學《離騷》得其情者為太史公」（《藝概·文概》）〔註5〕，魯迅將《史記》譽為「史家之絕唱，無韻之《離騷》」（《漢文學史綱要》）〔註6〕，范文瀾評價《史記》「體史而義《詩》，貴能言志云耳」（《文心雕龍·史傳》）〔註7〕，李長之謂「《史記》是中國的史詩」〔註8〕。以上學者都對《史記》的詩性特徵了然於心，所論皆具啟發性。《史記》作為西漢及其以前史書的集大成之作，在繼承先秦泛史觀的同時融進了個體懷抱，因而比之前的史書更具抒情特徵。東漢至魏晉，文人的文體意識越來越自覺清晰，詩、史分途更甚，二者雖偶有交叉，但界限大體分明，總體趨勢上詩歌走向緣情而史學走向徵實，因此集文學性與史學性於一身的《史記》，在後代的接受中也花開兩朵、齊頭並豔：文學性在詩歌、散文、小說、戲曲的創作中傳承不息；史學性在史書的撰寫裏發揚光大。可以這樣說，《史記》比之前、乃至之後的史書都更具文學性，可謂前無古人後無來者。

〔註4〕《談藝錄》，第 123 頁。
〔註5〕王氣中：《藝概箋注》，貴州人民出版社，1986 年版，第 36 頁。
〔註6〕魯迅：《魯迅全集·編年版》（第 4 卷），人民文學出版社，2014 年版，第 373 頁。
〔註7〕范文瀾：《文心雕龍注》，人民文學出版社，1958 年版，第 304 頁。
〔註8〕李長之：《司馬遷之人格與風格》，三聯書店，2013 年版，第 399 頁。

因此，研究中國古代受《史記》影響的詩歌材料，一方面能更好地發掘《史記》的抒情特徵，另一方面也可以更深地理解詩人詠史背後的深層寄寓，寫實手法裏的現實關懷與精義風神上的淵源所自。而《史記》對唐前詩歌之影響雖不如對唐宋及其以後詩歌之影響大，但是尋找《史記》與唐前詩歌的契合點，既能加深對先唐詩歌內蘊及風格的體認理解，又能藉此窺探唐前士人的心靈史軌跡。李澤厚在《中國美學史》中就曾指出：「到了魏晉，那種所謂『慷慨以使氣』的文風，也不能說沒有司馬遷所遺存的影響」。〔註9〕可見魏晉南北朝詩歌與《史記》之間確實存在著千絲萬縷的聯繫。因此對唐前詩歌接受《史記》的情況進行探討，既可以為唐宋及其以後的研究提供便捷，又有助於進一步探究《史記》影響古代詩歌的全貌；更深層次上，既然《史記》對先秦詩歌有所接受，對唐前詩歌又多有影響，那麼勾勒出《史記》接受先秦詩歌及影響唐前詩歌的軌跡，也將有助於探討詩、史互滲的表現及規律。

二、唐前《史記》傳播的先決條件

《史記》在唐前的傳播情況，是其影響先唐詩歌創作的先決條件，而唐前《史記》的傳播也經歷了曲折歷程。《史記》在兩漢時期傳播受限，直到東漢中後期才流傳稍廣，魏晉之後司馬遷的史才史德得到較為廣泛的認可，《史記》成為文人易得的案頭之書。

司馬遷死後，《史記》單篇散傳，直到西漢宣帝時的楊惲才正式公布全本於世，《漢書·司馬遷傳》記載：「遷既死後，其書稍出。宣帝時，遷外孫平通侯楊惲祖述其書，遂宣布焉。」〔註10〕然而《史記》流傳不久即有缺失，褚少孫在《史記·龜策列傳》中說：「臣往來長安中，求《龜策列傳》不能得，故之大卜官，問掌故文學長老習事者，寫取龜策卜事，編於下方。」〔註11〕到東漢班彪、班固父子時《史記》已有「十篇缺焉」。雖然武帝怒而刪削的說法並不可靠，但兩漢時期《史記》確實被統治集團目為「謗書」而限制其流傳。甚至其百科全書的性質與體量也一度限制了它的傳播。漢成帝時期，東平王劉宇上疏求讀諸子及《史記》，成帝聽從王鳳的意見「《太史公書》有戰國縱橫權譎之謀，漢興之初謀臣奇策，天官災異，地形厄塞：皆不宜在諸侯

〔註9〕李澤厚、劉綱紀：《中國美學史：先秦兩漢編》，安徽文藝出版社，1999年版，第486頁。
〔註10〕〔漢〕班固：《漢書》，中華書局，1962年版，第2737頁。
〔註11〕〔漢〕司馬遷：《史記》，中華書局，2014年版，第3920頁。

王。不可予」〔註12〕而拒絕了劉宇的請求，由此可見統治者對《史記》的流傳控制頗嚴，普通士人並不能輕易看到，只有臣子有功時才能獲得皇帝所賜的部分篇章。《後漢書・竇融列傳》記載了光武帝賜給竇融相關篇章的史事：「帝深嘉美之，乃賜融以外屬圖及太史公《五宗》《外戚世家》《魏其侯列傳》。」〔註13〕《後漢書・王景列傳》也記載了漢明帝賜予王景《史記》篇章的情景：「永平十二年，議修汴渠，乃引見景，問以理水形便。景陳其利害，應對敏給，帝善之。又以嘗修濬儀，功業有成，乃賜景《山海經》《河渠書》《禹貢圖》，及錢帛衣物。」〔註14〕《史記》篇章在賜書之列，僅僅是因為內容有所關聯，並不代表統治者對《史記》整體的認可，相反，《史記》往往被統治者拿來當作反面教材。漢明帝在授命班固修《漢書》時即下詔：「司馬遷著書成一家之言，揚名後世，至以身陷刑之故，反微文刺譏，貶損當世，非誼士也。」〔註15〕直至東漢末的王允還在斥《史記》為謗書：「昔武帝不殺司馬遷，使作謗書，流於後世。」〔註16〕可見，《史記》由於受上層統治集團的打壓限制，兩漢期間的傳播情形較為慘淡，但也並非湮沒無聞。

西漢褚少孫即因喜愛《史記》而補作亡篇殘篇，桓寬《鹽鐵論》及劉向《別錄》也分別節括、引用《史記》原文，揚雄在《法言》中肯定了《史記》的實錄精神，西漢末王莽為其政治目的「求封遷後，為史通子」，同時續作《史記》的也不乏其人。劉知幾《史通・正史》篇云：「《史記》所書，年止漢武，太初以後，闕而不錄。其後劉向、向子歆，及諸好事者，若馮商、衛衡、楊雄、史岑、梁審、肆仁、晉馮、段肅、金丹、馮衍、韋融、劉恂、蕭奮等相繼撰續，迄於哀平間，猶名《史記》。」〔註17〕東漢衛宏在《漢舊儀》中記錄了司馬遷的生平事蹟：「司馬遷父談，世為太史。遷年十三，使乘傳行天下，求古諸侯之史記。」（《太平御覽》卷二百三十五引）〔註18〕桓譚《新論》指出「太史公《三代世表》，旁行斜上，並效《周譜》。」〔註19〕班彪、班固父子讚揚了司馬遷的實錄精神和良史之才，班固《漢書》還為司馬遷立傳並收錄其《太史公自

〔註12〕《漢書》，第3324～3325頁。
〔註13〕〔南朝宋〕范曄：《後漢書》，中華書局，1965年版，第803頁。
〔註14〕《後漢書》，第2456頁。
〔註15〕嚴可均：《全後漢文》，中華書局，1958年版，第49頁。
〔註16〕《後漢書》，第2006頁。
〔註17〕〔清〕浦起龍：《史通通釋》，上海古籍出版社，2009，第338頁。
〔註18〕王國維：《太史公行年考》，《觀堂集林》，中華書局，1959年版，第484頁。
〔註19〕柳詒徵：《國史要義》，吉林人民出版社，2013年版，第83頁。

序》和《報任安書》，這為讀者瞭解《史記》的創作背景提供了便捷。以上種種都促進了《史記》的傳播。

到了東漢中後期，《史記》流傳愈廣。王充在《論衡》中論述了司馬遷的天命觀，並肯定了史遷的實錄精神及《史記》內容的真實性；張衡讚揚了《史記》功臣表的優點，但認為不記三皇是體例上的缺失。桓靈時代，《史記》書名由原來的《太史公書》或《太史公記》轉變為現在的《史記》，有《執金吾丞武榮碑》「闕幘傳講《孝經》《論語》《漢書》《史記》」〔註20〕，以及《東海廟碑》「闕者秦始皇所立，名之秦東門闕，事在《史記》」〔註21〕的碑文為證；可見正如梁玉繩《史記志疑》所言：「蓋取古『史記』之名以名遷書，尊之也」〔註22〕。還值得一提的是，同時的張遷碑文還曾節括《史記》原文。此外，還出現《史記》注本：張昶的《龍山史記注》和延篤的《史記音義》，雖然二書今已亡佚。衛颯約《史記》要言為《史要》，高誘引用《史記》文注釋《戰國策》和《呂氏春秋》，鄭玄在《詩譜敘》中讚揚了《史記》年表在體例上的優長，荀悅承認司馬遷「幽而發憤」的著述態度：「司馬子長既遭李陵之禍，喟然而歎，幽而發憤，遂著史記，始自黃帝，以及秦、漢，為《太史公記》。」〔註23〕總而言之，《史記》在東漢中後期的地位有所上升，在文人間的傳播也較西漢廣泛。

魏晉之際，《史記》因其卓越的敘事和濃鬱的抒情受到文人青睞，傳播甚廣，地位也有了大幅度的提升。《三國志》記載曹丕「少誦詩、論，及長而備歷五經、四部，史、漢、諸子百家之言，靡不畢覽」〔註24〕。曹植在《與楊德祖書》中說：「若吾志未果，吾道不行，則將採庶官之實錄，辯時俗之得失，定仁義之衷，成一家之言。雖未能藏之於名山，將以傳之於同好」〔註25〕，這正是對司馬遷著書行為的認同與嚮往。甚至，面對魏明帝斥《史記》為謗書的指責，王肅當面駁斥：「司馬遷記事，不虛美，不隱惡。劉向、揚雄服其善敘事，有良史之才，謂之實錄。漢武帝聞其述《史記》，取孝景及己本紀覽之，於是大怒，削而投之。於今此兩紀有錄無書。後遭李陵事，遂下遷蠶室。此為隱切在孝武，

〔註20〕〔清〕王昶：《金石萃編》卷十二，清嘉慶十年刻同治錢寶傳等補修本，第1a頁。
〔註21〕〔宋〕洪适：《隸釋》卷二，四部叢刊三編景明萬曆刻本，第11b頁。
〔註22〕韓兆琦：《史記選注匯評》，中州古籍出版社，1990年版，第635頁。
〔註23〕張舜徽：《廣校讎略‧漢書藝文志通釋》，華中師範大學出版社，2004年版，第34頁。
〔註24〕〔晉〕陳壽：《三國志》，中華書局，1982年版，第90頁。
〔註25〕張可禮、宿美麗編選：《曹操曹丕曹植集》，鳳凰出版社，2014年版，第280頁。

而不在於史遷也。」（《魏書‧王肅傳》）〔註26〕這是「肯定了司馬遷的『實錄』精神。」〔註27〕魏晉之時，還出現了將《史記》《漢書》《東觀漢記》並列的「三史」之稱：《三國志》記載孟光「尤銳意三史」（《蜀書‧杜周杜許孟來尹李譙郤傳》）〔註28〕，孫權「至統事以來，省三史、諸家兵書，自以為大有所益」（《吳書‧呂蒙傳》注引《江表傳》）〔註29〕；《晉書》也記載劉兼「明習詩、禮、三史」（《晉書‧劉喬傳》）〔註30〕。此外，記錄、宣傳史遷生平事蹟，注解評論《史記》優長的也不乏其人：皇甫謐《高士傳》保存了司馬遷與摯峻的交往資料，張華《博物志》保存了「太史令茂陵顯武里大夫司馬遷，年二十八，三年六月乙卯除，六百石」（《索隱》引《博物志》）〔註31〕的生平資料，甚至漢陽太守殷濟為司馬遷修建祠墓廣大其功；至於王蔑、張瑩、徐廣、葛洪諸人，則分別著《史漢要集》《史記正傳》《史記音義》《史記鈔》評注《史記》（今多亡佚）；華核指出《史記》具有「敘錄功美」的作用，袁宏也指出《史記》有教化之功，韋昭指出《史記》取材《國語》並肯定了《史記》的實錄精神，劉魄指出《史記》對「春秋筆法」的繼承，葛洪在《西京雜記》中肯定了司馬遷的良史之才以及「詞旨抑揚，悲而不傷」的藝術風格，並在《抱朴子》中駁斥了班固提出的「史公三失」，杜發在《遺應詹書》中讚揚了司馬遷為李陵辯護的高風亮節。

　　魏晉之前，《漢書》的地位始終高於《史記》；魏晉以降，士人對《史記》的認可超過了《漢書》。傅玄即指出《漢書》相較於《史記》的不足：「吾觀班固《漢書》，論國體，則飾主闕而抑忠臣，救世教，則貴取容而賤直節，述時務，則謹辭章而略事實，非良史也。」（《傅子‧補遺上》）〔註32〕並指出班固的著述人格也不如史遷：「班固《漢書》，因父得成，遂沒不言彪，殊異馬遷也。」（《競林》引《傅子》）張輔論證了在文辭簡約、勸善懲惡、創造發凡方面，《漢書》和《史記》的差距。袁宏也指出《漢書》對《史記》的因循：「班固源流周贍，近乎通人之作，然因藉史遷，無所甄明。」〔註33〕以上評

〔註26〕《三國志》，第 418 頁。
〔註27〕范子燁：《竹林軒學術隨筆》，鳳凰出版社，2012 年版，第 187 頁。
〔註28〕《三國志》，第 607 頁。
〔註29〕《三國志》，第 1064 頁。
〔註30〕〔唐〕房玄齡：《晉書》，中華書局，1958 年版，第 1676 頁。
〔註31〕《史記》，第 4001 頁。
〔註32〕張大可：《〈史記〉文獻研究》，民族出版社，1999 年版，第 339 頁。
〔註33〕〔清〕嚴可均輯：《全上古三代秦漢三國六朝文》（第 4 冊），河北教育出版社，1997 年版，第 590 頁。

論是從史才、史德方面給予司馬遷的肯定，陶淵明更是在文學情感的層面與之產生了共鳴：「昔董仲舒作《士不遇賦》，司馬子長又為之，余尚以三餘之暇日，講習之暇，讀其文，慨然惆悵久之。」（《感士不遇賦·序》）〔註34〕又說：「余讀《史記》，有所感而述之」。（《讀史述九章》自注）〔註35〕由此可知，《史記》在史學及文學上的成就，魏晉之際已有了初步的發掘和接受。

南北朝時期《史記》進一步傳播。南朝鄒誕生和裴駰都為《史記》作注，裴駰所著《史記集解》成為現存最早的《史記》注疏本，梁武帝蕭衍敕群臣以《史記》為藍本編纂《通史》，蕭統《文選》也收錄了司馬遷的《報任安書》。同時，文人學者對《史記》的評價風生水起。謝靈運「貴史奇子長，愛賦托子雲」（《北亭與吏民別》）以及謝朓「假使班、馬復生，無意過此」的評價，即是對馬遷史才的肯定；范曄在《後漢書·班固傳》中繼承了華嶠「遷文直而事核，固文贍而事詳」的觀點；沈約和劉昭都承認《史記》體例的開創之功；劉勰《文心雕龍》更是結合班彪的意見全面評論《史記》「實錄無隱之旨，博雅弘辯之才，愛奇反經之尤，條例踳落之失」（《史傳第十六》）〔註36〕，並指出《史記》紀傳體較之《左傳》編年體的創新，以及班固《漢書》對《史記》的因循，在《頌讚》篇中，劉勰還指出馬、班對讚體的貢獻。此外，《史記》的抒情性也頗受關注：《梁書》卷九記載曹景宗「頗愛史書，每讀穰苴、樂毅傳，輒放卷歎息曰：『丈夫當如是！』」〔註37〕南朝時期，《史記》在佛教信徒中也有所傳播，並且南朝佛教人士對《史記》的評價與東晉一脈相承，都強調《史記》的離經傾向：東晉釋道安在《二教論》中繼承了「史公三失」和「尚奇弊儒」的觀點，南朝宋宗炳在《明佛論》中指責了《伯夷列傳》對天命的懷疑。〔註38〕《史記》在北朝的傳播同樣廣泛。《魏書》載闞駰「三史群言，經目則誦」，酈道元撰《水經注》引用《史記》原文，《顏氏家訓》對《史記》個別字詞有所考證，《隋書》載潘徽「猶精三史」，包愷、李密精通《史記》《漢書》。此外，崔鴻、李彪、李諧、高枯等人更是肯定了馬遷史才，崔鴻指出談、遷父子因「感漢德之盛」而作《史記》，李彪指出《史》《漢》的語言風格為「華實

〔註34〕逯欽立校注：《陶淵明集》，中華書局，1979年版，第145頁。
〔註35〕《陶淵明集》，第179頁。
〔註36〕《文心雕龍注》，第284頁。
〔註37〕〔唐〕姚思廉：《梁書》，中華書局，1973年版，第178頁。
〔註38〕湯用彤：《漢魏兩晉南北朝佛教史》，上海人民出版社，2015年版，第1～6頁。

兼載，文質彬彬」〔註39〕，李諧「慚班子之繁麗，微馬生之簡實」〔註40〕。甚至，《史記》在此時遠播海外，傳至朝鮮和日本。《周書》記載朝鮮「書籍有五經、三史、《三國志》《晉陽秋》」〔註41〕，據覃啟勳考證「《史記》是在公元600年至604年之間由第一批遣隋使始傳日本的。」〔註42〕總之，《史記》在南北朝時期有了進一步傳播，但相較於兩漢時期的打壓和魏晉時期的青睞，南北朝文人對《史記》的評價呈現出客觀化趨勢。

綜上可見，《史記》在唐前經兩漢低谷走向魏晉南北朝的廣泛傳播，其地位雖不及唐宋時崇高，但史學成就和文學成就都或深或淺地得到了認可。史學方面，《史記》體例上的整合創新，選材上的深刻獨到，語言上的簡潔明瞭成為當時共識；文學方面，司馬遷愛奇的審美傾向，發憤的創作心理以及《史記》濃鬱的抒情特質也偶被提及。如此種種，都為《史記》影響先唐詩歌的創作做足了準備。

三、《史記》影響先唐詩歌的研究空間

目前學界對《史記》的文學性多有關注，然而多集中於《史記》的敘事藝術及其對後世小說、戲曲的影響。至於《史記》的抒情特質，也大多只限於論述《史記》對後代散文的影響，對《史記》之於詩歌尤其是唐前詩歌的影響則關注甚少。只有為數不多的幾篇論文對此進行了專門探討。例如常昭《〈史記〉與漢魏晉詩歌》（《青海社會科學》，2007年第5期）一文以及辛謙的碩士論文《魏晉詩歌對〈史記〉的接受研究》（重慶工商大學，2013年），就統計了魏晉詩歌取材《史記》的情況。常文將魏晉詩歌取材《史記》的情況分為三種類型：記其人，述其事，追其情。辛文在概述魏晉時代《史記》傳播狀況的基礎上，以阮籍、左思、陶淵明三位詩人為重點，探討了魏晉詩人吟詠、化用《史記》人、事的情況，以及由此呈現出來的表現方式和時代思想。

除此之外，陳瑩和蔡丹二位的博士論文也分專章進行了探討。陳瑩《唐前〈史記〉接受史論》（陝西師範大學，2009年）第三章《唐前詩歌對〈史記〉

〔註39〕〔清〕嚴可均輯《全後魏文》，商務印書館，1999年版，第419頁。

〔註40〕〔北齊〕魏收：《魏書》，中華書局，1974年版，第1458頁。

〔註41〕北京大學韓國學研究中心編：《韓國學論文集》（第22輯），中山大學出版社，2014年版，第2頁。

〔註42〕龐德謙主編：《司馬遷與〈史記〉研究年鑒2007》，陝西人民出版社，2008年版，第102頁。

的接受》，在量化分析的基礎上，論述了漢、魏晉、南北朝及隋三個歷史時期接受《史記》情況的異同，並論述了唐前詩歌在接受方式及題材拓展上受之於《史記》的影響：在接受方式上，論述了用詞、用典、詠史三個方面；在題材拓展上，論述了遊俠、遊仙、詠史、詠懷諸體對《史記》的繼承與創新。蔡丹《古代詩人接受〈史記〉論稿》（陝西師範大學，2012 年）上篇第一章《唐前詩人接受〈史記〉研究》，通過分期研究的方式，論述了兩漢、魏晉、南北朝三個歷史時期詠史詩接受《史記》的異同及成因。

上述論文在研究思路和文本解讀上都極大地推進了《史記》對先唐詩歌的影響研究，但此研究仍有兩點可推進之處。

第一，除了詠史詩之外，其他類型詩歌對《史記》的接受情況也需多加關注。誠然，《史記》對後代詩歌最直接最明顯的影響，即在於後代詩歌對《史記》人、事的吟詠和化用，前者為詠史詩，後者為用典。因此探討詠史詩最能明確看出《史記》的影響軌跡。然而，《史記》除了是史學著作之外也是一部文學傑作，它對後世詩歌的影響不僅僅在於提供素材，更有精神、筆法上的潤澤陶冶。《史記》為遊俠、刺客立傳並歌頌其人性光輝的卓識，促進了唐前遊俠詩的發展；史遷關注現實的實錄精神，激發了唐前「詩史」性質詩歌的延綿創作；其「幽而發憤」的著書態度，更是加深了文人詩的個體抒懷。凡此種種，都是《史記》對先唐詩歌或直接或間接的影響。因此研究《史記》對先唐詩歌的影響情況，應當在充分論證《史記》詩學特質及傳播情況的前提下，探討《史記》在題材、筆法、精神、風格諸方面給予先唐詩歌的影響：詩歌題材上，除了論述直接受惠於《史記》的詠史詩以外，也應兼顧留存了《史記》人格遺韻的遊俠詩，和重現了《史記》悲壯場景的邊塞詩；詩學精神上，可探討繼承了實錄筆法的感時傷亂之詩，體現了不朽精神的抒情言志之詩，以及延續了幽憤情懷的諷世述懷之詩。

第二，還需進一步精確詠史詩對《史記》的取材範圍。司馬遷「厥協六經異傳，整齊百家雜語」（《太史公自序》），全面融匯了前朝當代各類文化成果，僅史書已是「採《左氏》《國語》，刪《世本》《戰國策》，據楚、漢列國時事」（《後漢書·班彪傳》）等。由此可見，《史記》所載人、事絕大部分已載於其他古籍，並且有不少就是對其他史料的直接因襲；同時，《史記》也影響了後代正史、雜傳等著述，《史記》所載人、事也多見於《列仙傳》《漢書》《燕丹子》《吳越春秋》等書。雖然集大成的《史記》對前代史書有光大之實，較後

代史書有開創之功，但不能凡是詩歌吟詠的人、事，只要《史記》有所記載即被視為《史記》的影響。事實上，《史記》在唐前的地位遠不如後代那樣崇高，因其卓越的文學成就而被推崇備至是唐朝古文運動之後的事，唐前《史記》的傳播比不上一直居於經學正統地位的《春秋》，甚至在兩漢時期連《漢書》的地位也不及。因此，在探討詠史詩接受《史記》影響問題時，要格外注意詩歌的取材範圍，對於詩歌中涉及的歷史人、事，有史料表明是因《史記》而作的自然視為《史記》的影響；沒有史料表明，則通過比較《史記》與其他書籍所載同一人、事的異同，判斷詩歌是否取材《史記》。大體原則是：《史記》不載或因承他書的部分不視為《史記》的影響，《史記》獨創部分即使見於後代史書也一律視為《史記》的影響，後代史書涉及《史記》人、事卻有所創新的部分視為他書的影響。具體論述如下：

　　《史記》以黃帝開篇，但《史記》所載的黃帝是一個「披山通道，未嘗寧居」（《五帝本紀》）的儒家聖王形象，至於乘龍成仙的荒誕雜說，《史記》多不取，因此後代遊仙詩中屢屢涉及的黃帝成仙故事則不便視為《史記》的影響。百里奚事蹟在《史記》中也有記載，但《史記》卻不載百里奚相堂認妻的情節，因此，高允先生指責百里奚忘妻行為的《百里奚歌》自然也非取材《史記》。諸如此類在先前史料或傳說中存在但《史記》不取的內容，後代詩歌有所吟詠則不視為《史記》的影響。

　　眾多儒家經典中出現的人物如堯、舜、禹、周文王、周武王、周公、姜尚等，《史記》多是據舊籍載入，因此後代吟詠堯、舜、禹等人的詩歌，則不納入《史記》的影響範圍。此外，《仲尼弟子列傳》記載的子貢炫富、原憲安貧的事蹟，《韓詩外傳》已有記載。《秦本紀》記載的三良殉葬史事，《韓詩外傳》也有記述，何況《詩經·黃鳥》聲淚俱下的抒情本身，當比純粹的史書記事更具感染力，因此王粲、阮瑀、曹植等人的詠三良詩，似乎受《詩經》影響的可能性更大一些。其他如老子、莊子、韓非子等諸子，雖司馬遷為之立傳，但他們各自有專著流傳，並且魏晉玄學興盛之際老、莊地位甚高，因此詠諸子的詩歌似乎不能完全算作《史記》的影響。此類《史記》因襲前書，或傳主有他書傳世並在先唐的影響甚至大於《史記》的人、事，後代詩歌有所吟詠也不視為《史記》的影響。

　　《史記·李將軍列傳》中記載的李陵事蹟，雖《漢書》多有承襲，但班固對李陵降敵後半生的敘述更為詳細，尤其是聲情並茂地描述了李陵、蘇武的

離別場景，而這對後來蘇李詩的創作或許不無啟發，因此，後代詩歌如庾信《詠懷》中數次吟詠的蘇、李離別也只能算作《漢書》的影響。又如伍子胥復仇的故事，諸多史書都有記載，雖然《史記》對前代史書有所超越，在對子胥以逃代死的選擇由被動而主動的改述中，塑造了更為鮮明的人物性格，但漁夫蘆中托渡子胥的情節《史記》並未提及，對此《吳越春秋》卻詳加敘述，由此可知鮑幾「日暮江波急，誰憐漁丈人」（《伍子胥》）以及蕭綱「舟裏多奇計，蘆中復吐誠」（《武員廟》）等詩，便不是取材《史記》。因此，凡後代史書在因襲《史記》人、事的基礎之上別有添加的情節，後代詩歌若有吟詠即視為他書的影響。

上述三類情況大體上都不能納入《史記》的影響範圍，能明確算作《史記》影響的，是那些取材於《史記》獨創內容的詠史詩歌，試論如下：

伯夷、叔齊的事蹟，《論語》《左傳》等書都有涉及，然而司馬遷將《伯夷列傳》置於列傳第一，並且在傳中闡揚了天報不公的思想，表現出對天命觀的懷疑。陶淵明《飲酒·其二》對夷、齊的評價與《伯夷列傳》如出一轍，這當然是受到了《史記》的影響。

荊軻刺秦的故事在《戰國策》中記載頗詳，《史記》對此直接承襲，甚至文字都出入無多，以至於學界圍繞到底是《史記》採用《戰國策》文，還是劉向校書援《史記》文入《戰國策》的問題爭論不休，其實無論是《史記》援《戰國策》文還是《戰國策》援《史記》文，都不可否認《史記》對荊軻故事的創新。《戰國策》描述了荊軻受命於太子丹到刺秦失敗的全過程，而《史記》在敘述此段故事之前，別具匠心地加入了荊軻學劍不精以及在市中豪飲的情節：學劍不精直接導致刺秦失敗，這符合史學家司馬遷見微知著、原始察終的一貫思維；市中豪飲的情節突出了荊軻的豪俠性情，這與《史記》以人為中心的著述旨趣相一致。因此，後代詩歌如左思《詠史八首》第七首吟詠荊軻燕市豪飲，以及陶淵明歎惋「惜哉劍術疎，奇功遂不成」的《詠荊軻》詩，只能是受了《史記》而不是其他史書的影響。並且《戰國策》因其記錄策士言論的離經傾向，在唐前的傳播情形比《史記》更為慘淡，因此唐前詩人取材《史記》比取材《戰國策》的可能性要大得多。至於荊軻故事，後來的《燕丹子》一書有專門敘述，但大體不出《史記》牢籠，只不過語言更為繁複，因此取材《燕丹子》的詩歌也可勉強算作《史記》的間接影響。

《史記》述楚漢間事多據《楚漢春秋》，雖然《楚漢春秋》在南宋以後亡

佚，但在唐前它屢獲好評，史學地位不算很低，從後人輯得的零星佚文來看，陸賈的《楚漢春秋》敘事詳細且生動，應當在史料和寫作方面都給予了司馬遷很大的影響。然而陸賈作為劉邦近臣，其所著篇章又多為劉邦所過目，因此其著作傾向必定是擁漢反楚。雖然司馬遷也擁護大漢統一，但其「傳畸人於後世」的著述宗旨，使得馬遷屢屢逸出常軌。馬遷在《項羽本紀》中，將項羽精心塑造成英勇無畏的悲劇英雄；在《季布欒布列傳》中，由衷地歌頌了「得黃金百斤，不如得季布一諾」的俠情高義；在《淮陰侯列傳》中，多次強調韓信的忠心不反，並揭示出「狡兔死，良狗亨；高鳥盡，良弓藏；敵國破，謀臣亡」的歷史真相。這樣的思想傾向恐怕為陸賈的《楚漢春秋》所不具，因此後世詩人詠歎項羽、韓信等人的詩歌，大多是受到了《史記》的影響。

除此之外，《史記》中季札掛劍、邵平種瓜的獨創內容，也為詠史詩提供了素材；後代詩歌並詠屈原、賈誼，就是對司馬遷合傳思想的認同；馬遷在《遊俠列傳》中將戰國四公子歸為卿相之俠，張華詠四公子的《遊俠詩》，不得不說是受了《史記》的啟發。另外，《史記》記錄整理當代檔案及民間傳說的內容，也應視作《史記》的功勞，因為檔案藏於朝廷書庫，除史官之外，士人接觸的可能性極小，而民間傳說具有地域性的限制，因而它們都有待《史記》的加工整理而流傳。之所以要對後代詩歌的取材範圍做如此精確的區分，是為了揭示《史記》影響詠史詩的特殊性。

四、餘　論

中國古代詩、史同源異流，除了史可證詩之背景、詩可補史之缺失以外，詩與史還在精神、筆法上彼此滲透、相互影響。「《詩》亡然後《春秋》作」（《孟子‧離婁下》），正說明了二者在文化精神及功能表達上的相通。正如錢鍾書所云，中國古代往往是「詩具史筆」而「史蘊詩心」。

作為「史家之絕唱，無韻之《離騷》」（《漢文學史綱要》）的《史記》，更是顯著地體現了詩史交融的痕跡。《詩經》的言志傳統、美刺功能和比興手法，以及《楚辭》的發憤抒情精神和以悲為美風格，都給予了《史記》很深的影響。《史記》在接受先秦詩歌的過程中，呈現出了抒情言志的詩學內質、連類美刺的詩性思維、參差搖曳的詩化語言和悲涼慷慨的詩歌意境，從而具有了鮮明的詩學特性。同時，《史記》也影響了後代的詩歌創作。其「不虛美，不隱惡」（揚雄語）的實錄精神，影響了反映「世積亂離，風衰俗怨」（《文心雕龍‧時序》）的詩史之作；其對三不朽精神的闡揚，激發了後代詩人對建功立業及立

言不朽的追求；其發憤著書精神，更是影響了諷世抒懷的幽憤之詩。此外，《史記》記載的大量歷史人物，為詠史詩創作提供了素材；《遊俠列傳》對遊俠的褒美態度，促進了遊俠詩的崛起和繁榮；《史記》塑造的沙場英雄和遊俠形象，為邊塞詩的人物刻畫提供了借鑒，其描繪的邊塞圖景和悲壯場面，則影響了邊塞詩中的環境描寫。

後代史書的文學成就雖無法與《史記》媲美，但它們依然呈現出與詩歌交融互滲的狀態。班固就極為重視詩歌創作，因此《漢書》詳細記載了漢樂府的機構運作，並保留了大量的漢樂府歌詩。班固也往往融詩入史，如《李廣蘇建傳》就通過《李陵歌》的援引，聲情並茂地描繪了蘇、李離別的情景，從而在表現出濃鬱抒情性的同時，也對後代的詩歌創作產生了深刻的影響。此外，《史記》《漢書》的論贊，還為贊體詩的發展做出了貢獻，對此，劉勰在《文心雕龍·頌贊》篇中指出：「及遷《史》固《書》，託贊褒貶；約文以總錄，頌體以論辭，又紀傳後評，亦同其名。」〔註43〕到了南朝時期，駢文盛行，詩歌的對仗藝術受到極大的關注，受此影響，史書更是以駢文寫就踵事增華。這種趨勢雖在唐宋古文運動之後得以減輕，但餘弊猶存，以至於章學誠提出「文人不可與修志」（《書〈姑蘇志〉後》，見《遺書》卷十四）的極端觀點，由此可見中國古代詩、史交融之甚。

詩史互滲對文體的發展產生了深遠的影響。中國古代詩歌在史學精神及史筆的潤澤下，呈現出深重的憂患意識，強烈的批判精神，明顯的寫實傾向和夾敘夾議的語言風格。而史書在取法詩歌的過程中，由於偏重個體情感的抒發，往往揭露了真實的人物心理，從而抒寫了深刻的歷史實情。或許正因於此，李長之才會評價《史記》：「乃不唯超過了政治史，而且更超過了文化史，乃是一種精神史，心靈史了。」〔註44〕

〔註43〕《文心雕龍注》，第 673 頁。
〔註44〕《司馬遷之人格與風格》，第 266 頁。

史家之絕唱，無韻之《離騷》
——《史記》的詩學特質

  《史記》的詩學特質，古今學者多有論述。劉熙載說「學《離騷》得其情者為太史公」（《藝概・文概》）〔註1〕，章學誠謂「《騷》與《史》，皆深於《詩》者也」（《文史通義・史德》）〔註2〕，魯迅評價司馬遷「恨為弄臣，寄心楮墨，感身世之戮辱，傳畸人於千秋，雖背《春秋》之意，固不失為史家之絕唱，無韻之《離騷》矣。惟不拘於史法，不囿於字句，發於情，肆於心而為文」〔註3〕，范文瀾也評價史遷「發憤著書，辭多寄託。景、武之世，尤著微旨，彼本自成一家之言，體史而義《詩》，貴能言志云耳」〔註4〕，郭沫若和李長之則將《史記》譽為中國的史詩。以上學者都關注到了《史記》的抒情言志特徵，以及《史記》對《詩經》《離騷》的繼承。在取法《詩》《騷》的過程中，《史記》顯露出抒情言志的詩學內質，連類美刺的詩性思維，參差搖曳的詩化語言，悲涼慷慨的詩歌意境，這些都是其詩學特質的反映。

一、《史記》的詩學淵源

  《史記》呈現出濃鬱的詩學特質與司馬遷的詩人氣質密不可分。其詩人氣質的形成，亦有詩學上的淵源。西漢政權的締造者多為楚人，因而好楚聲。統治階層對楚聲的喜好，導致了楚辭在社會上的風靡。其後，武帝罷黜百家，獨

〔註1〕 《藝概箋注》，第36頁。
〔註2〕 〔清〕章學誠：《文史通義》，上海古籍出版社，2015年版，第70頁。
〔註3〕 《魯迅全集・編年版》（第4卷），第373頁。
〔註4〕 《文心雕龍注》，第304頁。

尊儒術，作為儒家五經之一的《詩》，自然享有崇高地位，當時已有齊、魯、韓、毛四家解《詩》。《詩經》《楚辭》在漢初的盛行，使得司馬遷不可避免要受其影響；並且，在接受影響的過程中，司馬遷還自覺將《詩》《騷》傳統內化為《史記》的抒情特質。

（一）取法《詩經》：「體史而義《詩》」

《史記》取法《詩經》，並非單純取法《詩經》文本，更多的還是對《詩經》學的取法。《詩經》對《史記》的影響，主要體現在以下三個方面：情志並重的言志傳統，諷諫美刺的社會功能，連類譬喻的藝術手法。

《詩經》作為中國詩歌的源頭，從一開始就表現出明確的言志傾向，並由此奠定了中國古代言志的詩學傳統。「詩言志」，既包括言政治諷諫之志，也包括言日常生活情思。在先秦，《詩》曾被社會各階層吟詠，所詠範圍幾乎涵蓋了日常生活的各類情感，然而在先秦至漢代的闡釋史上，《詩經》的日常生活之「情」經常被政治諷諫之「志」取而代之。《左傳・襄公二十七年》所載的「詩以言志」，是對春秋賦詩言志情況的說明，而賦詩言志通常是通過對《詩》的斷章取義，來表達一國的政治企圖，其行為本身就體現出對「詩言志」的政治化塑形。因此，孔子說：「誦《詩》三百，授之以政，不達；使於四方，不能專對；雖多，亦奚以為？」（《論語・子路》）〔註5〕這正是對「詩言志」政治化的認同。到了漢代，經學昌盛，漢儒更是站在經學的高度，強調「詩言志」的政治道德內容。齊、魯、韓、毛四家解《詩》，紛紛以歷史事件比附《詩經》原意，其「四始」說、「正變」說的提出，正是對《詩經》政治諷諫之旨的突顯。先秦至漢代，由於說《詩》者過分重視《詩經》的政治教化功能，「詩言志」呈現出向政治傾斜的趨勢。然而，由於《詩》自身具有強烈的抒情特性，其被淹沒在政治之志中的日常情思，也會不時引起人們的注意。孔子即指出《詩》具有興觀群怨之效，雖然其本質還是為了「邇之事父，遠之事君」（《論語・陽貨》），但畢竟孔子承認了「興」「怨」的抒情性；並且從《孔子詩論》關於「民性固然」的評價來看，孔子對《詩》言志中的日常情感已有了部分肯定。《毛詩序》在繼承《禮記・樂記》的基礎上更明確指出：「詩者，志之所之也，在心為志，發言為詩，情動於中而形於言，言之不足，故嗟歎之，嗟歎之不足，故永歌之，永歌之不足，不知手之舞之足之

〔註5〕〔宋〕朱熹：《四書章句集注》，中華書局，2012年第2版，第144頁。

蹈之也。」〔註6〕這正是對《詩經》抒情特質的揭示。由此可知，先秦至漢初闡釋史意義上的《詩經》，開創的是一種以政教為主、情志兼顧的言志傳統。

這裡有兩點需要說明：第一，與先秦其他表達政教之旨的著作相比，《詩經》的「言志」特質最為突出；第二，《詩經》所言之「志」，由於內含「情」的質素，所以也是其詩學特質的反映。

首先來看第一個問題。《詩經》是西周至春秋中葉采詩、獻詩的結集，其詩歌來源，一方面是採自民間，一方面是公卿列士自作呈獻，二者途徑雖異，用途則一，都是為了「觀風俗，知得失」的政教目的。被納入禮樂體系的《詩》，與其他王官之學共同表達著政教主題；即使西周後期王官失守，「道術將為天下裂」，政見表達也依然是諸子的著述宗旨。由此可見，政教之旨並非《詩經》獨有，而是籠罩了先秦的多數著作。因此，孟子說「《詩》亡然後《春秋》作」（《孟子·離婁下》），揭示了二者著述之旨及文化功能的相似。但是，《詩》畢竟有其詩體上的特殊之處，即在於言志的詩學本質。《莊子·天下》篇即指出各文體間的差異：「《詩》以道志，《書》以道事，《禮》以道行，《樂》以道和，《易》以道陰陽，《春秋》以道名分。」〔註7〕司馬遷在《太史公自序》中也說：「是故《禮》以節人，《樂》以發和，《書》以道事，《詩》以達意，《易》以道化，《春秋》以道義。」〔註8〕「道志」「達意」正是對「詩言志」本質的肯定，是區別《詩》與其他著作的標誌，雖然這裡的「志」「意」依然與政教有所關聯，但承認《詩》以「道志」「達意」的方式吐露作者的政治訴求，即是對《詩》抒情本質的肯定。

再看第二個問題：《詩》所言政教之志，是否能夠算作詩學特質的反映？詩歌本質即抒情，因而被政教捆綁的《詩經》，言志中的政教內容似乎不屬於詩歌特性。其實不然。我們大概都相信，幾乎所有情感都可以通過詩歌來抒發；既然政治情感也是情感的一種，那麼當然也可以借詩歌來抒發之。中國古代有「學而優則仕」的傳統，行藏出處一直是士大夫的人生難題，因而政治抒情也就成為一個貫穿始終的詩歌主題。正是這一點的契合，使《詩經》的政教之志直到文學已經自覺的魏晉之後也沒有被摒棄，反而與日益被發掘的審美特性並駕齊驅，共同影響了後代的詩歌創作。《詩》言志的政教內容，

〔註6〕〔漢〕毛亨傳，〔漢〕鄭玄箋，〔唐〕陸德明釋文：《宋本毛詩詁訓傳》，國家圖書館出版社，2017年版，第1～2頁。
〔註7〕陳鼓應注譯：《莊子今注今譯》，中華書局，1983年版，第908頁。
〔註8〕《史記》，第4003頁。

一方面固然損傷了詩美；但另一方面，其體現出的關注現實、干預政治、評判道德的風雅精神，卻也對中國詩歌澤潤深廣，賦予中國古代詩歌一種感人至深的精神風力。當然，這主要是得益於詩教的影響；但是，我們也不得不承認，這也反映了中國古代特有的詩學品質。

對於《詩經》以政教為主、情志並重的言志傳統，司馬遷深感認同。司馬遷一直秉持「考信於六藝」（《伯夷列傳》）而「折衷於夫子」（《孔子世家》）的理念，因而孔子對《詩經》情志兼顧的論述，司馬遷必定有所汲取。同時，司馬遷又受西漢前期儒者解《詩》風氣的影響，形成以魯詩為主兼取三家的說《詩》特色。因此，他一方面強調《詩》言志的政教色彩（其繼承自《魯詩》的「四始」說即是很好的證明）；另一方面，又肯定《詩》言志的抒情特性。他曾指出：「《小雅》譏小己之得失，其流及上」（《相如列傳‧贊》），又說「《詩》三百篇，大抵賢聖發憤之所為作也」（《太史公自序》），這些都是對《詩經》豐富情思的體認。

綜上可見，《詩經》的言志傳統，正是在上述兩個方面影響了《史記》的詩性表達。《詩經》諷諫美刺的社會功能，連類譬喻的藝術手法，是與「詩言志」密切相關的兩個命題。在漢儒看來，《詩經》並非直抒胸臆，而是通過「主文而譎諫」的方式，即運用連類譬喻的比興手法，對政治社會進行諷諭美刺，從而表達政教之志。司馬遷在《太史公自序》裏說「《詩》記山川、溪谷、禽獸、草木、牝牡、雌雄，故長於風」〔註9〕，這正是將比興與美刺相聯繫的看法。《詩經》運用比興手法，在以山河草木等自然興象比喻紛繁人事的過程中，展現了豐富的聯想和類比的思維，並表達了詩人強烈的愛憎美刺之情。在《詩經》裏，無論美詩還是刺詩，都蘊含了詩人強烈的愛憎情感，並寄寓了詩人深切的政治訴求。刺詩是通過對黑暗政治的揭露、批判，表達對賢明君臣和清明政治的企盼；美詩是通過對理想人物的深情詠歎，展露詩人心中理想的政治畫卷。二者殊途同歸地完成了對政教之志的表達，而這種表達是浸漬於深厚的情感與博大的情懷中的。

總的來說，我們之所以強調《史記》「體史而義《詩》」的特徵，是因為在情志並重的言志傳統、諷諫美刺的社會功能、連類譬喻的藝術手法這三個方面，《史記》實現了對《詩》義的繼承。

〔註9〕《史記》，第 4003 頁。

（二）繼承屈騷：「學《離騷》得其情」

劉熙載說「學《離騷》得其情者為太史公，得其辭者為司馬長卿」（《藝概·文概》）〔註10〕，這正揭示了《史記》在詩學精神上對《離騷》的汲取。屈原在繼承《詩經》言志傳統和比興手法的基礎之上，更發展出了自身獨特的詩學特色，即發憤抒情的創作精神和以悲為美的審美趣味。這些不僅在《離騷》中得以體現，還貫穿了屈原的多數作品。同樣，屈騷也正是在上述兩個方面，深刻地影響了《史記》。

屈原發憤抒情的詩學精神，本質上是對《詩經》言志傳統的繼承與發展。屈原「憤」的來源有兩端：一是源自對國昏政亂、姦邪蔽明的深層憂患，二是源自備受排擠、理想落空的個體憂怨。《離騷》「上稱帝嚳，下道齊桓，中述湯武，以刺世事」，這正反映了屈原「作辭以諷諫，連類以爭義」的諫政風骨。他對國家的深沉憂患裏，正包含著「存君興國」的美政理想，由此可見，屈賦的發憤抒情與政教之志緊密相關。但同時，屈騷又抒發了強烈的個體哀怨。屈原在《離騷》和《九章》中，正是通過對自己志潔行廉的反覆申述，來傳達「信而見疑，忠而被謗」的滿腹怨言；通過對上下求索、徘徊無依的娓娓訴說，表達追求理想的堅定執著以及理想落空後的無限哀婉。對此，司馬遷有很好的總結：「屈平疾王聽之不聰也，讒諂之蔽明也，邪曲之害公也，方正之不容也，故憂愁幽思而作《離騷》。」（《屈原賈生列傳》）〔註11〕這正指出了屈騷感慨國家命運和自身遭遇的雙重性。而屈原在《惜誦》中的自我表白──「惜誦以致愍兮，發憤以抒情」──更是對他詩賦精神的絕好說明。由此可見，屈騷之抒情是「憤」與「愍」並存的：一方面，詩歌是其諫政刺世的工具；另一方面，詩歌又是其宣洩愁緒的載體。正是這一點，使我們在屈賦裏看到了《小雅》言志的影子。《小雅》一方面言政教之「志」，如「家父作誦，以究王訩」（《節南山》）；一方面又抒個體之「懷」，如「君子作歌，維以告哀」（《四月》）。由此可見，屈騷正是在情志兼顧的抒情上，實現了對《詩經》言志傳統的對接。

但屈騷的發憤抒情，還是存在著與《詩經》言志傳統的差異。雖然屈騷與《小雅》同為情志兼顧的述懷之作，但二者中情、志的性質和比重有所不同。《詩經》有周代采詩、獻詩的制度背景，例如，《小雅》的作者在「譏小己之得失」的同時，也試圖通過「其流及上」的環節達於政聽。因此，很多時候政教

〔註10〕《藝概箋注》，第36頁。
〔註11〕《史記》，第3010頁。

之旨就是《小雅》作者的真實目的。也正因為此，《小雅》的言志抒情難免向政教靠攏，政教之志主導了個體抒情。屈騷則不然，屈原所處的戰國時代，采詩制度已分崩瓦解，客觀上不復存在一個冠冕堂皇的獻詩方式，來讓屈騷順利地達於政聽。雖然屈騷仍有諷諫之旨，但那是源於屈子「博聞強識，明於治亂」的文化自信和擔當意識，是古代諷諫精神的遺留。司馬遷也說《離騷》之作有「冀幸君之一悟，俗之一改」的政治目的，因此「一篇之中三致志焉」〔註12〕。可是《離騷》的政治目的，畢竟不是通過獻詩的客觀方式來實現，故而屈原才有「願陳志而無路」（《九章·惜誦》）的感慨。也就是說，《離騷》中的政教之志，是作為詩人的心理預設而存在，具有相對於個體抒情的從屬性，對此司馬遷也了然於心。即使單就比例而言，屈賦作品中的政教之志也大不如個體抒情。所以劉熙載在指出《史記》繼承《騷》情的同時，又說「太史公文，悲世之意多，憤世之意少」〔註13〕。這正好可以移來評價屈原的作品。正因為屈騷的政教之「憤」，在性質上從屬於個體之「悲」，在比重上淹沒於個體之「悲」，因而相較於《詩經》，屈騷呈現出更純粹的抒情特性，也呈現出濃厚的悲美風格。

　　屈原以悲為美的審美趣味，反映在詩歌裏有兩點表現：一是悲劇性主題的表達，二是悲美型意境的營造。屈原的作品大多具有悲劇性主題。《離騷》《九章》傳達了方正不容理想失落的人生悲劇，這既是個人的遭遇，同時也具有社會普遍性。《天問》通過對天道的層層追問，表達了對現有秩序的懷疑，其憤怒滿懷的責問，已然宣告了一個愁思無告的坎壈人生。《九歌》雖為娛神之曲，與現實關涉無多，然其受楚地娛神音樂悲性審美的影響，表達的多為人神交接的艱難；並且，人神交接中鎔鑄的「種種契闊離合的深沉情思」〔註14〕，正是屈原對於悲劇人生的體悟，它們同樣傳達了悲劇主題。而屈騷悲劇性主題的外化，一方面是憑藉或直接或婉約的抒情，一方面則得益於悲美型意境的營造。屈原在《離騷》中開闢了一個可供上下求索的神話世界，並通過對神話世界中多次求女失敗的描寫，營造了一種「閨中既已邃遠兮」的悲涼詩境，從而傳達「哲王又不寤」的哀情。《九章·涉江》通過「深林杳以冥冥兮，乃猿狖之所居。山峻高以蔽日兮，下幽晦以多雨。霰雪紛其無垠兮，雲霏霏而承宇」的環境描寫，營造了一種幽深晦暗的清冷意境，從而傳達「哀吾生之無樂兮，幽獨

〔註12〕《史記》，第 3013 頁。
〔註13〕韓烈文：《劉熙載〈藝概〉研究》，江蘇古籍出版社，2002 年版，第 16 頁。
〔註14〕潘嘯龍：《九歌六論》，中國社會科學，1986 年第 4 期，第 134 頁。

處乎山中」的淒涼心情。《九歌‧湘君》更是通過待人江中的意境營造，傳達出望穿秋水盼而未至的無限憂傷。可以說，屈騷正是通過對這些悲美意境的渲染，表達一以貫之的悲劇主題。而悲劇性主題和悲美型意境，也正是屈騷悲美風格的集中反映。

屈原發憤抒情的創作精神，以悲為美的審美趣味，都給予了司馬遷很深的影響。因此，客觀地說，司馬遷「發憤著書」精神，在很大程度上正是受到了屈原精神的影響；而《史記》濃鬱的悲美風格，更是表現出與屈騷的一致。

二、《史記》的詩學特徵

《史記》在繼承《詩》《騷》傳統的同時，也鎔鑄了司馬遷自己的思想情感和身世之悲。這些詩性因素的匯聚，使得《史記》呈現出鮮明的詩學特徵，即抒情言志的詩學內質、連類美刺的詩性思維、參差搖曳的詩化語言與悲涼慷慨的詩歌意境。也正因為《史記》擁有諸多詩學特質，因而其呈世的面貌不僅是一部史書，也是一本情感充沛的「抒情詩」集。

（一）抒情言志的詩學內質

《史記》濃鬱的抒情性，一方面是繼承自《詩經》的言志傳統和屈原的發憤精神；另一方面又源於「繼《春秋》」的著述宗旨和受刑幽囚的悲劇人生。《史記》言志抒情的內容包括兩個方面：政教之志，個體情思。其抒情性不僅體現為作者情志的抒發，也體現為書中人物思想感情的抒發。

「究天人之際，通古今之變，成一家之言」（《報任安書》）是《史記》的寫作目的，它反映了司馬遷史官意識的高度自覺，然而司馬遷究天道、述往古的立足點還是在於對現實政治的干預，《春秋》「善善惡惡」的宗旨是《史記》寫作的追求。與《春秋》一字寓褒貶的筆法不同，史遷往往在序論贊中直抒胸臆，將政教之旨內化為政教之志，使其在敘述、評價歷史時帶有明顯的言志抒情傾向。例如《孟子荀卿列傳》：

> 太史公曰：余讀孟子書，至梁惠王問「何以利吾國」，未嘗不廢書而歎也。曰：嗟乎，利誠亂之始也！夫子罕言利者，常防其原也。故曰「放於利而行，多怨」。自天子至於庶人，好利之弊何以異哉！〔註15〕

批評好利本是為了國治民安的政教，它體現的是集體追求，然而在司馬遷「廢

〔註15〕《史記》，第 2847 頁。

書而歎」的痛心疾首裏，集體目標已然被個體懷抱所替代，傳達出對好利風俗的深切隱憂。又如《管晏列傳》：

> 方晏子伏莊公尸哭之，成禮然後去，豈所謂「見義不為無勇」者邪？至其諫說，犯君之顏，此所謂「進思盡忠，退思補過」者哉！
>
> 假令晏子而在，余雖為之執鞭，所忻慕焉。〔註16〕

同樣，在史書中褒美盡忠補過的賢臣本為史官職責，然而司馬遷的褒美已超越了傳統上史官的職責所限，在「余雖為之執鞭，所忻慕焉」的表述中，透露出對晏嬰極度仰慕的個人情感。可以說，《史記》正是以抒情言志的方式，實踐著對政教之旨的表達。

除了政教之志，《史記》更蘊含了司馬遷的各類情思。揚雄評價「多愛不忍，子長也。仲尼多愛，愛義也。子長多愛，愛奇也」（《法言‧君子篇》）〔註17〕，這正揭示了馬遷愛奇的「不忍」之情。與屈原熱衷神話的愛奇方式不同，司馬遷愛奇，是體現在對奇才的重視和喜愛上。對於政治奇才張良、陳平，軍事奇才黥布、韓信，文學奇才司馬相如，辯才范雎、蔡澤等人，馬遷為之立傳時都顯得饒有興致；尤其是猿臂善射的李廣，雖未封侯潦倒一生，馬遷也聲情並茂地敘述了他創造的諸多軍事奇蹟，並在對其奇事的敘述中寄寓了無限的景仰與惋惜。在《范雎蔡澤列傳》的贊中，馬遷感慨「然士亦有偶合，賢者多如此二子，不得盡意，豈可勝道哉！」由此可見馬遷惜才重人的人文關懷。可以說馬遷正是懷著「傳畸人於後世」的夢想，動情地追述一個個得志或不得志之士的傳奇人生；在其愛奇的傾向裏，正包含著惜才愛才的宏大情懷。

在撰寫《史記》的過程中，司馬遷本已投入了強烈感情，而李陵之禍的現實遭遇，使得《史記》個體抒懷的烙印更加鮮明。在《太史公自序》裏，司馬遷明確表達了其「發憤著書」的心理：

> 夫《詩》《書》隱約者，欲遂其志之思也。昔西伯拘羑里，演《周易》；孔子厄陳、蔡，作《春秋》；屈原放逐，著《離騷》；左丘失明，厥有《國語》；孫子臏腳，而論兵法；不韋遷蜀，世傳《呂覽》；韓非囚秦，《說難》《孤憤》；《詩》三百篇，大抵賢聖發憤之所為作也。
>
> 此人皆意有所鬱結，不得通其道也，故述往事，思來者。〔註18〕

〔註16〕《史記》，第 2600 頁。

〔註17〕蔡元培：《諸子集成》（第 9 冊），嶽麓書社，1996 年版，第 30 頁。

〔註18〕《史記》，第 4006 頁。

這裡，「述往事，思來者」的《史記》，是作為通鬱結之情的載體，寄寓了司馬遷的身世之悲。其發憤著書精神，正是對屈原「發憤以抒情」思想的繼承。李陵之禍，不僅加深了馬遷對自我悲劇人生的體認，也加深了他對歷史上悲劇人生追溯、探求的欲望。一方面，司馬遷熱情歌頌那些建功有為的悲劇英雄，如「力拔山兮氣蓋世」的項羽，如抗擊匈奴的李廣，如功高震主的韓信，並對他們的悲劇人生給予了深刻的理解和同情。另一方面，馬遷又善於發掘平常人生乃至顯赫人生中蘊藏的悲劇因子，如萬石君一家雖平安度日卻也碌碌無為，蕭何位至丞相卻備受猜忌，劉邦身為帝王卻無力保護戚夫人和如意，從而揭露了無往而不在的悲劇人生。史遷的悲情體驗，不僅表現為向悲劇人物和悲劇人生傾斜，也表現為借歷史人物和事件直接抒懷。如《伯夷列傳》即抒發了對天道的懷疑：「積仁潔行」的夷齊餓死首陽，「暴戾恣睢」的盜跖竟以壽終，「倘所謂天道，是耶非邪」，其責問的憤怒與《天問》如出一轍；與《天問》不同的是，馬遷給出了「亦各從其志也」的解答，但即便如此，文中還是流露出對「岩穴之士」「閭巷之人」湮滅無聞的不平之意。

當然，《史記》的抒情性，除了表現為作者個體情志的抒發以外，還表現為替書中人物抒發情感。後世時文創作中有所謂「代聖人立言」之說，《史記》的類似手法，我們不妨稱之為「代前人抒情」。《史記》往往通過歷史人物自作詩歌的方式，表達人物身處彼情彼景時，內心流露出的豐富情感。如描寫垓下之圍時，馬遷即引用項羽自作的《垓下歌》，來傳達項羽心中英雄末路的悲壯。在講述高祖還沛大聚鄉黨，以及欲立趙王如意而不果時，馬遷也是分別引用《大風歌》和《鴻鵠歌》來協助表達其悲涼之慨。在敘述趙王友被呂后幽囚之事時，馬遷直錄其詩，表現趙王對呂氏倒行逆施之行徑的憤恨、對命運不能自主的憂傷。凡此種種，都表明了史遷在敘述歷史時，對歷史人物內心情感的重視。並且，很多時候，作者情感與人物情感互相交織，形成渾然一體的抒情局面，往往能給讀者以強烈的藝術感染。

司馬遷正是通過對自身情感和人物情感的雙重抒寫，完成了濃鬱的歷史抒情，從而使《史記》具有了抒情言志的詩學內質。

（二）連類美刺的詩性思維

《詩》《騷》比興手法蘊含的引類譬喻的思維模式，在《史記》中也得到了很好的體現。司馬遷在撰寫《史記》的過程中，往往運用連類思維，對史料進行分類剪裁，以獨具匠心的組合方式達到強烈的美刺效果。

司馬遷甄別史料的態度很認真，對於那些「其文不雅馴」的不可信史料，往往不取；同時他還秉持「不虛美，不隱惡」的實錄原則，力求還原歷史的本來面目。這正是馬遷良史風範的展露。然而，這並非意味著《史記》只是單純的記事簿錄或斷爛朝報；相反，整部《史記》都灌注著司馬遷的觀點態度。能做到這一點，除了憑藉直抒胸臆的抒情外，對史料的剪裁重組更是重要手段。在剪裁史料、組織行文的過程中，馬遷充分調動了源自《詩》《騷》的比興思維。然而，需要強調的是，與《詩》《騷》以自然寓人事的方式不同，馬遷是通過對相關人事的系聯來引類譬喻，從而在其中寄託美刺褒貶的深意。也許正是如此，呂祖謙才會熱情洋溢地讚揚史遷「高氣絕識，包舉廣而興寄深」〔註19〕。史遷引類譬喻的詩性思維，集中表現為對史料的系聯、組合，它包括三個方面：一是合傳的設置，二是一篇之中的史料編排；三是篇與篇之間的史料勾連。

《史記》中的合傳是以類相從的結果，它們反映了司馬遷的精心布局。例如兩人合傳在《史記》中比比皆是。這表明馬遷有意通過一篇傳記中兩個傳主事蹟的相互補充或強烈對比，來凸顯一篇主題。如《管晏列傳》，其中的管仲和晏嬰，雖相差百餘年，但二人同為齊相，同樣有所作為，馬遷巧妙地通過對其逸事的描繪，使二人的品質相互映照，從而傳達出了對志士賢臣的讚美。又如《屈原賈生列傳》，它抒寫了屈原和賈誼不得志的人生。屈、賈二人同樣富有政治才能，又同樣受讒遭毀、潦倒餘生，對二人相似遭遇的敘述中，正蘊藏著作者對千古奇才同歸零落這一現象的悲慨。這些合傳可以作為馬遷通過傳主類似的人生遭際來強化主題的例子。又例如《扁鵲倉公列傳》，則是通過對比傳主同中有異的人生遭際來凸顯主旨。扁鵲和倉公同為技藝精湛的名醫，但二者的人生選擇不同，扁鵲以行醫為念救死扶傷，倉公不以行醫為意遊走諸侯，結局是扁鵲遭技差一等的太醫嫉妒被刺殺身亡，倉公因不以治病為業受病家怨恨而銀鐺入獄，二人不同的人生選擇卻導致了同樣的悲劇遭遇，這正強有力地傳達出太史公對炎涼世態的切身體會。另外，還有一類合傳，被稱為類傳。這些類傳往往通過對群像的集中展示，不斷深化某一類人的共同特點，從而表達史遷的抑揚之情。如《刺客列傳》《遊俠列傳》《酷吏列傳》《佞倖列傳》等大量類傳，即是如此。

〔註19〕〔宋〕呂祖謙：《大事記解題》，《叢書集成初編》，中華書局，1985 年版，第725 頁。

　　除了合傳，一篇之內的史料編排，也體現了司馬遷的連類思維。例如《秦始皇本紀》：

　　　　始皇還，過彭城，齋戒禱祠，欲出周鼎泗水。使千人沒水求之，弗得。乃西南渡淮水，之衡山、南郡。浮江，至湘山祠。逢大風，幾不得渡。上問博士曰：「湘君何神？」博士對曰：「聞之，堯女，舜之妻，而葬此。」於是始皇大怒，使刑徒三千人皆伐湘山樹，赭其山。上自南郡由武關歸。〔註20〕

　　　　二十九年，始皇東遊。至陽武博狼沙中，為盜所驚。求弗得，乃令天下大索十日。〔註21〕

本來，始皇在湘江伐樹燒山的行為，與其在博浪沙受盜驚嚇之間並無多少關聯，然而馬遷有意將這兩則史料放置一起，使其在連續的敘述中產生強大的藝術張力。馬遷正是以始皇「為盜所驚」的驚慌狼狽，來恣意嘲諷其伐樹燒山時的蠻橫無理，從而實現對暴君的鞭撻諷刺。另外，如《蕭相國世家》中召平故事的插入，也極具深意。召平本為秦東陵侯，秦亡後賣瓜為生，其昔日地位正可與今日蕭何相比擬，其生活現狀也影射了蕭何未來的結局，意在蕭何只有學召平才能擺脫政治嫌疑，然而蕭何缺少召平淡泊避害的生存智慧，最終被繫入獄。馬遷正是通過二人身世的對比映照，揭示個體在政治生活中的艱難處境。在《孟子荀卿列傳》中，馬遷詳加敘述了鄒衍大受歡迎的種種情形，使之與孟子不受重視的清冷狀況，形成鮮明對比，從而表明了對好利風俗的深沉隱憂。

　　《史記》篇目之間的史料勾連，也往往傳達了司馬遷的愛憎之情。如漢高祖劉邦，《本紀》塑造了他仁愛睿智的形象，然而散見於他傳的記載，像亡命途中多次棄兒女於不顧、情急之下騎周昌脖子、對侄兒劉信睚眥必報等史料，正是對其本傳形象的補充，它們揭示了劉邦「仁愛」背後的無賴、偽善和狹隘。同樣，本傳中簡樸惠愛的文帝，《佞倖列傳》也記錄了他寵愛鄧通的昏瞶，尤其是《張釋之馮唐列傳》，更是記載了他對驚己馬及盜玉環者的嚴苛。由此可見，司馬遷正是通過「本傳晦之，而他傳發之」（蘇洵語）〔註22〕的互見法，塑造了漢代君王的真實形象，從而表達對現實政治的諷刺之情。當然，對於司馬遷的互見法，我們可以視之為「主文而譎諫」的委婉表達，有時也可以視之

────────────

〔註20〕《史記》，第318頁。

〔註21〕《史記》，第319頁。

〔註22〕四川大學古籍整理研究所：《全宋文》（第22冊），巴蜀書社，1992年版，第139頁。

為維護理想人物形象的處理策略。如《魏公子列傳》中禮賢下士的信陵君，正是「太史公胸中得意人」（茅坤語）〔註23〕，因而對於有損他形象的史料，馬遷都放置他傳中敘述，由此可見，司馬遷在信陵君形象裏寄寓了崇高的人格理想。除互見法之外，篇目之間也形成對比。如《循吏列傳》與《酷吏列傳》就是鮮明對照，一為清正官吏的表彰，一為殘暴官吏的批評，前者漢代官吏無一入選，後者全是漢代官吏，在這樣的古今對比中，司馬遷對酷吏制度的不滿之情溢於言表。

在司馬遷看來，古今人事不是沉睡的史料，而是可供驅遣的豐富意象，通過引類譬喻的思維正可將它們組合為意象群落，藉以表達美刺之旨。《史記》的立足點在於現實政治，「通古今之變」是為了借古諷今。因此，和《詩經》一樣，馬遷正是通過對醜陋人事的諷刺、對理想人物的頌美，來構築其崇高的社會理想。

（三）參差搖曳的詩化語言

司馬遷充沛的感情，反映在《史記》的字裏行間，即為夾敘夾議的語言中常常激蕩著詩情。尤其是論贊部分，司馬遷往往直抒胸臆，使其在一唱三歎的感情起伏裏，呈現出濃鬱的抒情色彩；並且有的論贊四字一句，形式整齊，句末押韻，呈現出更為明顯的詩化特徵。

司馬遷筆鋒常帶感情，其敘事評論的語言裏，往往含有巨大的感情容量。最突出的表現，即為對屈原及《離騷》的評價：

> 屈平疾王聽之不聰也，讒諂之蔽明也，邪曲之害公也，方正之不容也，故憂愁幽思而作《離騷》。離騷者，猶離憂也。夫天者，人之始也；父母者，人之本也。人窮則反本，故勞苦倦極，未嘗不呼天也；疾痛慘怛，未嘗不呼父母也。屈原正道直行，竭忠盡智以事其君，讒人間之，可謂窮矣。信而見疑，忠而被謗，能無怨乎？屈平之作《離騷》，蓋自怨生也。《國風》好色而不淫，《小雅》怨誹而不亂，若《離騷》者，可謂兼之矣。上稱帝嚳，下道齊桓，中述湯武，以刺世事。明道德之廣崇，治亂之條貫，靡不畢見。其文約，其辭微，其志潔，其行廉，其稱文小而其指極大，舉類邇而見義遠。其志潔，故其稱物芳。其行廉，故死而不容。自疏濯淖污泥之中，

〔註23〕張大可、丁德科：《史記通解》（第6冊），商務印書館，2015年版，第2781頁。

蟬蛻於濁穢，以浮游塵埃之外，不獲世之滋垢，皭然泥而不滓者也。

推此志也，雖與日月爭光可也。〔註24〕

在這裡，司馬遷詳細論述了《離騷》的寫作緣起和風格特色，並高度評價了屈原的道德人格。本來這種評價，可以在不動聲色的客觀敘述裏進行，然而馬遷卻選擇了抒情詩式的表達。整個段落，不是作為史學家，而是作為詩人的司馬遷在抒情。它的語言不是冷靜的分析，而是動情的吟詠，具有詩一樣一唱三歎的節奏。這樣的詩化節奏正是其內心澎湃情感的外在表現，司馬遷對屈原志潔行廉的讚美，方正不容的同情，發憤抒情的理解裏，正蘊含著自己的隱衷。通過富有節奏感的詩化語言，司馬遷與屈原的心理共鳴得以展現，二者的情感合二為一，給讀者帶來強烈的藝術震撼。當然，有人認為這一段話乃是取材於淮南王劉安的《離騷傳序》，並非完全是馬遷獨創；但既然馬遷將其鎔鑄入《史記》中，那自然也就傳達了他本人的創作理念。

類似這樣感情充沛的詩化語言，在《史記》中並不少見，尤其是在論贊部分。如《孔子世家》的論贊：

太史公曰：詩有之：「高山仰止，景行行止。」雖不能至，然心鄉往之。余讀孔氏書，想見其為人。適魯，觀仲尼廟堂車服禮器，諸生以時習禮其家，余祗回留之不能去云。天下君王至於賢人眾矣，當時則榮，沒則已焉。孔子布衣，傳十餘世，學者宗之。自天子王侯，中國言六藝者折衷於夫子，可謂至聖矣！〔註25〕

這裡的論贊，並非是對孔子歷史貢獻的總結，而是對孔子景仰之情的抒寫。在這段論贊中，司馬遷的話不僅在情感上讓人覺得很受打動，還使人在聽感上覺得十分和諧。這大概是因為他在語言形式上花了很大的工夫，並使之與情感融為一體的緣故。司馬遷在語言形式上的獨具匠心之處，主要表現在他嘗試使用押韻的方式，賦予散文語言以詩歌的韻律美。根據王力《中國語音史》的觀點，漢代的韻母系統與《切韻》的韻母系統已經很是接近；那麼，我們用與《切韻》同系的《廣韻》來分析這段話的用韻，也能得到一個基本正確的結論：在這段話中（句末語氣詞不算），「止」「已」押韻，「至」「器」押韻，且它們與「之」「衣」同屬止攝。另外，「書」「魯」「去」同屬遇攝，「榮」「聖」同屬梗攝。可見，司馬遷正是通過聽感上的和諧來組織語言，這種古情今意

〔註24〕《史記》，第3010頁。
〔註25〕《史記》，第2356頁。

渾然一體的詩化語言，正傳達出對孔子無法遏制的由衷敬佩之情。

　　此外，《史記》尚有很多論贊，不僅在抒情上接近詩歌，在形式上也進一步向詩歌靠攏。如《魏其武安侯列傳》論贊中的一部分：「然魏其不知時變，灌夫無術而不遜，兩人相翼，乃成禍亂。武安負貴而好權，杯酒責望，陷彼兩賢。嗚呼哀哉！遷怒及人，命亦不延。眾庶不載，竟被惡言。嗚呼哀哉！禍所從來矣。」此則論贊末尾之字的押韻情況大致如下：「權」「延」押韻，且與「變」「亂」「賢」「言」同在一個韻攝，即山攝；「遜」「人」同在臻攝；「哉」「來」同押咍韻，且與「載」同屬山攝。由於眾多聽感上相近的字在句讀處交互出現，使整段話讀起來朗朗上口，彷彿具有了詩歌的節奏和韻律。而《南越列傳》和《朝鮮列傳》的論贊，不僅有部分押韻的語句，而且通段幾乎為四言，因而形式上更接近四言詩。如《南越列傳》：

　　　　太史公曰：尉佗之王，本由任囂。遭漢初定，列為諸侯。隆慮
　　離濕疫，佗得以益驕。甌駱相攻，南越動搖。漢兵臨境，嬰齊入朝。
　　　　其後亡國，微自樛女；呂嘉小忠，令佗無後。樓船從欲，怠傲失惑；
　　　　伏波困窮，智慮愈殖，因禍為福。成敗之轉，譬若糾墨。〔註26〕

這則贊的用韻情況如下：「囂」「驕」「搖」「朝」押韻，都是平聲宵韻效攝；「定」「疫」「境」雖不押韻，但同屬梗攝；「攻」「忠」「窮」押韻，都是平聲東韻，且與「欲」「福」同屬通攝；「國」「惑」「默」押韻，都是入聲得韻，且與「職」同屬曾攝。整段論贊除了「隆慮離濕疫，佗得以益驕」兩句以外，全部為四字句，並且前半段幾乎隔句押韻，如此整齊的句式，和諧的韻律，正可看出史遷的有意為之。《南越列傳》的論贊是對正文內容的大體櫽括，它再現了南越跌宕起伏的發展歷程，因此可以說一則論贊就是一部簡明的南越史，一則論贊也是一首盪氣迴腸的詠史詩。《朝鮮列傳》的論贊與之類似：「右渠負固，國以絕祀。涉何誣功，為兵發首。樓船將狹，及難離咎。悔失番禺，乃反見疑。荀彘爭勞，與遂皆誅。兩軍俱辱，將率莫侯矣。」雖然在押韻方面，《朝鮮列傳》略輸《南越列傳》一籌，因為本贊中只有「禺」「誅」同是平聲虞韻遇攝，「首」「咎」同是上聲有韻流攝，屬於嚴格意義上的押韻。此外，「固」亦屬遇攝；「祀」「疑」同屬止攝；「功」「辱」同屬通攝。但是其整齊的句式則是有過之而無不及。《史記》的這些論贊，由於用韻和句式上的瑕疵，還不能名正言順地歸為四言詩；但它們已經靠近了詩歌形式，具有了詩歌雛形，在呈現詩化韻

〔註26〕《史記》，第 3604～3605 頁。

律的過程中，給予了讀者詩歌般的審美享受。

綜上可見，《史記》的詩化語言，既包括韻律句式絕類詩歌的論贊，也包括參差錯落但富有抒情意味的正文，它們分別從形式和內容兩個方面呈現出和諧流暢、動人心魂的審美效果。

（四）悲涼慷慨的詩歌意境

司馬遷善於各類大小場面的描寫，尤其傾心於描寫悲劇場面。在《史記》中，他往往通過悲劇場面的描繪，營造悲涼慷慨的情境，從而表現以悲為美的審美趣味。

《史記》中有很多悲劇場面的描寫片段。在描寫的過程中，司馬遷經常引入人物自作的詩歌，使之與自己的敘述融為一體：詩歌起著加深與強化敘事氛圍的作用，敘事發揮著補充與渲染作詩背景的效果。二者相得益彰，營造了渾融的詩歌意境，產生了強大的抒情效應。如馬遷在《項羽本紀》中對垓下之圍的描繪：

> 項王軍壁垓下，兵少食盡，漢軍及諸侯兵圍之數重。夜聞漢軍四面皆楚歌，項王乃大驚曰：「漢皆已得楚乎？是何楚人之多也！」項王則夜起，飲帳中。有美人名虞，常幸從；駿馬名騅，常騎之。於是項王乃悲歌忼慨，自為詩曰：「力拔山兮氣蓋世，時不利兮騅不逝。騅不逝兮可奈何，虞兮虞兮奈若何！」歌數闋，美人和之。項王泣數行下，左右皆泣，莫能仰視。〔註27〕

在這段文字裏，馬遷先後敘述了項羽夜聞楚聲、飲酒帳中、自作悲歌、泣下數行等一系列環節，並且環環相扣，形成了一個起承轉合的抒情整體。夜聞楚聲是緣起，它拉開了項羽悲劇結局的序幕。飲酒帳中是發展，是聞楚聲後的反應。自作悲歌正是在前兩環的層層鋪墊中，把抒情推向了高潮：對自己的肯定，對時運的嗟歎，對烏騅馬的不捨，對無力保護虞姬的無可奈何，統統融進詩中，化作情感洪流，傳達著項羽英雄末路時的委婉心曲。這首流露著剛柔並濟的生命之美的詩歌，是之前醞釀的情感的總爆發，自然也就因其巨大的感染力，引發了虞姬和歌、項王泣下、左右皆悲等後續環節，造成了餘音嫋嫋的抒情效果。整段文字既是對垓下之圍的描寫，也是對項羽結局的哀悼，其中，馬遷的敘述與項羽的詩歌融為一體，分不清馬遷是引用詩歌來

〔註27〕《史記》，第422頁。

昇華敘述，還是感於詩歌而以敘述為詩之注腳。總之，這段疊合了作者與人物雙重情感的描寫，正營造了一種悲壯慷慨的詩歌意境。

此外，《高祖本紀》中劉邦還沛歌《大風》的場景描寫，也極具感染力：

> 高祖還歸，過沛，留。置酒沛宮，悉召故人父老子弟縱酒，發沛中兒得百二十人，教之歌。酒酣，高祖擊筑，自為歌詩曰：「大風起兮雲飛揚，威加海內兮歸故鄉，安得猛士兮守四方！」令兒皆和習之。高祖乃起舞，慷慨傷懷，泣數行下。謂沛父兄曰：「遊子悲故鄉。吾雖都關中，萬歲後吾魂魄猶樂思沛。且朕自沛公以誅暴逆，遂有天下，其以沛為朕湯沐邑，復其民，世世無有所與。」〔註28〕

高祖還沛並不像楚漢相爭那樣有著宏大的歷史圖像，然而馬遷卻煞費筆墨為之鋪陳，通過置酒、教歌、作詩、起舞、訴懷等一系列動作描寫，營造了宏大隆重的抒情場面，從而揭露了劉邦晚年心境的悲涼。衣錦還鄉本是很多人心中念想，更何況身為帝王的劉邦；然而故鄉也最易激起遊子隱秘的柔情，因而在樂極生悲的情緒轉變中，劉邦娓娓訴說了半世滄桑，以及對國土無人守衛的憂慮。正如郭嵩燾所說：「高祖留沛飲，極人世悲歡之感，史公窮形極態，攝而取之，滿紙歡笑悲感之聲，水湧雲騰，絪蘊四溢，豈亦高祖臨終哀氣之先徵歟？」（《史記箚記》）〔註29〕這正揭示了還沛場面呈現出的悲涼詩境。馬遷除了描繪劉邦歌《大風》以外，也描繪了他悲歌《鴻鵠》時的場景，劉邦在得知四皓輔翼太子後，自知立如意無望，其無力保護如意母子的滿腔憂傷，在自作楚歌讓戚夫人為之楚舞的抒情場面中展露無遺。諸如此類融詩歌與敘事為一體的抒情場面，《史記》中還有很多，如荊軻易水送別就極富感染力，此不贅述。

除了悲劇場面的片段描寫，司馬遷也往往通過全篇的意境營造，傳達慷慨悲涼之情，《李將軍列傳》就是典型。列傳一開始就借文帝之口，奠定了「惜乎，子不遇時！如令子當高帝時，萬戶侯豈足道哉」的悲劇基調。文帝的話有兩層含義：一是李廣身懷絕技，二是其時運不濟。後文對李廣在景、武兩朝悲劇經歷的敘述，主要就圍繞這兩點展開。一方面，馬遷極力渲染李廣的將德將才：通過公孫昆邪「李廣才氣，天下無雙」的讚美，側面烘托其蓋世才氣；通過程不識嚴厲多擾的治軍策略，反襯李廣治軍的高效簡易；通過李廣率百騎擺

〔註28〕《史記》，第 489 頁。
〔註29〕中國史記研究會編：《史記教程》，商務印書館，2011 年版，第 216 頁。

脫匈奴包圍，隻身被擒卻奪馬脫險，打獵時「中石沒鏃」，以及與士兵同甘共苦等傳奇事蹟，正面鋪陳「漢之飛將軍」的德才兼備。另一方面，馬遷又反覆強調李廣不遇時：通過其平定吳楚之亂而無賞，因被匈奴生擒而貶為庶人，全力抗擊匈奴卻不受封，因擊匈奴時迷路而獲罪等事件，勾勒出李廣的悲劇一生；並且，衛青、李蔡，甚至李廣部下都已封侯，更反襯出李廣獲罪自刎的悲劇命運。李廣才華與遭遇的巨大反差，以及他人與李廣的強烈對比，正傳遞著深刻的悲劇震撼。並且，馬遷在敘述完李廣生平後，還補充了李陵事蹟，而李陵事蹟的敘述，更是對李廣悲劇命運的延續與深化。最後，在論贊中，司馬遷以抒情性的語調，深情讚美了李廣的高貴品德。可以說，整篇《李將軍列傳》，正是通過帶有抒情性的夾敘夾議語言，通過人物自身以及人物之間的多重對比映照，通過始終籠罩在行文上空的悲劇氛圍，呈現了一個交響樂般的抒情世界，一種渾然一體而又層次豐富的詩歌意境，並以此透露出濃厚的悲涼氣息。

司馬遷以悲為美的審美趣味，正是他悲情體驗的反映。對此清人劉鶚深有體會，他在《老殘遊記・序》中說道：

> 《離騷》為屈大夫之哭泣，《莊子》為蒙叟之哭泣，《史記》為太史公之哭泣，《草堂詩集》為杜工部之哭泣；李後主以詞哭，八大山人以畫哭，王實甫寄哭泣於《西廂》，曹雪芹寄哭泣於《紅樓夢》。〔註30〕

劉氏將《史記》與其他數部抒情性極濃、悲情性極重的文學作品相提並論，一方面指出了《史記》濃鬱的抒情特性，另一方面也揭示了《史記》悲美的詩學風格。而《史記》悲美風格的表現，即為悲劇人物、悲劇人生、悲劇場面的大量呈現。司馬遷在《史記》中通過描繪悲劇場面的片段，或是敘述悲劇人生的全篇，來營造濃鬱的抒情氛圍，在慷慨悲涼的詩化情境裏，完成作者與人物情志的雙重表達。

〔註30〕王廣田、李明編著：《中國古代文學十二講》，天津大學出版社，2015年版，第20頁。

在詩與史中徘徊
——先唐詩歌對《史記》詩學精神的繼承

　　《史記》在繼承傳統、鎔鑄自身的過程中，呈現出濃鬱的詩學特質，並形成了獨特的詩學精神：實錄精神、不朽精神和發憤精神。《史記》的實錄精神影響了漢魏六朝一些感時傷亂的詩歌，這些詩歌以真實的筆觸，記錄下時局大事和社會圖景，堪稱詩史；三不朽精神，經過《史記》的闡揚，更是廣泛地影響了漢魏詩人的價值取向，使得不少詩歌呈現出積極有為的精神風力，尤其是司馬遷「成一家之言」的文化理想，更是在一定程度上導引了魏晉時代的文學自覺，從而客觀上促進了詩歌地位的提高，並加深了詩人對詩歌技巧的探討；其發憤精神則影響了後代的諷世抒懷之作，這些詩作正是通過對諷世之志和個體情思的雙重抒寫，展現了怨刺的詩學精神。

一、實錄精神：感時傷亂的詩史之作

　　揚雄曾評價司馬遷「其文直，其事核，不虛美，不隱惡，故謂之實錄」（《漢書·司馬遷傳贊》），這是對司馬遷史德史才的充分肯定。「實錄」不僅是一種史學筆法，更是一種詩學精神，它包含著批判現實政治的巨大勇氣，反映社會民生的理性自覺，和剛正深廣的憂患意識。《史記》的實錄精神，不僅影響了古代的史書寫作，還影響著歷代的詩歌創作，這在漢魏六朝的詩歌創作中就體現得十分明顯。漢末至六朝，政權更迭頻繁，社會動盪不安，「世積亂離，風衰俗怨」（《文心雕龍·時序》）的現實催生了眾多記述時事、反映民生的詩史之作。這些詩作所表現出來的評論時事的熱忱、反映民生的廣泛、揭露問題的自覺，正是對《史記》實錄精神的繼承。

（一）「世積亂離」的時事記述

漢魏六朝諸多詩作都以直書其事的方式實現對時政的評價，通過這些時評，亂世的政治風貌和社會生活都得以清晰地呈現。

東漢初盛之期雖不是亂世，但已經蘊藏著眾多潛在危機。梁鴻《五噫詩》就揭露了盛世背後潛藏的社會矛盾。梁鴻生活在光武至和帝的盛世，然而他登高遠眺帝京，看到的卻是統治階層「宮室崔嵬」和底層民眾「人之劬勞」的兩級情形，二者的強烈反差，深刻地暴露了盛世光華下的腐朽統治，從而傳達出詩人深重的憂患意識。這種見盛觀衰的思維模式，與司馬遷極為相似，在《史記》中，司馬遷也是通過平準政策、酷吏制度、外交態度的展現，揭示了漢武盛世背後的巨大隱憂。二者一以詩一以史記錄了同樣真實的時代現狀。

到了漢末，時局更加動盪，三曹七子的詩歌對此多有反映。例如曹操《薤露行》和《蒿里行》兩首樂府詩就以直筆記錄了漢末的動盪歷史：

> 惟漢廿二世，所任誠不良。沐猴而冠帶，知小而謀強。猶豫不敢斷，因狩執君王。白虹為貫日，己亦先受殃。賊臣持國柄，殺主滅宇京。蕩覆帝基業，宗廟以燔喪。播越西遷移，號泣而且行。瞻彼洛城郭，微子為哀傷。（《薤露行》）〔註1〕

> 關東有義士，興兵討群凶。初期會盟津，乃心在咸陽。軍合力不齊，躊躇而雁行。勢利使人爭，嗣還自相戕。淮南弟稱號，刻璽於北方。鎧甲生蟣虱，萬姓以死亡。白骨露於野，千里無雞鳴。生民百遺一，念之斷人腸。（《蒿里行》）〔註2〕

關於此二詩，明人鍾惺就曾評價它們是「漢末實錄，真詩史也」，〔註3〕而我們通過詩歌的描述，也確實可以約略還原漢末那一段動亂史事。《薤露行》揭示了漢朝傾覆的原因，即在於所任非人。詩人指責了何進等人的剛愎無知給宗廟社稷帶來的損失，也鞭撻了董卓倒行逆施的種種惡行。通過詩歌的揭露，漢末統治集團內部的無能與腐朽，董卓對政權及社會的破壞與摧殘，都得以清晰地展露。《蒿里行》則記述了軍閥混戰、民不聊生的社會情景。在誅討董卓匡復天下的行軍過程中，各路軍閥並非同心協力，而是各懷鬼胎，進行著「勢利使人爭，嗣還自相戕」的內部傾軋，由此導致了「鎧甲生蟣虱，萬姓以死亡」的

〔註1〕 王運熙、王國安：《漢魏六朝樂府詩評注》，齊魯書社，2000年版，第83頁。
〔註2〕 《漢魏六朝樂府詩評注》，第85頁。
〔註3〕 《曹操曹丕曹植集》，第1頁。

悲慘結局。「白骨露於野,千里無雞鳴」正表現了詩人對苦難現實的沉痛哀悼。這兩首詩歌以宏觀而富有表現力的視角,展現了漢末亂離下的社會民生。其後,曹植《送應氏》一詩也記錄了董卓西遷屠燒洛陽的時事,詩人以悲憤交加的筆調,描繪了焚燒後的洛陽頹圮、蕭條的景象,從而揭露出董卓之亂對社會民生的巨大損傷。王粲《七哀詩》也反映了民不聊生的社會現實,詩歌一開篇即概括描寫了中原喪亂的可怖事實,接著又具體展現了子母不能相顧的途中所見,二者的有機結合,更加深了讀者對漢末民生凋敝的觸動與體認。

　　除了三曹七子之外,蔡琰五言《悲憤詩》更是宏觀與微觀相結合的詩史佳作。詩人敘述了自己流離失所、委身匈奴、別離二子、歸來重嫁的血淚史,表露了其悲痛難言的心路歷程。但是,詩人並沒有僅僅停留在對自己身世的感傷中,而是以如椽大筆,記錄了漢末史實。詩歌一開始就勾勒出時局變遷的線索:「漢季失權柄,董卓亂天常。志欲圖篡弒,先害諸賢良。逼迫遷舊邦,擁主以自強。海內興義師,欲共討不祥。」在描述完時局背景之後,詩人著重描繪了董卓之眾的倒行逆施:「斬截無孑遺,屍骸相撐拒。馬邊懸男頭,馬後載婦女。」並且,詩人更通過對被虜人群具體而微的描寫,展現了董卓之亂中的民生形態:「或有骨肉俱,欲言不敢語。失意機微間,輒言斃降虜。要當以亭刃,我曹不活汝。豈復惜性命,不堪其詈罵。或便加棰杖,毒痛參並下。旦則號泣行,夜則悲吟坐。欲死不能得,欲生無一可。」〔註4〕面對這樣的人世慘劇,詩人發出「彼蒼者何辜,乃遭此厄禍」的悲憤呼號。蔡琰自覺記錄史實、反映民生的博大胸懷,很難說沒有受到史學擔當精神的陶冶。蔡琰父親蔡邕是漢末著名史學家,深受《史記》影響,以至於臨刑前還「乞黥首刖足,繼成漢史」(《後漢書‧蔡邕傳》),由此可見其對史遷精神的認同,只是最終王允還是以「昔武帝不殺司馬遷,使作謗書,流於後世」(《後漢書‧蔡邕傳》)的理由,拒絕了蔡邕的請求。文姬從小接受家教薰陶,必然深受父親及其藏書的影響,《後漢書‧列女傳》即記載了她記誦父親書籍的驚人事蹟。因此,深受蔡邕追捧的《史記》,很有可能也影響了文姬;文姬《悲憤詩》透露出的詩史意識,正折射了《史記》實錄精神的影子。

　　到了西晉和南朝,雖然玄言詩和宮體詩蔚為主流,但是記錄時事、反映民生的詩作也會在夾縫中求生,繼承與取法《史記》的實錄精神。例如張駿《薤露行》即記錄了西晉滅亡的過程:

〔註4〕逯欽立:《先秦漢魏晉南北朝詩》,中華書局,1983年版,第199～200頁。

> 在晉之二世，皇道昧不明。主暗無良臣，觀亂起朝廷。七柄失
> 其所，權綱喪典刑。愚猾窺神器，牝雞又晨鳴。哲婦逞幽虐，宗祀
> 一朝傾。儲君繼新昌，帝執金墉城。禍釁萌宮掖，胡馬動北坰。三
> 方風塵起，獫狁竊上京。義士扼素腕，感慨懷憤盈。誓心蕩眾狄，
> 積誠徹昊靈。〔註5〕

詩歌開篇就展現了西晉主暗臣亂的政治局面：惠帝無能、楊駿專權、賈后密
謀、八王作亂。通過詩人的揭露，西晉朝廷黑暗的內鬥史，清晰地剖露在讀
者面前。也正是由於朝廷的昏暗，外族乘機侵入，從而導致了西晉政權的覆
滅。西晉滅亡之秋，仍有義士懷憤，他們奮力抗擊外族以求收復故土。如此
種種，張駿一一納入詩歌，以極端概括的語言，描繪了西晉滅亡前後的歷史
畫卷。梁、陳之際，賀力牧《亂後別蘇州人詩》也記錄了侯景之亂的歷史一
幕。賀詩以「子常終覆郢，宰嚭遂亡吳」的歷史事蹟，影射了蘇州淪陷的現實
原因；並通過對亂後蘇州「宮毀無巢燕，城空餘堞烏」的環境描寫，展現了侯
景之亂對社會民生的毀滅，從而傳達出劫後餘生的喪亂之感。

　　此外，漢魏六朝由於政權動盪、征戰頻繁，通過從軍行役反映社會民生的
詩歌也不絕如縷。曹操《苦寒行》一詩就通過對行軍途中惡劣環境的渲染，揭
示了軍士生活的艱辛。王粲《七哀詩》在描繪了風雪凜凜的邊地環境之外，還
揭露了「子弟多俘虜，哭泣無已時」的社會現實，從而展現了亂世流離的民生
狀態。陸機《飲馬長城窟行》一詩更是多方面展現了軍旅生活的實情：從軍之
人既要克服「仰憑積雪岩，俯涉堅冰川」的自然磨難，又要忍受「冬來秋未反，
去家邈以綿」的思鄉之情，同時還要面對「師克薄賞行，軍沒微軀捐」的生存
狀況。劉琨在《扶風歌》中表述了類似觀點的同時，還通過《史記》典故的化
用，表露了對無端獲罪、前途未卜的隱憂：「惟昔李騫期，寄在匈奴庭。忠信
反獲罪，漢武不見明」。由上述詩歌可知，在自然和社會的雙重夾擊下，軍士
的處境尤為艱辛。而鮑照《擬行路難》一詩，更是從時間維度上揭示了征人的
悲劇人生：少小從軍，白頭未返；妻子遠隔，生離死別。何遜《見征人分別詩》
也記錄了真實的從軍情景，詩人以細緻的筆觸，描繪了「淒淒日暮時，親賓俱
竚立。征人拔劍起，兒女牽衣泣」這一極具感染力的生活畫面，從而反映了廣
闊的社會圖景，後來杜甫「牽衣頓足攔道哭」的描繪正是基於此的超越。魏晉
南北朝從軍行役之詩，不僅揭示了軍旅生活，也反映了社會民生，是蘊含了實

〔註5〕《先秦漢魏晉南北朝詩》，第876～877頁。

錄精神的詩史。

漢魏六朝除了直筆評論時政、反映民生的作品之外，還存在很多曲筆反映社會現實的詩歌。這些詩歌往往通過對歷史生活的追述，或是對歷史典故的化用，以借古諷今的方式，評論了時局政治，記錄了社會生活。

陳琳《飲馬長城窟行》一詩即通過對秦朝修築長城史事的追述，還原了漢末徭役繁重的民間生活：

> 飲馬長城窟，水寒傷馬骨。往謂長城吏，慎莫稽留太原卒！官作自有程，舉築諧汝聲！男兒寧當格鬥死，何能怫鬱築長城。長城何連連，連連三千里。邊城多健少，內舍多寡婦。作書與內舍，便嫁莫留住。善待新姑嫜，時時念我故夫子！報書往邊地，君今出語一何鄙？身在禍難中，何為稽留他家子？生男慎莫舉，生女哺用脯。君獨不見長城下，死人骸骨相撐拄。結髮行事君，慊慊心意關。明知邊地苦，賤妾何能久自全？ [註6]

築城役卒與其妻往來書信的直接展露，帶給我們極大的心靈震撼。雖然詩歌通篇講述的都是前朝往事，但是，一方面詩人感慨史事的深層來源是社會現實，另一方面詩人述古也是為了表達對現實政治的諷刺。因此，陳詩描述的社會圖景，也可以看做是對漢末民生的曲折記述。這與司馬遷在《史記》中借對蒙恬修築長城的批判，諷刺武帝時期民生凋敝的手法異曲同工，是曲筆評論時事的表現。

晉張載《七哀詩》也繼承了這一手法，以曲筆述古慨今：

> 北芒何壘壘，高陵有四五。借問誰家墳，皆云漢世主。恭文遙相望，原陵鬱膴膴。季世喪亂起，賊盜如豺虎。毀壞過一抔，便房啟幽戶。珠柙離玉體，珍寶見剽虜。園寢化為墟，周墉無遺堵。蒙籠荊棘生，蹊徑登童豎。狐兔窟其中，蕪穢不復掃。頹隴並墾發，萌隸營農圃。昔為萬乘君，今為丘中土。感彼雍門言，悽愴哀今古。 [註7]

其中，「季世」四句正是通過對《史記》記載的盜墓典故的化用，揭露了董卓之眾發掘漢陵的惡行，從而重現了漢末史事。詩人對漢陵「蒙籠荊棘生，蹊徑登童豎」的觸目驚心，對「昔為萬乘君，今為丘中土」的深切感慨，正折射出對西晉政權行將覆滅的深刻隱憂。

〔註6〕《先秦漢魏晉南北朝詩》，第367頁。
〔註7〕《先秦漢魏晉南北朝詩》，第741頁。

此外，陶淵明《述酒》一詩也通過晦澀的歷史典故曲折地表達了對時政的評述：

> 重离照南陸，鳴鳥聲相聞；秋草雖未黃，融風久已分。素礫皛脩渚，南嶽無餘雲。豫章抗高門，重華固靈墳。流淚抱中歎，傾耳聽司晨。神州獻嘉粟，西靈為我馴。諸梁董師旅，芊勝喪其身。山陽歸下國，成名猶不勤。卜生善斯牧，安樂不為君。平生去舊京，峽中納遺薰。雙陵甫云育，三趾顯奇文。王子愛清吹，日中翔河汾。朱公練九齒，閒居離世紛。峨峨西嶺內，偃息常所親。天容自永固，彭殤非等倫。〔註8〕

與陳、張二詩通過展現歷史生活來諷刺現實政治的方式不同，陶詩是通過對一系列歷史典故的運用，隱晦地傳達出劉裕篡權、殺害恭帝的時局政治，從而表達了詩人對劉宋政權的不滿與憤怒。此詩由於用典過於晦澀，一直是陶詩中最為難解的作品之一。蘇軾追和陶詩大半，卻不和此首；黃庭堅甚至直言此詩「似是讀異書所作，其中多不可解」。直至南宋湯漢才發掘出微言大義，指出此詩乃淵明悲歎恭帝被弒、晉祚消亡的忠憤之辭。這從詩中「流淚」二句即可窺見端倪，而全詩眾多歷史典故的匯聚，更強有力地隱射了晉宋時局，流露出詩人的悲憤之情。

漢魏六朝這些反映「世積亂離」的詩史之作，以或直接或婉約的方式，記錄了亂世政治和社會民生。其評論時政、反映民生的自覺和廣泛，在很大程度上正是對《史記》實錄精神的繼承。

（二）「風衰俗怨」的社會揭露

漢魏六朝詩人評論時政、反映民生之餘，也對社會風俗和社會問題多所關注，並往往以實錄之筆揭露不公的社會現實和澆薄的社會風氣。

首先來看阮瑀《駕出北郭門行》一詩對孤兒深受後母虐待的家庭問題的反映。詩歌通過詩人與故事主人公之間的對話，展現了孤兒「飢寒無衣食，舉動鞭捶施」的生活現狀。同類題材在漢樂府中就已出現，漢樂府《孤兒行》即以孤兒的口吻，抒發了父母早亡備受兄嫂虐待的悲痛欲絕之情。很顯然阮詩是對漢樂府的繼承，但二者還是存在諸多差異。對此，葛曉音在《八代詩史》中就曾指出，阮瑀「僅以旁觀者的同情客觀描述此事，所以無論就感情的慘痛還是

〔註8〕陶淵明：《宋本陶淵明集》，國家圖書館出版社，2018年版，第67～68頁。

思想的深度而言，都不如瑣碎質實的《孤兒行》」〔註9〕，可謂一語中的。但是，二者之所以呈現出如此差別，還在於作者的作詩目的本不盡同：漢樂府是「感於哀樂，緣事而發」的自發之作，而阮瑀卻有「傳告後代人，以此為明規」的自覺追求。反映社會、批判現實的理性精神，使得阮瑀在對孤兒故事的敘述中，時常以抽離的態度思考問題，因而也就拉開了與故事主人公的情感距離，從而造成了客觀冷靜的抒情效果。阮瑀批判現實的文化擔當意識，很大程度上正體現了向《史記》實錄精神靠攏的趨勢。

其次，西晉傅玄也表現出關注社會問題的極大熱情。傅玄博覽群書，曾著《傅子》一書評斷「經國九流及三史故事」(《晉書·傅玄傳》)，他在書中就曾指出《漢書》相較於《史記》的不足：「吾觀班固《漢書》，論國體，則飾主闕而抑忠臣；救世教，則貴取容而賤直節；述時務，則謹辭章而略事實。非良史也。」(《傅子·補遺上》) 由此可見，相較於班固而言，傅玄更為推崇史遷直錄現實的擔當人格，也可見實錄精神對其心靈的潤澤。在史學擔當精神的陶冶下，傅玄對諸多社會問題都充滿了理性思考，並由此寫出了很多具有道德意味的詩作，這在「士無特操」的西晉社會尤為難得。傅玄模擬自漢樂府《日出東南隅》的《豔歌行》，以及改編自《列女傳》秋胡戲妻故事的《秋胡行》，就因道德訓誡意味太濃而常受後人詬病，但這恰好說明了他期望改良社會風氣的殷切心情。除了擬古之作，傅玄也創作了很多實錄之詩，例如《豫章行·苦相篇》一詩即是對重男輕女的社會現象的揭露。詩人首先將「男兒當門戶，墮地自生神。雄心志四海，萬里望風塵」的得意處境，與「女育無欣愛，不為家所珍。長大逃深室，藏頭羞見人」的卑陋情形進行對比，從而揭示了女性低下的社會地位。接著，詩人又敘述了女性在夫妻關係中的弱勢地位，妻子對丈夫要「低頭和顏色」，又要「跪拜無復數」，但即便如此，仍然可能招致「心乖甚水火，百惡集其身」的遭遇，尤其是「玉顏隨年變，丈夫多好新」，最後慘遭拋棄。《苦相篇》以概括的語言客觀描述了女性悲慘的生活境遇，從而反映了普遍而深刻的女性問題。此外，傅玄《牆上難為趨》一詩，也是針砭時弊的作品。詩歌前半篇通過貴族來客對貧士主人頤指氣使、譏笑鄙夷的言行舉止，揭露了嫌貧愛富的社會風氣；後半篇，詩人列舉了眾多起於微賤的歷史名人，表達了對嫌貧之人目光短淺的批評與諷刺。

到了南朝，沈約《冬節後至丞相第詣世子車中作詩》也同樣反映了惡劣的

〔註9〕葛曉音：《八代詩史》，陝西人民教育出版社，1989年版，第71頁。

社會風氣：

> 廉公失權勢，門館有虛盈。貴賤猶如此，況乃曲池平。高車塵
> 未滅，珠履故餘聲。賓階綠錢滿，客位紫苔生。誰當九原上，鬱鬱
> 望佳城。〔註10〕

詩歌開篇即引用廉頗失勢的典故，寫出了世態炎涼之感。《史記·廉頗藺相如列傳》記載：「廉頗之免長平歸也，失勢之時，故客盡去。及復用為將，客又復至。廉頗曰：『客退矣！』客曰：『吁！君何見之晚也？夫天下以市道交，君有勢，我則從君，君無勢則去，此固其理也，有何怨乎？』」〔註11〕司馬遷此番對世態炎涼的感觸，於沈約正心有戚戚。因此，沈詩中廉頗典故的運用，正是為了援古例今，說明古今同一的炎涼世風。接著，詩人翻進一層，「貴賤猶如此，況乃曲池平」，揭示出丞相新薨、賓客散盡的事實。「高車」「珠履」所折射出的往昔繁華，與「賓階綠錢滿，客位紫苔生」的今日淒清，正形成了鮮明對照，這與《史記·汲鄭列傳》「始翟公為廷尉，賓客闐門；及廢，門外可設雀羅」的敘述異曲同工。沈詩正是通過古今映照、死生之別，揭露出澆薄的社會風氣，表達了對趨炎附勢之徒的憎惡之情，而這也正是對《史記》「一死一生，乃知交情。一貧一富，乃知交態。一貴一賤，交情乃見」（《汲鄭列傳》）之感觸的體認。

以上諸詩都是對具體社會問題或社會風氣的揭露，而王褒《牆上難為趨》一詩則是以概括之筆揭露了社會的種種不公：「末代多僥倖，卿相盡經由。臺郎百金價，臺司千萬求。當朝少直筆，趨代皆曲鉤。廷尉十年不得調，將軍百戰未封侯。」〔註12〕詩人通過對一系列不平現象的描述，展現了混亂無望的末世之風。可見，深受《史記》實錄精神影響的漢魏六朝之詩，正是通過對社會問題和社會風氣的自覺揭露，記錄了「風衰俗怨」的社會現實。

綜上可見，實錄精神不僅是良史之德，也是難能可貴的詩學傳統。《詩經》中已存在詩史之作，這一方面是由於古代詩、史同源，詩歌往往也滲透了史學的實錄筆法；另一方面，則是因為《詩經》面向現實的品質，必然帶來諸多反映生活的詩篇。漢樂府在繼承《詩經》的同時，進一步發揚了實錄傳統，相比於《詩經》以言志的方式反映生活，漢樂府往往是通過對生活片段的直接敘述，

〔註10〕〔梁〕蕭統編：《文選》，上海古籍出版社，1998 年版，第 239 頁。
〔註11〕《史記》，第 2967 頁。
〔註12〕趙建軍等：《北朝詩校注》，南開大學出版社，2014 年版，第 197 頁。

來呈現更為清晰的社會圖景。《史記》在整合詩、史實錄傳統的基礎之上，又呈現出有別於《詩經》和漢樂府的實錄特點：

第一，司馬遷的實錄精神更側重於政治生活。由於《史記》所載人物多為王侯將相，政治領域不可避免成為實錄精神展現的主場。因此，史遷對歷史人、事「不虛美，不隱惡」的態度裏，正包含著批判現實政治的勇氣。同時，諸多時局大事，也依賴於「其文直，其事核」的史筆得以呈現歷歷。

第二，《史記》反映生活的視角更為宏觀。雖然《詩經》和漢樂府也反映了廣闊的生活畫卷，但它們反映生活的廣度，是多篇一鱗半爪的記錄集腋而成。而它們自身作者各異，篇章之間相互獨立，一篇往往是採用具體而微的方式，記述某一歷史事件，或是揭露某一社會問題，因而也就缺少了宏觀概括性。《史記》則不然，司馬遷經常在一篇之內，或是展現波瀾壯闊的歷史變遷，或是描摹形態萬有的社會圖景。例如《貨值列傳》即是通過歷史各時期及各地富商大賈的發家史，以及社會各類人群的求富心態和經營行為，展現了跨時空的經濟社會風貌。並且，《史記》有著統一的結構，其各篇之間相互牽連，從而形成了有機整體，因此可以說一部《史記》也是一篇完整的作品，它是以宏觀視角記錄了政治、經濟、文化的全貌。

第三，司馬遷記錄生活、反映民生的意識更為自覺。無論是「饑者歌其食，勞者歌其事」（何休《春秋公羊傳解詁·宣公十五年》）的《詩三百》，還是「感於哀樂，緣事而發」（《漢書·藝文志》）的漢樂府民歌，多是詩人對生活本身有感而發的結果，它們體現了詩人反映民生日用的自發性。而司馬遷表現生活，除了源於對生活現象的直接感發以外，還得益於他關注民生的儒家修養和理性自覺。因此在反映民生時，史遷形象並未與反映對象融為一體，而是呈現出高屋建瓴的史學家姿態。他是以相對獨立的立場，以夾敘夾議的方式，描述了社會生活的實情。

《史記》實錄精神的上述特點，也滲透進漢魏六朝的詩歌創作中。漢魏六朝動亂的社會現實孕育了詩史之作，詩史之作也正因為反映了苦難現實，而具有了慷慨使氣的精神風力。對此，劉勰指出：「觀其時文，雅好慷慨，良由世積亂離，風衰俗怨，並志深而筆長，故梗概而多氣也。」（《時序》）〔註13〕劉勰對魏晉文風的概括，也同樣適用於魏晉詩風。其時詩歌慷慨使氣的風格，除了喪亂征戰的現實淵源和《詩經》、漢樂府的實錄傳統以外，一定程度

〔註13〕《文心雕龍注》，第 673～674 頁。

上也源於《史記》實錄精神的影響。從史料記載來看，《史記》在漢末文人中流傳已廣，南北朝更是文人易得的案頭之書，這就為《史記》影響漢魏六朝的詩歌創作奠定了先決條件。因此，無論是接受《史記》影響的客觀條件，還是遺留了史遷運筆特點的詩歌文本，都表明漢魏六朝詩歌繼承《史記》實錄精神的事實，故而李澤厚說「到了魏晉，那種所謂『慷慨以使氣』的文風，也不能說沒有司馬遷所遺存的影響。」〔註14〕

二、不朽精神：積極有為的言志之詩

《左傳》中記載的「太上有立德，其次有立功，其次有立言」的三不朽精神，一直是中國古代士人孜孜不倦的價值追求，也是古代詩歌常見的精神範式。在三不朽精神影響士人的歷程中，司馬遷是極其重要的一環，他通過《史記》的寫作，在講述眾多歷史人生的過程中詮釋了「不朽」的內涵，從而加深了士人對不朽精神的體認與實踐。與《左傳》等編年體史書因事記人的方式不同，《史記》是以紀傳體形式展現了眾多歷史人物波瀾起伏的一生，從而揭示了不朽精神的迷人魅力。司馬遷熱情歌頌立德、立功、立言之人，哪怕是以失敗告終的悲劇英雄；而對「碌碌未有奇節」的萬石君之流，始終頗有微辭。由此可知，在選擇《史記》傳主時，司馬遷偏重積極有為的歷史人物，並通過對這些有為人生的敘述，塑造了一個又一個立德建功、澤被後代的人物範本，召喚著後代士人仿而效之。漢魏六朝諸多言志之詩，即反映了詩人們積極有為的人生態度，表現出對司馬遷所闡揚的不朽精神之追求。

（一）建功立業的人生追求

《史記》在漢末的廣泛傳播為其影響漢魏六朝詩歌的寫作奠定了先決條件，《史記》記錄的眾多有為人生，強烈地吸引著銳意進取的建安文人。例如曹操就曾發出「老驥伏櫪，志在千里；烈士暮年，壯心不已」的豪言壯語，吐露出積極進取、老當益壯的豪邁心聲。「周公吐哺，天下歸心」，更是其求賢若渴心理的反映，而求賢行為正表明其追求統一事業的拳拳之心。也正因為建安文人多有銳意進取精神，因此他們一旦壯志難酬，就會無限傷感。陳琳《遊覽》一詩即表現出對壯志未酬的憂慮：

> 節運時氣舒，秋風涼且清。閒居心不娛，駕言從友生。翱翔戲

〔註14〕《中國美學史：先秦兩漢編》，第486頁。

長流，逍遙登高城。東望看疇野，回顧覽園庭。嘉木凋綠葉，芳草
纖紅榮。騁哉日月逝，年命將西傾。建功不及時，鍾鼎何所銘。收
念還寢房，慷慨詠墳經。庶幾及君在，立德垂功名。〔註15〕

詩人「閒居心不娛」，因此「駕言從友生」，然而翱戲山川、登高遠眺的遊覽行
為，並沒有緩解他心底的憂傷情緒。在遊覽的過程中，詩人對「嘉木凋綠葉，
芳草纖紅榮」的時光流逝感觸獨深，這與開篇描寫的對時節變化的敏銳如出一
轍。詩人之所以對自然時節如此敏感，是源於他內心深處對「騁哉日月逝，年
命將西傾。建功不及時，鍾鼎何所銘」的憂慮，而這也正是他「閒居心不娛」
的原因。全詩自始至終透露著一層無法消解的隱憂，而這種隱憂正側面反映了
詩人「立德垂功名」的人生追求。

雖然積極有為的建安之音，在正始之後逐漸消退，但並非湮沒無聞，而是
時常出沒於有志之士的詩中。阮籍四言《詠懷·其七》即通過對「姜叟毗周，
子房翼漢。應期佐命，庸勳靜亂。身用功顯，德以名贊」的詠歎，流露出「今
我不樂，歲月其晏」的幽微之情，從而在「世無曩事，器非時幹」的曲折表述
中，抒發了對功德無望的嗟歎。劉琨《重贈盧諶》一詩也是通過對「白登幸曲
逆，鴻門賴留侯。重耳任五賢，小白相射鉤」等歷史事蹟的追溯，表達了對「功
業未及建，夕陽忽西流。時哉不我與，去乎若雲浮」的深沉隱憂。《史記》描
述的眾多有為人生，成為漢魏六朝文人藉以激勵和反觀自身的參照，他們以歷
史人生悲悼現實人生的行為本身，即反映了對不朽精神的追求，對有限生命的
珍視。

東晉陶淵明更是因「讀《史記》有所感」而作《讀史述九章》組詩，在詩
中，詩人屢屢流露出對「令德永聞，百代見紀」以及「進德修業，將以及時」
的嚮往，由此可見《史記》不朽精神對其心靈的震顫。即使是閒居之餘，陶淵
明也會時常感慨「日月擲人去，有志不獲騁」（《雜詩·其二》），並追憶少壯之
時「猛志逸四海，騫翮思遠翥」（《雜詩·其五》），而如今「荏苒歲月頹，此心
稍已去」，因此「值歡無復娛，每每多憂慮」，可見其平靜的外表下正蘊藏著一
顆鬱勃不平之心。在陶淵明「念此懷悲悽」「念此使人懼」的反覆抒寫裏，其
渴望建功立德的志向展露無遺。這種積極有為的人生態度，貫穿了整個漢魏六

〔註15〕此詩逸輯本題作《詩》，《藝文類聚》無題，《古詩紀》《廣文選》題作《遊覽》。
　　　　共二首，此其二。參見鄔國平：《漢魏六朝詩選》，上海古籍出版社，2005 年
　　　　版，第 135 頁。

朝的言志之詩，直到南北朝時期的王褒，還在高聲吟唱「不惜黃金散盡，只畏白日蹉跎」(《高句麗》)。

尤其值得注意的是，魏晉南北朝除了上述籠統反映立德建功願望的詩歌之外，還存在大量通過戎馬人生的書寫表達建功夢想的詩歌。例如曹植的兩首《雜詩》即表達了對於奔赴沙場、征討吳、蜀的強烈願望：在「吳國為我仇」的咬牙切齒中，詩人表露了「閒居非吾志，甘心赴國憂」的豪情壯志；面對西南的蜀漢敵國，詩人也發出了「烈士多悲心，小人偷自閒。國仇亮不塞，甘心思喪元」的慷慨之言。曹植對戎馬人生的追求，並非僅僅出於對軍功的熱衷，一方面，他渴望「建永世之業，流金石之功」，實現不朽的人生價值，另一方面，他也有著作為皇族的憂國精神和天下情懷。與曹植渴望親赴疆場的膽氣不同，後世文人往往是以虛擬之筆，寫出了對沙場健兒和戎馬生活的遙想，表達了他們內心深處蓬勃的英雄夢。左思在《詠史八首·其一》中就構築了這樣的夢想：「雖非甲冑士，疇昔覽穰苴。長嘯激清風，志若無東吳。鉛刀貴一割，夢想騁良圖。左眄澄江湘，右盼定羌胡。功成不受爵，長揖歸田廬。」〔註16〕左思一生鬱鬱不得志，更沒有征戰沙場的經歷，因此「左眄澄江湘，右盼定羌胡」的英勇行為，並非是基於對現實生活的描繪，而是他對史書上戎馬人生的追尋。由此可知，《史記》描述的沙場人生具有巨大的吸引力。詩人正是通過這縱橫馳騁的人生形態之展現，一掃內心的鬱鬱寡歡之情，從而表達了對建功立業的渴望。張華《壯士篇》則是通過對沙場英雄的傾情歌詠，曲折地傳達出對不朽之功的追求：「年時俛仰過，功名宜速崇。壯士懷憤激，安能守虛沖」，因此這「獨步聖明世」的沙場英雄身上，正凝結著張華的功名夢。詩歌至此，馳騁沙場的飛揚人生，已不復呈現往日的憂國之情，而成為純粹個體夢想之象徵。南北朝詩人在歌詠沙場健兒時，往往能夠恢復公私並濟傳統：他們一方面肯定健兒對不世之功的追求，另一方面也強調健兒忠君報國的思想。例如孔稚珪《白馬篇》即是二者的結合：「少年鬥猛氣，怒髮為君征」的同時，也有著「當今丈夫志，獨為上古英」的心理預期。而吳均和徐悱也分別寫下「為君意氣重，無功終不歸」(《戰城南》)和「歸報明天子，燕然石復刊」(《白馬篇》)之句，展現了沙場英雄報國、立功的二重性。南北朝詩人對健兒報國立功的深情歌頌，既傳達出呼喚英雄的時代心理，也透露了他們對不朽之功的追求。

《史記》呈現的精彩人生，充分闡揚了立德、立功之不朽，從而激勵了後

〔註16〕《漢魏六朝詩選》，第236頁。

代士人為之奮鬥。魏晉南北朝諸多言志之詩，都以積極進取的精神風貌，實現了對《史記》不朽精神的繼承。並且《史記》所載人、事，略於盛世而詳於亂世，因此戎馬倥傯、建立事功的飛揚人生也就頻頻出現於史遷筆端。魏晉南北朝時局動亂、征戰不斷，《史記》描述的沙場英雄，往往成為士子崇拜的對象，激發了他們內心的英雄夢想，而他們的詩歌正是這種夢想的如實表達。

（二）立言不朽的人文理想

除了立德、立功的不朽思想之外，司馬遷對立言不朽的重視，也深刻地影響了魏晉詩人，從而引發了該理念在魏晉文論與詩歌中的蜂起。

司馬遷在《報任安書》中對《史記》的寫作動機進行了說明：「欲以究天人之際，通古今之變，成一家之言」，由此可知，立言不朽也是司馬遷的人生追求。並且，馬遷在信中更明確地說出了「僕誠以著此書，藏之名山，傳之其人」的真實心聲，表達了他立言不朽的人文理想。此外，《史記》也記錄了眾多立言不朽的歷史人生：在《孔子世家》中，司馬遷充分肯定了孔子對文化事業的貢獻；在《屈原賈生列傳》和《司馬相如列傳》中，史遷也對傳主的詩賦作品有所記載。凡此種種，都表明了司馬遷對著述事業乃至文學創作的重視。

魏晉時代是文學自覺的時代，魏晉文人重視文學創作的自覺意識，很難說沒有受到司馬遷的影響。司馬遷的立言不朽精神對曹丕、曹植兄弟產生了深遠影響，可以說他們對著述事業的倡導，很大程度上就來源於司馬遷的啟發。丕、植兄弟熟諳《史記》，《三國志》就記載了曹丕「史、漢、諸子百家之言，靡不畢覽」的閱讀經歷。並且，丕、植二人在自己的書信裏，也表達了對史遷「成一家之言」思想的認同。曹丕在《與吳質書》中稱讚徐幹「著《中論》二十餘篇，成一家之言，詞義典雅，足傳於後，此子為不朽矣」。曹植在《與楊德祖書》中也表達了類似的觀點：「若吾志未果，吾道不行，則將採庶官之實錄，辯時俗之得失，定仁義之衷，成一家之言。雖未能藏之於名山，將以傳之於同好」。〔註17〕司馬遷寫作《史記》所獲得的巨大成功，強烈地吸引著躍躍欲試的曹氏兄弟，激發了他們從事著述事業的夢想。丕、植兄弟對立言不朽的熱衷，促成了魏晉時代詩歌創作的繁榮和理論探討的深入。

曹丕《典論·論文》是一篇系統的文學專論，涉及文學創作和文學批評的諸多問題。在文中，曹丕充分論述了著作的重大意義：「蓋文章，經國之大業，不朽之盛事。年壽有時而盡，榮樂止乎其身，二者必至之常期，未若文章

〔註17〕《曹操曹丕曹植集》，第 280 頁。

之無窮。是以古之作者，寄身於翰墨，見意於篇籍，不假良史之辭，不託飛馳之勢，而聲名自傳於後。」〔註18〕曹丕把著述提高到了經國大業的地位，並從不朽的角度出發，說明相較於立德、立功而言，立言所具有的優勢。這與司馬遷在《孔子世家》中「天下君王至於賢人眾矣，當時則榮，沒則已焉。孔子布衣，傳十餘世，學者宗之。自天子王侯，中國言六藝者折衷於夫子，可謂至聖矣」〔註19〕的論調所見略同。並且曹丕還對文體進行了分類，提出「詩賦欲麗」的主張，承認了詩歌的審美特性。此外，曹丕在《典論·論文》中還流露出立言不朽思想背後深層的生命意識：「日月逝於上，體貌衰於下，忽然與萬物遷化，斯志士之大痛也。」〔註20〕這與司馬遷「人固有一死，或重於泰山，或輕於鴻毛」（《報任安書》）的生命體悟也表現出一致性。曹植也通過詩歌表達了他對立言不朽的思考與追求：

> 天地無窮極，陰陽轉相因。人居一世間，忽若風吹塵。願得展功勤，輸力於明君。懷此王佐才，慷慨獨不群。鱗介尊神龍，走獸宗麒麟。蟲獸豈知德，何況於士人。孔氏刪詩書，王業粲已分。騁我徑寸翰，流藻垂華芳。（《樂府解題》曰：「曹植擬《薤露行》為《天地》。」）〔註21〕

詩人通過天地無窮與人生短暫的對比，通過自然界和人類社會王者現象的揭示，表明了自己孜孜追求立言不朽的決心，從而體現出對有限生命的珍視。曹植立言不朽的人生理想，也包含著對生死的深刻思考，而他以孔子的文化貢獻比擬王業的觀點，正是對司馬遷著書立說以實現生命價值觀點的認同。

由於曹氏兄弟崇高的社會地位，他們對立言不朽的倡導，對文學創作的熱衷，必然更能造就詩才雲蒸的時代風氣。劉勰在《文心雕龍·時序》中即指出：「文帝以副君之重，妙善辭賦；陳思以公子之豪，下筆琳琅；並體貌英逸，故俊才雲蒸。」〔註22〕鍾嶸在《詩品·總論》裏也描述了同樣的情形：「降及建安，曹公父子，篤好斯文；平原兄弟，鬱為文棟；劉楨、王粲，為其羽翼。次有攀龍托鳳，自致於屬車者，蓋將百計。彬彬之盛，大備於時矣。」〔註23〕由

〔註18〕臧勵和選注，司馬朝軍校訂：《漢魏六朝文》，崇文書局，2014年版，第135頁。
〔註19〕《史記》，第2356頁。
〔註20〕《漢魏六朝文》，第135頁。
〔註21〕〔宋〕郭茂倩編撰，聶世美，倉陽卿校點：《樂府詩集》，上海古籍出版社，1998年版，第324頁。
〔註22〕《文心雕龍注》，第673頁。
〔註23〕陳延傑：《詩品注》，人民文學出版社，1961年版，第1頁。

此可見，建安時代詩歌創作的繁榮局面。立言不朽的文化理想，也引起了詩人對辭藻的重視，並加深了他們對詩歌技巧的探討。曹丕就曾稱讚徐幹《中論》「詞義典雅，足傳於後」，並承認了「詩賦欲麗」的審美特性；他自己的詩歌，也往往具有婉轉流暢的音韻，《燕歌行》即是突出代表。到了曹植，詩歌的形式美更受詩人關注，「騁我逕寸翰，流藻垂華芳」即表明他對華美詞采的追捧。曹植的詩不僅具有和諧的音韻，也多有整齊的對仗，如「秋蘭被長阪，朱華冒綠池」（《公讌詩》）等對句；而他的《白馬篇》更是以轆轤體形式，呈現出一氣貫注的美感。因此，劉勰評價曹植「下筆琳琅」，相比於保留了質樸特色的曹丕詩歌，植詩呈現出更為華美的風格，從而完成了漢魏古詩向建安詩歌的轉型，也開啟了六朝詩歌踵事增繁的走向。鍾嶸在《詩品》中高度評價了植詩，並肯定他對詩歌發展的貢獻：「骨氣奇高，詞采華茂，情兼雅怨，體被文質，粲溢今古，卓爾不群。」〔註24〕由此可見，在立言不朽思想的影響下，魏晉詩人追求詩歌形式美的自覺。

此外，《史記》記錄的眾多立言不朽的歷史人生，也同樣引起了後世的追慕。西晉左思在《詠史八首》中就曾反覆抒寫對「著論准過秦，作賦擬子虛」以及「言論准宣尼，辭賦擬相如」的嚮往之情，陳人祖孫登也曾深情詠歎「雍容文雅深，王吉共追尋」（《賦得司馬相如》）的司馬相如。漢魏六朝的言志之詩，正是在表達嚮往孔子聖業和相如文才的同時，傳達出追求立言不朽的心聲。《史記》展現的歷史人生，與司馬遷「成一家之言」的理想一起，共同構築了立言不朽的人文精神，並給予漢魏六朝詩人以巨大影響，從而客觀上加速了文學自覺的進程，也促進了魏晉時代詩歌創作的繁榮和理論探討的深入。

三、發憤精神：諷世抒懷的幽憤之詩

司馬遷在《太史公自序》中剖露的「發憤」精神實是對屈原「發憤以抒情」思想的繼承，而屈原「發憤以抒情」思想也正經由司馬遷的闡揚和發展，才加速轉化為後代詩學的怨刺傳統，從而影響了歷代幽憤之詩的寫作。司馬遷在《史記·屈原賈生列傳》中系統而全面地論述了屈原的「發憤」精神。首先，司馬遷繼承淮南王劉安對屈賦「怨刺」風格的論述：「《國風》好色而不淫，《小雅》怨誹而不亂，若《離騷》者，可謂兼之矣。上稱帝嚳，下道齊桓，中述湯

〔註24〕《詩品注》，第 20 頁。

武，以刺世事。」〔註25〕其次，司馬遷揭示了屈賦怨刺的來源：「屈平疾王聽之不聰也，讒諂之蔽明也，邪曲之害公也，方正之不容也，故憂愁幽思而作《離騷》」。〔註26〕接著，司馬遷又從人性的角度承認了屈原怨刺的合理性：「人窮則反本，故勞苦倦極，未嘗不呼天也；疾痛慘怛，未嘗不呼父母也。屈原正道直行，竭忠盡智以事其君，讒人間之，可謂窮矣。信而見疑，忠而被謗，能無怨乎？屈平之作《離騷》，蓋自怨生也。」〔註27〕此外，司馬遷還充分展現了屈原的政治抱負和直諫精神：「屈平既嫉之，雖放流，眷顧楚國，繫心懷王，不忘欲反，冀幸君之一悟，俗之一改也。其存君興國而欲反覆之，一篇之中三致志焉。」〔註28〕司馬遷通過對屈原生平的娓娓敘述，對屈賦怨刺特點的反覆申明，充分詮釋了「發憤以抒情」思想的內蘊，並揭示了屈子之「憤」所含有的諷世與抒懷的二重性。司馬遷對屈賦的評價，在楚辭學上意義重大，它深刻地影響了後來的詩人和批評家。王逸《離騷序》就有很大一部分內容是對司馬遷觀點的濃縮，後世詩人對屈騷發憤精神和怨刺傳統的接受，很大程度上也要歸功於司馬遷的闡揚。並且，司馬遷在《自序》中申述的發憤著書思想，更是對屈賦「發憤以抒情」觀點的深化與總結。司馬遷的發憤精神，既是對作者發憤心理的強調，也是對書中怨懟情感的申明。這裡的「憤」，既包括諷世直諫之憤，也包括個體遭遇之悲。漢魏六朝的諷世抒懷之詩，正是在諷世之志和個體怨情兩個方面，實現了對司馬遷發憤精神的繼承。

東漢時期的發憤之詩多呈現出諷世和抒懷並重的面貌。梁鴻《適吳詩》即在「悼吾心兮不獲，長委結兮焉究」的情感抒發中，傳達出對「競舉枉兮措直，咸先佞兮唌唌」風氣的擔憂。張衡也是因為「時天下漸弊，鬱鬱不得志，為《四愁詩》」，〔註29〕張衡生活的東漢中葉，是東漢政權由盛轉衰時期，政治積弊已久，因此《四愁詩》成為詩人發憤的工具，藉以表達憂讒畏譏之情的同時也針砭時弊。到了東漢末期，社會風氣更加敗壞，因此諷世抒懷詩歌的創作也就更為頻繁。酈炎《見志詩》即通過對《史記》人、事的化用，在「絳灌臨衡宰，謂誼崇浮華。賢才抑不用，遠投荊南沙」的不平表述中，諷刺了是非顛倒的現狀，流露出懷才不遇的憂傷。趙壹《刺詩疾邪詩》的刺世方

〔註25〕陳廣忠：《淮南文集》，中國文史出版社，2014年版，第432頁。
〔註26〕《史記》，第3010頁。
〔註27〕《史記》，第3010頁。
〔註28〕《史記》，第3013頁。
〔註29〕《文選》，第1356頁。

式更為直接，發憤強度也更加濃烈：

> 河清不可俟，人壽不可延。順風激靡草，富貴者稱賢。文籍雖
> 滿腹，不如一囊錢。伊憂北堂上，骯髒倚門邊。〔註30〕

> 勢家多所宜，咳唾自成珠。被褐懷金玉，蘭蕙化為芻。賢者雖
> 獨悟，所困在群愚。且各守爾分，勿復空馳驅。哀哉復哀哉，此是
> 命矣夫！〔註31〕

前一首，詩人在詩歌的一開頭，就以「人壽不可延」的自然規律，比擬「河清不可恃」的無望現實，從而傳達出對社會現狀的強烈諷刺；接著詩人在「文籍雖滿腹，不如一囊錢」的牢騷滿腹中，具體展現了勢利的時代風氣。後一首，詩人一上來就描繪了勢家騰達、賢才零落的社會現實，最後在無可奈何中發出「哀哉復哀哉，此是命矣夫」的沉重歎息。趙詩既飽含了批判世態的公正之心，也抒發了身無所用的憤怒之情。

魏晉南北朝的發憤之詩在繼承東漢詩歌怨刺傳統的同時，由於更為偏重個體情感的抒發，其諷世直諫之志逐漸淹沒在個體怨情之中。王粲《七哀詩》，雖然開頭也通過「荊蠻非我鄉，何為久滯淫」的表述，透露出詩人對荊州政局的失望，但全詩更多地還是在抒發對失意人生的感傷，因此鍾嶸評價王詩「發愀愴之詞，文秀而質贏」（《詩品·卷上》）。曹植《怨歌行》則是通過對周公受成王猜忌故事的吟詠，委婉地傳達出自己無端備受猜忌的心曲，從而抒發了心底的鬱結之情。嵇康《幽憤詩》更是訴說了身陷囹圄的滿腔憤怒，詩歌通過對「母兄鞠育，有慈無威」「爰及冠帶，憑寵自放」之成長經歷的回顧，表達了詩人「志在守樸，養素全真」的人生興趣；然而「民之多僻，政不由己」的黑暗現實，最終導致「對答鄙訊，縶此幽阻」的悲慘結局。這與《太史公自序》的敘述模式極為相似，即通過對身世的追溯，表明自己的志向，從而表達事與願違的憂傷。並且，其詩題也體現出對司馬遷「幽而發憤」精神的繼承。魏晉的發憤之詩，雖偏重個體抒懷，但並非完全沒有諷世之志。上述詩歌中「荊蠻非我鄉」及「民之多僻，政不由己」的表述，即已傳達出幽微的諷世意味，而左思《詠史八首》（其二）的諷世意味更濃。詩人通過對《史記》馮唐典故的吟詠，抒寫了自身的鬱鬱不得志，並表現出對「世胄躡高位，英俊沉下僚」現象的憤怒，而他的憤怒正實現了抒懷與刺世的統一。鮑照詩歌與左思多有相似

〔註30〕《詩品注》附錄《詩選》，第 85 頁。
〔註31〕《詩品注》附錄《詩選》，第 85 頁。

之處，他也是寒門子弟，其「瀉水置平地，各自東西南北流」（《擬行路難‧其四》）與「自古聖賢盡貧賤，何況我輩孤且直」（《擬行路難‧其六》）之句，正是對社會不公的嘲諷。左思、鮑照對九品中正制的弊端皆了然於心，因此他們的憤憤不平，既是對沉淪下聊的嗟歎，也是替貧寒子弟發聲。

南北朝詩歌的諷世之志逐漸消退，個體怨情得以凸顯。江淹《還故園》一詩即抒發了政治上的失意之情。詩歌一開頭就通過「漢臣泣長沙，楚客悲辰陽」的典故，借古寓今地寫出了詩人的現實處境；而屈原和賈誼典故的並用，正是對司馬遷將其二人合傳思維的繼承。接著，詩人又描繪了「山中信寂寥，孤景吟空堂。北地三變露，南簷再逢霜」的謫居環境，從而傳達出不得志的鬱陶心情。無獨有偶，孫萬壽《遠戍江南寄京師親友》一詩，也同樣引用了屈、賈典故，抒發了謫居生涯的怨情。孫詩開篇「賈誼長沙國，屈平湘水濱。江南瘴癘地，從來多逐臣」的行文思路，與江詩如出一轍，都是在古今同理的感傷中，映照了詩人自己的失意人生。然而，與江詩通過環境描寫傳情達意的方式不同，孫詩是以直抒胸臆的方式，抒發了「回首望孤城，愁人益不平」的憂愁心理，以及「一朝牽世網，萬里逐波潮」的幽憤之情。司馬遷反對嚴刑峻法，例如《高祖功臣侯者年表》中的「罔亦少密焉」一語即透露出他對當朝峻法的不滿情緒。史遷的不滿，雖含有對自己遭遇的感喟，但更多的還是為了表達仁政理想；孫萬壽雖延續了史遷的慨歎，但更多的只是表達對自己身世的感傷。由此可見，司馬遷諷世與抒懷並重的發憤傳統，到了南北朝時期，其諷諫之志已所剩無多，反而個體怨情越來越得到彰顯。魯本《與胡師耽同系胡州出被刑獄中詩》也同樣繼承了司馬遷的個體怨情一線，詩人通過「叔夜弦初絕，韓安灰未然」的典故，傳達出「相悲不相見，幽縶與幽泉」的悲傷欲絕。詩歌至此，馬遷「幽於縲絏」的憤怒已不復可聞，剩下的僅僅是對身世的一己幽怨。

漢魏六朝由於「世積亂離，風衰俗怨」的時代背景，詩人原本就有著深刻的悲情體驗，例如「高臺多悲風」「悲風愛靜夜」等詩句中屢屢出現的「悲」字眼就是明證。因此司馬遷的「發憤」精神尤其能夠觸動他們敏感的內心，而他們的詩歌也確實從諷世和抒懷兩個方面，繼承了司馬遷的發憤精神和怨刺傳統。並且從東漢至六朝，諷世與抒懷並重的怨刺傳統，越來越向個體怨情一路偏重，這則是繼承中的新變。

漢魏六朝詠史詩對《史記》人物意象的拓展

詠史詩是對歷史人物、事件進行歌詠、評論，並藉以言志抒情的一類詩歌題材。詠史詩的各種類型在漢魏六朝都已出現並發展到比較成熟的階段，無論是班固《詠史》開創的傳體詠史，還是左思《詠史八首》展現的論體詠史，亦或是南朝蔚為大觀的懷古詠史，都展現出詠史類詩歌的獨特風貌。《史記》作為一部記錄歷史人、事的集大成史書，必然成為詠史詩的重要取材對象。並且，《史記》對漢魏六朝詩歌最直接最明顯的影響，也就體現在詠史詩這一詩歌題材上。漢魏六朝詠史之作，在取材《史記》的過程中，不斷拓展著《史記》的人物形象，並使之成為詩人們表達自己所思所想的意象；而《史記》中異彩紛呈的人物，也正是通過後代詩歌的反覆吟詠而光華常新。

一、傳體詠史詩

傳體詠史詩是通過對歷史情境的再現，表達史情史意的一類詠史詩。這類詩歌創作在魏晉時代呈現出繁榮局面，在南北朝時代卻走向衰歇。

班固《詠史》是最早取材《史記》的傳體詠史詩。全詩一五一十地再現了緹縈救父的全過程，基本上是對《史記》情節的復述，但也並非毫無獨創之處。「憂心摧折裂，晨風揚激聲」兩句，即傳神地刻畫出緹縈憂心如焚、慷慨陳詞的狀態。班固曾受不肖子牽連入獄，因此「百男何憒憒，不如一緹縈」的感慨裏，正包含著詩人自己的人生感喟。故而，鍾嶸在評價班詩「質木無文」的同時，也肯定了它「有感歎之詞」。由此可見，班固開創的詠史傳統，正是一種

寓抒情於敘事的傳統。

魏晉詩人在繼承班詩的同時，往往以出神入化的細節描寫超越了班固的《詠史》詩，從而豐富了傳體詠史傳統。王粲和阮瑀的詠荊軻之作，即體現出較高的藝術性。王詩選取了易水送別這一特定場景，渲染荊軻刺秦的悲壯氛圍。阮詩雖是對荊軻刺秦過程的敘述，但重點卻聚焦於對易水送別場面的描寫，其中「舉坐同諮嗟，歎氣若青雲」的側面烘托，正傳達出詩人對荊軻悲劇結局的惋惜與傷悼。除了一事一詠之外，曹丕、曹植等人往往一題多詠，以一首詩串聯眾多歷史人、事。曹丕《煌煌京洛行》即是通過對「淮陰五刑，鳥盡弓藏。保身全名，獨有子房」等一系列歷史現象的敘述與評價，表明自己明哲保身的處世哲學。曹植《精微篇》則歌頌了眾多歷史上的奇女子（也包括救父的緹縈），其中「盤桓北闕下，泣淚何漣如」的動作描寫，正揭示出緹縈憂慮慘怛的心理狀態，這是對班詩的進一步發展。建安時期的詠史詩，由於注重對歷史人物內心情感的挖掘，從而具有了較強的藝術感染力。

正始及兩晉時期的詠史詩，往往著意強調、鋪陳歷史情景，從而呈現出張弛有度的戲劇性。阮籍《詠懷·其六》即吟詠了邵平種瓜的故事：

> 昔聞東陵瓜，近在青門外。連畛距阡陌，子母相鉤帶。五色曜
> 朝日，嘉賓四面會。膏火自煎熬，多財為患害。布衣可終身，寵祿
> 豈足賴。〔註1〕

司馬遷在《蕭相國世家》中雖然記錄了邵平故事，但僅僅是一筆帶過，並無多少鋪陳之詞。阮詩卻通過對邵平隱居生活的精心描繪，讚美了故東陵侯安貧樂道的過人智慧，從而傳達出「布衣可終身，寵祿豈足賴」的人生感懷。傅玄《惟漢行》一詩更是聲情並茂地重現了鴻門宴場景，並且詩人還著重刻畫了樊噲救人於危難的英雄形象，藉此表明「健兒實可慕，腐儒安足歎」的真實心聲。盧諶《覽古詩》的構思與司馬遷《廉頗藺相如列傳》一脈相承，即通過對完璧歸趙、澠池之會、負荊請罪故事的敘述，展現了廉頗和藺相如鮮明的個體形象，並傳達出詩人對藺相如智勇蓋世的傾慕之情。

除了詳細描摹歷史場景的詠史詩外，魏晉時期宏觀評論史事之作也為數不少。張華《遊俠篇》即是對戰國四公子的吟詠，詩人分別選取了四公子本傳中最具代表性的事件，刻畫了為國解難的卿相之俠形象。雖然詩人在結尾處表明「我則異於是，好古師老彭」的價值趨向，但不得不承認，《史記》所呈現

〔註1〕陳伯君：《阮籍集校注》，中華書局，1987年版，第229～230頁。

的「翩翩四公子，濁世稱賢明」的俠士風範，還是激起了張華心底的情感波瀾。
而左思《詠史詩》，則是對「李牧為趙將，疆場得清謐」史事的直接評述，其
評論史事的客觀冷靜裏，正透露出作者的卓越史識。此外，袁宏《詠史詩》也
表達了對歷史的洞見：

> 周昌梗概臣，辭達不為訥。汲黯社稷器，棟樑天表骨。陸賈厭
> 解紛，時與酒檮杌。婉轉將相門，一言和平勃。趨舍各有之，俱令
> 道不沒。〔註2〕

袁宏是東晉著名史學家，對史書十分熟稔，此詩即是對《史記》人物的評價。
詩人在詩中展現了兩種截然不同的能臣類型：一種是以周昌、汲黯為代表的耿
直訥言型，一種是以陸賈為代表的能言解紛型。二者雖表現形態不同，但都殊
途同歸地完成了為國盡忠的使命，因此，詩人都給予他們同樣的肯定和讚美。

魏晉的傳體詠史詩人，陶淵明是集大成者。他既有描摹歷史場景的詠史之
作，如《詠荊軻》一詩；也有評論歷史人、事的詠史之作，如《讀史述九章》。
陶淵明《詠荊軻》是對王粲、阮瑀詠史詩作的繼承與發展：

> 燕丹善養士，志在報強嬴。招集百夫良，歲暮得荊卿。君子死
> 知己，提劍出燕京；素驥鳴廣陌，慷慨送我行。雄髮指危冠，猛氣
> 衝長纓。飲餞易水上，四座列群英。漸離擊悲築，宋意唱高聲。蕭
> 蕭哀風逝，淡淡寒波生。商音更流涕，羽奏壯士驚。公知去不歸，
> 且有後世名。登車何時顧，飛蓋入秦庭。凌厲越萬里，逶迤過千城。
> 圖窮事自至，豪主正怔營。惜哉劍術疏，奇功遂不成。其人雖已沒，
> 千載有餘情。〔註3〕

陶詩敘述了荊軻為燕丹知遇到受命刺秦的全過程，其夾敘夾議的語言中，往往
雜以詩人強烈的情感。「蕭蕭哀風逝，淡淡寒波生」的環境描寫，是對「風蕭
蕭兮易水寒」的情景還原，甚至它比《史記》中記載的荊軻原詩更具即視感。
而詩人「惜哉劍術疏，奇功遂不成」的感歎，既是對史遷觀點的認可，更流露
出對荊軻失敗的惋惜。並且，在「其人雖已沒，千載有餘情」的詠歎聲中，陶
淵明自己的濟世志向也依稀可見。相比於《詠荊軻》的生動傳神，《讀史述》
則呈現出別樣的冷靜風采。陶淵明在小序中交代了寫作背景：「余讀《史記》
有所感而述之」，明確表示是受《史記》影響後的創作。組詩分別歌詠和評論

〔註2〕見陳延傑：《詩品注》附錄《詩選》，人民文學出版社，1961年版，第120頁。
〔註3〕《宋本陶淵明集》，第88～90頁。

了夷齊、箕子、管鮑、程杵、七十二弟子、屈賈、韓非、魯二儒、張長公等諸位歷史人物。從選材上來看，陶詩所選對象並非功業顯赫的王侯將相，而多是品質高潔的立德之人。從語言上來看，《讀史述》多是對歷史人物的直接評價，客觀冷靜、樸實無華，如《管鮑》(《讀史述》其三) 篇即是對司馬遷《管晏列傳》交友主題的繼承：「知人未易，相知實難。淡美初交，利乖歲寒。管生稱心，鮑叔必安。奇情雙亮，令名俱完。」〔註4〕其他諸篇與之類似，都清晰明瞭地傳達出詩人的歷史態度，從而一一展現了詩人心目中的理想品格。

南北朝時期，傳體詠史詩的創作呈現出衰落態勢。南朝除了謝靈運和劉駿等人的詩歌之外，只有為數不多的「賦得」詠史詩，在無關痛癢地淺唱低吟；而北朝也只有幾首詠項羽的詩歌，尚在傳遞《史記》的餘溫。謝靈運《詩》一首雖只有簡單四句，卻含有極大的情感容量，詩歌通過對張良、魯惠連的讚美，歌頌了忠義的愛國之情：「韓亡子房奮，秦帝魯連恥。本自江海人，忠義感君子。」〔註5〕而劉駿《詠史》一詩，則歌頌了聶政和荊軻不可一世的英雄氣魄，從而表明自己英勇無畏的堅毅心志：「聶政憑驍氣，荊軻擅美風。孤刃駭韓庭，獨步震秦宮。懷飲豈若始？捐軀在命中。雄姿列往志，流聲固無窮。」〔註6〕到了陳朝，以「賦得」為題的應制詠史詩應運而生，這些詩歌文辭華美、形式精巧，但往往缺少歷史的風雲之氣。如周弘直和陽縉的《賦得荊軻詩》，中間兩聯分別為「市中傾別酒，水上激離弦。匕首光凌日，長虹氣燭天」和「長虹貫白日，易水急寒風。壯髮危冠下，匕首地圖中」〔註7〕，從中可見對仗的整齊，但始終缺乏滌蕩的歷史激情。只有張正見《賦得韓信詩》中「沉沙擁急水，拔幟上危城」〔註8〕兩句，約略描繪出韓信背水一戰的歷史畫面。北朝詠史詩人對項羽事蹟有著極大興趣。北魏祖瑩《悲彭城》一詩即描寫了垓下之圍的慘烈之狀：「悲彭城，楚歌四面起，屍積石樑亭，血流睢水裏。」〔註9〕隋雜曲歌辭也有《項王歌》一首，描繪了項羽烏江之敗的悲哀情形：「無復拔山力，誰論蓋世才。欲知漢騎滿，但聽楚歌哀。悲看騅馬去，泣望艤舟來。」〔註10〕至此，項羽豪壯的氣魄已不復存在，彌漫全詩的是一種哀傷的氛圍。

〔註4〕 《宋本陶淵明集》，第131～132頁。
〔註5〕 《先秦漢魏晉南北朝詩》，第1185頁。
〔註6〕 《先秦漢魏晉南北朝詩》，第1222頁。
〔註7〕 《先秦漢魏晉南北朝詩》，分別見第2466、2558頁。
〔註8〕 《先秦漢魏晉南北朝詩》，第2491頁。
〔註9〕 《先秦漢魏晉南北朝詩》，第2217頁。
〔註10〕 《先秦漢魏晉南北朝詩》，第2751頁。

綜上可見，魏晉南北朝的傳體詠史詩，在繼承班固《詠史》傳統的基礎上，多方面地拓展了《史記》的人物形象，從而表達了作者的史評和史情。

二、論體詠史詩

魏晉南北朝的詠史之作，除了就史論史的傳體之外，還存在借史抒情的論體。論體詠史詩是通過對歷史人、事的重溫，表述自己的志向、興趣和情思的一類詩歌，在這類詩歌中，詠史只是抒情的例證。

早在《詩經》和《楚辭》中就有論體詠史的先導，漢末酈炎《見志詩》更明確地體現出論體特徵。酈炎兩首《見志詩》分別歌詠了「陳平敖里社，韓信釣河曲。終居天下宰，食此萬鍾祿」的功成名就故事，以及「絳灌臨衡宰，謂誼崇浮華。賢才抑不用，遠投荊南沙」的懷才不遇人生。而這兩種不同的歷史人生，都是為了印證詩人自己積極奮發而又壯志難酬的委婉心跡。三國時期杜摯《贈毌丘儉詩》也傳達了同樣心聲：

> 騏驥馬不試，婆娑櫪樞間。壯士志未伸，坎軻多辛酸。伊摯為
> 媵臣，呂望身操竿。夷吾困商販，寧戚對牛歎。食其處監門，淮陰
> 饑不餐。買臣老負薪，妻畔呼不還。釋之宦十年，位不增故官。才
> 非八子倫，而與齊其患。無知不在此，袁盎未有言。被此篤病久，
> 榮衛動不安。聞有韓眾藥，信來給一丸。〔註11〕

詩人在詩歌的一開頭，就抒發了有志未伸的辛酸之感，接著又列舉伊尹、呂望、管仲、寧戚、酈食其、韓信、朱買臣、張釋之八位起於微賤的歷史名人，並通過對他們坎坷人生的敘述，表明自己渴望建功立業的人生理想，以及對壯志難酬的無限憂慮。杜詩既是詠史，也是抒情，其中間部分的歷史事蹟，正是為了映照詩人自己的現實人生。

西晉左思在繼承上述傳統的同時，更是以集大成的組詩形式展現了論體詠史詩的特質，其《詠史八首》也就自然而然成為論體詠史詩的經典範式。例如《詠史八首・其六》就以獨特視角拓展了《史記》中的荊軻形象：

> 荊軻飲燕市，酒酣氣益震。哀歌和漸離，謂若傍無人。雖無壯
> 士節，與世亦殊倫。高眄邈四海，豪右何足陳。貴者雖自貴，視之
> 若埃塵。賤者雖自賤，重之若千鈞。〔註12〕

〔註11〕《先秦漢魏晉南北朝詩》，第 419～420 頁。
〔註12〕《先秦漢魏晉南北朝詩》，第 733 頁。

荊軻歷來為人所稱道，主要是因為他刺秦的英勇行為；而在整個刺秦故事中，易水送別是最具感染力的抒情片段。因此歷代詩人吟詠荊軻，多是吟詠其刺秦的無畏，尤其對於易水送別的悲壯場景更是大肆渲染。然而，左思卻另闢蹊徑，歌頌了荊軻睥睨權貴的豪邁人格。司馬遷在《史記》中匠心獨運地描繪了荊軻燕市豪飲的情節，這是《史記》有別於《戰國策》和《燕丹子》的獨創，通過這一情節的展現，司馬遷成功地塑造出荊軻任俠使氣的豪爽性格。對此，左思獨具慧眼，繼承並發揚了史遷思想，在深刻發掘荊軻任俠氣質的基礎上，進一步賦予了他睥睨一切、高蹈塵外的高貴品質，從而拓展了荊軻的形象內蘊。而荊軻「貴者雖自貴，視之若埃塵。賤者雖自賤，重之若千鈞」的處世態度，傳達的正是詩人心中的人格理想。《詠史八首・其七》也通過一系列歷史事蹟的展現，抒發了詩人懷才不遇的憤懣之情：

> 主父宦不達，骨肉還相薄。買臣困樵採，伉儷不安宅。陳平無產業，歸來翳負郭。長卿還成都，壁立何寥廓。四賢豈不偉，遺烈光篇籍。當其未遇時，憂在填溝壑。英雄有迍邅，由來自古昔。何世無奇才，遺之在草澤。〔註13〕

詩人一開始就敘述了主父偃、朱買臣、陳平、司馬相如的坎坷經歷，並通過他們昔日貧賤與後來騰達的對比，揭示出「英雄有迍邅，由來自古昔」的歷史現象。而詩人對歷史現象的追溯，還是為了借古傷今，詩歌末二句，正傳達出詩人懷才不遇的坎壈心聲。不僅《史記》塑造的眾多人物形象，在詠史詩中不斷復活；就連司馬遷以類相從的思維模式，也深刻地影響著後代詩人。左思等人以一首詩串聯眾多歷史人物的寫作方式，即是對司馬遷連類思維的繼承。這種借理抒情的思維模式，貫穿左思《詠史八首》整個組詩，因此沈德潛評價他「詠古人而己之性情俱見」（《古詩源》卷七），由此可見左思《詠史八首》的論體性質。

　　東晉陶淵明也有論體詠史詩，他在《飲酒・其三》中即表現出對《伯夷列傳》的深思：

> 積善云有報，夷叔在西山。善惡苟不應，何事空立言！九十行帶索，飢寒況當年。不賴固窮節，百世當誰傳？〔註14〕

司馬遷在《伯夷列傳》中，通過夷齊「積仁潔行」卻餓死首陽與盜跖「暴戾恣

〔註13〕《先秦漢魏晉南北朝詩》，第734頁。
〔註14〕《宋本陶淵明集》，第58頁。

睢」竟以壽終的強烈對比，抒發了對天道的懷疑。雖然史遷最後也給出了「亦各從其志也」的解答，但還是流露出對「岩穴之士」「閭巷之人」湮滅無聞的不平之意。陶淵明則繼續了史遷的思考，詩歌通過伯夷、叔齊以及榮啟期飢寒人生的展示，表達了詩人對善惡報應的懷疑。但同時，詩人又從積善之人生前貧困卻能身後傳名的角度，論證了天道的公平，從而堅定了固窮決心。陶詩既是對歷史人物的評價，更是詩人固守窮節的宣言，其中由疑惑到解惑的思想轉變，正反映出他選擇安貧樂道人生由徘徊而堅定的心路歷程。

南北朝時期，庾信《擬詠懷》組詩更是歌詠了《史記》中的眾多人、事。庾信本是梁朝舊臣，然而侯景之亂和易代風波，使得他相繼入仕西魏、北周，從此羈留朔北。雖然庾信在北朝深受禮遇，但是亡國之痛、鄉關之思、臣子之節等諸多問題，一直成為他心頭的困擾，始終無法釋懷。《擬詠懷》組詩即是其心結的反映，例如組詩第五首就展現了對臣子氣節問題的思索：

惟忠且惟孝，為子復為臣。一朝人事盡，身名不足親。吳起常辭魏，韓非遂入秦。壯情已消歇，雄圖不復申。移住華陰下，終為關外人。〔註15〕

詩人通過對吳起辭魏、韓非入秦的吟詠，指責離棄父母之邦入仕他國之臣對忠孝的違背，從而傳達出他自己「移住華陰下，終為關外人」的痛苦之情。在庾信的詩中，歷史人生與現實人生水乳交融，詩人「惟忠且惟孝，為子復為臣。一朝人事盡，身名不足親」的感歎，既是對吳起、韓非的定位，也是對自我選擇的檢討，同時更是對二臣人生的普遍思考。除了吳起、韓非之外，庾信還特別喜歡歌詠項羽、荊軻、李陵等人。例如組詩第十首即是對荊軻和李陵的悲歎：

悲歌度燕水，弭節出陽關。李陵從此去，荊卿不復還。故人形影滅，音書兩俱絕。遙看塞北雲，懸想關山雪。遊子河梁上，應將蘇武別。〔註16〕

很顯然，這裡的李陵事蹟並非取材《史記》，而是取材於《漢書》的蘇、李別離情節；但荊軻故事多是受了《史記》影響。在庾信詩中，易水送別已不復怒髮衝冠的豪壯，只剩下一去無返的哀傷。荊軻英勇無畏的俠客氣質，在這裡蕩然無存，詩歌呈現出來的是一個悲歌自憐的遊子形象，藉以傳達詩人羈留北方

〔註15〕《先秦漢魏晉南北朝詩》，第 2367 頁。
〔註16〕《先秦漢魏晉南北朝詩》，第 2368 頁。

的鄉關之思。庾信塑造的項羽形象與荊軻大同小異，庾詩中的項羽不復「力拔山兮氣蓋世」的英雄氣魄，呈現的只是窮途末路的敗北姿態：「的顱於此去，虞兮奈若何」「誰言氣蓋世，晨起帳中歌」。項羽的衰颯之氣，正是庾信亡國后蒼涼心境的反映。庾信通過對《史記》人物的吟詠，在古今一體的感傷中，完成了幽思怫鬱的自我抒情。

由以上論述可知，漢魏六朝論體詠史詩，在歌詠《史記》人、事的同時，更為張揚地抒發了個體情思。甚至大多數時候詩歌借理抒情，抒情主導了詠史，詠史淪為抒情的例證。

三、懷古詠史詩

與傳體詠史詩的創作在南北朝寥若晨星的情況恰恰相反，懷古詠史詩在南北朝不斷興起，呈現出日漸燎原之勢。

南朝宋謝瞻、鄭鮮之等人的詠張良之作，是較早的懷古詠史詩。關於謝瞻《張子房詩》的寫作背景，《文選》注引沈約《宋書》云：「姚泓新立，關中亂。義熙十三年正月，公以舟師進討，軍頓留項城，經張子房廟也。」〔註17〕又引王儉《七志》曰：「高祖遊張良廟，並命僚佐賦詩，瞻之所造，冠於一時。」〔註18〕由此可知，謝瞻《張子房詩》和鄭鮮之《行經張子房廟》都是應制之詩。鄭詩以短短六句，高度概括了張良的輔漢之功：「七雄裂周紐，道盡鼎亦淪。長風晦昆溟，潛龍動泗濱。紫煙翼丹虯，靈媼悲素鱗。」〔註19〕詩歌開頭描述了戰國以來的混亂局面，揭示了劉邦起於亂世的歷史契機，結尾將張良比作托龍上升的紫煙，突出強調子房輔漢的偉大功績。謝詩思路與鄭詩相似，只是敘述比鄭詩更為詳盡。謝詩開頭即大肆渲染「王風哀以思，周道蕩無章。卜洛易隆替，興亂罔不亡。力政吞九鼎，苛慝暴三殤。息肩纏民思，靈鑒集朱光」〔註20〕的歷史時局，這正是以欲揚先抑的手法，襯托張良促成統一大業的不世之功；接著詩人通過對張良歷史貢獻的一一敘述，展現出子房澤披後代的顯赫人生：「伊人感代工，遂來扶興王。婉婉幕中畫，輝輝天業昌。鴻門消薄蝕，垓下殞攙搶。爵仇建蕭宰，定都護儲皇。」〔註21〕鄭、謝

〔註17〕〔梁〕蕭統編，〔唐〕李善注：《文選》，上海古籍出版社，1986年版，第998頁。
〔註18〕《文選》，第998頁。
〔註19〕《先秦漢魏晉南北朝詩》，第1143頁。
〔註20〕《先秦漢魏晉南北朝詩》，第1133頁。
〔註21〕《先秦漢魏晉南北朝詩》，第1133頁。

二詩雖有繁簡之別，但都通過對歷史情景的再現，歌頌了張良的赫赫功業，而歌頌張良實際上是為了歌頌劉裕。鄭、謝二人作此詩時，劉裕尚未篡權，而是在為晉室北伐姚秦；劉裕命僚佐賦詩的行為本身，也約略透露出其以張良自居的心理。因此，謝瞻等人的應制之詩，便投其所好地明詠張良暗頌劉裕。

懷古詠史詩在興起之初，表現形式與傳體並無二致，都是通過對歷史情景的重現吟詠人、事。除了上述應制之詩以外，范泰《經漢高廟詩》則表達了對歷史的沉思：

> 嘯吒英豪萃，指撝五嶽分。乘彼道消勢，遂廓宇宙氛。重瞳豈不偉，奮臂騰群雄。壯力拔高山，猛氣烈迅風。恃勇終必撓，道勝業自隆。〔註22〕

范泰是南朝著名史學家，因此往往以理性的史學思維解讀歷史人、事，這首解讀楚漢相爭史事的詩作就是如此。司馬遷在《項羽本紀贊》中說道：「吾聞之周生曰『舜目蓋重瞳子』，又聞項羽亦重瞳子。羽豈其苗裔邪？何興之暴也」，並評價項羽「自矜功伐，奮其私智而不師古，謂霸王之業，欲以力征經營天下，五年卒亡其國，身死東城，尚不覺寤而不自責，過矣」。〔註23〕范泰繼承了司馬遷的史觀，在承認「重瞳豈不偉」的同時，更揭示出「恃勇終必撓」的哲理，從而強調了德治的重要。

到了梁朝，懷古詠史詩逐漸體現出與傳體的差異，即重現歷史場景的比重縮小，抒發懷古幽思的部分擴大。例如蕭綱君臣的詠漢高廟賽神諸詩，就體現了這樣的特點。蕭綱《漢高廟賽神詩》絕少提起劉邦舊事，多是在描寫眼前情景，其中「欲袪九秋恨，聊舉十千杯」的寥落之情，正透露出繁華轉瞬即逝的幻滅之感。庾肩吾《賽漢高廟詩》也是通過「野曠秋先動，林高葉早殘。塵飛遠騎沒，日徙半風寒」的環境描寫，傳達出歷史的蒼涼。徐陵《和簡文帝賽漢高帝廟》一詩更是詳細描摹了漢高廟賽神的場景，並以「何殊後廟裏，子建作華篇」結尾，讚頌了簡文足傳後世的橫溢才情。

庾信詩歌則實現了往事與今情的完美融合。《至老子廟應詔》一詩在描寫環境的同時，也追溯了老子身世，從而構成詠史與抒情渾然一體的局面。《入彭城館》一詩也同樣如此：

〔註22〕《先秦漢魏晉南北朝詩》，第 1143 頁。
〔註23〕《史記》，第 428 頁。

　　　　襄君前建國，項氏昔稜威。鳧飛傷楚戰，雞鳴悲漢圍。年代殊氓
　　俗，風雲更盛衰。水流浮磬動，山喧雙翟飛。夏餘花欲盡，秋近燕將
　　稀。槐庭垂綠穗，蓮浦落紅衣。徒知日云暮，不見舞雩歸。〔註24〕

詩人首先追溯了彭城館的歷史，通過楚襄王和項羽於彭城得而復失的故事，傳
達出盛衰無憑的歷史沉重感。接著，詩人又細緻描摹了彭城館周圍的自然環
境，在景物依舊、人事已非的感傷中，借古傷今地抒發了亡國之痛。庾信詠史
與抒情並重的懷古傳統，深刻影響了後來的眾多詩人。北周無名法師《過徐君
墓》一詩即通過對季札掛劍故事的吟詠，傳達出虛無飄渺的人生感慨：

　　　　延陵上國返，枉道訪徐公。死生命忽異，懽娛意不同。始往邙
　　山北，聊踐平陵東。徒解千金劍，終恨九泉空。日盡荒郊外，煙生
　　松柏中。何言愁寂寞，日暮白楊風。〔註25〕

司馬遷在《吳太伯世家》中記載的季札掛劍故事，本是為了說明季子誠信守諾
的高貴品質。然而，無名法師的關注焦點已不再是季子的品質高下，而是徐君
的死生之別。「徒解」二句本已強烈地傳達出身死成空的遺憾，「日盡」四句的
淒清環境進一步渲染出生命消逝的虛無。陳朝詩人張正見，在《行經季子廟》
一詩中也抒發了懷古之幽思：

　　　　延州高讓遠，傳芳世祀移。地絕遺金路，松悲懸劍枝。野藤浸
　　沸井，山雨濕苔碑。別有觀風處，樂奏無人知。〔註26〕

詩人通過對季子讓國、掛劍事蹟的吟詠，讚頌了季札謙讓誠信的美德；然而
「野藤浸沸井，山雨濕苔碑」的祠廟環境，和「別有觀風處，樂奏無人知」
的淒涼場景，凸顯出季子身後的零落和冷清。在這生前身後的對比中，詩人
抒發了強烈的華屋丘山之歎。同樣，陳昭《聘齊經孟嘗君墓詩》也在「盛德
今何在，唯余長夜臺」和「悲隨白楊起，淚想雍門來」的抒情中，表達了對
孟嘗君的追懷。

　　隋盧思道《春夕經行留侯墓》一詩，在繼承傳統的基礎上，呈現出更為圓
融的藝術形式：

　　　　少小期黃石，晚年遊赤松。應成羽人去，何忽掩高封。疏蕪枕
　　絕野，邐迤帶斜峰。墳荒隧草沒，碑碎石苔濃。狙秦懷猛氣，師漢

〔註24〕《先秦漢魏晉南北朝詩》，第 2359 頁。
〔註25〕《先秦漢魏晉南北朝詩》，第 2435 頁。
〔註26〕《先秦漢魏晉南北朝詩》，第 2491 頁。

－112－

挺柔容。盛烈芳千祀，深泉閉九重。夕風吟宰樹，遲光落下春。遂
令懷古客，揮淚獨無蹤。〔註27〕

與庾信、張正見等人的懷古詩相似，盧詩也追溯了留侯生前的豐富人生，描繪
了他身後的墓地環境，然而詩人並不滿足於此。詩歌筆觸在留侯生前與身後之
間來回轉換，使得二者不斷地碰撞、交織，從而形成強大的藝術張力。並且，
詩人的語言也極富表現力：「疏蕪」四句分別從遠景和近景的角度，寫出了留
侯墓的荒涼；「狙秦」二句則傳神地展現了張良的精神風貌，這既是對張良性
格的多方挖掘，更是對其蛻變歷程的深刻捕捉。盧思道的懷古詩，與謝瞻等人
的懷古詩，雖都是歌詠張良之作，但寫作方式已有了很大不同。

　　綜上可見，南北朝時期，懷古代替傳體，成為詠史詩的主流。並且，懷古
詩在發展的過程中還經歷了從偏重再現歷史場景到抒發懷古幽情的轉變，從
而更深入地展現了歷史人物形象的精神內蘊。

四、餘　論

　　關於詠史詩的類別，歷來有「正體」和「變體」之分，一般認為班固開創
的就史論史傳統是正體，而左思開創的名為詠史實為詠懷的傳統是變體。劉熙
載在《藝概·詩概》中也區分了「傳體」和「論體」：「左太沖《詠史》似論體，
顏延年《五君詠》似傳體。」〔註28〕劉熙載的「傳體」相當於「正體」，它是
對歷史人、事進行再現和評論的一類詠史詩體；而「論體」相當於「變體」，
是借歷史人、事進行抒情的詠史詩體。前者側重於就史論史，後者側重於借史
抒情。然而，二者的界限也並非涇渭分明。中國本有詩言志傳統，因此傳體詠
史詩也必然含有作者情思，只不過這種情思往往蘊藏在對歷史事件的敘述中
隱而不彰，即使是班固的《詠史》，鍾嶸也評價其「有感歎之詞」；而論體詠
史詩在借史抒情的同時，多再現了歷史場景，描述了歷史人、事。因此二者雖略
有區別，本質則一，它們都是翻閱古書時有感而發，從而對歷史人、事進行歌
詠和評論的詩歌題材。而懷古詩雖然與狹義詠史詩略有差異，多是指憑弔古蹟
時情從中來，從而抒發歷史興亡之感的詩歌，但是它們與詠史詩一樣都是對歷
史題材的吟詠，這屬於廣義詠史詩的範疇。因此，本文將懷古詩也納入廣義詠
史詩加以探討。漢魏六朝，無論是側重人、事重現的傳體詠史，還是側重借理

〔註27〕《先秦漢魏晉南北朝詩》，第2635頁。
〔註28〕〔清〕劉熙載：《藝概》，上海古籍出版社，1978年版，第56頁。

抒情的論體詠史，亦或是側重弔往傷今的懷古詠史，它們都在拓展《史記》人物意象的同時，通過古今時空的連接，極大地增加了詩歌自身的抒情厚度和說理深度。

漢魏六朝遊俠詩與《史記》的人格遺韻

　　司馬遷首次在史書中為遊俠立傳，並極力歌頌他們的美德：「其行雖不軌於正義，然其言必信，其行必果，已諾必誠，不愛其軀，赴士之戹困，既已存亡死生矣，而不矜其能，羞伐其德，蓋亦有足多者焉。」〔註1〕並且司馬遷還區分出卿相之俠和閭巷之俠，高度讚揚後者「修行砥名，聲施於天下，莫不稱賢，是為難耳」。〔註2〕《史記‧遊俠列傳》顛覆了歷來對遊俠態度的懼憎傳統，深刻挖掘出遊俠在具有破壞性的同時，也具有救人於危難的高貴品質。這種急人之困的美好品質，正映照出史遷心目中的人格理想，它蘊含著史遷感慨身世遭遇的隱衷，因此章太炎說「史公重視遊俠，其所描寫，皆虎虎有生氣」。〔註3〕司馬遷對遊俠的讚美態度，以及在《遊俠列傳》描述的朱家、郭解等事蹟，給予後代詩人極大觸動，從而促進了遊俠詩在魏晉南北朝的崛起與繁榮。漢魏六朝詩歌也正是通過對前朝當代各類遊俠事蹟的吟詠，重現了《史記》中游俠形象的人格光輝。

一、嫉惡如仇：復仇遊俠詩

　　司馬遷在《遊俠列傳》中描述了朱家「專趨人之急，甚己之私」的心性；也描述了郭解「少時陰賊，慨不快意，身所殺甚眾」的行為，即使「及解年長」，在「折節為儉，以德報怨，厚施而薄望」的同時，也「自喜為俠益甚。既已振

〔註1〕《史記》，第 3865 頁。
〔註2〕《史記》，第 3867 頁。
〔註3〕章太炎：《國學十八篇》，中國華僑出版社，2013 年版，第 361 頁。

人之命，不矜其功，其陰賊著於心，卒發於睚眥如故云」。〔註4〕可見，復仇往往是體現遊俠重諾品質的標誌性行為。受《史記》影響，漢魏六朝詩人也多通過歌頌復仇行為來彰顯遊俠的俠義本質。

　　少年復仇和女性復仇是漢魏六朝遊俠詩中並行不悖的兩大主題，而曹植正是這兩大主題的開創者。曹植《結客篇》即是對少年遊俠復仇勇氣的歌頌：「結客少年場，報怨洛北芒。利劍鳴手中，一擊而尸僵。」〔註5〕少年本是意氣風發的人生階段，年少之人最容易做出驚世駭俗之舉，司馬遷在敘述郭解事蹟時，即強調「少年慕其行，亦輒為報仇，不使知也」的現象，由此可知少年所獨具的衝動、朝氣本性。《結客篇》一詩正是通過對少年復仇行為的吟詠，展現了遊俠蓬勃凌厲的生命意氣。而曹植《精微篇》一詩則歌詠了女性遊俠的復仇事蹟：「關東有賢女，自字蘇來卿。壯年報父仇，身沒垂功名。女休逢赦書，白刃幾在頸。俱上列仙籍，去死獨就生。」〔註6〕詩歌敘述了蘇來卿壯年復仇、身死名傳以及秦女休為宗報仇、恰逢赦書的故事，展現了遊俠英勇無畏、視死如歸的人格魅力。女性本是社會弱勢群體，因此女性復仇的俠義行為，往往更能激起人們心中的敬畏之情。曹詩正是通過對女性俠義行為的吟詠，強調遊俠的復仇行為帶給人的心靈震撼。曹植的遊俠詩，既是對《史記·遊俠列傳》的繼承，更是基於此的豐富與超越。

　　曹詩開闢的女性復仇題材在魏晉時期走上更為豐富的細節描寫之路。與曹植同時的左延年以及西晉傅玄等人就繼承和發揚了這一題材。左延年在《秦女休行》一詩中詳細敘述了女休復仇故事的全過程：

　　　　始出上西門，遙望秦氏廬。秦氏有好女，自名為女休。休年十四五，為宗行報讎。左執白楊刃，右據宛魯矛。仇家便東南，僕僵秦女休。女休西上山，上山四五里。關吏呵問女休，女休前置辭：「生為燕王婦，於今為詔獄囚。平生衣參差，當今無領襦。明知殺人當死，兄言快快，弟言無道憂。女休堅詞為宗報讎，死不疑。」殺人都市中，徼我都巷西。丞卿羅東向坐，女休悽悽曳梏前。兩徒夾我持刀，刀五尺餘。刀未下，朣朧擊鼓赦書下。〔註7〕

〔註4〕《史記》，第 3868～3870 頁。
〔註5〕《先秦漢魏晉南北朝詩》，第 440 頁。
〔註6〕《先秦漢魏晉南北朝詩》，第 429 頁。
〔註7〕《先秦漢魏晉南北朝詩》，第 410 頁。

詩人通過「左執白楊刃，右據宛魯矛」的動作描寫，活脫脫地刻畫出一個英姿颯爽的女俠形象；通過「女休堅詞為宗報仇，死不疑」的慷慨陳詞，傳達了主人公誓死報仇的決心。雖然女休「殺人都市中」的復仇行為，本「不軌於正義」，但最終還是得到了世俗的諒解，獲得了「刀未下，矇矓擊鼓赦書下」的可喜結局。全詩以生動的筆墨、戲劇化的情節，展現了女休「為死不顧世」的俠義人格。西晉傅玄《秦女休行》一詩則借用左延年詩題抒寫龐氏婦復仇故事。詩人對龐氏婦手刃仇敵的細節進行了詳細描述：「白日入都市，怨家如平常。匿劍藏白刃，一奮尋身僵。身首為之異處，伏屍列肆旁。肉與土合成泥，灑血濺飛梁。」〔註8〕這裡的描寫充滿血腥氣息，它在展現龐氏婦剛烈勇猛的同時，甚至還流露出作者快意恩仇的心理。接著，詩人又通過「一市稱烈義，觀者收淚並慨忼」，以及龐氏婦自首後「縣令解印綬，令我傷心不忍聽。刑部垂頭塞耳，令我吏舉不能成」的側面烘托，渲染了龐氏婦義薄雲天的光輝人格。左延年和傅玄的詩歌，都是通過對女性復仇行為的吟詠，歌頌了遊俠「已諾必誠，不愛其軀」的高貴品質。

少年復仇題材的遊俠詩在魏晉南北朝也有著進一步發展。張華《博陵王宮俠曲·其二》一詩即是對少年游俠傳統的繼承：

> 雄兒任氣俠，聲蓋少年場。借友行報怨，殺人租市旁。吳刀鳴手中，利劍嚴秋霜。腰間又素戟，手持白頭鑲。騰超如激電，迴旋如流光。奮擊當手決，交屍自縱橫。寧為殤鬼雄，義不入圜牆。生從命子游，死聞俠骨香。身沒心不懲，勇氣加四方。〔註9〕

原本曹植《結客篇》只記錄了少年「利劍鳴手中，一擊而屍僵」的精彩一瞬，而張華卻在此基礎上進行了多方延伸。詩人在詩中既鋪陳了少年遊俠的裝束，又描摹了少年不凡的身手，更展現了其「寧為殤鬼雄，義不入圜牆」的精神境界，從而歌頌了遊俠「生從命子游，死聞俠骨香。身沒心不懲，勇氣加四方」的凌凌風骨。張華塑造的遊俠形象，對後代遊俠詩影響極深，李白「縱死俠骨香，不慚世上英」以及王維「縱死猶聞俠骨香」之句，就是脫胎於此。此外，張華《博陵王宮俠曲·其一》在繼承傳統的基礎上還深刻地揭露出遊俠殺人的現實根源：「歲暮飢寒至，慷慨頓足吟」的貧困生活，逼迫遊俠作出「收秋狹路間，一擊重千金」的殺人勾當。此詩中的遊俠，已消褪了「身在法令外，縱

〔註8〕《先秦漢魏晉南北朝詩》，第563頁。
〔註9〕《先秦漢魏晉南北朝詩》，第612頁。

逸常不禁」的不羈色彩，呈現出匍匐於生活腳下的無奈姿態。

南北朝時期，鮑照和吳均的遊俠詩也繼續了少年復仇主題。鮑照《代結客少年場行》一詩不僅敘述了少年的復仇故事，還展現了遊俠的平生行蹤：

> 驄馬金絡頭，錦帶佩吳鉤。失意杯酒間，白刃起相讐。追兵一旦至，負劍遠行遊。去鄉三十載，復得還舊丘。升高臨四關，表裏望皇州。九塗平若水，雙闕似雲浮。扶宮羅將相，夾道列王侯。日中市朝滿，車馬若川流。擊鐘陳鼎食，方駕自相求。今我獨何為，堢壏懷百憂？〔註10〕

詩歌開頭展示了遊俠光鮮亮麗的外表，接著敘述了其一言不合即白刃相加的直爽性格，而這樣的心性行為必然會觸犯刑法，因此在追兵的逼迫下，主人公背井離鄉負劍遠遊。但是詩歌並沒有至此戛然而止，而是繼續講述了主人公「去鄉三十載，復得還舊丘」之後的事。遊俠還鄉之時，看到車水馬龍、鐘鳴鼎食的繁榮景象，不禁悲從中來，感慨自己年少衝動導致的坎壈人生。可以說，鮑照《代結客少年場行》是一首遊俠的懺悔詩。同是敘述歸來的故事，吳均《結客少年場》就與鮑詩不同，它並非懺悔，而是遊俠驕傲自矜心理的反映：「結客少年歸，翩翩駿馬肥。報恩殺人竟，賢君賜錦衣。握蘭登建禮，拖玉入含暉。顧看草玄者，功名終自微。」〔註11〕吳詩中的少年遊俠，沒有絲毫落魄之態，反而呈現出功成名就的勝利者姿勢。少年報恩復仇的行為，得到了世俗乃至統治者的讚賞，因而乘駿馬、衣錦衣；這種春風得意的結局，更加激發了遊俠志得意滿的心理，「顧看草玄者，功名終自微」即是這種心理的絕佳反映。

遊俠的復仇行為，雖具有急人之困的性質，也展現了一諾千金的品質；但畢竟具有破壞性，它對社會穩定構成了威脅。除了亂世呼喚遊俠之外，升平之世的統治階級對遊俠多採取打壓政策。《史記‧遊俠列傳》即記載了「景帝聞之，使使盡誅此屬」的事實，武帝也多採用充軍發配的方案削弱遊俠勢力，歷代統治者對遊俠的態度大同小異。面對如此嚴峻的現實，復仇遊俠詩的數量也就變得十分有限。相比於復仇題材，魏晉南北朝詩人更願意置遊俠於邊塞，使之在殺敵報國的行為中提升自我；或置遊俠於市井，使其在鬥雞走狗、談笑風生的行為裏，展露無傷大雅的任俠情懷。

〔註10〕《先秦漢魏晉南北朝詩》，第 1267 頁。
〔註11〕《先秦漢魏晉南北朝詩》，第 1722 頁。按逯本「含暉」誤作「舍暉」。

二、盡忠報恩：報國遊俠詩

　　魏晉南北朝的報國遊俠詩，通過對遊俠投身戰場的歌詠，促成了遊俠由復仇之小我到愛國之大我的轉化，從而全面提升了遊俠的思想境界。

　　曹植《白馬篇》一詩較早完成對遊俠形象的改造。詩歌中「仰手接飛猱，俯身散馬蹄。狡捷過猴猿，勇剽若豹螭」的少年遊俠，正是在「長驅蹈匈奴，左顧凌鮮卑」的民族戰爭的洗禮中，萌生了「捐軀赴國難，視死忽如歸」的愛國情懷。曹詩塑造的遊俠形象，已不再是睚眥必報的復仇者，而是懷有民族大義的少年英雄。屈原在《國殤》中也塑造了一群視死如歸的英雄形象，但他們是英勇無畏的戰士，卻不是瀟灑豪邁的遊俠。而曹植《白馬篇》實現了遊俠與邊塞的結合，詩中的主人公形象是遊俠與戰士的合體。曹詩開創的報國傳統，深刻影響了魏晉南北朝遊俠詩的走向。並且，《白馬篇》開篇所展現的「白馬飾金羈，連翩西北馳」的瀟灑少年形象，更是激起了後代詩人的無限神往，從而引發了《白馬篇》系列擬作在魏晉南北朝的蜂起。

　　《白馬篇》系列擬作展現出遊俠由報恩走向報國的曲折歷程。南朝袁淑《效曹子建白馬篇》即詳細記述了遊俠從戎的委婉心曲。「義分明於霜，信行直如弦」的性格，使得遊俠「一朝許人諾，何能坐相捐」，因此「影節去函谷，投珮出甘泉」。也正是由於經歷了戰爭的磨練，遊俠逐漸蛻變成「心為四海懸」的沙場英雄。袁詩既展現了遊俠的蛻變過程，更挖掘出促成蛻變的內在原因，即在於遊俠一以貫之的正義本性。全詩通過對遊俠正義品質的抒寫，揭示了遊俠群體崇高的人格內蘊。鮑照《代陳思王白馬篇》則反映了遊俠從戎的複雜心理。詩中的遊俠對「埋身守漢境，沈命對胡封」的邊塞生活充滿忿忿不平之意，並發出「丈夫設計誤，懷恨逐邊戎」的悔恨之音，然而「去來今何道，卑賤生所鍾」的現實命運，逼迫他守土邊疆，以求「但令塞上兒，知我獨為雄」的心理補償。鮑詩中的遊俠兒雖也投身戰場，但並無多少愛國激情，更多的只是在感傷自身的黯淡命運。孔稚珪《白馬篇》則重現了少年遊俠的沙場雄風。詩歌交代了遊俠報國的內在原因：「少年鬥猛氣，怒髮為君征」。也展示了遊俠「雄戟摩白日，長劍斷流星」的高超武藝，並渲染了其「左碎呼韓陣，右破休屠兵」的赫赫戰績。孔詩中少年英雄殺敵報國的行為，並非完全出於愛國之心，更多的還是為了顯示自己的勇武之氣，這從「縣官知我健，四海誰不傾」的得意神情中即可窺見一斑。沈約《白馬篇》中的遊俠則呈現出知恩圖報的被動姿態：一方面「冰生肌裏冷，風起骨中寒」的邊地環境折磨得他痛苦不堪，另一方面

「唯見恩義重，豈覺衣裳單」的報恩思想又迫使他勉為其難地投入戰鬥，最後主人公在「本持軀命答，幸遇身名完」的驚魂甫定中慘淡地收束其邊塞生涯。王僧孺和徐悱也同樣創作了以《白馬篇》為題的遊俠詩。王詩展現了主人公渴望「豪氣發西山，雄風擅東國」的豪邁心志；徐詩展現了上郡少年由「劍琢荊山玉，彈把隋珠丸」的紈綃子弟，轉變為「占兵出細柳，轉戰向樓蘭。雄名盛李霍，壯氣勇彭韓」的常勝將軍的人生歷程。二詩同樣展示了遊俠殺敵報國的沙場風采。

隋朝君臣也創作了《白馬篇》的同題之詩。辛德源詳細鋪陳任俠「金羈絡赭汗，紫縷應紅塵。寶劍提三尺，雕弓韜六鈞」的華麗裝束，對於其從戎之事，只是以「鳴珂蹀細柳，飛蓋出宜春」兩句輕描淡寫一帶而過。可以說，辛詩並非歌頌遊俠的報國情懷，只不過是在追憶那一抹瀟灑的意態。而楊廣塑造的遊俠形象，與以往相比又有了新的發展：遊俠不再是怒髮衝冠的武夫，而是「英名欺衛霍，智策蔑平良」的智勇雙全之士；遊俠從戎也不再是愛國或名利的單方面推動，而是有著「本持身許國，況復武力彰」的雙重目標。王冑《白馬篇》中的少年遊俠，既有著「良弓控繁弱，利劍揮龍泉。披林扣雕虎，仰手接飛鳶」的不凡身手，又有著「前年破沙漠，昔歲取祈連。折衝摧右校，搴旗殪左賢」的過人膽氣；並且，他的報國行為，並非出自名利的誘惑，而是為了表現自己的勇武，其「志勇期功立，寧憚微軀捐。不羨山河賞，誰希竹素傳」的慷慨之言，正是其真實心聲的流露。

除了《白馬篇》系列之外，魏晉南北朝依然存在很多邊塞報國的遊俠詩。王僧達《和琅琊王依古詩》即表述了少年遊俠守衛邊疆的報恩思想。何遜《學古詩》也展現了「長安美少年」從戎報國的豪邁之氣。吳均更有多首詩歌，都是對遊俠報國精神的反映：《雉子班》一詩敘述了「幽并遊俠子，直心亦如箭。生死報君恩，誰能孤恩盻」的重諾品質，《城上麻》也傳達出「少年感恩命，奉劍事西周。但令直心盡，何用返封侯」的凌凌風骨。遊俠「取予然諾」的報恩行為，前提是受到對方的理解和尊重，只有如此，他方能「為死不顧世」，藉以證明自己存在的價值。而報國行為正是報恩行為的提升，其本質是為了還報君王的知遇之恩。因此，對於遊俠而言，一旦其報國殺敵行為得不到君王的認可，就會流露出挫敗之感、苦悶之情。吳均《酬別新林詩》即是這種苦悶心理的反映：

> 僕本幽并兒，抱劍事邊陲。風亂青絲絡，霧染黃金羈。天子既

無賞，公卿竟不知。去去歸去來，還傾鸚鵡杯。氣為故交絕，心為
新知開。但令寸心是，何須銅雀臺。〔註12〕

詩歌中的幽并健兒，曾經歷過風裏來霧裏去的邊陲人生，然而他歷盡苦辛殺敵
報國的行為，卻始終得不得天子公卿的欣賞和肯定。雖然詩歌結尾處有「但令
寸心是，何須銅雀臺」的豪邁之語，但充其量只不過是自我寬慰之言，全詩的
字裏行間還是流露出主人公不被理解的鬱鬱寡歡之情。

邊塞報國的遊俠形象在南朝甚至還沾染上富家子弟的紈綺心性。例如劉
孝威《結客少年場行》：

少年本六郡，遨遊遍五都。插腰銅匕首，障日錦屠蘇。鷩羽裝
銀鏑，犀膠飾象弧。近發連雙兔，高彎落九烏。邊城多警急，節使
滿郊衢。居延箭箙盡，疏勒井泉枯。正蒙都護接，何由憚險途。千
金募惡少，一揮擒骨都。勇餘聊蹴踘，戰罷暫投壺。昔為北方將，
今為南面孤。邦君行負弩，縣令且前驅。〔註13〕

詩歌開頭極力鋪陳少年玩世不恭的遊俠氣質，接著展示其他遠赴邊城的報國
決心，最後通過「勇餘聊蹴踘，戲罷暫投壺」的細節捕捉，寫出他舉重若輕
的無畏心理。劉詩極盡鋪陳之能事，並且其歌詠遊俠從戎的著力點，也並非
在於紓國難，而是借戰爭表現遊俠的翩翩風度。蕭繹《紫騮馬》與之相似：
「長安美少年，金絡鐵連錢。宛轉青絲鞚，照耀珊瑚鞭。依槐復依柳，蹀躞
復隨前。方逐幽并去，西北共聯翩。」〔註14〕詩歌對少年裝束著墨猶多，對
於從戎報國的描寫，卻只有最後兩句。並且，「方逐幽并去，西北共聯翩」所
傳達出的意境，也並非緊鑼密鼓式的沙場氛圍，而是嬉戲遊玩式的輕鬆氣象。
劉、蕭二詩所塑造的遊俠形象，混雜了紈綺子弟遊戲人生的習性。並且詩歌
對於物體的大量鋪陳，也正反映了宮體詩的特點。

值得注意的是，在魏晉南北朝報國遊俠詩中，張華《遊俠篇》是較為特殊
的一首，詩歌通過歌頌戰國四公子臨危解難的俠士風度表現了遊俠盡忠還恩
的報國情懷：

翩翩四公子，濁世稱賢名。龍虎相交爭，七國並抗衡。食客三
千餘，門下多豪英。遊說朝夕至，辯士自縱橫。孟嘗東出關，濟身

〔註12〕《先秦漢魏晉南北朝詩》第 1735 頁。
〔註13〕《先秦漢魏晉南北朝詩》，第 1869 頁。
〔註14〕《先秦漢魏晉南北朝詩》，第 2033 頁。

由雞鳴。信陵西反魏，秦人不窺兵。趙勝南詛楚，乃與毛遂行。黃歇北適秦，太子還入荊。美哉遊俠士，何以尚四卿。我則異於是，好古師老彭。〔註15〕

司馬遷在《遊俠列傳》中將戰國四公子歸為卿相之俠行列，並讚美他們「千里誦義」的俠者風範：「近世延陵、孟嘗、春申、平原、信陵之徒，皆因王者親屬，藉於有土卿相之富厚，招天下賢者，顯名諸侯，不可謂不賢者矣。」〔註16〕張華繼承了司馬遷的思想，在《遊俠篇》中極力歌頌四公子作為俠之大者的報國情懷。詩歌一開頭就描繪了龍爭虎鬥、七國縱橫的時代背景，接著讚頌四公子在濁世之中聲名遠播、招賢納士的俠義之風，並通過對他們各自榮耀經歷的敘述，展現了四公子力挽狂瀾、救國家於危難的高尚品質。

歷史上統治者以充軍發配的方式削弱遊俠勢力的舉措，以及亂世之中游俠從戎報國並獲成功的先例，加速促成了魏晉南北朝遊俠詩創作的轉型。魏晉南北朝詩人也正是通過對遊俠報國的抒寫，實現了對遊俠形象的改造，從而豐富和完善了遊俠群體的思想內蘊。

三、任俠使氣：市井遊俠詩

除了報國遊俠詩之外，市井遊俠詩的創作在魏晉南北朝也呈現出欣欣向榮之態。該類遊俠詩通過將遊俠置身於市井，使之在鬥雞走狗的生活中展現任俠使氣的個性，從而消解了遊俠與生俱來的破壞性。

曹植《名都篇》是較早展現遊俠市井人生的作品：

名都多妖女，京洛出少年。寶劍值千金，被服麗且鮮。鬥雞東郊道，走馬長楸間。馳騁未能半，雙兔過我前。攬弓捷鳴鏑，長驅上南山。左挽因右發，一縱兩禽連。餘巧未及展，仰手接飛鳶。觀者咸稱善，眾工歸我妍。歸來宴平樂，美酒斗十千。膾鯉臇胎鰕，寒鱉炙熊蹯。鳴儔嘯匹侶，列坐竟長筵。連翩擊鞠壤，巧捷惟萬端。白日西南馳，光景不可攀。雲散還城邑，清晨復來還。〔註17〕

詩中的這位京洛少年，成日裏過著鬥雞走狗、宴會豪飲的放浪生活，任憑歲月蹉跎始終如一。這裡的少年形象，與其說是急人之困的遊俠，還不如說是不務正業的紈絝，只不過他的舉手投足間，還遺留著那麼一絲半毫的任俠氣

〔註15〕《先秦漢魏晉南北朝詩》，第 611 頁。
〔註16〕《史記》，第 3867 頁。
〔註17〕《先秦漢魏晉南北朝詩》，第 431 頁。

質。少年的任俠態度，既是對遊俠細枝末節的模仿，更是以一種無傷大雅的生活方式，來尋求突破循規蹈矩的平庸人生，從而表現出對英雄夢想的追求。但這種追求方式畢竟與遊俠相差甚遠，少年的模仿行為，充其量只能算作是對遊俠外在的傚仿，並沒有觸及遊俠精神的內質，它反映出年少時期的不成熟心志。阮籍《詠懷‧其五》即是對這種年少無知情形的追悔：

> 平生少年時，輕薄好絃歌。西遊咸陽中，趙李相經過。娛樂未
> 終極，白日忽蹉跎。驅馬復來歸，反顧望三河。黃金百鎰盡，資用
> 常苦多。北臨太行道，失路將如何。〔註18〕

在宴樂豪飲、一擲千金的揮灑中蹉跎歲月的少年時期，如今回想起來，覺得後悔莫及。由此可見，少年任俠的市井生活所具有的浮華本質。張華《輕薄篇》更是全面反映了「末世多輕薄，驕代好浮華」的社會風氣：錦衣玉食、美酒寶劍、鶯歌燕舞是日復一日的生活內容。詩人最後在「念此腸中悲，涕下自滂沱。但畏執法吏，禮防且切蹉」的感慨中，隱約傳達出對輕薄兒違禮犯法行為的擔憂。至此，《史記‧遊俠列傳》所歌詠的遊俠品質，已所剩無幾。市井遊俠詩所呈現的遊俠形象，與救人之急、不矜其趨的俠義人格相去甚遠，只留下揮灑使氣的遊俠軀殼。

南北朝市井遊俠詩的創作更是呈現出繁榮局面。劉苞《九日侍宴樂遊苑正陽堂詩》，即描繪了「六郡良家子，幽并遊俠兒」立乘爭飲、側騎競馳、奏琴吹簫的熱鬧場景，只有末尾「取效績無紀，感恩心自知」兩句約略涉及了遊俠的報恩品性。此外，何遜《擬輕薄篇》也描寫了城東少年「走狗通西望，牽牛互南直」的遊樂生活。甚至是秉持傳統審美趣味的蕭統，也在《將進酒》中吟詠了遊俠的享樂人生：「洛陽輕薄子，長安遊俠兒。宜城溢渠盌，中山浮羽卮。」〔註19〕由此可見，南朝市井遊俠詩的奢靡之音。只有王筠《俠客篇》一詩流露出些許陽剛之氣：「俠客趨名利，劍氣坐相矜。黃金塗鞘尾，白玉飾鉤膺。晨馳逸廣陌，日暮返平陵。舉鞭向趙李，與君方代興。」〔註20〕王詩中的俠客雖也裝飾華麗，但並非終日沉溺於歌舞美酒，而是在策馬馳騁的縱橫意氣裏展現了疏闊人生。北朝遊俠詩總體上透露著與王詩相似的豪壯氣息。溫子昇《白鼻騧》一詩即描繪了少年遊俠頤指氣使的畫面，甚至這位少年還

〔註18〕《先秦漢魏晉南北朝詩》，第 497 頁。
〔註19〕《先秦漢魏晉南北朝詩》，第 1792 頁。
〔註20〕《先秦漢魏晉南北朝詩》，第 2010 頁。

給人一種豪暴之徒的感覺：「少年多好事，攬轡向西都。相逢狹斜路，駐馬詣當壚。」〔註21〕王褒《遊俠篇》也敘述了京洛豪俠「鬥雞橫大道，走馬出長楸」的生活圖景。南北朝時期任俠風氣盛行，這通過庾信《詠畫屏風》組詩就可窺見一斑，組詩共二十五首，描繪了當時常見的屏風內容，其中第一首即是遊俠主題：「俠客重連鑣，金鞍被桂條。細塵部路起，驚花亂眼飄。酒醺人半醉，汗濕馬全驕。歸鞍畏日晚，爭路上河橋。」〔註22〕詩歌描述了遊俠酒醉爭路的屏風圖畫，而這正是當時社會風氣的反映。

除此之外，梁陳之際還興起了《劉生》系列的詩歌創作，它們是市井遊俠詩的集中體現。關於劉生原型的討論，學術界至今各抒己見、莫衷一是。蕭繹《劉生》是此系列中較早的一篇：「任俠有劉生，然諾重西京。扶風好驚坐，長安恒借名。榴花聊夜飲，竹葉解朝醒。結交李都尉，遨遊佳麗城。」〔註23〕詩歌描寫了劉生重諾傳名、飲酒遨遊的瀟灑人生。張正見則通過「金門四姓聚，繡轂五香來。塵飛瑪瑙勒，酒映碑碟杯」的描寫，補充說明了劉生豪門貴族身份。徐陵《劉生》另闢蹊徑，憑藉「任俠遍京華」的劉生故事，抒寫「高才被擯壓，自古共憐嗟」的不平之情。江總和江暉的詩歌，在展現劉生任俠使氣的同時，更強調他的才能和品性：江總刻畫了劉生「干戈倜儻用，筆硯縱橫才」的文武雙全形象；江暉則側重於描寫劉生「唯當重意氣，何處有驕奢」的可貴品格。可以說，劉生是梁陳文人心目中理想的遊俠形象，他滿足了梁陳文人對於遊俠的所有想像：身世顯赫、風流倜儻、文武雙全、重諾守信。甚至，陳叔寶和弘執恭還塑造了他「羞作荊卿笑，捧劍出遼東」「縱橫方未息，因茲定武功」的報國形象。當然，報國主題並非《劉生》系列的主流，大多數《劉生》詩作還是對其市井人生的吟詠。這些詩作正是通過對劉生流連市井圖景的描述，展現了遊俠風流瀟灑的人格態度，從而補充和發展了史遷塑造的遊俠形象。

相比於復仇主題和報國主題，市井題材的遊俠詩創作在六朝猶為繁盛。畢竟復仇的血腥會招致世俗和禮法的鄙夷與壓制，而報國又往往需要過人的膽識與決心。因此，憑藉著任俠使氣的外表，在鬥雞走狗的生活中醉生夢死的富家少年，便成為六朝遊俠詩的首選。六朝市井遊俠詩，正是通過對這幫富家子弟孜孜不倦的吟詠，傳達著詩人們對於遊俠的嚮往之情。而詩人們對遊俠的嚮

〔註21〕《先秦漢魏晉南北朝詩》，第 2220 頁。
〔註22〕《先秦漢魏晉南北朝詩》，第 2395 頁。
〔註23〕《先秦漢魏晉南北朝詩》，第 2034 頁。

往，也只是嚮往遊俠身上那無所顧忌的個性。這種不顧世俗的個性品質，就像一股強大的洪流，足以摧毀一切循規蹈矩的壓抑人生，其表現出的蓬勃生命力，正反映了六朝詩人內心深處的殷切渴望。

綜上可見，司馬遷在《史記》中為遊俠立傳，並深情讚美他們急人之困、一諾千金的高貴品質。《史記‧遊俠列傳》展現的人格精神對後代詩人產生了深遠影響，自曹植創作大量遊俠詩以來，復仇、報國和市井便成為魏晉南北朝遊俠詩的三大主題。魏晉南北朝詩人通過對少年復仇和女性復仇事蹟的描寫，重現了《史記》遊俠形象的人格光輝；並通過將遊俠置身於邊塞或市井，在殺敵報國或鬥雞走狗的活動中，完成對遊俠破壞性的消解，從而為遊俠群體增添了盡忠懷國、瀟灑不羈的精神內蘊。

漢魏六朝邊塞詩對《史記》
悲壯美的再現

　　邊塞詩多是指描寫邊疆地區自然風光和軍民生活的一類詩歌題材，它雖在唐代進入全盛時期，但在唐代之前的發展同樣不可小覷。漢魏六朝詩人就創作過眾多邊塞題材的詩歌，為邊塞詩的發展繁榮貢獻出不可忽視的力量。在漢魏六朝邊塞詩的創作過程中，《史記》是不可或缺的鑒典。司馬遷刻畫人物的藝術、揭露矛盾的勇氣以及描寫環境的手法，都對漢魏六朝邊塞詩悲壯風格的呈現產生了深遠影響。

一、壯思遄飛：將士形象的刻畫

　　《史記》以人物為中心的紀傳體性質，使得全書呈現出眾多扣人心弦的精彩人生。漢魏六朝邊塞詩中的將士形象，受《史記》人物刻畫藝術啟發良多：智可取勝、勇能當敵的大將風範，再現了《史記》中的沙場英雄形象；一諾千金、知恩圖報的高尚人格，則是對《史記》遊俠品質的取法與超越。可以說，《史記》塑造的將軍形象和遊俠形象，共同影響了漢魏六朝邊塞詩中壯思遄飛的將士形象。

　　魏晉邊塞詩中的將士形象多是將軍形象和遊俠形象的合體。例如曹植《白馬篇》中的少年將軍即融合了沙場英雄與遊俠的雙重身份。阮籍《詠懷·其三十九》一詩中「臨難不顧生，身死魂飛揚」的壯士形象，某種程度上也與遊俠救人危難、不吝其軀的性格暗合。而傅玄《長歌行》中的軍士更是帶有明顯的遊俠特徵：「二軍多壯士，聞賊如見讎。投身效知己，徒生心所羞。」〔註1〕嫉

〔註1〕《先秦漢魏晉南北朝詩》，第 555 頁。

惡如仇、知恩圖報、視死如歸的美好品質，是司馬遷對遊俠的定位，而傅玄正是通過遊俠形象的借用，渲染了軍士破吳擊蜀的英勇無畏。張華《壯士篇》中不可一世的沙場健將，雖未有確鑿證據表明他的遊俠身份，然而「壯士懷憤激，安能守虛沖。乘我大宛馬，撫我繁弱弓。長劍橫九野，高冠拂玄穹」的舉手投足間，還是流露出一絲半縷的遊俠氣質。並且，其「慷慨成素霓，嘯吒起清風」的氣貫長虹形象，正與《史記·刺客列傳》中聶政、荊軻等人的精神內質一脈相承。而「震響駭八荒，奮威曜四戎。濯鱗滄海畔，馳騁大漠中」的龍騰虎躍形象，與抗擊匈奴的「飛將軍」李廣，甚至是力能扛鼎、叱吒風雲的項羽，也不能說毫無相像、關聯之處。司馬遷塑造的眾多將軍和遊俠形象，為邊塞詩的人物刻畫提供了借鑒意義。

南朝何承天邊塞詩中的將士雖不具有遊俠氣質，但也因遺留了《史記》的英雄精神，從而表現出昂揚壯志。何承天《戰城南》一反漢樂府「水深激激，蒲葦冥冥。梟騎戰鬥死，駑馬徘徊鳴」的蕭瑟悲涼，呈現出了奮發向上的壯麗色彩：「戰城南，衝黃塵，丹旌電烻鼓雷震。勍敵猛，戎馬殷，橫陣互野若屯雲。仗大順，應三靈，義之所感士忘生。長劍擊，繁弱鳴，飛鏑炫晃亂奔星。虎騎躍，華眊旋，朱火延起騰飛煙。驍雄斬，高旗搴，長角浮叫響清天。」〔註2〕將士驍勇善戰、一往無前的英雄氣概，再現了《史記》將領的沙場雄風。何承天曾奉命修撰《宋書》，由此可見他的史學修養，史書中描繪的戰爭場面，尤其是《史記》對眾多沙場將領的精彩描寫，必然在有意無意間給詩人留下深刻印象。此外，詩人作為參軍長期伴隨劉裕等人左右，目睹了一幕幕真實的戰爭圖景，因此何承天的邊塞詩創作，既帶有史書描繪的印記，更融進了自己生活的觀感。

鮑照《擬古·其二》一詩也是繼承墳典與融鑄現實的結合之作，詩題即表明其擬古性質，而軍旅生涯更是加深了詩人對邊塞生活的體認。全詩如下：

> 幽并重騎射，少年好馳逐。氈帶佩雙鞬，象弧插雕服。獸肥春草短，飛鞚越平陸。朝遊雁門上，暮還樓煩宿。石梁有餘勁，驚雀無全目。漢虜方未和，邊城屢翻覆。留我一白羽，將以分虎竹。〔註3〕

詩中的幽并少年延續了子建《白馬篇》中的遊俠形象，詩歌反映的也是遊俠從戎報國的主題。但是，在繼承詩歌傳統之外，詩人更融合了自己的生活見聞，

〔註2〕《先秦漢魏晉南北朝詩》，第 1206 頁。
〔註3〕《先秦漢魏晉南北朝詩》，第 1295～1296 頁。

傳神地描畫出「獸肥春草短，飛鞚越平陸」的邊塞圖景。可以說，鮑照借助史書完成了詩歌的人物塑造，融匯自身經歷描摹了邊地的自然風光，在他的詩中，史書與現實相映成趣。

然而與何、鮑等人不同，南朝多數寫作邊塞題材的詩人，並未親臨戰場，而是憑藉對於史書記載的想像吟詠他們心目中的戰爭題材。例如孔稚珪未有從戎經歷，卻依然寫下壯思橫飛的《白馬篇》。與其說詩人將「怒髮為軍征」的少年遊俠，比作「馳突匈奴庭」的霍去病，還不如說史書中的霍去病形象，為詩人的詩歌創作提供了人物原型。並且，詩中「虜騎四山合，胡塵千里驚。嘶笳振地響，吹角沸天聲。左碎呼韓陣，右破休屠兵。橫行絕漠表，飲馬瀚海清」〔註4〕的描寫，與《史記・李將軍列傳》的敘述何其相似，二者都是通過對匈奴大軍的造勢描寫，反襯主人公的技藝超群。對於這些未至邊塞的詩人來說，史書對邊塞生活的描繪，往往成為他們詩歌內容的重要來源；而史書中縱橫馳騁的沙場英雄，更是激發了他們對於邊塞詩的創作熱情。梁朝詩人吳均即寫下大量邊塞詩，並且其詩中的主人公形象，也很好地實現了將軍與遊俠身份的統一。例如兩首《戰城南》之作：

> 躞蹀青驪馬，往戰城南畿。五歷魚麗陣，三入九重圍。名慴武安將，血污秦王衣。為君意氣重，無功終不歸。（其一）〔註5〕
>
> 前有濁樽酒，憂思亂紛紛。小來重義氣，學劍不學文。忽值胡關靜，匈奴遂兩分。天山已半出，龍城無片雲。漢世平如此，何用李將軍？（其二）〔註6〕

第一首中如入無人之境的主人公，既是令人聞風喪膽的戰將，也是一諾千金、義薄雲天的遊俠。第二首中的少年遊俠，極度仰慕抗擊匈奴的李廣，惟恨自己生不逢時，終無用武之地。吳詩中的主人公，頻頻以歷史名將自勵自比，正反映詩人對《史記》名將的傾慕之情。此外，司馬遷塑造的遊俠形象，也深深地打動了詩人，以至於其詩中人物總是富有濃鬱的遊俠性情。例如《邊城將・其一》：

> 塞外何紛紛，胡騎欲成群。爾時始應募，來投霍冠軍。刀含四尺影，劍抱七星文。袖間血灑地，車中旌拂雲。輕軀如未殞，終當

〔註4〕《先秦漢魏晉南北朝詩》，第1408頁。
〔註5〕《先秦漢魏晉南北朝詩》，第1719頁。
〔註6〕《先秦漢魏晉南北朝詩》，第1719～1720頁。

　　　　　厚報君。〔註7〕

霍去病「匈奴未滅，何以家為」的豪情壯志，召喚著主人公應募從戎成為邊城
將領。邊城將領在刀光劍影、熱血灑地的豪邁舉動裏，充分表現出遊俠的報恩
思想。《史記》展現的英雄精神，是吸引主人公投身邊塞的內驅動力；而遊俠
的灑脫面貌，則是進一步彰顯、完善主人公形象的必要參照。

　　司馬遷筆下的將軍形象，普遍而廣泛地吸引著南朝詩人，因此在邊塞詩中
得以不斷湧現。劉峻《出塞》詩一開頭即勾勒了「薊門秋氣清，飛將出長城」
的畫面，他將「絕漠衝風急」的將領比作李廣，正說明「飛將軍」李廣形象的
深入人心。徐悱《白馬篇》中的少年遊俠「雄名盛李霍，壯氣勇彭韓」，由此
可知《史記》刻畫的將軍形象給詩人留下的深刻印象。非獨將軍，就連《史記》
中的謀臣形象也潛入詩歌，影響著邊塞詩中的人物塑造。裴子野《答張貞成皋
詩》中的主人公即以張良、陳平自激：

　　　　匈奴時未滅，連年被甲兵。明君思將帥，方聽鼓鼙聲。吾生恣
　　逸翮，撫劍起徂征。非徒慕辛季，聊欲逞良平。〔註8〕

裴子野身為南朝著名史學家，有著極為深厚的家學傳統，其祖父裴松之曾為
《三國志》作注，其父裴駰更是撰寫了《史記集解》，可想而知裴子野的史學
修養以及對《史記》內容的熟知。冷靜客觀的史學思維，促使詩人對將領素質
提出了更高要求：「非徒慕辛季，聊欲逞良平」。在詩人看來，將領僅僅具有劇
辛、季布的勇猛遠遠不夠，還需要具備張良、陳平的智謀，裴子野邊塞詩中的
人物形象打破了歷來的武夫傳統，呈現出智勇雙全的大將風範。

　　北朝邊塞詩繼續了遊俠將軍主題，其主人公形象多是帶有遊俠氣質的將
士。裴讓之《從北征》即寫出了「匈奴定遠近，壯士欲橫行」的高昂士氣，
王褒《從軍行》也描繪了「年少多遊俠，結客好輕身」的從軍情形。楊廣《白
馬篇》中的「宿衛羽林郎」雖然出身遊俠，但卻是「英名欺衛霍，智策蔑平
良」的智勇雙全之士，並且他的從戎報國行為，並非出自功利的誘惑，而是
源於「本持身許國，況復武力彰」的內在期許。由於隋朝君臣多出身行伍，
有著真切的征戰體驗，因此他們描摹戰爭場面便尤為生動傳神。楊廣《白馬
篇》即寫出「集軍隨日暈，挑戰逐星芒。陣移龍勢動，營開虎翼張」的行軍
佈陣場景，以及將領「衝冠入死地，攘臂越金湯。塵飛戰鼓急，風交征旆揚。

〔註7〕　《先秦漢魏晉南北朝詩》，第 1738 頁。
〔註8〕　《先秦漢魏晉南北朝詩》，第 1790 頁。

轉鬥平華地，追奔掃大方」的風馳電掣畫面。〔註9〕因此，沈德潛評價：「隋煬帝豔情篇什，同符後主；而邊塞詩諸作，鏗然獨異，剝極將復之候也。」〔註10〕王胄《白馬篇》中的「長安惡少年」，也有著「志勇期功立，寧憚微軀捐。不羨山河賞，誰希竹素傳」的高尚情操，體現出對遊俠品質的取法與超越。

綜上可見，漢魏六朝邊塞詩的人物塑造，主要從遊俠形象與將軍形象這兩個方面，汲取了《史記》的營養。《史記》中的遊俠形象之所以能夠影響邊塞詩的人物塑造，主要有以下三個原因。其一，歷史上存在遊俠從戎成為將領的先例。例如曹操年少之時即「任俠放蕩，不治行業」（陳壽《三國志·魏書·武帝紀》），然而征戰四方之後，任俠使氣反而促成了他的春秋大業；而曹操的大將典韋，在躋身將領之前，更是典型的遊俠，《三國志》即記載了他手刃仇敵的事蹟：「典韋，陳留己吾人也。形貌魁梧，旅力過人，有志節任俠。襄邑劉氏與睢陽李永為仇，韋為報之。」〔註11〕由此可見，從戎是遊俠功成名就的直行正道。其二，和平時期統治者對遊俠的打壓態度，迫使詩人將遊俠引入邊塞，使其在民族戰爭的洗禮中昇華自我。歷史上，漢武帝就曾通過命令遊俠參軍的方式，減少社會的不穩定因素，後代統治者對遊俠的態度大同小異，因此迫於政治壓力與道德輿論，漢魏六朝詩人往往將遊俠詩與邊塞詩相結合，使遊俠通過邊塞戰爭的磨礪完成從報恩到報國的轉變。其三，遊俠與將軍在性格上具有相輔相成的特點。二者都具有高強的武藝以及豪爽的性格，並且遊俠報恩與將軍報國本有相通之處，因此很容易通過遊俠從戎的方式實現二者的統一；同時，遊俠瀟灑不羈的性格特徵，又彌補了將軍恪盡職守的道德約束，因此，以遊俠作為詩歌主人公，往往別具一種飛揚馳騁的豪邁意態，從而能夠更好地傳達出詩人心底的浪漫情懷。

司馬遷塑造的壯思遄飛的將軍形象，對漢魏六朝邊塞詩影響更深，尤其是南朝擬邊塞之作。稱南朝擬邊塞詩，是因為這些詩歌的作者從未親赴沙場，只是通過想像的方式完成對邊塞生活的寫作。對於這些詩人而言，《史記》的記載、描述成為可供他們想像的範本，《史記》中的人物生平是激發他們英雄夢想的觸媒，他們詩中反覆出現《史記》的人名、地名，以至於凝結成南朝邊塞

〔註9〕《先秦漢魏晉南北朝詩》，第 2662 頁。
〔註10〕〔清〕沈德潛：《說詩晬語》，人民文學出版社，1979 年版，第 205 頁。
〔註11〕《三國志》，第 415 頁。

詩中濃鬱的漢代情結。這種情結，即使在具有實戰經驗的隋朝君臣那裡，也依然得到延續。例如楊素《出塞》即以「漠南胡未空，漢將復臨戎」開頭，以「方就長安邸，來謁建章宮」結尾。甚至，這種情結還一直延續到唐代，在唐代的邊塞詩中大放異彩。

二、李廣難封：軍中矛盾的揭示

揭露軍事矛盾的作品，早在《詩經》中就已存在。《邶風·擊鼓》《唐風·鴇羽》《小雅·采薇》等篇，都是對戰爭毀滅個體生命及家庭生活的控訴；《鄭風·清人》更是揭露出鄭國軍隊戲耍散漫的備戰狀態。《左傳》對於行軍將領之間的矛盾問題也多有反映。然而，以客觀冷靜的史學家姿態，自覺批判對外戰爭之於社會民生的危害，以及軍中有功無賞的不公，司馬遷則是突出代表。《史記》對於邊塞戰爭的反映，尤其是《李將軍列傳》對於軍中矛盾的書寫，成為漢魏六朝邊塞詩揭露、批判軍事矛盾的先導。

首先來看魏晉邊塞詩對戰爭的直接控訴。例如左延年就繼承了司馬遷的人本思想，在《從軍行》中自覺譴責邊塞戰爭對社會民生的破壞：「苦哉邊地人，一歲三從軍。三子到敦煌，二子詣隴西。五子遠鬥去，五婦皆懷身。」〔註12〕詩歌通過一家五子從軍遠去，獨留五婦懷身的悲慘現實，寫出邊地人民徭役的繁重。後來杜甫《石壕吏》一詩，不能說沒有左詩的影子。

然而，漢魏六朝邊塞詩對於軍事矛盾的反映，更多的並非是對戰爭的直接控訴，而是對從軍途中各類矛盾的深刻揭露。陸機《飲馬長城窟行》即揭示出征人「師克薄賞行，軍沒微軀捐」的生存現狀。劉琨《扶風歌》更是道出將士的委婉心曲：

> 朝發廣莫門，暮宿丹水山。左手彎繁弱，右手揮龍淵。顧瞻望宮闕，俯仰御飛軒。據鞍長歎息，淚下如流泉。繫馬長松下，廢鞍高岳頭。烈烈悲風起，泠泠澗水流。揮手長相謝，哽咽不能言。浮雲為我結，歸鳥為我旋。去家日已遠，安知存與亡？慷慨窮林中，抱膝獨摧藏。麋鹿遊我前，猿猴戲我側。資糧既乏盡，薇蕨安可食？攬轡命徒侶，吟嘯絕岩中。君子道微矣，夫子固有窮。惟昔李騫期，寄在匈奴庭。忠信反獲罪，漢武不見明。我欲竟此曲，此曲悲且長。棄置勿重陳，重陳令心傷！〔註13〕

〔註12〕《先秦漢魏晉南北朝詩》，第 410～411 頁。
〔註13〕《先秦漢魏晉南北朝詩》，第 849～850 頁。

風起雲浮、麋鹿成群的自然環境本已勾起內心的傷感情緒，資糧盡絕、前途未卜的現實處境更是平添憂傷，然而最令詩人擔憂的還不止於此，更有著無端備受猜忌的隱患。詩人援古例今，借《史記》中的李陵故事，傳達出「惟昔李騫期，寄在匈奴庭。忠信反獲罪，漢武不見明」的委婉心聲。而這正可謂一語成讖，劉琨最終「何意百鍊鋼，化為繞指柔」（《重贈盧諶》）的含冤而死結局，正表明軍事悲劇發生的普遍性。

　　《史記》反映的邊塞戰爭中的不公現象，往往成為後代詩人援古例今的徵引對象。鮑照《代苦熱行》一詩，即抒發了對有功無賞現象的牢騷滿腹：「生軀蹈死地，昌志登禍機。戈船榮既薄，伏波賞亦微。爵輕君尚惜，士重安可希。」〔註14〕其中戈船、伏波的典故，即是對《史記·南越列傳》的化用。甚至，《史記》展現的人物事例，也一併被納入詩中，傳達著詩人千古同悲的現實感受。王訓《度關山》一詩，就揭露出軍中「都護疲詔吏，將軍擅發兵。平盧疑縱火，飛鴟畏犯營」的混亂現象，並傳達出詩人對李廣的仰慕之情：「誰知出塞外，獨有漢飛名」。〔註15〕吳均邊塞詩也刻畫了邊地將領的悲劇人生。《從軍行》展現了一個屢立戰功卻不受賞識的熱血男兒形象：「男兒亦可憐，立功在北邊。陣頭橫卻月，馬腹帶連錢。懷戈發隴坻，乘凍至遼川。微誠君不愛，終自直如弦。」〔註16〕詩中的主人公雖然不受重用，但依然有著性直如弦的氣節。《邊城將·其二》也寫出了有功無賞的不公現象：「僕本邊城將，馳射靈關下。箭銜雁門石，氣振武安瓦。勳輕賞廢丘，名高拜橫野。留書應鑿楹，傳功須勒社。徒傾七尺命，酬恩終自寡。」〔註17〕詩中的邊城將領，有著「箭銜雁門石，氣振武安瓦」的超群技藝和過人勇氣，然而傾其所有不吝其軀，也只能換來「酬恩終自寡」的可悲結局。戴暠《度關山》則揭露了軍中拉幫結派的可惡習氣，本來邊塞生活應該是「千里非鄉邑，四海皆兄弟」的和睦圖景，然而「軍中大體自相褒，其間得意各分曹。博陵輕俠皆無位，幽州重氣本多豪」。〔註18〕

　　邊塞生活中軍事矛盾的普遍存在，加深了後代詩人對李廣、李陵、張騫等人悲劇人生的體認與理解。劉孝威在《隴頭水》一詩中即表明對李廣的同

〔註14〕《先秦漢魏晉南北朝詩》，第 1266 頁。
〔註15〕《先秦漢魏晉南北朝詩》，第 1717 頁。
〔註16〕《先秦漢魏晉南北朝詩》第 1721 頁。
〔註17〕《先秦漢魏晉南北朝詩》，第 1738 頁。
〔註18〕《先秦漢魏晉南北朝詩》，第 2100 頁。

情態度：

> 從軍戍隴頭，隴水帶沙流。時觀胡騎飲，常為漢國羞。釁妻成
> 兩劍，殺子祀雙鉤。頓取樓蘭頸，就解郅支裘。勿令如李廣，功多
> 遂不酬。〔註19〕

詩歌主人公「釁妻成兩劍，殺子祀雙鉤」的行為，正傳達出「不破樓蘭終不還」的決絕態度，而這樣的決心，目的是渴望換來征戰的勝利和封賞的豐厚，因而在詩歌末尾，主人公道出「勿令如李廣，功多遂不酬」的憂患之語。張正見在《戰城南》中則表現出對李陵命運的嗟歎：「薊北馳胡騎，城南接短兵。雲屯兩陣合，劍聚七星明。旗交無復影，角憤有餘聲。戰罷披軍策，還嗟李少卿。」〔註20〕短兵相接、號角聲連的激烈戰爭，與李陵「轉鬥千里，矢盡道窮」的抵死拼戰何其相似，然而李陵最終只落得一個身敗家亡的殘局，其可悲的命運讓人嗟歎不已。江總《隴頭水》一詩則抒寫了對張騫出使西域生活的悲歎，詩歌前半段極力鋪寫邊塞地區荒涼的自然環境：「隴頭萬里外，天崖四面絕。人將蓬共轉，水與啼俱咽。驚湍自湧沸，古樹多摧折」。詩歌末尾是對張騫艱苦卓絕的邊塞生活的感歎之詞：「傳聞博望侯，苦辛提漢節」。〔註21〕

司馬遷大膽批判對外戰爭及軍中矛盾的行為，深入而持久地感染著後代詩人。漢魏六朝邊塞詩，正是通過對司馬遷批判精神的繼承，對《史記》事例的化用，揭露出形形色色的軍旅情事。

三、長風蕭蕭：悲劇氛圍的渲染

司馬遷在《大宛列傳》《匈奴列傳》等篇中，詳盡地展現了塞北的自然環境和風土人情，從而為漢魏六朝邊塞詩中環境描寫導夫先路。並且《史記》對於歌詠《垓下》《大風》及易水送別等場面的渲染，也給予漢魏六朝詩人濃厚的悲情體驗，因此他們屢屢將這種體驗融入邊塞詩的環境描寫中，從而營造慷慨悲涼的詩歌意境。

漢末蔡琰《悲憤詩》雖非典型意義上的邊塞詩，但卻在借鑒《史記》、融會自身的過程中描畫出切實可感的邊地環境：「邊荒與華異，人俗少義理。處所多霜雪，胡風春夏起。翩翩吹我衣，蕭蕭入我耳。」〔註22〕陌生隔閡、惡劣

〔註19〕《先秦漢魏晉南北朝詩》，第 1866 頁。
〔註20〕《先秦漢魏晉南北朝詩》，第 2476 頁。
〔註21〕《先秦漢魏晉南北朝詩》，第 2568 頁。
〔註22〕《先秦漢魏晉南北朝詩》，第 200 頁。

嚴酷的自然環境,正是詩人悲涼心境的寫照與反映。王僧達《和琅琊王依古詩》
中的環境描寫,傳達出類似《大風歌》的悲情體驗:「仲秋邊風起,孤蓬卷霜
根。白日無精景,黃沙千里昏」〔註23〕中透露的孤獨與遼闊,與《大風歌》豁
大的悲涼感覺異曲同工。詩人正是通過對淒涼氛圍的渲染,敘寫了邊地將士生
活的艱苦。齊高帝蕭道成《塞客吟》更是對邊地環境進行了大幅鋪陳,其中「秋
風起,塞草衰,雕鴻思,邊馬悲。平原千里顧,但見轉蓬飛」〔註24〕的環境描
寫,呈現出濃厚的以悲為美色彩。楚辭的悲美風格,經《史記》的闡揚,更為
廣泛地影響了魏晉南北朝詩人的審美傾向。蕭詩悲涼慷慨的詩歌意境,正體現
出對《史記》悲美風格的繼承。何遜《學古詩》其三也描繪了淒清的邊地環境:

> 昔隨張博望,辭帝長楊宮。獨好西山勇,思為北地雄。十年事河
> 外,雪鬢別關中。季月邊秋重,岩野散寒蓬。日隱龍城霧,塵起玉關
> 風。全狐君已復,半菽我猶空。欲因上林雁,一見平陵桐。〔註25〕

何詩並非親臨沙場之作,而是對前朝往事的追詠。詩歌一開頭即交代了張騫出
塞的時代背景,接著敘述了主人公渴望名馳沙場的雄心壯志在「十年事河外,
雪鬢別關中」生活中日益消磨的過程。在這十年的邊塞生涯中,主人公日復一
日地體會著「季月邊秋重,岩野散寒蓬。日隱龍城霧,塵起玉關風」的邊地況
味。而這樣的蕭瑟環境,正折射出征人渴望還家而不得的痛苦心理。

《史記》刻畫的易水送別場面,成為漢魏六朝邊塞詩反覆抒寫的對象。吳
均《渡易水》即借易水送別情節寫出了邊塞生活的實況:

> 雜虜客來齊,時余在角抵。揚鞭渡易水,直至龍城西。日昏笳
> 亂動,天曙馬爭嘶。不能通瀚海,無面見三齊。〔註26〕

吳均《渡易水》,《詩紀》又作《荊軻歌》,由此可見吳詩與易水送別的關聯。
然而,與荊軻刺秦的目的不同,詩中主人公「揚鞭渡易水,直至龍城西」,渡
水是為了從戎。胡笳聲動、戰馬長嘶的邊塞生活,不僅沒有消磨掉這位英雄的
鬥志,反而愈發激起他「不能通瀚海,無面見三齊」的豪情。雖然吳詩主題與
荊軻刺秦相差萬里,但詩中主人公卻展現出與荊軻「風蕭蕭兮易水寒,壯士一
去兮不復還」相同的悲壯情緒,藉以表明主人公的豪邁心跡。庾信《詠懷詩》
也借易水送別及垓下之圍情景,抒寫了對塞外生活的感觸:

〔註23〕 《先秦漢魏晉南北朝詩》,第 1240 頁。
〔註24〕 《先秦漢魏晉南北朝詩》,第 1376 頁。
〔註25〕 《先秦漢魏晉南北朝詩》,第 1694 頁。
〔註26〕 《先秦漢魏晉南北朝詩》,第 1722 頁。

蕭條亭障遠。淒慘風塵多。關門臨白狄。城影入黃河。秋風別
蘇武。寒水送荊軻。誰言氣蓋世。晨起帳中歌。〔註27〕

詩歌一開頭就展現了人煙稀少、風塵撲地的蕭條環境，接著又點出塞北地區毗鄰白狄、依傍黃河的地理位置，最後四句通過對蘇李離別、易水送別、垓下之圍等情景的借用，抒發了國破家亡委身異地的悲愴心緒。易水送別及垓下之圍情節中蘊含的巨大情感容量，促使庾信完成了歷史悲劇與現實悲情的完美鏈接。《史記》悲壯場面給予詩人的悲情體驗，滲透在了他的多首邊塞詩中。例如《燕歌行》中的環境描寫即融進易水送別的寒意：「願得魯連飛一箭，持寄思歸燕將書。渡遼本自有將軍，寒風蕭蕭生水紋」。〔註28〕詩中將軍與荊軻並無多少關聯，然而詩人僅憑渡水行為的相似，就聯想起易水送別畫面，並藉此賦予詩歌寒風蕭蕭、遼水瑟瑟的悲涼意境，由此可見易水送別情景打動詩人之深。隋朝邊塞詩中的環境描寫，也頻繁借用易水送別的畫面。例如盧思道《從軍行》即描繪了「邊庭節物與華異，冬霰秋霜春不歇。長風蕭蕭渡水來，歸雁連連映天沒」〔註29〕的邊地環境。又如虞世基《出塞》一詩更是展現了「懍懍邊風急，蕭蕭征馬煩。雪暗天山道，冰塞交河源。霧烽黯無色，霜旗凍不翻。耿介倚長劍，日落風塵昏」〔註30〕的邊塞生活。

司馬遷刻畫的邊地圖景和悲壯場面，影響了邊塞詩中的環境描寫。漢魏六朝邊塞詩所呈現出的慷慨悲涼意境，正體現出對《史記》悲美風格的繼承。故而李澤厚在《中國美學史》中指出：「到了魏晉，那種所謂『慷慨以使氣』的文風，也不能說沒有司馬遷所遺存的影響」。〔註31〕這正是對《史記》深廣性的肯定，也是對漢魏六朝詩歌再現《史記》悲壯美的肯定。

四、結　語

漢魏六朝邊塞詩的創作深受《史記》影響，漢魏六朝邊塞詩也再現了《史記》的悲壯風格。具體而言，主要體現在以下三個方面：第一，司馬遷塑造的沙場英雄及遊俠形象，導引了漢魏六朝邊塞詩中將士形象的刻畫。《史記》展

〔註27〕《先秦漢魏晉南北朝詩》，第 2370 頁。
〔註28〕《先秦漢魏晉南北朝詩》，第 2352 頁。
〔註29〕《先秦漢魏晉南北朝詩》，第 2631 頁。
〔註30〕《先秦漢魏晉南北朝詩》，第 2710 頁。
〔註31〕李澤厚，劉綱紀：《中國美學史：先秦兩漢編》，安徽文藝出版社，1999 年版，
　　　第 486 頁。

現的沙場英雄數不勝數，有「力拔山兮氣蓋世」的項羽，有驍勇善戰的季布，有善於用兵佈陣的韓信，也有技藝超群的「飛將軍」李廣，他們雖然姿態各異，但都呈現出了一個共同的特點：即富有縱橫馳騁的人生壯志。這種壯志滿懷的精神氣度，深刻地影響了漢魏六朝邊塞詩中的人物塑造，它賦予詩中的沙場將士壯思遄飛的向上力量。此外，邊塞詩中的將士形象，還受到司馬遷塑造的遊俠形象的影響，他們正因帶有遊俠不羈的性格色彩，從而具有了飛揚意態。

第二，司馬遷大膽揭露、批判軍事矛盾的行為，召喚著漢魏六朝詩人在邊塞詩中順其流而揚其波。《李將軍列傳》通過李廣悲劇一生的展現，揭露了任人惟親的用人制度，以及軍功分配的不公現象；《平準書》更是直指武帝的對外戰爭，批判了武帝因好大喜功帶來的民生凋敝，因用人不當導致的建功不深。司馬遷揭露、批判現實矛盾的勇氣，給予了後代詩人巨大的精神感召力，漢魏六朝邊塞詩正是通過對各類軍中矛盾的反映，繼承和發展了史遷的批判精神。

第三，《史記》描繪的邊塞圖景及悲壯場面，影響了漢魏六朝邊塞詩中的環境描寫。司馬遷在《匈奴列傳》《大宛列傳》《西南夷列傳》《貨值列傳》等篇中，詳盡地展現了邊疆地區的風土人情，其描摹的異域風光強烈地震撼著漢魏六朝詩人，從而促成邊塞詩中大幅度的環境描寫。並且，《史記》中歌詠《垓下》《大風》的情景，尤其是易水送別的場面，更是極具藝術感染力。漢魏六朝詩人，屢屢將邊塞環境與《史記》中這些悲壯畫面相聯繫，從而使邊塞詩的環境描寫透露出慷慨悲涼的氣息。凡此種種，都體現出漢魏六朝邊塞詩對《史記》悲壯風格的繼承與取法。

第二編

論《文選》在陶詩經典化中的作用
——以異文、注釋、選篇為中心

　　在陶淵明詩文經典化的進程中，蕭統是無法繞開的一座高峰，他不僅寫了《陶淵明傳》，編次了《陶淵明集》，還在《文選》中選入了九首陶詩。〔註1〕到了唐代，李善、五臣相繼為《文選》作注，成為後代治陶學者的重要參考。直到今天，對於陶淵明研究的某些難題，依然有學者利用《文選》來釋疑。有鑑於此，筆者擬從異文、注釋、選篇三個方面為切入點，對其中的一些典型問題加以梳理、辨析，藉以探討《文選》在陶詩經典化中的作用。

一、異文：拓展陶詩的解讀空間

　　《文選》的編者蕭統，不僅在《文選》中選錄了陶詩，還是陶淵明身後第一個編次陶集的人，因此蕭統及其所編的《文選》從一開始就與陶集結下了不解之緣。《文選》選入九首陶詩，並保留了不少陶詩異文。雖然蕭統編纂的陶集已經亡佚，但正如袁行霈所言，「在魏晉諸家文集中，陶集是最為流傳有緒的，因而也是最接近原貌的。也許正因為陶集不是後人從各種類書中輯出的，所以陶集的異文反而更多」〔註2〕，可見，一方面蕭本陶集作為陶集的祖本，使陶集

〔註1〕這九首陶詩依次是：《始作鎮軍參軍經曲阿作》《辛丑歲七月赴假還江陵夜行途口》《輓歌詩》（荒草何茫茫）、《雜詩》（結廬在人境）（秋菊有佳色）、《詠貧士》（萬族各有託）、《讀山海經詩》（孟夏草木長）、《擬古詩》（日暮天無雲）以及《歸去來》。按《歸去來辭》介於詩文之間，後代如湯漢《陶靖節先生詩》等詩集就予收錄，因此本文也納入探討範圍。

〔註2〕袁行霈：《陶淵明研究》，北京大學出版社，2009年版，第200頁。

得以成為「最為流傳有緒的」一部文集，另一方面陶集的面貌在流傳的過程中也發生了變異，產生了很多異文。當諸多異文讓人無所適從時，《文選》的異文就顯得彌足珍貴，藉之可以窺見陶集的初始面目。可以說，《文選》不僅憑藉其自身地位，推動了陶詩的傳播，還參與到陶集的生成與變遷中，影響陶詩文本的經典化進程。《文選》所錄陶詩與現存各宋元舊本陶集在異文方面確實存在著較大的差異，主要表現為：首先，與保留異文甚多的宋刻遞修本陶集相較，《文選》保留了其沒有的異文二十餘處；其次，與流行甚廣的李公煥本陶集相較，《文選》的異文更是達到了三十餘處之多。因之《文選》的不少異文能夠為陶詩文本的校定提供參考，這又表現在兩個方面：一是可以證陶集異文之誤；二是可以與陶集異文並存，為陶詩提供別樣的解讀。下面舉例論述之：

首先來看「宛轡」「婉變」「宛轉」的異文。《始作鎮軍參軍》一詩「宛轡憩通衢」之句中的「宛轡」，各本《文選》皆作「宛轡」，然而各本陶集皆與之不同：宋刻遞修本、曾集本陶集作「婉變」，並云「一作跪轡」；到了湯漢本、李公煥本陶集，則徑刪「跪轡」，只留「婉變」，此後「婉變」在陶集中大行其道；同時，明清還一度興起「宛轉」的異文。其實，無論「婉變」還是「宛轉」，都是「宛轡」的訛誤。「宛轡」亦作「跪轡」，朱駿聲《說文通訓定聲》釋「宛」字即云「陶潛詩『宛轡憩通衢』，注：屈也。字亦作『跪』」〔註3〕。我們可以以陶詩本文為內證、以宋元著作為外證，來證明它是正確的陶詩異文。首先，「宛（跪）轡」貼合陶詩原義，對此，李善注解釋得很清楚：

> 宛，屈也。言屈長往之駕，息於通衢之中。通衢，喻仕路也。
> 〔註4〕

以「宛轡憩通衢」比喻仕途之艱辛，是陶淵明的慣用手法，陶集中還有類似的表達：《飲酒》第九首「紆轡誠可學，違己詎非迷。且共歡此飲，吾駕不可回」，《讀史述九章·張長公》「斂轡朅來，獨養其志」，《感士不遇賦》「悼賈傅之秀朗，紆遠轡於促界」，皆是其例。無論是「通衢」還是「促界」，都不是可以肆意馳騁的一馬平川，需要「宛轡」「紆轡」甚至「斂轡」歸來，它們寫出了詩人在仕途中束縛淹塞、進止失措的狀態，就像「羈鳥」和「池魚」一樣不自在，而李善注恰到好處地詮釋了詩人入仕後的心態。其次，很多宋元著作徵引陶

〔註3〕〔清〕朱駿聲：《說文通訓定聲》，中華書局，2016年版，第719頁。
〔註4〕〔梁〕蕭統輯，〔唐〕李善注：《宋尤袤刻本文選》（七），國家圖書館出版社，2017年版，第98頁。

詩，並沒有選擇陶集中的「婉變」，反而認同《文選》，如葉廷珪《海錄碎事》、王質《紹陶錄》、劉履《選詩補注》等就作「宛轡憩通衢」，這也從一個側面證明了宋元文人對「宛轡」的認同。

實則「宛（踠）轡」之所以訛為宋元陶集中的「婉變」，乃是音同形近致誤的結果：「宛」「踠」與「婉」同音，極易訛作「婉」；加之「轡」「變」形近（「變」繁體作「變」），故而「宛轡」進一步訛為「婉變」。然而「婉變」並不切合陶詩此處的含義。我們還可以從陶集中找到另外的證據，來證明作「婉變」不確：除了此處備受爭議的「婉變憩通衢」之外，陶淵明還有一首詩也使用了「婉變」一詞，即《雜詩》第四首的「婉變柔童子，年始三五間」。在這裡，「婉變」是形容少年的柔順美好，它承續了《詩經》的古老吟詠：《齊風·甫田》「婉兮變兮，總角丱兮」；《曹風·候人》「婉兮變兮，季女斯饑」。由此可知，對於「婉變」一詞，陶淵明習慣於從《詩經》「少好貌」〔註5〕的意義上來使用之，而這也正是「婉變」最為人所熟知的含義。不少明清學者正是據此開始懷疑「婉變憩通衢」並不正確，但是他們並沒有直接回歸《文選》，而是憑藉臆斷提出了更加新奇的異文。例如，一些學者因《文選》陶句有「宛」字，便提出「婉變」當作「宛轉」，如吳瞻泰本、馬墣本陶集即作「宛轉憩通衢」，並且，馬墣還解釋道：「『宛轉憩通衢』，經曲阿也。『宛轉』言冥會曲折，使我憩於此也。」（《陶詩本義》，清鈔本，卷三）但是，「宛轉」也並非正確的陶詩異文。如果我們縱觀全詩，就會發現馬墣注釋有牽強之處。詩歌開頭四句，追述閒居之樂；接著，「時來苟宜會，宛轡憩通衢。投策命晨旅，暫與園田疏」四句，敘寫入仕之準備；最後十二句，抒發羈旅之思。全詩脈絡清晰，連跗接萼，次第展開，如果依從馬墣的解釋，「宛轉憩通衢」是經曲阿的意思，那麼詩歌的時空線索將會變得十分模糊。與這一情形相反的是，一些學者直接認同了《文選》的「宛轡」異文，先在詩文選家中形成共識，並漸成燎原之勢，最終影響到陶集對此一異文的選擇。如明代影響甚大的何孟春本、蔣薰本以及清代集大成的陶澍本陶集都作「宛轡憩通衢」。由此可見，《文選》的陶詩異文對陶集的陶詩異文產生了明確的積極影響。

再來看「西荊」「南荊」之異文。早在宋代，吳仁傑《陶靖節先生年譜》就曾援引李善注力證時本陶集之非：「五年辛丑，有《七月赴假還江陵夜行途口》

〔註5〕〔清〕馬瑞辰撰，陳金生點校：《毛詩傳箋通釋》，中華書局，1989 年版，第307 頁。

詩，《文選》此詩『遙遙至西荊』，李善注云『時京都在東，故謂荊州為西也』，今集本作『南荊』者，非。」（見清吳瞻泰輯《陶詩匯注》，清康熙刻本，卷首）

　　按《還江陵》一詩「遙遙至西荊」之「西荊」二字，歷來存在爭議，就連《文選》自身也不例外。現存各宋元舊本陶集皆作「南荊」，五臣注亦作「南荊」，惟李善注作「西荊」。吳仁傑獨從李善注「時京都在東，故謂荊州為西也」的見解，指出「今集本作『南荊』者，非」，可謂別具隻眼。到了明代，馮惟訥《古詩紀》選陶詩，雖正文作「南荊」，但保留了「一作西」的校語。明末毛晉的綠君亭本陶集，正文仍作「南荊」，但其「參疑」部分遍校陶集異文，列出《文選》異文十四處，其中就包括此處的「西荊」。之後，清代吳瞻泰本、馬墣本、陶澍本陶集，皆從李善注，於是陶集中關於「西荊」「南荊」異文的爭議逐漸塵埃落定。

　　以上二例是《文選》異文優於各本陶集並為後世認可者；此外，《文選》中還有一些異文，雖然沒有得到後世陶集的肯定，但依然優勝於陶集。如《雜詩》（結廬在人境）一首中「悠然望南山」之「望」字，《文選》作「悠然望南山」，而自宋代蘇軾力陳「見」字之妙以來，後代學者隨聲附和。宋刻遞修本、曾集本陶集卷三均作「悠然見南山」，只在校語中保留了「一作望」，焦竑本陶集卷三也作「見」，更下斷語云「一作望，非」，此後，湯漢本、李公煥本及明清諸本陶集均作「見」，甚至受陶集影響，連明代《文選章句》《文選尤》《文選瀹注》之類的《文選》著作也改「望」字為「見」字。對此，范子燁辨析甚詳，他通過對宋元以來資料的發掘與梳理，並結合陶淵明自身的騁望情結，證明了「望」字的優勝。〔註6〕另外，此詩「此還有真意」句的「還」字異文，歷來也莫衷一是。此字除奎章閣本《文選》作「間」，各本《文選》則均作「還」；宋刻遞修本、曾集本陶集卷三也同於《文選》作「還」，並云「一作中」，蘇寫本、湯漢本陶集卷三則作「中」，並云「一作還」，焦竑本、李公煥本及明清陶集則徑作「中」。范子燁從陶詩慣有的頂真手法以及「還」字特有的審美品格，論述了「還」字的正確。〔註7〕同樣，《雜詩》（秋菊有佳色）一首中的「遠我達世情」句，《文選》作「達世情」，也要優於陶集的「遺世情」。元劉履即云：「『達』，集作『遺』，誤」〔註8〕，范子燁認為「『達世』之

〔註6〕范子燁：《悠然望南山──文化視域中的陶淵明》，東方出版中心，2010年版，第307～329頁。

〔註7〕《悠然望南山──文化視域中的陶淵明》，第329～336頁。

〔註8〕〔元〕劉履：《風雅翼》，《四庫全書》，第1370冊，第103頁。

情可『遠』，而『遺世情』則無須『遠』，『遠我遺世情』是一種邏輯悖謬的表述。」〔註9〕通過指出其邏輯上的矛盾，證明了《文選》作「達世情」的優勝。

上述各例，均為《文選》異文優於陶集之處，而《文選》中還有一些異文，雖然未必優於陶集，卻能夠與陶集兩存，為陶詩提供更多的解讀。如《始作鎮軍參軍》一詩「登降千里餘」之「降」字，惟李善作「降」，五臣和諸本陶集均作「陟」，然而明清詩文選集卻多同於李善作「降」字，甚至陶澍本陶集也作「降」，並云「各本作陟，此從《文選》」（見《靖節先生集》，《四部備要》本，卷三）。個中緣由，吳淇《六朝選詩定論》解釋得甚為明白：

> 此初起身，是陸路。「眇眇」二句，又繼以水路。……上行曰登，下行曰降，謂路之崎嶇，非弦直道路，比至曲阿境內已千餘里，則繞道不知幾幾矣。〔註10〕

相比於「登陟」的同向性，「登降」二字，似乎更能傳神地描畫出路途的崎嶇，以及詩人跋山涉水的顛沛之狀，它為後人設身處地地涵詠陶詩提供了契機。此外，《擬古詩》「明明雲間月」之「明明」，《文選》作「明明」，陶集作「皎皎」，宋元詩話、筆記引陶詩，「明明」和「皎皎」兼而有之；《詠貧士》「何時見餘輝」之「輝」，《文選》作「輝」，陶集作「暉」，作為韻腳字，宋代和陶詩中「輝」與「暉」平分秋色；還有此詩「曖曖虛中滅」之「虛」，《文選》作「虛」，陶集作「空」；以及《讀山海經詩》「且還讀我書」之「且」，《文選》作「且」，陶集作「時」等等，均是《文選》異文可與陶集兩存之處。無論作哪一個字，都能得出合情合理的詮釋結論。

綜上可見，《文選》中的陶詩異文獨樹一幟，往往能夠成為後人研討辨析的話題，在陶詩的經典化過程中發揮了重要作用。

二、注釋：還原陶詩被遮蔽的本義

唐代李善與五臣相繼為《文選》作注，成為部分陶詩的較早注釋者，相比於南宋的湯漢注，李善與五臣的注釋要早上幾百年。並且，除了時代之早，六臣注的價值還體現在注釋之詳上。就《文選》收錄的這九首陶詩來說，湯漢注

〔註9〕范子燁：《春蠶與止酒——互文性視域下的陶淵明詩》，社會科學文獻出版社，2012 年版，第 263 頁。

〔註10〕〔清〕吳淇撰，汪俊、黃進德點校：《六朝選詩定論》，廣陵書社，2009 年版，第 297 頁。

總共只有兩條，即使是流行甚廣的李公煥本陶集，其注釋也不過十幾條；而李善注和五臣注各自有七十餘條，合計一百五十餘條，由此可見《文選》注釋的詳盡。因時代之早與注釋之詳，六臣注在後世影響深遠。反響最大的莫過於《還江陵》的題下注，後來長達千年的「辨甲子」公案就是承此而來。

除了成就備受矚目的「公案式」話題之外，六臣注對後世的陶集注解也影響頗深。例如，對《始作鎮軍參軍》之「班生廬」的解釋，李善注謂：「班固《幽通賦》曰：終保己而貽則，里上仁之所廬。」〔註11〕湯漢注則謂：「班賦：求幽貞之所廬。」（見《陶靖節先生詩》，南宋淳祐刻本，卷三）其實，「求幽貞之所廬」是韓愈《復志賦》中的句子，但韓賦的句子正是承班賦而來，以韓賦注「班生廬」實際上就是以班賦注「班生廬」，可見湯漢注也是間接承襲了李善注。又例如，對《還江陵》之「途口」以及《歸去來》之「三徑就荒」的注釋，除個別字詞有所出入外，李公煥本全承李善注。到了明清，《文選》注更加成為箋注陶集者的重要參考。作為集大成的陶澍本陶集，直接援引李善注的次數更是達到空前的地步。對於《文選》收錄的這九首陶詩，陶澍本注釋總共五十餘條，其中有二十七條，也就是說有近半數的注釋，都引用了李善注，由此可見陶澍對李善注的重視。六臣注除了直接影響陶集注釋之外，往往也通過其他《文選》注本對陶集加以影響。明代重編、刪改《文選》之風盛行，萬曆年間張鳳翼《文選纂注》、陳與郊《文選章句》，天啟年間鄒思明《文選尤》等著作，在間附己見的同時，主要是糅合六臣注。

《文選》的一些陶詩注釋，之所以被後代陶集反覆徵引，主要是源於這些注釋的精良。與此同時，雖然有一些《文選》的陶詩注釋沒有在後來的陶集注釋中得到繼承，但依然不掩其光彩。它們都在陶詩經典化的過程中扮演著重要角色。就注陶而言，《文選》注，尤其是六臣注的精良之處主要體現在以下幾個方面：

第一，六臣注對陶詩尋常字句釋義精準。如《始作鎮軍參軍》之「被褐欣自得，屢空常晏如」二句，李善注：「《家語》曰：原憲衣冠弊，並月而食蔬，衎然有自得之志。《論語》子曰：回也，其庶乎，屢空。《漢書》曰：楊雄家產不過十金，室無簷石之儲，晏如也。」〔註12〕可見，李善通過對原憲、顏回、揚雄三位前賢故事的還原，再現了陶淵明安貧樂道的精神風貌。五臣注更為直

〔註11〕《宋尤袤刻本文選》（七），第 99 頁。
〔註12〕《宋尤袤刻本文選》（七），第 98 頁。

截了當：「褐，短衣也。屢空，謂貧，無財也。言身雖披短衣，家貧無資，常晏然欣然而無憂也。」〔註13〕對於陶詩的「屢空」，六臣皆以「貧」釋之，可謂精準。元吳師道《禮部集》的一段論述，可與六臣注相互映照：「自何晏注《論語》，以『空』為『虛無』意，本《莊子》，前儒多從之。朱子以回、賜，屢空、貨殖對言，故以『空匱』釋之。今此多『披褐』對『屢空』，又《飲酒》第十二首『顏生稱為仁，榮公言有道。屢空不獲年，長饑至於老』，以『屢空』對『長饑』，朱子之意正與之合。」〔註14〕吳師道認為，「屢空」之「空」並不是「虛無」之義，而是如朱熹所言，是「空匱」之義，陶淵明《飲酒》詩以「屢空」對「長饑」，正是「屢空」乃「空匱」之義的證明。空匱就是貧，就是無財，這與六臣的注解如出一轍，於此可見六臣釋義的精確。後來陶澍採吳師道之說注《靖節先生集》，也是對六臣注的肯定。

　　第二，在對陶詩篇章的把握上，後代眾說紛紜的闡釋往往令人有「歧路亡羊」之感，重返六臣注，有助於還原被逐漸遮蔽了的陶詩本義。如《詠貧士》一詩，李善揭示出孤雲、眾鳥的喻意後，五臣云「謂貧士無榮富之望」，又云「貧士量其微力，守其故跡，不為營求，常苦飢寒」，可謂平實而切中肯綮。〔註15〕到了湯漢本，則云「孤雲倦翮以興舉世皆依乘風雲，而己獨無攀援飛翻之志，寧忍飢寒以守志節，縱無知此意者，亦不足悲也」（《陶靖節先生詩》，卷四），從而吹響「忠憤注陶」的前奏。隨後，劉履變本加厲：「此亦靖節更歷世變，安貧守節，而歎人之莫我知也。……且所謂朝霞開霧喻朝廷之更新，眾鳥群飛比諸臣之趨附，而遲遲出林、未夕來歸者，則自況。」〔註16〕馬墣亦云「一日之更始比一代之更始，言晉更宋也」（《陶詩本義》，卷四），這些詮解雖然有助於考察注家的個人思想及其所處時代的風會思潮，但卻與陶詩原義漸行漸遠。對於《擬古詩》的解讀亦是如此。關於此詩主旨，五臣言簡意賅：「此言榮樂不常。」〔註17〕而劉履卻橫加比附曰：「日暮以比晉祚之垂沒，天無雲而風微和以喻恭帝暫遇開明溫煦之象」〔註18〕，馬墣亦云：「此首言千古之事，亂世常多而久，治世常少而不久也」（《陶詩本義》，卷四），強行將陶公帶有普

〔註13〕〔梁〕蕭統編，〔唐〕李善等注：《六臣注文選》，中華書局，1987 年版，第 494 頁。
〔註14〕〔元〕吳師道撰：《禮部集》，《四庫全書》，第 1212 冊，第 247 頁。
〔註15〕《六臣注文選》，第 561 頁。
〔註16〕《風雅翼》，第 109 頁。
〔註17〕《六臣注文選》，第 578 頁。
〔註18〕《風雅翼》，第 107 頁。

遍意義的人生思考闡釋為對政治現狀的指謫，實在是引申過度。湯漢身為南宋理學家，劉履更是元末遺民，忠君理想與亡國之痛，促使他們往往借陶詩之酒杯澆自己之塊壘。可見，相比於南宋後逐漸被忠晉思想掩蓋的陶詩，唐代六臣注保留了被扭曲的陶詩本義。

第三，六臣注能夠發掘甚至加深陶詩的意蘊之美。如《還江陵》一詩的「涼風起將夕，夜景湛虛明。昭昭天宇闊，晶晶川上平」四句，五臣注謂：「夜景，月也。湛，澄也。月有盈虛，故曰虛明。昭昭，晴明貌。天宇，謂天之覆地如屋宇也。闊，廣也。晶晶，謂月光照水上平淨貌。」〔註19〕五臣在清楚釋義的同時，用簡單的語言，點染了陶詩夜月平川的澄明之境。而《歸去來》「悅親戚之情話」一句，本已彌漫著家庭的溫馨氣息，李善注更通過對「《說文》：話，會合為善言也」〔註20〕的引用，發掘出日常話語的柔情善意，從而加深了陶詩的脈脈溫情。同樣，《雜詩》「山氣日夕佳，飛鳥相與還。此還有真意，欲辯已忘言」四句，李善注也極富感情：「《管子》曰：夫鳥之飛，必還山集谷也。《楚辭》曰：狐死必首丘，夫人孰能反其真情。王逸注曰：真，本心也。《莊子》曰：言者，所以在意也，得意而忘言。」〔註21〕由自然界的尋常現象而聯想到人類自身，李善注準確地捕捉到了詩人的潛在思緒。後來馬墣受李善注啟發，進而發出「飛鳥亦因之而還，而況於人乎」〔註22〕的感慨。這些正是六臣注迷人的地方，也是被後代陶集反覆徵引的原因。

第四，六臣注對陶詩喻義發掘精當。例如《詠貧士》一詩，開頭「萬族各有託，孤雲獨無依」，李善即云「孤雲，喻貧士也」；「朝霞開宿霧，眾鳥相與飛」，李善接著注云「喻眾人也」；「遲遲出林翮，未夕復來歸」，李善則云「亦喻貧士」。〔註23〕用三個「喻」字揭示出陶詩的比興之妙、對比之工。懷德堂本《文選》眉批即從李善注的後兩個「喻」字得到啟發，指出「兩層比喻，寓得貧士身份絕高」（見卷三十）。

第五，六臣尤其是李善頗為擅長尋繹陶詩的典故出處。如《還江陵》之「商歌非吾事，依依在耦耕」之句，李善注謂：「《淮南子》曰：寧戚商歌車下，而桓公慨然而悟。許慎曰：寧戚，衛人，聞齊桓公興霸，無因自達，將車

〔註19〕《風雅翼》，第107頁。
〔註20〕《宋尤袤刻本文選》（十一），第199頁。
〔註21〕《宋尤袤刻本文選》（八），第66頁。
〔註22〕《陶詩本義》，卷三。
〔註23〕《宋尤袤刻本文選》（八），第67頁。

自往。商，秋聲也。《莊子》卞隨曰：非吾事也。《論語》曰：長沮、桀溺耦而耕。」〔註24〕可見，李善準確地拈出寧戚以及長沮、桀溺的典故，並通過二者的顯著對比，不動聲色地闡明了詩人歸隱的心跡。

最後值得一提的是，《文選》注尤其是李善注引經據典的注釋方式，也為探尋陶詩淵源提供了線索。李善所引諸典籍，有說明詩歌背景的史書，也有解釋詞義的字書，但更多還是與陶詩相關的詩文作品，通過對這些引文的梳理，陶淵明學習前人的足跡可以被逐步凸顯出來。即使李善注的某些徵引，未必是陶詩的參考對象，但是通過對相似文獻的比較，也往往能夠在流動的歷史中呈現出陶詩的創新，從而奠定陶詩在詩歌史上的經典地位。例如陶詩「秋菊有佳色，裛露掇其英。泛此忘憂物，遠我遺世情」四句，李善注即引潘岳《秋菊賦》「泛流英於清醴，似浮萍之隨波」之句〔註25〕作對比，可見二人之作雖然在造語立意上有相似之處，但陶詩更加明白曉暢、興寄遙深，已遠非潘賦所能牢籠：同樣寫菊花酒，潘賦描繪的只是酒的情狀，而淵明卻是借酒抒懷；同樣寫採菊，潘賦「游女望榮而巧笑，鵷雛遙集而弄音，若乃真人採其實，王母接其葩」的大肆鋪陳，卻不及陶詩「秋菊有佳色，裛露掇其英」的寥寥數語自然盡妙。可見，李善注對相似文本的援引，往往能使陶詩的優勝之處得以發露，在兩相比較之中，使陶詩被襯托得愈發耀眼，從而強化了它們在詩歌史上的經典地位。

三、選篇：影響陶詩體式的評價

《文選》的選篇，體現出蕭統對陶詩詩體的取捨，對陶詩詩藝、詩情的過濾，它們在陶詩經典化的歷程中也發揮了不容小覷的作用。蕭統對陶詩詩體的取捨主要體現在他不取陶詩四言、但取陶詩五言上。對陶詩詩藝的過濾，主要是看其是否符合蕭統「義歸乎翰藻」的選詩標準；對陶詩詩情的過濾，則主要是看其是否符合蕭統「事出於沉思」的選詩標準。

首先來看《文選》對陶詩詩體的取捨。《文選》收錄的陶淵明作品，除《歸去來》乃「辭」體之外，其他八首均為五言詩，四言詩則一首未取。這也符合陶淵明詩歌創作的實際情況。在一百二十餘首陶詩中，百分之九十以上為五言詩，而四言詩只有九首，由此可見陶淵明自身也更傾向於使用五言詩體進行創

〔註24〕《宋尤袤刻本文選》（七），第 100 頁。
〔註25〕《宋尤袤刻本文選》（八），第 66 頁。

作。《文選》的取捨，反映了當時四言詩、五言詩的消長大勢及創作實情，當然也表明了蕭統對陶詩體式的態度。魏晉南北朝時期的詩歌創作實績表明，其時四言詩逐漸式微，五言詩則悄然興起。鍾嶸就曾指出四言「每苦文煩意少，故世罕習焉」，相反，「五言居文詞之要，是眾作之有滋味者也，故云會於流俗」，表明五言比四言在「指事造形，窮情寫物」方面更具優勢，故而詩人們也更加青睞五言。〔註26〕《文選》的選詩比例恰恰證實了這一現象：《文選》選詩共四百餘首，四言詩只有三十餘首，可見二者數量的懸殊。然而，四言詩作為繼承「風雅之道」的正統詩體，在魏晉南北朝時代的地位要高過五言詩，正如劉勰所言，「若夫四言正體，則雅潤為本；五言流調，則清麗居宗」〔註27〕，可見四言詩一度被視為以「雅潤為本」的「正體」，作為「流調」的五言在正統性上與四言尚有地位的懸殊。這一懸殊也體現在《文選》的編次上：《文選》以束皙的四言《補亡》詩開篇，並且四言詩多居於開頭幾類，而兼收四言、五言者，也以四言為先。當然，以四言詩居於五言詩之前，本來也符合詩歌的發展歷史。蕭統對四言詩「正體」地位的認同，不僅影響了《文選》的編次，也影響到陶集的編次：陶詩共四卷，其中四言詩一卷，被置於三卷五言詩之前。然而有趣的是，《文選》並沒有收錄四言陶詩，這是一個值得重視的問題。筆者認為：一方面，這固然與陶詩的創作比例有關；另一方面，這也表明了蕭統對陶詩體式的真實態度，即蕭統認為陶淵明五言詩的藝術造詣更高。

關於蕭統對五言陶詩藝術成就的肯定，還可舉一旁證。《文選》不僅選入八首五言陶詩，其「雜擬」部分還選入江淹的《雜體詩三十首》，此組詩的模擬對象，幾乎囊括了江淹之前的五言詩大家，並且，組詩模擬的也是各家最顯著的題材，其中對陶淵明的模擬為「陶徵君田居」，即反映出江淹對陶詩風格的定位。此組詩全部入選《文選》，不僅僅因為詩作惟妙惟肖，幾近亂真，可備擬詩之觀，更因為組詩勾勒出了五言詩的發展歷程，詩序「今作三十首詩，效其文體，雖不足品藻源流，庶亦無乖商榷」〔註28〕，即清楚地表明詩人追本溯源的創作意圖。而江淹對陶徵君田園的模擬，實際上正是對陶淵明田園詩貢獻的肯定，也是對陶詩在五言詩史上地位的肯定。因此可以說，蕭統在借江淹組詩總結五言詩史的同時，從側面反映出了其對陶淵明五言詩的肯定。這一舉

〔註26〕〔梁〕鍾嶸編，曹旭注：《詩品集注》，上海古籍出版社，2011 年版，第 43 頁。
〔註27〕《文獻雕龍注》，第 67 頁。
〔註28〕《宋尤袤刻本文選》（八），第 141 頁。

措也有利於陶淵明五言詩經典地位的形成。

蕭統的態度深刻地影響了後代對於陶詩體式的評價。對於陶淵明的五言詩，後代的讚美聲不絕於耳，然而四言詩卻有著不同的命運。雖然讚美四言陶詩者不乏其人，如溫汝能即評價《停雲》詩「斂翮」二句「狀鳥聲態，何等天然活妙」（見《陶詩匯評》，清嘉慶十一年順德溫氏刻本，卷一），王夫之也承認《時運》《歸鳥》是「四言之佳唱，亦柴桑之絕調也」〔註29〕。然而相比於五言陶詩，四言陶詩實則並不被很多評論家看好，陸時雍就曾表明「淵明《停雲》雖佳，然氣格亦晚」〔註30〕，直到朱自清，亦曾明確認定四言陶詩「實在無甚出色之處」，「歷來評論家推崇他的五言詩，因而也推崇他的四言詩，那是有所弊的偏見」。〔註31〕以上這些評價足以表明陶淵明四言詩、五言詩地位的升降沉浮。其實，陶淵明五言詩固佳，但四言詩也別有一番風味，尤其是與同時代那些僵死的四言詩相比，陶淵明的四言詩顯得鮮活靈動、生機盎然。如《答龐參軍》的「衡門之下，有琴有書。載彈載詠，爰得我娛。豈無他好，樂是幽居。朝為灌園，夕偃蓬廬」諸句，即能化《詩經》為己用，繪聲繪色地抒發了幽居之樂。正如明人李攀龍所言：「陶淵明四言詩，別具一段淵永溫婉之致，讀之使人心和氣平，頗有三百篇風味。」〔註32〕這正是被《文選》忽視的四言陶詩的魅力。而蕭統對不取其四言、獨取其五言的行動本身，正足以表明《文選》在選篇上對陶淵明五言詩經典化地位的確立所發生的重要作用。

再來看《文選》從詩藝與詩情視角對陶詩的過濾。《文選》從詩藝與詩情視角來取捨陶詩，與蕭統「事出於沉思，義歸乎翰藻」的選詩標準密切相關。鍾嶸曾評價陶詩「至如『歡言酌春酒』『日暮天無雲』，風華清靡，豈直為田家語耶」〔註33〕，對於鍾嶸所提及的這兩首「風華清靡」的陶詩，《文選》均予收錄。並且，《文選》收錄的其他陶詩，如《始作鎮軍參軍》的「眇眇孤舟遊，綿綿歸思紆」二句，儒縹堂本《文選》側批即云「下字斟酌」（見卷二十六），可見蕭統對詩歌語言藝術的重視。至於《歸去來》一篇，亦是因其自身卓越的

〔註29〕〔明〕王夫之著；李中華、李利民校點：《古詩評選》，上海古籍出版社，2011年版，第103頁。

〔註30〕〔明〕陸時雍評選；任文京，趙東嵐點校：《詩鏡》，河北大學出版社，2010年版，第87頁。

〔註31〕朱自清：《朱自清說詩》，長征出版社，2008年版，第251頁。

〔註32〕〔清〕李峻：《詩筏彙說》卷六，清乾隆醉古堂刻本，第6b頁。

〔註33〕《詩品集注》，第337頁。

文學性而入選《文選》，從而引起後代文人的廣泛關注，並影響到後代評論家對陶詩藝術特色的把握。魏慶之《詩人玉屑》即引休齋（陳知柔）之語，給予《歸去來》的藝術性以很高的評價：

> 陶淵明罷彭澤令，賦《歸去來》，而自命曰辭。迨今人歌之，頓挫抑揚，自協聲律，蓋其詞高甚。晉宋而下，欲追躡之不能。漢武帝《秋風詞》盡蹈襲《楚辭》，未甚敷暢；《歸去來》則自出機杼，所謂無首無尾，無終無始，前非歌而後非辭，欲斷而復續，將作而遽止；謂洞庭鈞天而不淡，謂霓裳羽衣而不綺，此其所以超然乎！先秦之世，而與之同軌者也。〔註34〕

陳氏通過《秋風詞》與《歸去來》的對比，肯定了後者在藝術上的獨創性，而《文選》「辭」類正好選入《秋風詞》和《歸去來》，陳氏之言正是蕭統之於《歸去來》藝術發掘的迴響。

《文選》選入的九首陶詩，憑藉其自身的藝術性，成為詩歌發展史上的經典之作，從而推動了陶詩的經典化歷程。《雜詩》（結廬在人境）成為經典陶詩之一，幾乎與陶淵明的名字如影隨形，其他幾首也廣受好評。《雜詩》（秋菊有佳色），李公煥本陶集即引民齋（薛季宣）之語「『秋菊有佳色』一語，洗盡古今塵俗氣」〔註35〕；《詠貧士》，儒纓堂本《文選》眉批云「一起高曠絕倫，說得貧士品題極高」（見卷三十）；《擬古詩》，懷德堂本《文選》題下批云「疏淡處正自近古，不擬其詞而擬其情，勝於士衡遠也」（見卷三十）；《輓歌詩》，明州本《文選》引祁寬語云：「自孔子曳杖之歌、曾子易簀之言已後，如靖節此詞，亦不多見矣」〔註36〕；而《讀山海經詩》更是深得後代文人的喜愛，陸游詩歌化用「愛吾廬」一詞多達數十次，可見對此詩的喜愛程度，陳仲醇也說「予謂淵明此詩最佳，詠歌再三，可想陶然之趣」（《陶詩匯評》，卷四）；至於《歸去來》更是陶淵明的傑作，懷德堂本《文選》題下批即云：「歐陽永叔謂兩晉文章，惟《歸去來》一篇，以其情真淡永，不染詞家之習氣耳。」（見卷四十五）以上種種，均可看出蕭統選陶詩的獨到眼光。當然，蕭統的審美傾向，也

〔註34〕〔宋〕魏慶之編，王仲聞校刊：《詩人玉屑》，古典文學出版，1958年版，第282～283頁。

〔註35〕〔晉〕陶潛撰，〔元〕李公煥箋：《箋注陶淵明集》卷三，四部叢刊景宋巾箱本，第14b頁。

〔註36〕〔梁〕蕭統選編，〔唐〕呂延濟等注：《日本足利學校藏宋刊明州本六臣注文選》，人民文學出版社，2008年版，第1761頁。

限制了對陶詩的選擇，對此後代文人多有不滿。元陳仁子因不滿蕭統選詩，自編《文選補遺》，選入陶詩大半。儒纓堂本《文選》朱批亦云「元亮詩超脫絕倫，昭明所選，乃其渾厚整齊者耳」（見卷二十六），懷德堂本《文選》朱批也表達過類似的觀點，「昭明選陶詩，僅取其整煉者，其天真爛漫之處甚多，渠未之及也」（見卷三十），可見，蕭統因過分重視「整煉」的文采，從而忽視了陶詩質直的一面。

除了「義歸乎翰藻」的藝術標準之外，蕭統「事出於深思」的內容抉擇，則直接關係到《文選》塑造出來的陶淵明形象。袁行霈曾指出陶詩主題的創新，主要在於徘徊回歸主題、飲酒主題、固窮安貧主題、農耕主題以及生死主題五大類。〔註37〕除了農耕主題《文選》未選之外，其他四類主題，《文選》收錄的陶詩都已涉及，並且非常具有典型性。首先，對於徘徊回歸主題，《始作鎮軍參軍》及《還江陵》二詩，清晰地記錄下詩人的出處行跡，對於陶淵明生平、思想的研究具有重要意義，同時又塑造出詩人不慕榮利的高潔形象。邱嘉穗謂此二詩「皆作客思歸之意，公自謂性愛閒靜，不慕榮利，於此詩起結數語，尤可想見」（見《東山草堂陶詩箋》，清光緒八年漢陽邱氏刻本，卷三），方東樹《昭昧詹言》亦云「清腴有穆如清風之味」〔註38〕。如果說此二詩是歸而不得，那麼《歸去來》則是真正的回歸，正如李長之所言：

> 這是陶淵明最後一次出仕而歸的作品，所以這篇作品在陶淵明的生活史上有著前一段的生活之總結性。最後，就陶淵明的一生論，那《歸去來兮辭》中的主題更幾乎是他所有作品中的基本情調，所以，它又特別有著代表性。〔註39〕

因此，邱嘉穗云此「篇中辨去就出處之分最明」（《東山草堂陶詩箋》，卷五）。其次，對於飲酒主題，《雜詩》二首即是代表。此二首在陶集中題為《飲酒》，《文選》題為《雜詩》乃是「一個幼稚的錯誤」〔註40〕，但這一失誤或許與蕭統對陶詩的解讀有關，其《陶淵明集序》即云「有疑陶淵明詩篇篇有酒，吾觀其意不在酒，亦寄酒為寄耳」，在蕭統看來，陶淵明並非酒徒，飲酒只是他寄興的方式。《文選》選入的這兩首詩，雖是飲酒主題，卻傳達出淵明超然忘

〔註37〕《陶淵明研究》，第 93～103 頁。
〔註38〕〔清〕方東樹著，汪紹楹點校：《昭昧詹言》，人民文學出版社，2006 年版，第 104 頁。
〔註39〕李長之：《陶淵明傳論》，天津人民出版社，2006 年版，第 65 頁。
〔註40〕《春蠶與止酒：互文性視域下的陶淵明詩》，第 263 頁。

俗的精神境界。儒緗堂本《文選》題下批即云「此等詩皆真氣團結，超然於牝牡驪黃之外，此當息心靜氣，默詠恬吟，自有會心處」（見卷三十），由此反映出淵明隱居生活的閒適超然。當然，固窮安貧也是詩人隱居生活的思想常態，《詠貧士》通過孤雲和飛鳥的兩層比喻，表明固窮安貧的決心，從而加深對隱居生活的堅定。《讀山海經》雖無一字涉及固窮安貧，但卻洋溢著幽隱讀書之樂，儒緗堂本《文選》眉批即云「得讀書真趣，小儒未曾夢見」（見卷三十），由此傳達出詩人安貧樂道的儒者情懷。蕭統《陶淵明集序》評價陶淵明「貞志不休，安道苦節，不以躬耕為恥，不以無財為病，自非大賢篤志，與道污隆，孰能如此乎！」這正是蕭統眼中的陶淵明形象，而《文選》收錄的陶詩，正完美地呈現了這樣的陶淵明形象。此外，《文選》還收錄了代表生死主題的《輓歌詩》，由此塑造出曠達灑脫的詩人形象，明州本《文選》眉批引祁寬語「屬纊之際，其於晝夜死生之道，了然如此，可謂達矣」〔註41〕，鄒思明《文選尤》眉批亦云「淵明所以脫屣名利，正見得此際分明」（見《文選尤》，明天啟刻本，卷五）。可見，《文選》意在塑造的是高潔曠遠的陶淵明形象，而這樣的詩人形象，則成為後代文人的典範和理想，由人品到詩品，極大地加速了陶詩的經典化歷程。

綜上所述，《文選》在異文、注釋、選篇三個方面，都曾給予陶詩經典化以極大的影響。《文選》異文，一方面可以校陶集之非；另一方面可與陶集並存，為陶詩提供多樣化的解讀。《文選》憑藉其注釋之詳，以及對陶詩尋常字句、比興喻義、典故出處、審美意蘊的精確解讀，成為後代箋釋陶集者的重要參考；六臣注因時代之早，有利於還原被後代忠晉思想遮蔽的陶詩本義，尤其是李善引經據典的注釋方式，為探尋陶詩的淵源提供了線索，並有利於從歷時的角度定位陶詩的創新。《文選》對陶詩體式的取捨，促進了五言陶詩經典地位的形成；《文選》在陶詩篇目上的選擇，一方面加速了陶詩經典篇目的詩史地位之奠定，另一方面也強化了陶淵明曠遠高潔的詩人形象之塑造。

〔註41〕《日本足利學校藏宋刊明州本六臣注文選》，第 1761 頁。

歷代《文選》刻本中的陶詩文獻輯說

在陶淵明詩文經典化過程中，蕭統發揮了舉足輕重的作用，他不僅寫了《陶淵明傳》，編次了《陶淵明集》，還在《文選》中選入八首陶詩，極大地擴大了陶淵明的影響，推動了陶淵明作品的傳播。到了唐代，李善、五臣相繼為《文選》作注，成為部分陶詩的較早注釋者。後代文人對《文選》的評點，往往涉及對陶淵明及其詩文的認知。《文選》在陶淵明詩文經典化過程中的作用，歷來學者多加肯定，然而從大處著眼者多，尚未見將一眾資料匯為一編者，因此筆者匯輯歷代《文選》刻本中有關陶詩的文獻，以期為陶淵明研究提供較為細緻的材料和更加多元的視角。

蕭統《文選》共選入八首陶詩，分別為：《始作鎮軍參軍經曲阿作》《辛丑歲七月赴假還江陵夜行途口》《輓歌詩》（荒草何茫茫）、《雜詩》（結廬在人境）、《雜詩》（秋菊有佳色）、《詠貧士》（萬族各有託）、《讀山海經詩》（孟夏草木長）、《擬古詩》（日暮天無雲）以及《歸去來》。

本文主要梳理了十八種《文選》刻本中的相關文獻。其中，李善注系統，筆者選取了南宋淳熙八年尤袤刻本（尤刻本）、明嘉靖年間汪諒刻本（汪諒本）、清乾隆年間儒纓堂刊本（儒纓堂本）、清乾隆年間周氏懷德堂刻本（懷德堂本）、清嘉靖年間胡克家刻本（胡刻本）五種。雖然儒纓堂本、懷德堂本舛訛甚多，遠不及尤刻本、胡刻本精良，但在胡刻本未出之前，作為流行甚廣的翻刻汲古閣本一系，仍有其不可替代的作用，況且此二種《文選》還保存有大量的批校。六臣注系統，筆者選取了《四部叢刊》影宋本（《叢刊》本）、明嘉靖年間潘惟德、潘惟時刻本（潘刻本），明萬曆年間徐成位刻本（徐成位本）三種。六家注系統，筆者選取了韓國所藏奎章閣本（奎章閣本）、日本足

利學校藏宋刊明州本（明州本）、明嘉靖年間袁褧刻本（袁褧本）三種。此外，明代重編、刪改、評點《文選》之風盛行，萬曆年間張鳳翼《文選纂注》（《纂注》）對六臣注刪繁就簡，並間附己見；萬曆年間陳與郊《文選章句》（《章句》），於原文多有發明；萬曆年間《文選刪注》（《刪注》）幾乎刪盡注釋，所幸寫刻了大量批語；萬曆年間馬維銘《天佚草堂重訂文選》（天佚草堂本）與六十卷本編次全不相同，多以作者係詩文；天啟年間，鄒思明選取部分《文選》篇章，編成《文選尤》一書，亦保存大量批語；崇禎年間閔齊華《文選瀹注》（《瀹注》）也於六臣注多有刪改。上述六種《文選》，頗存有明一代學風，可聊備一觀。清代胡嗣運《文選補箋》，於《歸去來》「或命巾車，或棹孤舟」一句考證頗詳，因此本文也予收錄。

　　本文梳理文獻，先列原文，原文以尤刻本為底本。在「輯校」部分，參校上述各本《文選》，依次列出異文；梳理各本《文選》的注評材料，依次羅列於相關語句下。在「辨說」部分，說明該篇在各本《文選》中的位置；與陶集相較，指出《文選》的特殊之處。至於各本《文選》中的批語，則視具體情況，或置於「輯校」部分，或置於「辨說」部分。

　　一、《始作鎮軍參軍經曲阿作一首》〔1〕陶淵明

　　〔2〕弱齡寄事外，委懷在琴書。〔3〕被褐欣自得，屢空常晏如。〔4〕時來苟宜會，宛轡憩通衢。〔5〕投策命晨旅，暫與園田疏。眇眇孤舟遊〔6〕，綿綿歸思紆。〔7〕我行豈不遙，登降〔8〕千里餘。目倦脩〔9〕途異，心念山澤居。望雲慚高鳥，臨水愧遊〔10〕魚。〔11〕真想初在衿〔12〕，誰謂形跡〔13〕拘？聊且憑化遷，終反〔14〕班生廬。〔15〕

　　【輯校】〔註1〕

　　〔1〕詩題，汪諒本、儒緗堂本、懷德堂本、胡刻本、奎章閣本、明州本、袁褧本同尤刻本；《叢刊》本、潘刻本、徐成位本、《纂注》《章句》《刪注》、天佚草堂本、《文選尤》題為「始作鎮軍參軍經曲阿作」；《瀹注》題為「始作鎮軍參軍經曲阿縣作」。各本題下多有注。尤刻本、汪諒本、儒緗堂本、懷德堂本、胡刻本：「五言。臧榮緒《晉書》曰：宋武帝行鎮軍將軍。」《叢刊》本、潘刻本、徐成位本、奎章閣本、明州本、袁褧本：「五言（按，袁褧本無「五言」二字）。善曰：臧榮緒《晉書》：宋武帝行鎮軍將軍。」《纂注》《瀹注》：

───────────────

〔註1〕　本文採用輯說形式，所用《文選》與陶集皆為古籍刻本，由於數量較多，且版本信息已隨文揭出，為省篇幅，不再重複羅列參考文獻。

「五言，（按，《瀹注》有「時」字）宋武帝行鎮軍將軍，潛為其參軍。曲阿，縣名。」《章句》、天佚草堂本：「臧榮緒《晉書》曰：宋武帝行鎮軍將軍。」《刪注》：「五言。」

〔2〕作者名，《纂注》《文選尤》《瀹注》為「陶潛」，其餘各本同尤刻本。〔註2〕各本作者名下多有注。尤刻本、汪諒本、儒縷堂本、懷德堂本、胡刻本：「沈約《宋書》曰：陶潛，字淵明，或云字元亮，潯陽人。少有高趣，為鎮軍建威參軍。後為彭澤令，解印綬去職，卒於家。」《叢刊》本、潘刻本、徐成位本：「善同濟注。濟曰：沈約《宋書》曰：陶潛，字淵明，或云字元亮，潯陽柴桑人。少有高趣，為鎮軍建威參軍。後為彭澤令，解綬去職。曲阿者，縣名。」奎章閣本、明州本、袁褧本：「濟曰：沈約《宋書》曰……潯陽柴桑人……縣名。善曰：沈約《宋書》曰……潯陽人……卒於家。（按，明州本省略善注，云「善同濟注」）」〔註3〕《纂注》《瀹注》：「潛（按，《瀹注》無「潛」字），字淵明，一字元亮，潯陽柴桑人。少有高趣，後為彭澤令，解綬（按，《纂注》無「解綬」二字）去職。」《章句》：「沈約《宋書》曰：淵明，潯陽柴桑人，為鎮軍建威參軍，後為彭澤令，去職。」天佚草堂本：「陶潛，字淵明，潯陽柴桑人。」

〔3〕「弱齡」二句，尤刻本、汪諒本、儒縷堂本、懷德堂本、胡刻本：「《晉中興書》簡文詔曰：會稽王，英秀玄虛，神棲事外。鄭玄《儀禮注》曰：委，安也。劉歆《遂初賦》曰：玩琴書以條暢。」《叢刊》本、潘刻本、徐成位本：「善曰：《晉中興書》簡文詔曰……玩琴書以條暢。翰曰：齡，年也。言我少年之時，寄心於事物之外，以琴書自安而已。」奎章閣本、明州本、袁褧本：「翰曰：齡，年也。委，安也。言我少年之時……以琴書自安而已。善曰：《晉中興書》簡文詔曰……玩琴書以條暢。」《纂注》：「齡，年也……以琴書自安而已。」儒縷堂本側批：「退敘。」懷德堂本側批：「追敘。」

〔4〕「被褐」二句，尤刻本、汪諒本、儒縷堂本、懷德堂本、胡刻本：「《家語》曰：原憲衣冠弊，並日（按，尤刻本「日」作「月」）而食蔬，衎然有自得之志。《論語》子曰：回也，其庶乎，屢空。《漢書》曰：楊雄家產不過十金，

〔註2〕 餘下七首陶詩、一篇陶文不再贅述。另，天佚草堂本卷六「憩詩」收錄「陶淵明八首」，即蕭統《文選》選入的八首陶詩，並於「陶淵明八首」題下注「陶潛，字淵明，潯陽柴桑人」，因此每首陶詩只列標題，不再列作者名。

〔註3〕 為行文簡潔，與上文重複的材料，用省略號代替。大同小異的材料，合併收錄，不同之處以按語的形式隨文標出，若是虛詞、異體字之差別以及明顯舛訛，則不再出按語。

室無簷石之儲，晏如也。」《叢刊》本、潘刻本、徐成位本：「善曰：《家語》曰……晏如也。良曰：褐，短衣也。屢空，謂貧，無財也。言身雖披短衣，家貧無資，常晏然欣然而無憂也。」奎章閣本、明州本、袁褧本：「良曰：褐，短衣也……言身（按，奎章閣本「身」作「我」）雖披短衣，家貧無資，常晏然欣樂而無憂也。善曰：《家語》曰……晏如也。」《纂注》：「褐，短衣也。屢空，謂貧也。」《瀹注》：「褐，短衣。」

〔5〕「時來」二句，尤刻本、汪諒本、儒縐堂本、懷德堂本、胡刻本：「盧子諒《答魏子悌詩》曰：遇蒙時來會。宛，屈也。言屈長往之駕，息於通衢之中。通衢，喻仕路也。毛萇《詩傳》曰：憩，息也。通衢，已見上文。」《叢刊》本、潘刻本、徐成位本：「善曰：盧子諒《答魏子悌詩》曰……毛萇《詩傳》曰：憩，息也。《東征賦》曰：遵通衢之大道。銑曰：宛，蓄也。言時命既來，且宜與之相會。將行徘徊，蓄轡息於通衢。」奎章閣本、明州本、袁褧本：「銑曰：宛，蓄也……蓄轡息於通衢。善曰：盧子諒《答魏子悌詩》曰……毛萇《詩傳》曰：憩，息也。通衢，已見上文。」《纂注》：「時命既來，且宜與之相會。宛，屈也。言屈長往之駕，息於仕路。憩，息也。」《刪注》側批：「宛，蓄也。」《瀹注》：「宛，屈也。」儒縐堂本側批、懷德堂本側批：「始作參軍。」

〔6〕「眇眇孤舟遊」之「遊」，儒縐堂本、懷德堂本、《文選尤》作「逝」；《叢刊》本、潘刻本、徐成位本、奎章閣本、明州本、袁褧本、《纂注》《刪注》作「逝」，並云善本作「遊」。《瀹注》作「逝」，眉批云「善逝作遊」。

〔7〕「投策」四句，尤刻本、汪諒本、儒縐堂本、懷德堂本、胡刻本：「《七命》曰：夸父為之投策。《楚辭》曰：安眇眇兮無所歸薄。又曰：縹綿綿之不可紆。王逸曰：綿綿，細微之思，難斷絕也。」《叢刊》本、潘刻本、徐成位本：「善曰：《七命》曰……難斷絕也。向曰：投，捨策杖也，謂捨所拄之杖，命早行之眾，將赴職，與田園漸疏也。眇眇，遠行貌。綿綿，不絕貌。紆，縈也。」奎章閣本、明州本、袁褧本：「向曰：投，捨策杖也……縈也。善曰：《七命》曰……難斷絕也。」《纂注》：「投，策捨杖也……縈也。」

〔8〕「登降千里餘」之「降」，《叢刊》本、潘刻本、徐成位本、《瀹注》眉批云五臣本作「陟」；奎章閣本、明州本、袁褧本作「陟」，並云善本作「降」。

〔9〕「目倦脩途異」之「脩」，汪諒本、潘刻本、徐成位本、《纂注》《章句》《刪注》《文選尤》作「修」。

〔10〕「臨水愧遊魚」之「遊」，《叢刊》本、潘刻本、徐成位本云五臣本作

「游」；奎章閣本、明州本、袁褧本、《章句》、天佚草堂本、《瀹注》作「游」。

〔11〕「我行」六句，尤刻本、汪諒本、儒纓堂本、懷德堂本、胡刻本：「仲長子《昌言》曰：古之隱士，或夫負妻戴，以入山澤。言魚鳥咸得其所，而己獨違其性也。《文子》曰：高鳥盡而良弓藏。《大戴禮》曰：魚游於水，鳥飛於雲。」《叢刊》本、潘刻本、徐成位本：「善曰：仲長子《昌言》曰……鳥飛於雲。銑曰：言我之行勞此長路，念山澤隱逸之居，故慚於魚鳥之適性。」奎章閣本、明州本、袁褧本：「銑曰：言我之行勞此長路……故慚於魚鳥之適性。善曰：仲長子《昌言》曰……鳥飛於雲。」

〔12〕「真想初在衿」之「衿」，《叢刊》本、潘刻本、徐成位本云五臣本作「襟」；奎章閣本、明州本、袁褧本、《纂注》《文選尤》《瀹注》作「襟」。

〔13〕「誰謂形跡拘」之「跡」，《叢刊》本、潘刻本、徐成位本云五臣本作「蹟」；奎章閣本、明州本、袁褧本作「蹟」，並云善本作「跡」。

〔14〕「終反班生廬」之「反」，《叢刊》本、潘刻本、徐成位本、《瀹注》眉批云五臣本作「及」；奎章閣本、明州本、袁褧本作「及」。

〔15〕「真想」四句，尤刻本、汪諒本、儒纓堂本、懷德堂本、胡刻本：「《淮南子》曰：全性保真，不虧其身。《老子》曰：脩之於身，其德乃真。王逸《楚辭》曰：保真，守玄默也。莊子謂惠子曰：孔子行年六十化。郭象曰：與時俱化也。班固《幽通賦》曰：終保己而貽則，里止（按，胡刻本「止」作「上」）仁之所廬。《漢書》曰：班彪與從兄嗣共遊學，家有賜書，楊子雲已下，莫不造門。」《叢刊》本、潘刻本、徐成位本：「善曰：《淮南子》曰……孔子行年六十而六十化……莫不造門。翰曰：真想謂無為之事，言此事久在胸襟，誰謂形之與蹟更被拘止，聊且復依憑運化之遷移，終當同班固里止仁所廬也。」奎章閣本、明州本、袁褧本：「翰曰：真想謂無為之事……終當同班固里止（按，奎章閣本「止」作「上」）仁所廬也。善曰：《淮南子》曰……孔子行年六十而六十化（按，奎章閣本作「孔子行年六十而化」）……莫不造門。」《纂注》《瀹注》：「（按，《纂注》有「真，玄默也。此理久在胸襟，誰謂形蹟能拘之哉？憑化遷，所謂與時推移，即赴鎮為參軍也，然終當返故廬耳，言出非所樂也」之語）班固《幽通賦》曰：里止仁之所廬。故云班生廬。（按，《纂注》有「此詩已見出非出心」之語）《章句》：「《莊子》曰：孔子行年六十而六十化。郭象曰：與時俱化也。班固《幽通賦》曰……莫不造門。」天佚草堂本：「《漢書》曰……莫不造門。」

-159-

【辨說】

關於各本《文選》，尤刻本、汪諒本、儒緗堂本、懷德堂本、胡刻本、《叢刊》本、潘刻本、徐成位本、奎章閣本、明州本、袁褧本均為六十卷，此詩位於卷二十六「行旅」名下；《纂注》《刪注》共十二卷，此詩位於卷六；《章句》共二十八卷，此詩位於卷十；天佚草堂本共三十卷，分文與詩兩大部分，文二十卷，詩十卷，其詩歌部分卷六「憩詩」收錄「陶淵明八首」，即蕭統《文選》選入的八首陶詩，此詩是八首中的第一首；《文選尤》共十四卷，此詩位於卷四；《瀹注》三十卷，此詩位於卷十三「行旅」名下。

與諸本陶集（包括宋刻遞修本、曾集本、湯漢本、李公煥本、焦竑本、蘇寫刻本）相較，《文選》中的陶詩異文與陶集去取多有不同，並且《文選》尚保留了諸本陶集中沒有的異文，如：「投策命晨旅」之「旅」，諸本陶集作「裝」；「終反班生廬」之「反」，李善注系統多作「反」，六臣及六家系統多作「及」，然此二字均為陶集所無，諸本陶集作「返」。

關於此詩，《文選尤》眉批云：「建鈇擁旄，而松風之夢故在。」他本批語有涉及對具體內容的評論，茲列如下：「弱齡」四句，儒緗堂本眉批：「因始作參軍，故追述從前，以見本意。」懷德堂本眉批：「為始作參軍，故追述以見本意。」《瀹注》眉批：「須是真寔語，絕無粉飾，有沖然之味。」「眇眇」二句，儒緗堂本側批、懷德堂本側批：「下字斟酌。」「時來」六句，《瀹注》側批：「拙。」「我行」二句，儒緗堂本側批、懷德堂本側批：「經曲阿。」「望雲」二句，儒緗堂本眉批：「慚愧魚鳥，而真想自存。其胸襟何等高曠。」「真想」二句，儒緗堂本側批、懷德堂本側批：「自得處。」「聊且」二句，儒緗堂本側批、懷德堂本側批：「與起應。」

二、《辛丑歲七月赴假還江陵夜行途口一首》〔1〕陶淵明

閒居三十載，遂與塵事冥。詩書敦宿好，林園無世〔2〕情。〔3〕如何捨此去，遙遙至西〔4〕荊。〔5〕叩栧〔6〕新秋月〔7〕，臨流別友生。〔8〕涼風起將夕，夜景湛虛明。昭昭天宇〔9〕闊，皛皛〔10〕川上平。〔11〕懷役不遑寐，中宵尚孤征。商歌非吾〔12〕事，依依在耦〔13〕耕。〔14〕投冠旋舊墟，不為好爵榮〔15〕。〔16〕養真衡茅下，庶以善自名。〔17〕

【輯校】

〔1〕詩題，汪諒本、儒緗堂本、懷德堂本、胡刻本、奎章閣本同尤刻本；《叢刊》本、潘刻本、徐成位本、《纂注》《章句》《刪注》、天佚草堂本、《文

選尤》《瀹注》題為「辛丑歲七月赴假還江陵夜行途口作」；明州本、袁裒本題為「辛丑歲七月赴假還江陵夜行途口作一首」。各本題下多有注。尤刻本、汪諒本、儒縷堂本、懷德堂本、胡刻本、《章句》：「五言（按，《章句》無「五言」二字）。沈約《宋書》曰：潛自以曾祖晉世宰輔，不復屈身後代，自高祖王業漸隆，不復肯仕。所著文章，皆題年月。義熙已前，則書晉氏年號；自永初已來，唯云甲子而已。江圖曰：自沙陽縣下流一百一十里，至赤圻，赤圻二十里，至途口也。」《叢刊》本、潘刻本、徐成位本：「五言。善曰：沈約《宋書》曰……至途口也。良曰：潛詩晉所作者，皆題年號，入宋所作者，但題甲子而已，意者恥事二姓，故以異之。江陵，郡名。途口，江口名。」奎章閣本、袁裒本：「五言。（按，袁裒本無「五言」二字）良曰：潛詩晉所作者……江口名。善曰：沈約《宋書》曰……至途口也。」明州本：「五言。良曰：潛詩晉所作者……江口名。善曰：江圖曰：自沙陽縣下流一百二十里，至赤圻，赤圻二十里，至途口也。」《纂注》：「五言。潛自以曾祖晉世宰輔……唯云甲子而已。江陵，郡名。途口，江口名。」《刪注》、天佚草堂本：「（按，《刪注》有「五言」二字）沈約《宋書》曰……唯云甲子而已。」《文選尤》眉批：「潛以曾祖晉世宰輔，恥屈身後代。凡詩在晉時，作者皆題年號；入宋所作，但題甲子而已。」《瀹注》：「五言。途口，江口名。潛自以曾祖晉世宰輔……唯云甲子而已。」

〔2〕「林園無世情」之「世」，《叢刊》本、潘刻本、徐成位本云五臣本作「俗」；奎章閣本、明州本、袁裒本作「俗」。

〔3〕「閒居」四句，尤刻本、汪諒本、儒縷堂本、懷德堂本、胡刻本：「《漢書》曰：司馬相如稱疾閒居。塵事，塵俗之事也。郭象《莊子注》曰：凡非真，皆塵垢矣。《說文》曰：冥，窈也。又曰：窈，深遠也。《左氏傳》趙襄（按，儒縷堂本、懷德堂本作「趙衰」）曰：郤縠（按，儒縷堂本、懷德堂本作「郤縠」）悅禮樂而敦詩書。《纏子》董無心曰：無心，鄙人也，不識世情。」《叢刊》本、潘刻本、徐成位本：「善曰：《漢書》曰……《左氏傳》趙衰曰：郤縠悅禮樂而敦詩書……不識世情。銑曰：閒居，靜居也。塵事，塵俗之事也。冥，遠。敦，厚也。宿好，謂舊所好也，幽隱之事而無俗塵也。」奎章閣本、明州本、袁裒本：「銑曰：閒居……宿好，謂舊所好也，幽隱之事而無俗塵也。（按，奎章閣本此句作「宿好，謂舊所好，有幽隱之事而無俗塵也」）善曰：《漢書》曰……《左氏傳》趙衰（按，奎章閣本作「趙襄」）曰……

不識世情。」《纂注》：「冥，遠也。敦，篤也。宿好，謂舊所好也。世情，謂世俗之情也。」儒縝堂本側批、懷德堂本側批：「因赴假，追敘。」

〔4〕「遙遙至西荊」之「西」，《叢刊》本、潘刻本、徐成位本、《瀹注》眉批云五臣本作「南」；奎章閣本、明州本、袁褧本作「南」，並云善本作「西」。

〔5〕「如何」二句，尤刻本、汪諒本、儒縝堂本、懷德堂本、胡刻本：「西，荊州也。時京都在東，故謂荊州為西也。」《叢刊》本、潘刻本、徐成位本：「善曰：西，荊州也……故謂荊州為西也。向曰：此謂林園也。南荊，荊州。遙遙，行貌。」奎章閣本、明州本、袁褧本：「向曰：此謂林園也……行貌。善曰：西，荊州也……故謂荊州為西也。」《纂注》《章句》、天佚草堂本：「時京都在東，故謂荊州為西。」儒縝堂本側批：「還江陵。」懷德堂本側批：「還金陵。」

〔6〕「叩枻新秋月」之「枻」，《叢刊》本、潘刻本、徐成位本、奎章閣本、明州本、袁褧本、《纂注》《章句》、天佚草堂本音注「曳」。

〔7〕「叩枻新秋月」之「新秋月」，儒縝堂本、《刪注》作「親月船」；《叢刊》本、潘刻本、徐成位本、奎章閣本、明州本、袁褧本作「親月船」，並云善本作「新秋月」；懷德堂本作「親月船」，側批云「一作新秋月」；《瀹注》眉批云五臣本「新秋月作親月船」。

〔8〕「叩枻」二句，尤刻本、汪諒本、儒縝堂本、懷德堂本、胡刻本：「《楚辭》曰：漁父鼓枻而去。王逸曰：叩船舷也。《楚辭》曰：臨流水而太息。《毛詩》曰：雖有兄弟，不如友生。」《叢刊》本、潘刻本、徐成位本：「善曰：《楚辭》曰……不如友生。濟曰：扣，擊也。枻，船傍版。親，愛也。友生，朋友也。」奎章閣本、明州本、袁褧本：「濟曰：扣，擊也……友生，朋友也。善曰：《楚辭》曰……不如友生。」《纂注》：「扣，擊也。枻，船傍版。友生，朋友也。」《刪注》側批：「枻，船枻，音曳，傍版也。」

〔9〕「昭昭天宇闊」之「宇」，儒縝堂本、懷德堂本作「與」，側批作「宇」。

〔10〕「皛皛川上平」之「皛」，《叢刊》本、潘刻本、徐成位本、奎章閣本、明州本、袁褧本、《纂注》《章句》、天佚草堂本、《文選尤》音注「胡了」。

〔11〕「涼風」四句，尤刻本、汪諒本、儒縝堂本、懷德堂本、胡刻本：「《淮南子》曰：甘瞑於大霄之宅，覺視於昭昭之宇。李顒《離思篇》曰：烈烈寒氣嚴，寥寥天宇清。《說文》曰：通白曰皛。皛，明也。」《叢刊》本、潘刻本、徐成位本：「善曰：《淮南子》曰……皛，明也。翰曰：夜景，月也。

湛，澄也。月有盈虛，故曰虛明。昭昭，晴明貌。天宇，謂天之覆地如屋宇
也。闊，廣也。晶晶，謂月光照水上平淨貌。」奎章閣本、明州本、袁裒本：
「翰曰：夜景……晴（按，奎章閣本「晴」作「清」）明貌……謂月光照水上
平淨貌。善曰：《淮南子》曰……晶，明也。」《纂注》：「湛，澄也。天宇即
宇宙之宇。通白曰晶。晶，明也。」《章句》：「《淮南子》曰……覺視於昭昭
之宇。《說文》曰：通白曰晶。晶，明也。」《刪注》眉批：「《淮南子》曰……
寥寥天宇清。」《瀹注》：「晶晶，白也。」儒縷堂本側批、懷德堂本側批：「夜
行。」

〔12〕「商歌非吾事」之「吾」，儒縷堂本作「吳」，側批作「吾」。

〔13〕「依依在耦耕」之「耦」，《纂注》《文選尤》《瀹注》作「偶」。

〔14〕「懷役」四句，尤刻本、汪諒本、儒縷堂本、懷德堂本、胡刻本：
「《毛詩》曰：不遑假寐。《淮南子》曰：寧戚商歌車下，而桓公慨然而悟。許
慎曰：寧戚，衛人，聞齊桓公興霸，無因自達，將車自往。商，秋聲也。《莊
子》卞隨曰：非吾事也。《論語》曰：長沮、桀溺耦而耕。」《叢刊》本、潘刻
本、徐成位本：「善曰：《毛詩》曰……長沮、桀溺耦而耕。良曰：遑，暇。宵，
夜。孤，獨。征，行也。寧戚商歌車下以干桓公，言此非我之事。長沮、桀溺
耦而耕，自逸我心。依依，慕之也。」奎章閣本、明州本、袁裒本：「良曰：
遑，暇……慕之也。善曰：《毛詩》曰……長沮、桀溺耦而耕。」《纂注》：「寧
戚商歌車下以干桓公，言此非我之事。耦耕，長沮、桀溺也。依依，慕之也。」
《章句》及《刪注》眉批：「《淮南子》曰：寧戚商歌車下，而桓公慨然而悟
（按，《章句》無「而悟」二字）。」《瀹注》：「商歌，寧戚所歌，以干齊桓公。」

〔15〕「不為好爵榮」之「榮」，懷德堂本側批作「縈」。

〔16〕「投冠」二句，尤刻本、汪諒本、儒縷堂本、懷德堂本、胡刻本：
「《周易》曰：我有好爵，吾與爾靡之。」《叢刊》本、潘刻本、徐成位本：「善
曰：《周易》曰……吾與爾靡之。銑曰：投此冠冕，將歸舊居，不以好爵為榮
華也。」奎章閣本、明州本、袁裒本：「銑曰：投此冠冕……不以好爵為榮華
也。善曰：《周易》曰……吾與爾靡之。」《纂注》：「投此冠冕……不以好爵為
榮華也。」

〔17〕「養真」二句，尤刻本、汪諒本、儒縷堂本、懷德堂本、胡刻本：
「曹子建《辯問》曰：君子隱居以養真也。衡，門。茅，茨也。范曄《後漢
書》馬援曰，吾從弟少遊曰：士生一時，鄉里稱善人，斯可矣。鄭玄《禮記

注》曰：名，令聞也。」《叢刊》本、潘刻本、徐成位本：「善曰：曹子建《辯問》曰……令聞也。向曰：衡茅，茅屋也。言養無為之道於茅宇之下，庶幾以為善名。」奎章閣本、明州本、袁褧本：「向曰：衡茅……庶幾以為善名。善曰：曹子建《辯問》曰……令聞也。」《纂注》：「衡茅，茅屋也。」儒縷堂本側批：「回應起意作結。」懷德堂本側批：「應起處，結。」

【辨說】

此詩，《纂注》《刪注》收錄於卷六；《章句》收錄於卷十；天佚草堂本錄為「陶淵明八首」中的第二首；《文選尤》收錄於卷四；《瀹注》收錄於卷十三「行旅」名下；其餘各本《文選》收錄於卷二十六「行旅」名下。

關於此詩異文，「昭昭天宇闊」之「宇」，儒縷堂本、懷德堂本作「與」，非；「商歌非吾事」之「吾」，儒縷堂本作「吳」，非。與諸本陶集相較，「遙遙至西荊」之「西」，「不為好爵榮」之「榮」，均為陶集所無，諸本陶集分別作「南」和「縈」。

儒縷堂本題下批、懷德堂本題下批，涉及對陶詩及《文選》選詩標準的評價，儒縷堂本云「元亮詩超脫絕倫，昭明所選，乃其渾厚整齊者耳。」懷德堂本云「陶詩超脫，昭明所取，僅得其整練渾厚者耳。」其他批語往往涉及對全詩及具體詩句的評價，《文選尤》眉批：「氣冷如水，味甘如醴。」《瀹注》眉批：「比前篇更沖淡。」儒縷堂本眉批：「一起便有塵外之想，可見靖節胸中一段光景。」儒縷堂本眉批：「寫夜行處，情景絕佳。」

三、《輓歌詩一首》[1] 陶淵明

荒草何茫茫，白楊亦蕭蕭。[2] 嚴霜九月中，送我出遠郊。[3] 四面無人居，高墳正嶕嶢[4]。馬為仰天鳴，風為自蕭條。幽室一已閉，千年不復朝。[5] 千年不復朝，賢達無奈何。向來相送人，各已歸其家[6]。親戚或餘悲，佗人亦已歌。死去何所道，託體同山阿。[7]

【輯校】

[1] 詩題，汪諒本、儒縷堂本、懷德堂本、胡刻本、奎章閣本、明州本、袁褧本同尤刻本；《叢刊》本、潘刻本、徐成位本、《章句》《刪注》、天佚草堂本、《瀹注》題為「輓歌詩」；《纂注》《文選尤》題為「輓歌」。各本題下多有注，尤刻本、汪諒本、胡刻本、《叢刊》本、潘刻本、徐成位本、奎章閣本、明州本、《纂注》《刪注》：「五言。」

〔2〕「荒草」二句，尤刻本、汪諒本、儒縉堂本、懷德堂本、胡刻本：
「《古詩》曰：四顧何茫茫，東風搖百草。又曰：白楊何蕭蕭，松柏夾廣路。
《楚辭》曰：風颯颯兮木蕭蕭。」《叢刊》本、潘刻本、徐成位本：「善曰：《古
詩》曰⋯⋯風颯颯兮木蕭蕭。銑曰：茫茫，廣大貌。蕭蕭，風吹聲。」奎章閣
本、明州本、袁褧本：「銑曰：茫茫⋯⋯風吹聲。善曰：《古詩》曰⋯⋯風颯颯
兮木蕭蕭。」

〔3〕「嚴霜」二句，尤刻本、汪諒本、儒縉堂本、懷德堂本、胡刻本：
「《楚辭》曰：冬又申之以嚴霜。《爾雅》曰：邑外曰郊。」《叢刊》本、潘刻
本、徐成位本：「善曰：《楚辭》曰⋯⋯邑外曰郊。良曰：代亡者稱我也。遠
郊，百里也。」奎章閣本、明州本、袁褧本：「良曰：代亡者稱我也⋯⋯百里
也。善曰：《楚辭》曰⋯⋯邑外曰郊。」《纂注》：「代亡者稱我也。」明州本
眉批：「九月中——按，靖節《自祭文》云：律中無射。正與此合。」

〔4〕「高墳正嶕嶢」之「嶕」，《叢刊》本、潘刻本、徐成位本、奎章閣
本、明州本、袁褧本、《纂注》《章句》、天佚草堂音注「慈遙」；《文選尤》音
注「巢」。「高墳正嶕嶢」之「嶢」，《叢刊》本、潘刻本、徐成位本、奎章閣
本、明州本、袁褧本、《纂注》《章句》、天佚草堂本、《文選尤》音注「堯」。
「嶕嶢」，尤刻本、汪諒本、儒縉堂本、懷德堂本、胡刻本、《章句》：「《字林》
曰：嶕嶢，高貌也。」《叢刊》本、潘刻本、徐成位本、奎章閣本、明州本、
袁褧本：「翰曰：嶕嶢，高貌。」

〔5〕「四面」六句，尤刻本、汪諒本、儒縉堂本、懷德堂本、胡刻本：
「蔡琰詩曰：馬為立踟躕。《漢書》息夫躬《絕命辭》曰：秋風為我吟。」
《叢刊》本、潘刻本、徐成位本：「善曰：《字林》曰：嶕嶢，高貌也。蔡琰
詩曰⋯⋯秋風為我吟。濟曰：助其悲哀。良曰：幽室，墳墓也。不復朝，無
生期也。」奎章閣本、明州本、袁褧本：「濟曰：助其悲哀。良曰：幽室⋯⋯
無生期也。善曰：《字林》曰：嶕嶢，高貌也。蔡琰詩曰⋯⋯秋風為我吟。」
《纂注》：「幽室⋯⋯無生期也。」

〔6〕「各已歸其家」之「家」，《章句》、天佚草堂本音注「居何」。

〔7〕「千年」八句，《叢刊》本、潘刻本、徐成位本、奎章閣本、明州
本、袁褧本：「銑曰：皆歸於此，故無奈何。向曰：言情有厚薄。翰曰：大
陵曰阿。」《纂注》：「皆歸於此，故無奈何。古人以死為歸，歸其家，言亦
死而復為親戚所悲，他人所歌也。」《瀹注》：「古人以死為大歸，言送我之

人，亦皆大歸，而為親戚所悲，他人所歌也。此《纂注》意，存之。」儒縷堂本側批：「了截。」

【辨說】

此詩，《纂注》《刪注》收錄於卷六；《章句》收錄於卷十；天佚草堂本錄為「陶淵明八首」中的第三首；《文選尤》收錄於卷五；《瀹注》收錄於卷十四「輓歌」名下；其餘各本收錄於卷二十八「輓歌」名下。關於此詩的題目，《文選》題為「輓歌詩一首」，在陶集中該詩為「擬輓歌辭三首」組詩的第三首。

多本《文選》批語涉及對詩人、詩作的評論，儒縷堂本題下批：「陶然達於生死之際，故出語灑脫，略無淒愴之音。陸士衡詩人，不能及也。」懷德堂本題下批：「五言。出語曠遠，寔能脫然於生死之際，非士衡輩所得夢見。」明州本眉批：「祁寬曰：昔人自作祭文、挽詩者，皆寓意騁詞，成於暇日。今考次靖節詩文，乃他絕筆於《祭》《挽》二篇，蓋並出於一時。屬纊之際，其於晝夜死生之道，了然如此，可謂達矣。要之，自孔子曳杖之歌、曾子易簀之言已後，如靖節此詞，亦不多見矣。」《文選尤》眉批：「淵明所以脫屣名利，正見得此際分明。」《瀹注》眉批：「只是淺語，但以自挽為奇耳，說得自自在在，不落哀境，是達死生語。如此方合自輓歌。」儒縷堂本眉批評論詩歌的開頭和結尾：「起處淒感，結處曠達，非真有得者，不能若此。」

四、《雜詩二首》〔1〕陶淵明

結廬在人境，而無車馬喧。〔2〕問君何能爾？心遠地自偏。〔3〕採菊東籬下，悠然望〔4〕南山。〔5〕山氣日夕佳，飛鳥相與還。此還〔6〕有真意，欲辯已忘言。〔7〕

秋菊有佳色，裛〔8〕露掇其英。汎此忘憂物，遠我達世情。〔9〕一觴雖獨進，杯盡壺自傾。〔10〕日入群動息，歸鳥趨林鳴。〔11〕嘯傲〔12〕東軒下，聊復得此生。〔13〕

【輯校】

〔1〕詩題，各本同尤刻本。儒縷堂本、懷德堂本、《叢刊》本、潘刻本、徐成位本、奎章閣本、明州本、《纂注》《刪注》《瀹注》題下注曰：「五言。」

〔2〕「結廬」二句，尤刻本、汪諒本、儒縷堂本、懷德堂本、胡刻本：「結，猶構也。」《叢刊》本、潘刻本、徐成位本：「善曰：結，構也。良曰：廬，室也。」奎章閣本、明州本、袁褧本：「良曰：結，構。廬，室也。善曰：結，

構也。」儒纓堂本側批、懷德堂本側批：「地偏。」

〔3〕「問君」二句，尤刻本、汪諒本、儒纓堂本、懷德堂本、胡刻本：「鄭玄《禮記注》曰：爾，助語也。《琴賦》曰：體清心遠邈難極。」《叢刊》本、潘刻本、徐成位本：「善曰：鄭玄《禮記注》曰……體清心遠邈難極。銑曰：問君何能如此者，自以發問，將明下文也。遠，謂心自幽遠，雖處喧境，如偏僻也。」奎章閣本、明州本、袁褧本：「銑曰：問君何能如此者……如偏僻也。善曰：鄭玄《禮記注》曰……體清心遠邈難極。」《纂注》：「偏，僻也。」

〔4〕「悠然望南山」之「望」，《章句》《文選尤》《瀹注》、儒纓堂本側批、懷德堂本側批作「見」。

〔5〕「採菊」二句，《叢刊》本、潘刻本、徐成位本、奎章閣本、明州本、袁褧本：「向曰：菊，香草，黃花，可以泛酒。悠然，遠貌。此得性自縱逸也。」儒纓堂本側批、懷德堂本側批：「心遠。」《瀹注》眉批：「見南山，果妙，不知何人改為望字。」

〔6〕「此還有真意」之「還」，奎章閣本作「間」。

〔7〕「山氣」四句，尤刻本、汪諒本、儒纓堂本、懷德堂本、胡刻本「《管子》曰：夫鳥之飛，必還山集谷也。《楚辭》曰：狐死必首丘，夫人孰能反其真情。王逸注曰：真，本心也。《莊子》曰：言者，所以在意也，得意而忘言。」《叢刊》本、潘刻本、徐成位本：「善曰：《管子》曰……得意而忘言。翰曰：日暮山氣蒙翠，所謂佳也。飛鳥晝遊，而夕相與歸於山林，此得天性自任者也。而我欲言此真意，吾亦自入真意也，故遺忘其言而無言也。」奎章閣本、明州本、袁褧本：「翰曰：日暮山氣蒙翠……故遺忘其言而無言也。善曰：《管子》曰……得意而忘言。」《章句》、天佚草堂本：「《管子》曰：夫鳥之飛，必還山集谷也。」

〔8〕「裛露掇其英」之「裛」，《叢刊》本、潘刻本、徐成位本、奎章閣本、明州本、袁褧本、《纂注》《章句》、天佚草堂本音注「於劫」。

〔9〕「秋菊」四句，尤刻本、汪諒本、儒纓堂本、懷德堂本、胡刻本：「《文字集略》曰：裛，坌衣香也，然露坌花亦謂之裛也。毛萇《詩傳》曰：掇，拾也。《毛詩》曰：微我無酒，以遨以遊。毛萇曰：非我無酒，可以忘憂也。潘岳《秋菊賦》曰：泛流英於清醴，似浮萍之隨波。《纏子》董無心曰：無心，鄙人也，不識世情。」《叢刊》本、潘刻本、徐成位本：「善曰：《文字集略》曰……不識世情。良曰：掇，採。英，花也。菊有佳色，故乘裛露而採之。泛

之於酒，自飲，天性故遠。達世上之情，不若我也。忘憂物，謂酒也。」奎章閣本、明州本、袁褧本：「良曰：掇，採……謂酒也。善曰：《文字集略》曰……不識世情。」《纂注》：「掇，拾也。菊有佳色，故乘裛露而採之。忘憂物，謂酒也。」《章句》：「《文字集略》曰……似浮萍之隨波。」《刪注》眉批：「潘岳《秋菊賦》曰……似浮萍之隨波。」天佚草堂本：「《文字集略》曰……然露坌花亦謂之裛也。」《瀹注》：「裛，纏也。掇，採也。乘其裛露而採之也。忘憂物，謂酒也。」《瀹注》眉批：「□□說忘憂、達世，亦覺味淺。率爾兩語，卻有無限趣味。」

〔10〕「一觴」二句，《叢刊》本、潘刻本、徐成位本、奎章閣本、明州本、袁褧本：「良曰：獨酌，獨進杯也。又自傾壺而滿之。」

〔11〕「日入」二句，尤刻本、汪諒本、儒纓堂本、懷德堂本、胡刻本：「《莊子》善卷曰：余日出而作，日入而息。《尸子》曰：晝動而夜息，天之道也。杜育詩曰：臨下覽群動。曹子建《贈白馬王彪》詩曰：歸鳥赴喬林。」《叢刊》本、潘刻本、徐成位本：「善曰：《莊子》善卷曰……歸鳥赴喬林。銑曰：眾物之群動者，日入皆息。故歸鳥趨飛於林而喧鳴也，此自合其真理，故言之。」奎章閣本、明州本、袁褧本：「銑曰：眾物之群動者……故言之。善曰：《莊子》善卷曰……歸鳥赴喬林。」《纂注》：「《莊子》善卷曰：余日出而作，日入而息。鳥趨林鳴，亦將息也。」

〔12〕「嘯傲東軒下」之「傲」，儒纓堂本、懷德堂本、胡刻本、《章句》作「慠」；《叢刊》本、潘刻本、徐成位本、奎章閣本、明州本、袁褧本云善本作「慠」；《瀹注》作「嗷」。

〔13〕「嘯傲」二句，尤刻本、汪諒本、儒纓堂本、懷德堂本、胡刻本：「郭璞《遊仙詩》曰：嘯傲遺俗，羅得此生。劉瓛《易注》曰：自無出有曰生，生，得性之始也。」《叢刊》本、潘刻本、徐成位本：「善曰：郭璞《遊仙詩》曰……得性之始也。向曰：嘯傲，超逸貌。軒，簷也。言自超逸於東簷之下，聊復得此達生之樂也。」奎章閣本、明州本、袁褧本：「向曰：嘯傲……聊復得此達生之樂也。善曰：郭璞《遊仙詩》曰：嘯慠遺俗，羅得此生（按，奎章閣本此句作「嘯慠遺俗，網聊復得此生」）……得性之始也。」《刪注》側批：「嘯傲，超逸貌。」懷德堂本側批：「達世情。」

【辨說】

此二首，《纂注》《刪注》收錄於卷七；《章句》收錄於卷十一；天佚草堂

本分別錄為「陶淵明八首」中的第四首和第五首;《文選尤》收錄於卷五;《瀹注》收錄於卷十五「雜詩」名下;其餘各本均收錄於卷三十「雜詩」名下。

關於這兩首詩歌的標題,《文選》題為「雜詩二首」,在陶集中此二首分別為「飲酒二十首」組詩的第五首和第七首。其中,第一首「悠然望南山」之「望」,「此還有真意」之「還」,雖然在陶集中得到了保留,但通行本陶集多作「見」和「中」,《文選》對「望」和「還」的選擇,可以為陶詩提供另一種解讀。

多本《文選》批語涉及對兩首詩的評論,第一首,儒縐堂本題下批:「此等詩皆真氣團結,超然於牝牡驪黃之外,此當息心靜氣,默詠恬吟,自有會心處。」懷德堂本題下批:「此等詩,一片皆真氣團結。」儒縐堂本眉批:「悠然心會,得意忘言,此情此景,誰能領取?」《文選尤》眉批:「悠然若會。」又《文選尤》眉批:「靜居青嶂裏,高嘯紫雲中。」《瀹注》眉批:「此詩大是妙境,第點出心遠真意,翻覺亦有痕。」第二首,儒縐堂本眉批:「惟達世斯克忘憂。忘憂,此在我不在彼也。晉人好談理,不能捨物情,陶陶於物上。尺意疑於王何之莊老、支許之佛乘矣。」《文選尤》眉批:「天籟清發。」

五、《詠貧士一首》[1] 陶淵明

萬族各有託,孤雲獨無依。[2] 曖曖虛中滅,何時見餘輝。[3] 朝霞開宿霧,眾鳥相與飛。[4] 遲遲出林翮,未夕復來歸。[5] 量力守故轍,豈不寒與饑。知音苟不存,已矣何所悲![6]

【輯校】

〔1〕詩題,汪諒本、儒縐堂本、懷德堂本、胡刻本、奎章閣本、明州本、袁褧本題為「詠貧士詩一首」;《叢刊》本、潘刻本、徐成位本、《纂注》《章句》《刪注》、天佚草堂本、《文選尤》《瀹注》題為「詠貧士」。各本題下多有注,尤刻本、汪諒本、儒縐堂本、懷德堂本、胡刻本、《叢刊》本、潘刻本、徐成位本、奎章閣本、明州本、《纂注》《刪注》《瀹注》:「五言。」

〔2〕「萬族」二句,尤刻本、汪諒本、儒縐堂本、懷德堂本、胡刻本:「孤雲,喻貧士也。陸機《鱉賦》曰:揔美惡而兼融,播萬族乎一區。《楚辭》曰:憐浮雲之相伴。王逸注曰:相伴,無依據之貌也。」《叢刊》本、潘刻本、徐成位本:「善曰:孤雲……無依據之貌也。翰曰:萬類各有所託附,而孤雲迥出,獨無所依,蓋以喻貧士也。」奎章閣本、明州本、袁褧本:「翰曰:萬類各有所託附……蓋以喻貧士也。善曰:孤雲……無依據之貌也。」《纂注》《瀹

注》及《刪注》側批：「孤雲，喻（按，《瀹注》「喻」為「比」）貧士也。」

〔3〕「曖曖」二句，尤刻本、汪諒本、儒縷堂本、懷德堂本、胡刻本：「王逸《楚辭》曰：曖曖，昏昧貌。陸機《擬古詩》曰：照之有餘輝。」《叢刊》本、潘刻本、徐成位本：「善曰：王逸《楚辭》曰⋯⋯照之有餘輝。良曰：曖曖，暗貌。言暗昧遊於虛中，終以消滅，何復見有光輝也，謂貧士無榮富（按，《叢刊》本「富」作「貴」）之望。」奎章閣本、明州本、袁褧本：「良曰：曖曖⋯⋯謂貧士無榮富之望。善曰：王逸《楚辭》曰⋯⋯照之有餘輝。」《纂注》《章句》及《刪注》側批：「曖曖，昏昧貌。（按，《纂注》有「謂貧士無榮富之望」之語）」

〔4〕「朝霞」二句，尤刻本、汪諒本、儒縷堂本、懷德堂本、胡刻本及《刪注》側批：「喻眾人也。」《叢刊》本、潘刻本、徐成位本：「善曰：喻眾人也。銑曰：早朝夜氣已開，眾鳥皆飛，喻眾人各有所營為也。朝霞謂早時，宿霧謂夜氣也。」奎章閣本、明州本、袁褧本：「銑曰：早朝夜氣已開⋯⋯宿霧謂夜氣也。善曰：喻眾人也。」《纂注》：「喻眾人各有所營為也。朝霞謂早時，宿霧謂夜氣也。」《瀹注》：「眾鳥比眾人。」

〔5〕「遲遲」二句，尤刻本、汪諒本、儒縷堂本、懷德堂本、胡刻本及《刪注》側批：「亦喻貧士。」《叢刊》本、潘刻本、徐成位本：「善曰：亦喻貧士。向曰：此謂困鳥遲遲緩舉其羽，未夕來歸，謂不及眾鳥之次。貧士亦不及眾人也。」奎章閣本、明州本、袁褧本：「向曰：此謂困鳥遲遲緩舉其羽⋯⋯貧士亦不及眾人也。善曰：亦喻貧士。」《纂注》：「喻貧士獨晏出早歸，與眾人殊也。」《瀹注》：「出林翩，亦比貧士也。眾人肯有所營，故早時即出。貧士獨無所營，故遲出早歸也。」

〔6〕「量力」四句，尤刻本、汪諒本、儒縷堂本、懷德堂本、胡刻本：「《左氏傳》晉荀吳曰：量力而行。又向戌曰：飢寒之不恤，誰能恤楚也。《古詩》曰：不惜歌者苦，但傷知音稀。《楚辭》曰：已矣，國無人兮莫我知。」《叢刊》本、潘刻本、徐成位本：「善曰：《左氏傳》晉荀吳曰⋯⋯國無人兮莫我知。濟曰：貧士量其微力，守其故跡，不為營求，常苦飢寒。知我者，且無矣，則為歎何所悲也。轍，跡也。知音，謂知我者也。苟，且也。已矣，歎也。」奎章閣本、明州本、袁褧本：「濟曰：貧士量其微力⋯⋯歎也。善曰：《左氏傳》晉荀吳曰：量力而行。又向戌（按，奎章閣本作「向秀」）曰：飢寒之不恤⋯⋯國無人兮莫我知。」《纂注》：「轍，跡也。知音，謂知我者。存，存問也。」

《瀹注》:「知者,知幾者也。」

【辨說】

此詩,《纂注》《刪注》收錄於卷七;《章句》收錄於卷十一;天伏草堂本錄為「陶淵明八首」中的第六首;《文選尤》收錄於卷五;《瀹注》收錄於卷十五「雜詩」名下;其餘各本均收錄於卷三十「雜詩」名下。在陶集中,此詩為「詠貧士七首」組詩的第一首。其中,「曖曖虛中滅」之「虛」,「何時見餘輝」之「輝」,均為諸本陶集所無,陶集分別作「空」和「暉」。

《文選》批語涉及對全詩評論的有:懷德堂本眉批:「兩層比喻,寓得貧士身份絕高。」《文選尤》眉批:「疏蕩淵深。」《瀹注》眉批:「澹然無塵。」涉及對具體詩句評論的有:儒緵堂本眉批:「一起高曠絕倫,說得貧士品題極高。」《瀹注》眉批:「起兩語卻來得陡然醒快。」「量力」二句,儒緵堂本側批:「有品。」「知音」二句,儒緵堂本側批:「已安貧素。」

六、《讀山海經詩一首》[1]陶淵明

孟夏草木長,繞屋樹扶疏。[2]眾鳥欣有託,吾亦愛吾廬。既耕亦已種,且還讀我書。窮巷隔深轍,頗回故人車。[3]歡言酌春酒,摘[4]我園中蔬。[5]微雨從東來,好風與之俱。[6]汎覽周王傳,流觀山海圖。[7]俛仰終宇宙,不樂復何如。[8]

【輯校】

[1]詩題,汪諒本、儒緵堂本、懷德堂本、胡刻本、奎章閣本同尤刻本;《叢刊》本、潘刻本、徐成位本、《纂注》《章句》《刪注》《瀹注》題為「讀山海經」;明州本、袁褧本題為「讀山海經一首」。各本題下多有注。尤刻本、汪諒本、儒緵堂本、懷德堂本、胡刻本、《刪注》:「五言。」《叢刊》本、潘刻本、徐成位本、奎章閣本、明州本、袁褧本:「五言(按,袁褧本無「五言」二字)。翰曰:《山海經》者,所記眾山、百川、草木、禽獸之書,潛讀之,因而發詠。」《纂注》《瀹注》:「五言。《山海經》者,所記眾山、百川、草木、禽獸(按,《瀹注》「草木、鳥獸」為「鳥獸、草木」)之書。」

[2]「孟夏」二句,尤刻本、汪諒本、儒緵堂本、懷德堂本、胡刻本:「《上林賦》曰:垂條扶疏。」《叢刊》本、潘刻本、徐成位本:「善曰:《上林賦》曰:垂條扶疏。銑曰:此先述時候。扶疏,謂枝葉四布貌。」奎章閣本、明州本、袁褧本:「銑曰:此先述時候……謂枝葉四布貌。善曰《上林賦》曰:垂條扶疏。」《纂注》:「扶疏,謂枝葉四布也。」懷德堂本側批:「興起。」

〔3〕「眾鳥」六句，尤刻本、汪諒本、儒纓堂本、懷德堂本、胡刻本及《刪注》眉批：「《漢書》曰：張負隨陳平至其家，乃負郭窮巷，以席為門，門外多長者車轍。《韓詩外傳》楚狂接輿妻曰：門外車轍何其深。」《叢刊》本、潘刻本、徐成位本：「善曰：《漢書》曰……門外車轍何其深。良曰：眾鳥皆欣此茂林之扶疏，而我亦愛我所居，蓋各得其所。向曰：大路車馬行多，故轍跡深也。頗，少也，言窮巷之曲，隔此大路，少能回故人之車以過我也，謂所居幽僻。」奎章閣本、明州本、袁褧本：「良曰：眾鳥皆欣此茂林之扶疏……蓋各得其所。向曰：大路車馬行多……謂所居幽僻。善曰：《漢書》曰……門外車轍何其深。」《纂注》：「大路車馬行多，故轍跡深。窮巷，則與此大路相隔也。回車，言車至此，多返去而不入，即《墨子》回車之回。」《瀹注》：「有車馬行多，則跡深。今居窮巷，故與之隔也。」懷德堂本側批：「真趣。」

〔4〕「擿我園中蔬」之「擿」，《叢刊》本、潘刻本、徐成位本、奎章閣本、明州本、袁褧本作「摘」，並云善本作「擿」；《刪注》《瀹注》作「摘」。

〔5〕「歡言」二句，《纂注》脫。尤刻本、汪諒本、儒纓堂本、懷德堂本、胡刻本：「張協《歸舊賦》曰：苦辭既接，歡言乃周。《毛詩》曰：為此春酒。」《叢刊》本、潘刻本、徐成位本：「善曰：張協《歸舊賦》曰……為此春酒。濟曰：蔬，菜也。」奎章閣本、明州本、袁褧本：「濟曰：蔬，菜也。善曰：張協《歸舊賦》曰……為此春酒。」

〔6〕「微雨」二句，尤刻本、汪諒本、儒纓堂本、懷德堂本、胡刻本：「《閑居賦》曰：微雨新晴。」《叢刊》本、潘刻本、徐成位本：「善曰：《閑居賦》曰：微雨新晴。翰曰：夏之暑熱，風雨俱來，清滌煩氣，故曰好風。」奎章閣本、明州本、袁褧本：「翰曰：夏之暑熱……故曰好風。善曰：《閑居賦》曰：微雨新晴。」

〔7〕「汎覽」二句，尤刻本、汪諒本、儒纓堂本、懷德堂本、胡刻本：「周王傳，《穆天子傳》也。山海圖，《山海經》也。」《叢刊》本、潘刻本、徐成位本：「善曰：周王傳……《山海經》也。銑曰：泛，溥也。周王傳，謂周穆王傳也。穆王車轍、馬跡遍於天下，故先溥覽之，然後流目於《山海經》也。圖，象也。」奎章閣本、明州本、袁褧本：「銑曰：泛，溥也……圖，象也。善曰：周王傳……《山海經》也。」《纂注》：「泛，溥也……圖，象也。」《章句》、天佚草堂本：「周王傳，《穆天子傳》也。」《瀹注》：「周王傳，《穆天子傳》也。山海圖，即《山海經》也。」懷德堂本側批：「醒題。」

〔8〕「俛仰」二句，尤刻本、汪諒本、儒縷堂本、懷德堂本、胡刻本：「《莊子》老聃曰：其疾也，俛仰之間，再撫四海之外。又善卷曰：余立於宇宙之中。《毛詩》曰：既見君子，云何不樂。」《叢刊》本、潘刻本、徐成位本：「善曰：《莊子》老聃曰……云何不樂。向曰：讀此書，俛仰之間，終見天下之事，可謂樂也。」奎章閣本、明州本、袁裝本：「向曰：讀此書……可謂樂也。善曰：《莊子》老聃曰……云何不樂。」

【辨說】

此詩，《纂注》《刪注》收錄於卷七；《章句》收錄於卷十一；天佚草堂本錄為「陶淵明八首」中的第七首；《文選尤》不錄；《瀹注》收錄於卷十五「雜詩」名下；其餘各本均收錄於卷三十「雜詩」名下。在陶集中，此詩為「讀山海經十三首」組詩的第一首。其中「且還讀我書」之「且」，諸本陶集作「時」。

懷德堂本題下批評論《文選》選詩標準：「昭明選陶詩，僅取其整煉者，其天真爛漫之處甚多，渠未之及也。」其他批語涉及對此詩內容及藝術的評價，儒縷堂本眉批：「得讀書真趣，小儒未曾夢見。」懷德堂本眉批：「此本第一首，故言讀書之興致如此。」《瀹注》眉批：「就淺景寫得入妙，大約皆以倘來得趣。」

七、《擬古詩一首》〔1〕陶淵明

日暮天無雲，春風扇微和。佳人美清夜，達曙酣且歌。〔2〕歌竟長歎息，持此感人多。明明雲間月，灼灼葉中花〔3〕。豈無一時好，不久當如何？〔4〕

【輯校】

〔1〕詩題，汪諒本、儒縷堂本、懷德堂本、胡刻本、奎章閣本、明州本、袁裝本同尤刻本；《叢刊》本、潘刻本、徐成位本、《纂注》《章句》《刪注》、天佚草堂本、《文選尤》《瀹注》題為「擬古詩」。各本題下多有注。尤刻本、汪諒本、儒縷堂本、懷德堂本、胡刻本、《纂注》《刪注》《瀹注》：「五言。」《叢刊》本、潘刻本、徐成位本、奎章閣本、明州本、袁裝本：「五言。（按，袁裝本無「五言」二字）良曰：此言榮樂不常。」《文選尤》眉批：「此詩言榮樂不常。」

〔2〕「佳人」二句，尤刻本、汪諒本、儒縷堂本、懷德堂本、胡刻本：「《尚書》曰：酣歌於室。」《叢刊》本、潘刻本、徐成位本：「善曰：《尚書》曰：酣歌於室。向曰：佳人，謂賢人也。美，猶愛也。樂酒曰酣。言天清風和，賢人愛此良夜，至明酣歌也。」奎章閣本、明州本、袁裝本：「向曰：佳人……

至明酺歌也。善曰：《尚書》曰：酺歌於室。」

〔3〕「灼灼葉中花」之「花」，儒緩堂本、懷德堂本作「華」。

〔4〕「歌竟」六句，《叢刊》本、潘刻本、徐成位本、奎章閣本、明州本、袁褧本：「銑曰：樂極悲來，故歌竟歎息，言是事多感於人心也。翰曰：灼灼，明也。言月滿則缺，花盛則落，好惡暫時，此安能久。當如何，言不可奈何。」《纂注》：「言月滿則缺……言不可奈何。」

【辨說】

此詩，《纂注》《刪注》收錄於卷七；《章句》收錄於卷十一；天佚草堂本錄為「陶淵明八首」中的第八首；《文選尤》收錄於卷五；《瀹注》收錄於卷十五「雜詩」名下；其餘各本均收錄於卷三十「雜擬」名下。在陶集中，此詩為「擬古九首」組詩的第七首。

多本《文選》批語涉及對此詩風格及情感的評價，儒緩堂本眉批云「不及古人之沉鬱，而其淡處、質處、疏散處，去古未遠。」懷德堂本題下批云「疏淡處正自近古，不擬其詞而擬其情，勝於士衡遠也。」《文選尤》眉批云「徹悟之言」。懷德堂本側批亦有評論具體詩句者，如云「日暮」二句「以興起」，「明明」二句「以比結」。

八、《歸去來一首》〔1〕陶淵明

歸去來兮，田園將蕪胡不歸！〔2〕既自以心為形役，奚惆悵而獨悲。〔3〕悟已往之不諫，知來者之可追。〔4〕實迷途其未遠，覺今是而昨非。〔5〕舟遙遙以輕颺，風飄飄而吹衣。〔6〕問征夫以前路，恨晨光之熹〔7〕微。〔8〕乃瞻衡宇，載欣載奔。〔9〕僮僕歡迎，稚〔10〕子候門。〔11〕三逕就荒，松菊猶存。〔12〕攜幼入室，有酒盈樽。引壺觴以自酌，眄〔13〕庭柯以怡顏。〔14〕倚南窗以寄傲〔15〕，審容膝之易安。〔16〕園日涉以成趣，門雖設而常〔17〕關。〔18〕策扶老以流憩，時矯首而遐〔19〕觀。〔20〕雲無心以〔21〕出岫，鳥倦〔22〕飛而知還。〔23〕景翳翳以將入，撫孤松而盤桓。〔24〕歸去來兮，請息交以絕遊。世與我而相遺，復駕言兮焉求？〔25〕悅親戚之情話，樂琴書以消憂。農人告余以春兮〔26〕，將有事乎西疇。〔27〕或命巾車，或棹孤舟。〔28〕既窈窕以尋壑，亦崎嶇而經丘。〔29〕木欣欣以向榮，泉涓涓而始流。〔30〕善萬物之得時，感吾生之行休！〔31〕已矣乎！寓形宇內復幾時，曷不委心任去留！〔32〕胡為遑遑欲何之？富貴非吾願，帝鄉不可期。〔33〕懷良辰以孤往，或植杖而耘耔〔34〕。〔35〕登東

皋以舒嘯，臨清流而賦詩。〔36〕聊乘化以歸盡，樂夫天命復奚疑！〔37〕

【輯校】

〔1〕詩題，汪諒本、胡刻本、奎章閣本、明州本、袁褧本同尤刻本；儒縷堂本、懷德堂本、《叢刊》本、潘刻本、徐成位本、《章句》《刪注》、天佚草堂本、《瀹注》題為「歸去來」；《纂注》《文選尤》題為「歸去來辭」。各本題下多有注。尤刻本、汪諒本、儒縷堂本、懷德堂本、胡刻本、《纂注》、天佚草堂本、《瀹注》：「序曰：余家貧，又心憚遠役，彭澤縣去家百里，故便求之。及少日，眷然有歸與之情，自免去職，因事順心，命篇曰《歸去來》。」《叢刊》本、潘刻本、徐成位本、明州本：「善曰：序曰……命篇曰《歸去來》（按，明州本此句為「故命篇云」）。銑曰：潛為彭澤令，是時郡遣督郵至，縣吏當束帶見督郵，潛乃歎曰：我不能為五斗米折腰，向鄉里小兒。乃自解印綬，將歸田園，因而命篇曰《歸去來》。」奎章閣本、袁褧本：「銑曰：潛為彭澤令……因而命篇曰《歸去來》。善曰：（按，奎章閣本有「歸去來」三字）序曰……命篇曰《歸去來》。」《瀹注》文末注：「潛為彭澤令，時郡遣督郵至，縣吏當束帶見。潛乃歎曰：我不能為五斗米折腰向鄉里小兒，乃自解印綬，歸田園。」

〔2〕「歸去」二句，尤刻本、汪諒本、儒縷堂本、懷德堂本、胡刻本：「《毛詩》曰：式微式微，胡不歸！」《叢刊》本、潘刻本、徐成位本：「善曰：《毛詩》曰：式微式微，胡不歸！良曰：蕪，謂草也。胡，猶何也。」奎章閣本、明州本、袁褧本：「良曰：蕪，謂草也。胡，猶何也。善曰：《毛詩》曰：式微式微，胡不歸！」《纂注》：「《詩》曰：式微式微，胡不歸！」

〔3〕「既自」二句，尤刻本、汪諒本、儒縷堂本、懷德堂本、胡刻本：「《淮南子》曰：是皆形神俱役者也。《楚辭》曰：惆悵兮而私自憐。」《叢刊》本、潘刻本、徐成位本：「善曰：《淮南子》曰……惆悵兮而私自憐。濟曰：思求於祿，故形屈而驅役，此我自為，何所惆悵而獨為悲？」奎章閣本、明州本、袁褧本：「濟曰：思求於祿……何所惆悵而獨為悲？善曰：《淮南子》曰……惆悵兮而私自憐。」

〔4〕「悟已」二句，尤刻本、汪諒本、儒縷堂本、懷德堂本、胡刻本：「《論語》楚狂接輿歌曰：往者不可諫，來者猶可追。」《叢刊》本、潘刻本、徐成位本：「善曰：《論語》楚狂接輿歌曰……來者猶可追。翰曰：心悟已往之事不可諫，而來事亦可追改，謂雖為官，今將歸去，是追改也。」奎章閣本、明州本、袁褧本：「翰曰：心悟已往之事不可諫……是追改也。善曰：《論語》楚狂

接輿歌曰……來者猶可追。」

〔5〕「寔迷」二句，尤刻本、汪諒本、儒纓堂本、懷德堂本、胡刻本：「迷途，已見丘遲《與陳伯之書》。莊子謂惠子曰：孔子行年六十而化，始時所是，卒而非之，未知今之所謂是之，非五十九非也。」《叢刊》本、潘刻本、徐成位本：「善曰：《楚辭》曰：回朕車而復路，及迷途之未遠。莊子謂惠子曰……非五十九非也。向曰：言如人行，迷失道路，尚猶未遠，可早回也，謂休仕也。」奎章閣本、明州本、袁褧本「向曰：言如人行……謂休仕也。善曰：迷途，已見丘遲《與陳伯之書》。莊子謂惠子曰……非五十九（按，奎章閣本有「年」字）非也。」《刪注》眉批：「《楚辭》曰……非五十九非也。」懷德堂本側批：「知幾。」

〔6〕「舟遙」二句，《叢刊》本、潘刻本、徐成位本、奎章閣本、明州本、袁褧本：「銑曰：行舟而歸也。」

〔7〕「恨晨光之熹微」之「熹」，《叢刊》本、潘刻本、徐成位本、奎章閣本、明州本、袁褧本、《章句》作「熹」，音注「許眉」；《刪注》《文選尤》《瀹注》作「熹」。

〔8〕「問征」二句，尤刻本、汪諒本、儒纓堂本、懷德堂本、胡刻本：「《毛詩》曰：駪駪征夫。《聲類》曰：熹，亦熙字也。熙，光明也。」《叢刊》本、潘刻本、徐成位本：「善曰：《毛詩》曰……光明也。良曰：問前路遠近也。熹微，日欲暮也。」奎章閣本、明州本、袁褧本：「良曰：問前路遠近也。熹微，日欲暮也。善曰：《毛詩》曰……光明也。」《章句》：「《聲類》曰：熹，亦熙，光明也。」《瀹注》：「熹，亦熙字，光明也。微者，日欲暮也。」

〔9〕「乃瞻」二句，尤刻本、汪諒本、儒纓堂本、懷德堂本、胡刻本：「《毛詩》曰：衡門之下，可以棲遲。」《叢刊》本、潘刻本、徐成位本：「善曰：《毛詩》曰……可以棲遲。良曰：衡宇，謂其所居衡門屋宇也。載，則也。欣則奔，喜而至也。」奎章閣本、明州本、袁褧本：「良曰：衡宇……喜而至也。善曰：《毛詩》曰……可以棲遲。」《纂注》：「衡宇……則也。」《瀹注》：「衡宇，所居衡門之宇也。《詩》曰……可以棲遲。隱者之居也。」

〔10〕「稚子候門」之「稚」，明州本、袁褧本作「稺」。

〔11〕「童僕」二句，尤刻本、汪諒本、儒纓堂本、懷德堂本、胡刻本：「《周易》曰：得僮僕，貞。《史記》曰：楚懷王稚子子蘭。」《叢刊》本、潘刻本、徐成位本：「善曰：《周易》曰……楚懷王稚子子蘭。濟曰：稚，小也。

候門，謂於門首伺候潛到也。」奎章閣本、明州本、袁褧本：「濟曰：雉（按，
奎章閣本作「稚」），小也。候門，謂於門首伺候潛到也。善曰：《周易》曰……
楚懷王稚子子蘭。」《纂注》：「稚，小也。候門，謂於門首伺候。」

〔12〕「三徑」二句，尤刻本、汪諒本、儒纓堂本、懷德堂本、胡刻本、
《章句》《瀹注》及《刪注》眉批：「《三輔決錄》曰：蔣詡，字元卿，舍中三
逕，唯羊仲、求仲從之遊，皆挫廉逃名不出。（按，《瀹注》有「三徑之名始此」
之語。）」《叢刊》本、潘刻本、徐成位本：「善曰：《三輔決錄》曰……皆挫廉
逃名不出。翰曰：昔蔣詡隱居幽深，開三徑，潛亦慕之。言久不行，已就荒蕪
也。」奎章閣本、明州本、袁褧本：「翰曰：昔蔣詡隱居幽深……已就荒蕪也。
善曰：《三輔決錄》曰……皆挫廉逃名不出。」《纂注》：「三徑，蔣詡事，言久
不行，已就荒蕪也。」

〔13〕「眄庭柯以怡顏」之「眄」，儒纓堂本、潘刻本、徐成位本、《纂注》
《刪注》作「盼」；懷德堂本作「盼」，側批作「眄」。

〔14〕「攜幼」四句，尤刻本、汪諒本、儒纓堂本、懷德堂本、胡刻本：
「《戰國策》曰：扶老攜幼，迎孟嘗君。嵇康《贈秀才詩》曰：旨酒盈樽。陸
機《高祖功臣頌》曰：怡顏高覽。」《叢刊》本、潘刻本、徐成位本：「善曰：
《戰國策》曰……怡顏高覽。向曰：柯，樹枝也。怡，悅也。言其枝柯相掩覆，
以為可榮，故悅也。」奎章閣本、明州本、袁褧本：「向曰：柯，樹枝也……
故悅也。善曰：《戰國策》曰……怡顏高覽。」

〔15〕「倚南窗以寄傲」之「傲」，《叢刊》本、潘刻本、徐成位本、奎章
閣本、明州本、袁褧本、《章句》、天佚草堂本音注「五到」。

〔16〕「倚南」二句，尤刻本、汪諒本、儒纓堂本、懷德堂本、胡刻本、
《刪注》眉批：「《韓詩外傳》北郭先生妻曰：今結駟列騎，所安不過容膝；食
方丈於前，所甘不過一肉。」《叢刊》本、潘刻本、徐成位本：「善曰：《韓詩
外傳》北郭先生妻曰……所甘不過一肉。銑同善注，言審思此事，則所須非廣，
亦可謂易安其身也。」奎章閣本、明州本、袁褧本：「銑曰：北郭先生妻云：
今結駟列騎，所安不過容膝。言審思此事，則所須非廣，亦可謂易安其身也。
善曰：《韓詩外傳》北郭先生妻曰……所甘不過一肉。（按，明州本省略善注，
並云「善同銑注」）」

〔17〕「門雖設而常關」之「常」，奎章閣本作「相」。

〔18〕「園日」二句，尤刻本、汪諒本、儒纓堂本、懷德堂本、胡刻本：

「《爾雅》曰：堂上謂之行，堂下謂之步，門外謂之趨，中庭謂之走。郭璞曰：此皆人行步趨走之處，因以名。趨，避聲也，七喻切。」《叢刊》本、潘刻本、徐成位本：「善曰：《爾雅》曰……七喻切。良曰：言田園之中，日日遊涉，自成佳趣。」奎章閣本、明州本、袁裒本：「良曰：言田園之中……自成佳趣。善曰：《爾雅》曰……七喻切。」《纂注》：「園中日遊涉，自成佳趣。」

〔19〕「時矯首而遐觀」之「遐」，《叢刊》本、潘刻本、徐成位本、《瀹注》眉批云五臣本作「遊」；奎章閣本、明州本、袁裒本作「遊」，並云善本作「遐」。

〔20〕「策扶」二句，尤刻本、汪諒本、儒縷堂本、懷德堂本、胡刻本：「《易林》曰：鳩杖扶老，衣食百口。王逸《楚辭注》曰：矯，舉也。」《叢刊》本、潘刻本、徐成位本：「善曰：《易林》曰……王逸《楚辭注》曰：矯，舉也。濟曰：周流而憩息也。」奎章閣本、明州本、袁裒本：「濟曰：策杖以扶老弱，周流而憩息也。矯，舉也。善曰：《易林》曰……王逸《楚辭注》曰：矯，舉也。」《章句》：「《易林》曰：鳩杖扶老，衣食百口。」

〔21〕「雲無心以出岫」之「以」，《纂注》《文選尤》作「而」。

〔22〕「鳥倦飛而知還」之「倦」，《叢刊》本、潘刻本、徐成位本云五臣本作「勌」；奎章閣本、明州本、袁裒本作「勌」，並云善本作「倦」。

〔23〕「雲無」二句，《叢刊》本、潘刻本、徐成位本、奎章閣本、明州本、袁裒本：「翰曰：言雲自然之氣，無心意以出於山岫之中，自喻心不營事，自為縱逸。言鳥晝飛勌而暮還故林，亦猶人日出而作，日入而息也。」懷德堂本側批：「比。」

〔24〕「景翳」二句，尤刻本、汪諒本、儒縷堂本、懷德堂本、胡刻本：「丁儀妻《寡婦賦》曰：時翳翳而稍陰，日曩曩以西墜。《爾雅》曰：盤桓，不進也。」《叢刊》本、潘刻本、徐成位本：「善曰：丁儀妻《寡婦賦》曰……不進也。向曰：撫，攀也。謂賞其堅貞，故盤桓而戀之。」奎章閣本、明州本、袁裒本：「向曰：撫，攀也……故盤桓而戀之。盤桓，行不進貌。善曰：丁儀妻《寡婦賦》曰……不進也。」懷德堂本側批：「託興。」

〔25〕「歸去」四句，尤刻本、汪諒本、儒縷堂本、懷德堂本、胡刻本：「《列子》曰：公孫穆屏親昵，絕交遊。桓子《新論》曰：凡人性，難極也，難知也。故其絕異者，常為世俗所遺失焉。《毛詩》曰：駕言出遊。又曰：知我者，謂我心憂；不知我者，謂我何求。」《叢刊》本、潘刻本、徐成位本：「善曰：《列子》曰……謂我何求。銑曰：焉，何也。」奎章閣本、明州本、

袁褧本：「銑曰：焉，何也。善曰：《列子》曰……謂我何求。」《章句》、天佚
草堂本、《刪注》眉批：「桓子《新論》曰：凡人性……常為世俗所遺失焉。」
《瀹注》：「《毛詩》有駕言出遊，此云駕言兮焉求，出遊之歇後語也。」

〔26〕「農人告余以春兮」之「兮」，汪諒本、儒縉堂本、懷德堂本、《叢
刊》本、潘刻本、徐成位本、奎章閣本、《章句》《刪注》、天佚草堂本、《文選
尤》《瀹注》作「及」；明州本、袁褧本脫。

〔27〕「悅親」四句，尤刻本、汪諒本、儒縉堂本、懷德堂本、胡刻本：
「《說文》曰：話，會合為善言也。劉歆《遂初賦》曰：玩琴書以滌（按，汪
諒本「滌」作「條」）暢。賈逵《國語注》曰：一井為疇。」《叢刊》本、潘刻
本、徐成位本：「善曰：《說文》曰……一井為疇。良曰：有事，謂耕作也。西
疇，謂潛所居之西也。疇，田也。」奎章閣本、明州本、袁褧本：「良曰：有
事……田也。善曰：《說文》曰……一井為疇。」《纂注》：「一井為疇。有事，
謂耕作也。」《瀹注》：「疇，一井也。」

〔28〕「或命」二句，尤刻本、汪諒本、儒縉堂本、懷德堂本、胡刻本：
「《孔叢子》孔子歌曰：巾車命駕，將適唐都。鄭玄《周禮注》曰：巾，猶衣
也。」《叢刊》本、潘刻本、徐成位本：「善曰：《孔叢子》孔子歌曰……猶衣
也。濟曰：巾，飾也，言裝飾其車，或舉棹於孤舟，將遊行也。」奎章閣本、
明州本、袁褧本：「濟曰：巾，飾也……將遊行也。善曰：《孔叢子》孔子歌曰……
猶衣也。」《纂注》：「巾車，有幕之車也。」《瀹注》：「巾，車之幕也。」《文
選補箋》：「本書江文通《擬古詩》『日暮巾柴車』注引此作『或巾柴車』。段氏
玉裁曰《周禮》『巾車』，鄭注：巾，猶衣也，此為未用之，先以衣籠之。又巾，
飾也，飾即拭字，以巾拂拭而用之也。故劉昌宗音居覲反。左思《吳都賦》『乃
巾玉輅』，正謂巾而出獵也。《左傳》『巾車脂轄』正同。此作『命巾車』，恐有
誤。（以上旁證）愚按：段校是也。『柴車』與下『孤舟』句偶，『巾』字與『棹』
字偶。《後漢書·謝夷傳》注：柴車，賤車也。《趙壹傳》：柴車，弊惡之車也。
《梁書·何點傳》『或架柴車』，意與此同。《風俗通》又謂柴車即鹿車，蓋以
弊惡言之，故謂之柴車，以窄小裁容一鹿，故又謂之鹿車。」

〔29〕「既窈」二句，尤刻本、汪諒本、儒縉堂本、懷德堂本、胡刻本：
「曹攄《贈石荊州詩》曰：窈窕山道深。埤蒼曰：崎嶇，不安之貌。」《叢刊》
本、潘刻本、徐成位本：「善曰：曹攄《贈石荊州詩》曰……不安之貌也。翰
曰：窈窕，長深貌。壑，澗水也。謂行船以尋之也。崎嶇，險也，駕車以涉之

也。」奎章閣本、明州本、袁褧本：「翰曰：窈窕……駕車以涉之也。善曰：曹攄《贈石荊州詩》曰……不安之貌也。」《纂注》：「窈窕，紆曲貌。」

〔30〕「木欣」二句，尤刻本、汪諒本、儒縷堂本、懷德堂本、胡刻本：「毛萇《詩傳》曰：欣欣，樂也。《家語》金人銘曰：涓涓不壅，為江為河。」《叢刊》本、潘刻本、徐成位本：「善曰：毛萇《詩傳》曰……為江為河。向曰：欣欣，春色貌。涓涓，泉流貌。」奎章閣本、明州本、袁褧本：「向曰：欣欣……泉流貌。善曰：毛萇《詩傳》曰……為江為河。」懷德堂本側批：「觀物。」

〔31〕「善萬」二句，尤刻本、汪諒本、儒縷堂本、懷德堂本、胡刻本：「《大戴禮》曰：君道當，則萬物皆得其宜。郭璞《遊仙詩》曰：吾生獨不化。《莊子》曰：其生若浮，其死若休。」《叢刊》本、潘刻本、徐成位本：「善曰：《大戴禮》曰……其死若休。銑曰：休，謂死也，言感吾人生行將死也。」奎章閣本、明州本、袁褧本：「銑曰：休，謂死也，言感吾人生行將死也。善曰：《大戴禮》曰……其死若休。」

〔32〕「已矣」三句，尤刻本、汪諒本、儒縷堂本、懷德堂本、胡刻本：「《尸子》老萊子曰：人生於天地之間，寄也。《琴賦》曰：委性命兮任去留。」《叢刊》本、潘刻本、徐成位本：「善曰《尸子》老萊子曰……委性命兮任去留。良曰：寓，寄也。曷，何也。言何不委棄常俗之心，任性去留也。」奎章閣本、明州本、袁褧本：「良曰：寓，寄也……任性去留也。善曰《尸子》老萊子曰……委性命兮任去留。」《刪注》眉批：「《琴賦》曰：委性命兮任去留。」

〔33〕「胡為」三句，尤刻本、汪諒本、儒縷堂本、懷德堂本、胡刻本：「《孟子》曰，《傳》云：孔子三月無君，則遑遑如也。《孔叢子》孔子歌曰：天下如一欲何之？《大戴禮》孔子曰：所謂賢人者，躬為匹夫，而不願富貴。《莊子》華封人謂堯曰：乘彼白雲，至於帝鄉。」《叢刊》本、潘刻本、徐成位本：「善曰：《孟子》曰……至於帝鄉。濟曰：帝鄉，仙都也。」奎章閣本、明州本、袁褧本：「濟曰：帝鄉，仙都也。善曰：《孟子》曰……至於帝鄉。」《刪注》側批、《瀹注》：「帝鄉，仙都也。」

〔34〕「或植杖而耘耔」之「耘」，《叢刊》本、潘刻本、徐成位本、奎章閣本、明州本、袁褧本、《章句》、天佚草堂本音注「云」。「或植杖而耘耔」之「耔」，《叢刊》本、潘刻本、徐成位本、奎章閣本、明州本、袁褧本注「音茲，協韻」；《章句》、天佚草堂本音注「茲」。

〔35〕「懷良」二句，尤刻本、汪諒本、儒縷堂本、懷德堂本、胡刻本：
「《東征賦》曰：選良辰而將行。《淮南子要略》（按，「淮南子要略」，懷德堂
本側批作「淮南王莊子略要」，底批云：「《淮南子要略》無此文，據江文通《雜
體詩‧十九》注，校。」）曰：山谷之人，輕天下，細萬物，而獨往者也。司
馬彪曰：獨往，任自然，不復顧世。《論語》曰：植其杖而耘。《毛詩》曰：或
耘或耔。」《叢刊》本、潘刻本、徐成位本：「善曰：《東征賦》曰⋯⋯或耘或
耔。翰曰：懷，安也。孤，獨也。言安此良辰，獨往田園，以習其性也。植杖，
謂插其所執之杖於田，以除田中之草也。耘耔，謂除草也。」奎章閣本、明州
本、袁褧本：「翰曰：懷，安也⋯⋯謂除草也。善曰：《東征賦》曰⋯⋯或耘或
耔。」《纂注》：「《毛詩》曰：或耘或耔。耘耔，謂除草也。」《刪注》眉批：
「《東征賦》曰⋯⋯而獨往者也。」《瀹注》：「耘耔，除草也。」懷德堂本側批：
「應田園。」

〔36〕「登東」二句，尤刻本、汪諒本、儒縷堂本、懷德堂本、胡刻本：
「阮籍《奏記》曰：將耕東皋之陽。毛萇《詩傳》曰：舒，緩也。《琴賦》曰：
臨清流而賦新詩。」《叢刊》本、潘刻本、徐成位本：「善曰：阮籍《奏記》曰⋯⋯
臨清流而賦新詩。向曰：東皋，營田之所也。春事起東，故云東也。皋，田也。」
奎章閣本、明州本、袁褧本：「向曰：東皋⋯⋯田也。善曰：阮籍《奏記》曰⋯⋯
臨清流而賦新詩。」《纂注》：「東皋，營田之所也。春事起東，故云東也。」

〔37〕「聊乘」二句，尤刻本、汪諒本、儒縷堂本、懷德堂本、胡刻本：
「《家語》孔子曰：化於陰陽，象形而發，謂之生；化窮數盡，謂之死。《莊子》
曰：生有所乎萌，死有所乎歸。《周易》曰：樂天知命，故不憂。」《叢刊》本、
潘刻本、徐成位本：「善曰：《家語》孔子曰⋯⋯故不憂。銑曰：聊，且也。乘
化，謂乘其運會也。歸盡，謂死也。奚，何也。」奎章閣本、明州本、袁褧本：
「銑曰：聊，且也⋯⋯何也。善曰：《家語》孔子曰⋯⋯故不憂。」《纂注》：
「乘化，謂乘其運會也。歸盡，謂同歸於盡也。」《章句》、天佚草堂本：「《家
語》孔子曰⋯⋯謂之死。」《刪注》：「《莊子》曰：生有所乎萌，死有所乎歸。」

【辨說】

此篇，《纂注》《刪注》收錄於卷十；《章句》收錄於卷十九「辭」類；天
佚草堂本「文」部分卷十六「海文」收錄陶文一篇，即《歸去來》，標「陶淵
明一首」，並注「陶潛，字淵明，潯陽柴桑人」；《文選尤》收錄於卷六「辭」
類；《瀹注》收錄於卷二十三「辭」類；其餘各本均收錄於卷四十五「辭」類。

　　關於此篇異文，「稚子候門」之「稚」，明州本、袁裝本作「雉」，非；「盼庭柯以怡顏」之「盼」，儒縷堂本、懷德堂本、潘刻本、徐成位本、《纂注》《刪注》作「盼」，非；「雲無心以出岫」之「以」，《纂注》《文選尤》作「而」，非。與諸本陶集相較，六臣及六家系統「時矯首而遊觀」之「遊」，尤刻本、胡刻本「農人告余以春兮」之「兮」，均為陶集所無，陶集分別作「遐」和「及」。此外，各本《文選》題下李善注所引序文，與陶集相比有詳略之別，李善注蓋是對原序的節略。

　　多本《文選》批語涉及對全篇及具體語句的評論，茲列如下：懷德堂本題下批：「歐陽永叔謂兩晉文章，惟《歸去來》一篇，以其情真淡永，不染詞家之習氣耳。」懷德堂本眉批：「前半是歸時事，後半是歸後情，知幾之哲，寄興之高，觀物之微，達生之妙，逐層寫出。」《文選尤》尾批：「陳古迂曰：夷曠蕭散，頓挫抑揚，自出機杼，一往深情，謂洞庭鈞天而不淡，謂霓裳羽衣而不綺，殆超乎先秦之世，而非晉宋諸賢所能追躡者。」《文選尤》眉批：「《源流至論》云：靖節之《歸去來辭》，有野鶴任風、閒鷗立海之狀，讀之令人清灑快適。」又：「岑華鏤管，眒澤雕鐘，員山靜瑟，浮瀛羽馨，兼有其妙。」又：「有萬物靜觀自得氣象。」又：「樂天知命，超然自得，何等襟懷。」《瀹注》眉批：「風格亦太楚騷，但騷侈此約，騷華此實，其妙處乃在無一語非真境，而語卻無一字不琢煉，總之成一種沖泊趣味，雖不是文章當行，要可稱逸品。」《文選尤》眉批評論行文結構：「晨光熹微，此晉室將亡之喻，感慨惻然。以上述歸去之由。『衡宇』至『行休』，述去後景物之美、交遊之樂。以下收盡一篇之旨。」懷德堂本眉批：「雲鳥是比，泉木是興。」又：「以田園自安，以嘯詠娛心，正是樂天知命處，於結處點出。」又：「一結，較《蘭亭敘》為高。」

　　以上為歷代《文選》刻本中與陶淵明詩文直接相關的材料。除此之外，諸本《文選》（《文選尤》除外）還收錄了江淹的《雜體詩三十首》，其中，第二十二首《陶徵君田居》雖非淵明作品，卻可反映出南北朝詩人對陶詩風格的定位與體認，並且，後代文人對此詩的評價，也間接地反映出他們對陶詩的理解，因此這裡對諸本批語擇要陳述：懷德堂本題下批云「淡處極得而所含已淺然，後人擬陶畢竟不及」；《瀹注》眉批云「句法僅相似，但總看覺色過妍耳」。李善及五臣注，不僅為後代學者的陶詩研究提供了參考，還往往牽涉到陶淵明研究中的重大問題。如江淹擬陶詩「日暮巾柴車」一句，「善曰：《歸去來》曰：或巾柴車。鄭玄《周禮注》曰：巾，猶衣也。翰曰：巾，飾也；柴

車,鹿車也。」上文中胡嗣運《文選補箋》即引此注,證明《歸去來》「或命巾車」當作「或巾柴車」。又如,《文選》收錄的謝瞻《王撫軍、庾西陽集別,時為豫章太守,庾被徵還東》一詩,成為李公煥箋注陶詩《於王撫軍座送客》的憑據,後代學者又依據《文選》注釋力證李公煥之非。再如,上文中陶詩《辛丑歲七月赴假還江陵夜行途口》題下注,李善說陶潛「所著文章,皆題年月,義熙已前,則書晉氏年號,自永初已來,唯云甲子而已」,後又經劉良發揮「潛詩晉所作者,皆題年號,入宋所作者,但題甲子而已,意者恥事二姓,故以異之」,從而開啟了後代「辨甲子」的公案。凡此種種,皆可看出《文選》在陶淵明研究中的重要作用。

歷代《文選》刻本中的《陶徵士誄》文獻輯說

　　顏延之乃陶淵明好友，是現存陶淵明資料的撰者中惟一見過陶淵明真實形象的人，其《陶徵士誄》一文深情追憶了淵明的高尚德操，並部分地還原了淵明的日常生活，因而也理所當然地成為後代形塑陶淵明形象之依據。蕭統《文選》不僅選錄了陶淵明的詩文，還收入了顏延之的《陶徵士誄》，從而也就進一步推動了陶淵明形象的經典化進程。故而本文匯輯歷代《文選》刻本中有關顏誄的文獻，以期為陶淵明研究提供較為豐富的材料和更為廣闊的視角。

　　本文梳理諸本《文選》相關文獻，先列原文，原文以尤刻本為底本。在「輯校」部分，參校諸本《文選》（汪諒本、儒緙堂本、懷德堂本、胡刻本、《叢刊》本、潘刻本、徐成位本、奎章閣本、明州本、袁褧本、《文選纂注》《文選章句》《文選刪注》《天佚草堂重訂文選》《文選尤》《文選瀹注》《文選補箋》），依次列出異文；梳理諸本《文選》的注評材料，依次羅列於相關語句下。在「辨說」部分，先指出顏誄在諸本《文選》中位置之異同，再匯輯諸本《文選》中相關之批語。〔註1〕

　　《陶徵士誄一首並序》[1] 顏延年 [2]

　　夫璿玉致美，不為池隍之寶；[3] 桂椒信芳，而非園林之實。[4] 豈

───────────────

〔註1〕本文梳理文獻時所用體例及《文選》版本與筆者所撰《歷代〈文選〉刻本中的陶詩文獻輯說》相同，可互參。

其 [5] 深而好遠哉？蓋云殊性而已。故無足而至者，物之藉也：隨踵而立者，人之薄也。[6] 若乃巢高之抗行，夷皓之峻節。[7] 故已父老堯禹，錙銖周漢。[8] 而綿世浸遠，光靈不屬。[9] 至使菁華隱沒，芳流歇絕，不其惜乎！[10] 雖今之作者，人自為量。而首 [11] 路同塵，輟途殊軌者多矣。豈所以昭末景、汎餘波 [12] ！[13] 有晉徵士尋 [14] 陽陶淵明，南嶽之幽居者也。[15] 弱不好弄，長實素心。[16] 學非稱師，文取指達。[17] 在眾不失其寡，處言愈 [18] 見其默。[19] 少而貧病，居無僕妾。[20] 井臼弗任，藜菽不給。[21] 母老子幼，就養勤匱。[22] 遠惟田生致親之議，追悟毛子捧檄之懷。初辭州府三命，後為彭澤令。[23] 道 [24] 不偶物，棄官從好。[25] 遂乃解體世紛，結志區外 [26]。定跡深棲，於是乎遠。[27] 灌畦鬻蔬，為供魚菽之祭。[28] 織絢 [29] 緯蕭，以充糧粒之費。[30] 心好異書，性樂酒德。[31] 簡棄煩促 [32]，就成省曠。[33] 殆所謂國爵屏貴，家人忘貧者與？[34] 有詔徵為著作郎，稱疾不到。春秋若干，元嘉四年月日，卒於尋陽縣之某里。近識悲悼，遠士傷情。冥默福應，嗚呼淑貞！[35] 夫實以誄華，名由諡高，苟允德義，貴賤何筭焉？[36] 若其寬樂令終之美，好廉克己之操，有合諡典，無愆前志。故詢諸友好，宜諡曰靖節徵士。[37]

其辭 [38] 曰：物尚孤 [39] 生，人固介立。[40] 豈伊時遘，曷云 [41] 世及？[42] 嗟乎若士！望古遙集。[43] 韜此洪族，蔑彼名級。[44] 睦親之行，至自非敦。[45] 然諾之信，重於布言 [46]。[47] 廉深簡絜，貞夷粹溫。[48] 和而能峻，博而不繁 [49]。[50] 依世尚同，詭時則異。有一於此，兩非 [51] 默置。豈若夫子，因心違 [52] 事？[53] 畏榮 [54] 好古，薄身厚志。[55] 世霸虛禮，州壤推風 [56]。孝惟義養，道必懷邦 [57]。[58] 人之秉彝，不隘不恭。[59] 爵同下士，祿等上農。[60] 度量難鈞，進退可限。[61] 長卿棄官，稚賓自免。[62] 子之悟之，何悟之辯？[63] 賦詩歸來，高蹈獨善。[64] 亦既超曠，無適非心。[65] 汲流舊巘，葺宇家林。[66] 晨煙暮藹，春煦秋陰。[67] 陳書輟卷，置酒弦琴。居備勤儉，躬兼貧病。人否其憂，子然其命。[68] 隱約就閒，遷延辭聘。非直也明，是惟道性。[69] 糾纆 [70] 斡流，冥漠報施 [71]。[72] 孰云與仁？實疑明智。[73] 謂天蓋高，胡愆斯義？[74] 履信曷憑？思順何寘？[75] 年在中身，疢維痁 [76] 疾。[77] 視死如歸，臨凶若吉。[78] 藥劑弗嘗，禱

祀 [79] 非恤。[80] 儵 [81] 幽告終，懷和長畢。嗚呼哀哉！[82] 敬述靖
[83] 節，式尊遺占 [84]。[85] 存不願豐，沒無求贍。省訃 [86] 卻賻，
輕哀薄斂。[87] 遭壤以穿，旋葬而窆 [88]。嗚呼哀哉！[89] 深心追往，
遠情逐化。[90] 自爾介居，及我多暇。[91] 伊好之洽，接閭鄰舍。宵盤
晝憩，非舟非駕。[92] 念昔宴私，舉觴相誨。獨正者危，至方則礙 [93]。
[94] 哲人卷舒，佈在前載。取鑒不遠，吾規子佩。[95] 爾實愀然，中
言而發 [96]。[97] 違眾速尤，迕風先蹶。[98] 身才非實，榮聲有歇。[99]
叡音永矣，誰箴余闕？嗚呼哀哉！[100] 仁焉而終，智焉而斃。[101] 黔
婁既沒，展禽亦逝。[102] 其在先生，同塵往世。[103] 旌此靖節，加彼
康惠。嗚呼哀哉！[104]

【輯校】〔註2〕

[1] 詩題，汪諒本、胡刻本、奎章閣本、明州本、袁褧本同尤刻本；儒
縉堂本、懷德堂本、《叢刊》本、潘刻本、徐成位本、《纂注》《刪注》《瀹注》
題為「陶徵士誄並序」；《章句》、天佚草堂本、《文選尤》題為「陶徵士誄」。
各本題下多有注。尤刻本、汪諒本、儒縉堂本、懷德堂本、胡刻本：「何法盛
《晉中興書》曰：延之為始安郡，道經尋陽，常飲淵明舍，自晨達昏。及淵明
卒，延之為誄，極其思致。」《叢刊》本、潘刻本、徐成位本：「善曰：何法盛
《晉中興書》曰……極其思致。銑曰：陶潛隱居，有招禮徵為著作郎，不就，
故謂徵士。」〔註3〕奎章閣本、明州本、袁褧本：「銑曰：陶潛隱居……故謂徵
士。延年為始安郡，道從潯陽，飲酒潛舍，自晨達昏。及潛卒，延之為誄，極
其思致也。善曰：何法盛《晉中興書》曰……極其思致。」《纂注》《瀹注》：
「陶潛隱居……故謂徵士。延之為始安郡……極其思致也。」《章句》、天佚草
堂本：「有序。何法盛《晉中興書》曰……極其思致。」《刪注》《文選尤》：「延
之為始安郡……極其思致。」

[2] 作者名，《纂注》《瀹注》、懷德堂本側批為「顏延之」，其餘各本同
尤刻本。

[3] 「夫璿」二句，尤刻本、汪諒本、儒縉堂本、懷德堂本、胡刻本、《章

〔註2〕 本文採用輯說形式，所用《文選》皆為古籍刻本，版本信息已隨文揭出，不再
重複羅列參考文獻。

〔註3〕 為行文簡潔，與上文重複的材料，用省略號代替。大同小異的材料，合併收錄，
不同之處以按語的形式隨文標出，但若是虛詞、異體字以及明顯舛訛，則不再
出按語。

句》、天佚草堂本：「《山海經》曰：升山，黃酸之水出焉，其中多璿玉。《說文》曰：璿，亦璿字。」《叢刊》本、潘刻本、徐成位本、奎章閣本、明州本、袁褧本：「（按，奎章閣本有「向曰：璿，美玉也。隍，城池也」之語）善曰：《山海經》曰……亦璿字。」

[4]「桂椒」二句，尤刻本、汪諒本、儒縷堂本、懷德堂本、胡刻本：「《春秋運斗樞》曰：椒桂連，名士起。宋均曰：桂、椒，芬香，美物也。《山海經》曰：招搖之山多桂。又曰：琴鼓之山多椒。」《叢刊》本、潘刻本、徐成位本、奎章閣本、明州本、袁褧本：「善曰：《春秋運斗樞》曰……琴鼓之山多椒。」《章句》：「《春秋運斗樞》曰：椒桂連，名士起。」

[5]「豈其深而好遠哉」之「其」，《叢刊》本、潘刻本、徐成位本、明州本、袁褧本、《纂注》《章句》《刪注》、天佚草堂本、《瀹注》、懷德堂本側批作「期」；奎章閣本作「期」，並云「善本作其」。

[6]「豈其」六句，尤刻本、汪諒本、儒縷堂本、懷德堂本、胡刻本：「言物以希為貴也。藉，資藉也。《韓詩外傳》曰：晉平公遊於河而樂，曰：安得賢士與之樂此也？船人蓋胥跪而對曰：夫珠出於江海，玉出於崑山，無足而至者，由主君之好也。士有足而不至者，蓋君主無好士之意也，何患無士乎！言人以眾為賤也。薄，賤薄也。《戰國策》齊宣王曰：百世一聖，若隨踵而生也。此亦不以文而害意。」《叢刊》本、潘刻本、徐成位本：「善曰：言物以希為貴也……此亦不以文而害意。向曰：璿，美玉也。隍，城池也。翰曰：言人以難得為貴，易致為賤也。淳于髡一日獻七士於齊宣王，王曰：百世一聖，若隨踵而至，今何士之多乎？藉，資。踵，跡。薄，輕也。」奎章閣本、明州本、袁褧本：「（按，明州本、袁褧本有「向曰：璿，美玉也。隍，城池也。」之語）翰曰：言人以難得為貴，易致為賤也。晉平公遊於河曰：安得賢士與之樂此？船人蓋胥跪而對曰……士有足而不至者，蓋君之不好也。淳于髡一日獻七士於齊宣王……薄，輕也。善曰：藉，資藉也。（按，奎章閣本有「《韓詩外傳》曰：晉平公遊於河而樂……何患無士乎」之語）人以眾為賤也，薄，賤薄也。《戰國策》齊宣王曰：百世（按，奎章閣本「世」作「代」）一聖，若隨踵而生也。此亦不以文而害意。」明州本眉批：「《韓詩外傳》：何患無士乎？」《纂注》：「言人以難得為貴，易致為賤也。藉，資藉。薄，賤之也。《韓詩外傳》曰……何患無士乎！淳于髡一日獻七士於齊宣王……今何士之多乎？」《刪注》側批：「言人以難得為貴，易致為賤。」又《刪注》眉批：「《韓

詩外傳》曰……何患無士乎！」《文選尤》眉批：「藉，資藉也。薄，賤薄也。言難得為貴，易致為賤。」《瀹注》：「物之藉，言為物所資藉；人之薄，言為人所輕薄也。」

[7]「若乃」二句，尤刻本、汪諒本、儒繆堂本、懷德堂本、胡刻本：「皇甫謐《逸士傳》曰：巢父者，堯時隱人也。《莊子》曰：堯治天下，伯成子高立為諸侯。堯授舜，舜授禹，伯成子高棄為諸侯而耕。《史記》曰：伯夷、叔齊，孤竹君之子也，隱於首陽山。《三輔三代舊事》曰：四皓，秦時為博士，辟於上洛熊耳山西。禰衡書曰：訓夷、皓之風。」《叢刊》本、潘刻本、徐成位本：「善曰：皇甫謐《逸士傳》曰……伯成子高辭為諸侯而耕……訓夷、皓之風。良曰：巢父，堯時隱者。伯成子高，禹時隱者。伯夷，周時隱者。四皓，漢時隱者。」奎章閣本、明州本、袁褧本：「良曰：巢父……漢時隱者。善曰：皇甫謐《逸士傳》曰……訓夷、皓之風。」《章句》：「《莊子》曰：堯治天下……伯成子高辭為諸侯而耕。《三輔舊事》曰：四皓……辟於上洛熊耳山西。」《刪注》眉批：「《莊子》曰：堯治天下……伯成子高辭為諸侯而耕。」《瀹注》：「巢高，巢父、伯成子高也。一為堯時隱人，一為禹時隱人。夷皓，伯夷、四皓。為周漢隱人。」

[8]「故已」二句，尤刻本、汪諒本、儒繆堂本、懷德堂本、胡刻本：「范曄《後漢書》曰：郅惲謂鄭敬曰：子從我為伊、呂乎？將為巢、許乎？而父老堯、舜乎？《禮記》孔子曰：儒有上不臣天子，下不事諸侯，雖分國如錙銖，有如此者。鄭玄曰：雖分國以祿之，視之輕如錙銖矣。」《叢刊》本、潘刻本、徐成位本：「善曰：范曄《後漢書》曰……視之輕如錙銖矣。濟：言此數人秉行守節，以其身輕細堯、禹、周、漢如平君之父老，錙銖猶輕細也。」奎章閣本、明州本、袁褧本：「濟曰：言此數人秉行守節……錙銖猶輕細也。善曰：范曄《後漢書》曰……視之輕如錙銖矣。」《纂注》：「父老堯、禹，言視堯、禹如一父老。謂巢父伯成子高也。錙銖周漢，言視周漢如錙銖。謂伯夷四皓也。」《刪注》眉批：「《後漢書》：郅惲謂鄭敬曰……而父老堯、舜也？」《瀹注》：「父老堯舜，為堯舜之父老也。錙銖周漢，視周漢若錙銖也。」

[9]「而綿」二句，尤刻本、汪諒本、儒繆堂本、懷德堂本、胡刻本、《章句》：「《東觀漢記》曰，上賜東平王蒼書曰：歲月騖過，山陵浸遠。今魯國孔氏尚有仲尼車輿冠履。明德盛者，光靈遠也。」《叢刊》本、潘刻本、徐成位本：「善曰：《東觀漢記》曰……光靈遠也。良曰：綿，歷。浸，漸也。言歷代

漸遠，此人光景神靈不相連屬也。」奎章閣本、明州本、袁褧本：「良曰：綿，歷……此人光景神靈不相連屬也。善曰：《東觀漢記》曰……光靈遠也。」《纂注》：「綿，歷也。浸，漸也。言世遠而此風漸微也。」《刪注》側批：「言光景神靈不相連屬。」又《刪注》眉批：「《東觀漢記》曰……光靈遠也。」

[10]「至使」三句，《叢刊》本、潘刻本、徐成位本、奎章閣本、明州本、袁褧本：「銑曰：菁，英也。」《瀹注》：「菁，英也。」

[11]「而首路同塵」之「首」，儒縷堂本、奎章閣本作「道」；懷德堂本作「道」，側批作「首」；《叢刊》本、潘刻本、徐成位本、《瀹注》眉批云五臣本作「道」；明州本、袁褧本作「道」，並云善本作「首」；《刪注》底批云：「首，作道。」

[12]「豈所以昭末景、汎餘波」之「昭」，《叢刊》本、潘刻本、徐成位本、《瀹注》眉批云五臣本作「照」；奎章閣本作「照」；明州本、袁褧本作「照」，並云善本作「昭」。「豈所以昭末景、汎餘波」之「汎」，《叢刊》本、潘刻本、徐成位本、明州本、袁褧本、《纂注》《刪注》《文選尤》《瀹注》作「泛」；奎章閣本作「泛」，並云「善本作汎字」。

[13]「雖今」五句，尤刻本、汪諒本、儒縷堂本、懷德堂本、胡刻本：「《論語》子曰：作者七人。《老子》曰：和其光而同其塵。陸機《俠邪行》曰：將遂殊途軌，要子同歸津。陸機詩曰：惆悵懷平素，豈（按，儒縷堂本、懷德堂本「豈」作「愷」）樂於茲同；堂宴棲末景，遊豫躡餘蹤。《尚書》曰：餘波入於流沙。」《叢刊》本、潘刻本、徐成位本：「善曰：《論語》子曰……餘波入於流沙。向曰：言今之作為此道者，人人自以為大量，觀其道路，可與古人同其清塵，及其中途輟止，使其跡殊變者多矣，豈所以照明古人末景、泛浮餘波也。」奎章閣本、明州本、袁褧本：「向曰：言今之作為此道者……泛浮餘波也。善曰：《論語》子曰……餘波入於流沙。」《纂注》：「人自為量，言人人自成局量也。此其初跡尚與古人同，其清塵及其中途輟止，便與古人殊矣。」《瀹注》：「人自為量，各自為局量也。首雖與古作者相同，而後漸異也。」

[14]「有晉徵士尋陽陶淵明」之「尋」，奎章閣本、《文選尤》側批作「潯」。

[15]「有晉」二句，尤刻本、汪諒本、儒縷堂本、懷德堂本、胡刻本：「《禮記》曰：儒有幽居而不淫。」《叢刊》本、潘刻本、徐成位本：「善曰：《禮記》曰：儒有幽居而不淫。翰曰：尋陽，郡（按，潘刻本「郡」作「鄉」）

名也。淵明，潛字也。」奎章閣本、明州本、袁褧本：「翰曰：尋（按，奎章
閣本作「潯」）陽，郡名也。淵明，潛字也。善曰：《禮記》曰：儒有幽居而不
淫。」《纂注》：「尋陽，郡名。淵明，潛字。」

[16]「弱不」兩句，尤刻本、汪諒本、儒縷堂本、懷德堂本、胡刻本：
「《左氏傳》郤芮對秦伯曰：夷吾弱不好弄，長亦不改。《禮記》曰：有哀素之
心。鄭玄曰：凡物無飾曰素。」《叢刊》本、潘刻本、徐成位本：「善曰：《左
氏傳》郤芮對秦伯曰……凡物無飾曰素。濟曰：弱，少也。素，無飾也。」奎
章閣本、明州本、袁褧本：「濟曰：弱，少也。素，無飾也。善曰：《左氏傳》
郤芮對秦伯曰……凡物無飾曰素。」《纂注》：「《左氏傳》郤芮對秦伯曰：夷吾
弱不好弄。凡物無飾曰素。」《瀹注》：「素心者，凡物無飾曰素也。」

[17]「學非」二句，《叢刊》本、潘刻本、徐成位本、奎章閣本、明州本、
袁褧本：「良曰：學雖可為人師，終不稱其德。文章但取指適為達，不以浮華
為務也。」《纂注》：「學雖可為人師，終不以是見稱。文取達意，不以浮華為
務。」《瀹注》：「學非稱師，言學可為人師，而終不以是見稱也。」

[18]「處言愈見其默」之「愈」，《叢刊》本、潘刻本、徐成位本、明州
本、袁褧本、《纂注》《章句》《刪注》、天佚草堂本、《文選尤》《瀹注》作「逾」；
奎章閣本作「逾」，並云「善本作愈字」。

[19]「在眾」二句，《叢刊》本、潘刻本、徐成位本、奎章閣本、明州本、
袁褧本：「銑曰：跡（按，奎章閣本、明州本「跡」作「亦」）在於事，心出於
物，故雖同於人，而不失清寡靜默之道也。逾，益也。」《纂注》：「惟蘊藉，
故雖處眾不覺其多。惟當理，故雖發言，益見其默。」

[20]「少而」二句，尤刻本、汪諒本、儒縷堂本、懷德堂本、胡刻本：
「范曄《後漢書》曰：黃香家貧，內無僕妾。」《叢刊》本、潘刻本、徐成位
本、奎章閣本、明州本、袁褧本：「善曰：范曄《後漢書》曰：黃香家貧，內
無僕妾。」

[21]「井臼」二句，尤刻本、汪諒本、儒縷堂本、懷德堂本、胡刻本：
「《列女傳》曰：周南大夫之妻謂其夫曰：親探井臼，不擇妻而娶。」《叢刊》
本、潘刻本、徐成位本：「善曰：《列女傳》曰……不擇妻而娶。向曰：汲井春
臼，不任其勞；採藜取菽，不給其食。藜，草。菽，豆。皆貧之食也。」奎章
閣本、明州本、袁褧本：「向曰：汲井春臼……皆貧之食也。善曰：《列女傳》
曰……不擇妻而娶。」《纂注》：「汲井春臼……菽，豆也。」

　　[22]「母老」二句，尤刻本、汪諒本、儒縉堂本、懷德堂本、胡刻本：「《禮記》曰：事親左右，就養無方。」《叢刊》本、潘刻本、徐成位本：「善曰：《禮記》曰：事親左右，就養無方。翰曰：勤，苦。匱，乏也。」奎章閣本、明州本、袁褧本：「翰曰：勤，苦。匱，乏也。善曰：《禮記》曰：事親左右，就養無方。」《纂注》：「勤，苦也。匱，乏也。」

　　[23]「遠惟」二句，尤刻本、汪諒本、儒縉堂本、懷德堂本、胡刻本：「《韓詩外傳》曰：齊宣王謂田過曰：吾聞儒者親喪三年，君之與父孰重？田過對曰：殆不如父重。王忿曰：則曷為去親而事君？田對曰：非君之土地，無以處吾親；非君之祿，無以養吾親；非君之爵，無以尊顯吾親；受之於君，致之於親。凡事君者亦為親也。宣王愀然無以應之。范曄《後漢書》曰：盧江毛義，字少卿。家貧，以孝稱。南陽人張奉慕其名，往候之。坐定而府檄適到，以義守令。義捧檄而入，喜動顏色。奉者，志尚之士，心賤之，自恨來，固辭而去。及義母死，去官行服。數辟公府為縣令，進退必以禮。後舉賢良，公車徵，遂不至。張奉歎曰：賢者固不可測，往日之喜，為親屈也。」《叢刊》本、潘刻本、徐成位本：「善曰：《韓詩外傳》曰……為親屈也。濟曰：惟，思也。同善注。」明州本：「濟曰：惟，思也。余同下注。善曰：《韓詩外傳》曰……為親屈也。」奎章閣本、袁褧本：「濟曰：惟，思也。田過謂齊宣王曰：非君之地，無以處吾親；非君之爵祿，無以養吾親；非君之爵位，無以尊吾親；受之於君，致之於親。凡事君者，以為親也。後漢毛義貧，以孝稱。張奉慕其名，往候之。坐定而闑義檄適到，義守命，捧檄而入，喜動顏色。奉心賤之，自恨來，固辭而去。及義母死，去官，後舉賢良，公車徵，遂不至。奉聞之，歎曰：賢者固不測，往日之喜，為親屈也。善曰：《韓詩外傳》曰……為親屈也。」《纂注》《章句》《瀹注》及《刪注》眉批：「（按，《纂注》有「惟，思也」之語）《韓詩外傳》（按，《瀹注》作「《詩傳》」）：齊宣王謂田過曰……宣王愀然無以應之。范曄《後漢書》：（按，《纂注》無「范曄」二字；《瀹注》「范曄《後漢書》」作「後漢」）毛義家貧，以孝稱……為親屈也。（按，《瀹注》有「引此已見潛為彭澤令之故也」之語）《文選尤》眉批：「田過謂齊宣王曰：君不如父重，凡事君者，以為親也。毛義捧檄而喜，及母死，不仕，往日之喜，為親屈也。」

　　[24]「道不偶物」之「道」，儒縉堂本作「盜」；懷德堂本作「盜」，側批作「道」。

　　[25]「初辭」四句，尤刻本、汪諒本、儒縷堂本、懷德堂本、胡刻本：「孫盛《晉陽秋》曰：嵇康性不偶俗。《論語》子曰：從吾所好。」《叢刊》本、潘刻本、徐成位本：「善曰：孫盛《晉陽秋》曰……從吾所好。良曰：偶，諧。」奎章閣本、明州本、袁褧本：「良曰：偶，諧。善曰：孫盛《晉陽秋》……從吾所好。」《纂注》：「偶，諧也。《論語》：從吾所好。」

　　[26]「結志區外」之「區外」，《叢刊》本、潘刻本、徐成位本云五臣作「外區」；奎章閣本、明州本、袁褧本作「外區」，並云善本作「區外」。

　　[27]「遂乃」四句，尤刻本、汪諒本、儒縷堂本、懷德堂本、胡刻本：「《左氏傳》季文子曰：四方諸侯，其誰不解體！嵇康《幽憤詩》曰：世務紛紜。蔡伯喈《郭林宗碑》曰：翔區外以舒翼。」《叢刊》本、潘刻本、徐成位本：「善曰：《左氏傳》季文子曰……翔區外以舒翼。銑曰：不與俗諧也。」奎章閣本、明州本、袁褧本：「銑曰：不與俗諧也。善曰：《左氏傳》季文子曰……翔區外以舒翼。」《纂注》：「世紛，事務紛紜也。」

　　[28]「灌畦」二句，尤刻本、汪諒本、儒縷堂本、懷德堂本、胡刻本：「《閑居賦》曰：灌園鬻蔬，供朝夕之膳。《公羊傳》齊大夫陳乞曰：常之母有魚菽之祭。」《叢刊》本、潘刻本、徐成位本：「善曰：《閑居賦》曰……供朝夕之膳。向曰：畦，園。鬻，賣也。齊大夫陳乞曰：常之母有魚菽之祭。祭用魚豆，示儉也。菽，豆也。」奎章閣本、明州本、袁褧本：「向曰：畦，園……菽，豆也。善曰：《閑居賦》曰……供朝夕之膳。」《纂注》：「鬻，賣也。魚菽之祭，祭之薄者。貧故也。」《文選尤》眉批：「魚椒，薄物。」《瀹注》：「齊大夫陳乞曰：常之母有魚菽之祭。祭用魚豆，示儉也。」

　　[29]「織絇緯蕭」之「絇」，尤刻本、汪諒本、儒縷堂本、懷德堂本、胡刻本、《章句》、天佚草堂本、《文選尤》側批音注「劬」；《叢刊》本、潘刻本、徐成位本、奎章閣本、明州本、袁褧本音注「衢」。

　　[30]「織絇」二句，尤刻本、汪諒本、儒縷堂本、懷德堂本、胡刻本、《章句》：「《穀梁傳》曰：甯喜出奔晉，織絇邯鄲，終身不言衛。鄭玄《儀禮注》曰：絇，狀如刀，衣履頭也。《莊子》曰：河上有家貧恃緯蕭而食者。司馬彪曰：蕭，蒿也。織蒿為薄。」《叢刊》本、潘刻本、徐成位本：「善曰：《穀梁傳》曰……絇，狀如刀，衣履頭也，音劬。《莊子》曰……織蒿為薄。翰曰：衛侯之弟專織絇於邯鄲，終身不言衛事。緯，織也。絇，履也。余同善注。」奎章閣本、明州本、袁褧本：「翰曰：衛侯之弟專織絇於邯鄲，終身不言衛事。

絇，履也。《莊子》曰：河上有家貧恃緯蕭而食者。（按，奎章閣本此句為「《莊子》曰：河上有家貧，持緯蕭」）蕭，蒿也。織蒿為薄。緯，織也。（按，明州本省略翰注）善曰：《穀梁傳》曰……絇，狀如刀，衣履頭也，音劬。《莊子》曰……織蒿為薄。」《纂注》：「《穀梁》：甯喜出奔晉，織絇邯鄲。按：絇，狀如刀，衣履頭也。《莊子》曰：河上有家貧恃緯蕭而食者。緯，織也。蕭，蒿也。織蒿以為食。」《刪注》側批：「蕭，蒿也。織蒿為薄。」《瀹注》：「絇，狀如刀，衣履頭也。衛甯喜出奔晉，織絇邯鄲，終身不言衛事。緯，織也。蕭，蒿也，織以為薄。《莊子》曰：河上有家貧恃緯蕭而食者。」

　　[31]「心好」二句，尤刻本、汪諒本、儒縉堂本、懷德堂本、胡刻本：「劉劭集有《酒德頌》。」《叢刊》本、潘刻本、徐成位本、奎章閣本、明州本、袁褧本：「善曰：劉劭集有《酒德頌》。」《纂注》：「本傳云性嗜酒。」

　　[32]「簡棄煩促」之「促」，《叢刊》本、潘刻本、徐成位本、《瀹注》眉批云五臣本作「禮」；奎章閣本、明州本、袁褧本作「禮」，並云善本作「促」。

　　[33]「簡棄」二句，尤刻本、汪諒本、儒縉堂本、懷德堂本、胡刻本：「張茂先《答何劭詩》曰：恬曠苦不足，煩促每有餘。」《叢刊》本、潘刻本、徐成位本、奎章閣本、明州本、袁褧本：「善曰：張茂先《答何劭詩》曰……煩促每有餘。」《纂注》：「張茂先詩……煩促每有餘。」

　　[34]「殆所」二句，尤刻本、汪諒本、儒縉堂本、懷德堂本、胡刻本：「《莊子》曰：夫孝悌仁義，忠信貞廉，此皆自勉以役其德者也，不足多也。故曰，至貴，國爵屏焉；至富，國財屏焉，是以道不渝。郭象曰：屏者，除棄之謂也。夫貴在其身猶忘之，況國爵乎！斯貴之至也。《莊子》曰：故聖人，其窮也，使家人忘貧；其達也，使王公忘爵祿而化卑。郭象曰：淡然無欲，家人不識貧可苦。」《叢刊》本、潘刻本、徐成位本：「善曰：《莊子》曰……家人不識貧可苦。濟同善注。」奎章閣本、明州本、袁褧本：「濟曰：《莊子》云：至貴者，國爵屏焉；至富者，國財屏焉。屏，除也。又云：聖人，其窮也，使家人忘貧；其達也，使王公忘爵祿而化卑也。（按，明州本省略濟注）善曰：《莊子》曰……家人不識貧可苦。」《纂注》《瀹注》及《刪注》眉批：「《莊子》曰：至貴，國爵屏焉。（按，《纂注》有「屏者，除棄之謂也」之語，《刪注》眉批有「至富，國財屏焉」之語）。又：聖人，其窮也……使王公忘爵祿而化卑也。」

　　[35]「有詔」十句，尤刻本、汪諒本、儒縉堂本、懷德堂本、胡刻本：

「張衡《靈憲圖注》曰：寂寞冥默，不可為象。」《叢刊》本、潘刻本、徐成位本：「善曰：張衡《靈圖注》曰：寂寞冥默，不可為象。良曰：言雖冥默無象，固應神也。嗚呼，歎詞。淑，善。貞，正也。」奎章閣本、明州本、袁褧本：「良曰：言雖冥默無象……正也。善曰：張衡《靈圖注》曰：寂寞冥默，不可為象。」《纂注》：「本傳卒年六十三。白樂天詩：慕君遺榮利，老死此丘園。柴桑古村落，栗里舊山川。則知終年、卒所，皆有可據，今不應言若干、某里。」

[36]「夫實」四句，《叢刊》本、潘刻本、徐成位本、奎章閣本、明州本、袁褧本：「銑曰：苟，且。允，信。筭，數也。」

[37]「若其」六句，尤刻本、汪諒本、儒縷堂本、懷德堂本、胡刻本、《章句》《瀹注》：「《諡法》曰：寬樂令終曰靖，好廉自克曰節。」《叢刊》本、潘刻本、徐成位本：「善曰：《諡法》曰……好廉自克曰節。向曰：愆，違也。前志，前書記也。」奎章閣本、明州本、袁褧本：「向曰：愆，違也。前志，前書記也。善曰：《諡法》曰……好廉自克曰節。」《纂注》分別於「寬樂令終之美」「好廉克己之操」下注「靖也」「節也」。《文選尤》眉批：「寬樂二句，畫出靖節二字。」

[38]「其辭曰」之「辭」，《叢刊》本、潘刻本、徐成位本、奎章閣本、明州本、袁褧本、《刪注》作「詞」。

[39]「物尚孤生」之「孤生」，《叢刊》本云五臣本作「特生」；潘刻本、徐成位本、奎章閣本、明州本、袁褧本作「特生」，並云善本作「孤生」；《刪注》作「特生」；《瀹注》作「特生」，眉批云「善特作孤」。

[40]「物尚」二句，尤刻本、汪諒本、儒縷堂本、懷德堂本、胡刻本：「《漢書音義》臣瓚曰：介，特也。」《叢刊》本、潘刻本、徐成位本：「善曰：《漢書音義》臣瓚曰：介，特也。濟曰：特，獨也。」奎章閣本、明州本、袁褧本：「濟曰：特，獨也。善曰：《漢書音義》臣瓚曰：介，特也。」《纂注》：「介，特也。」

[41]「曷云世及」之「云」，潘刻本、徐成位本、《刪注》作「六」。

[42]「豈伊」二句，《叢刊》本、潘刻本、徐成位本、奎章閣本、明州本、袁褧本：「銑曰：言非遇時而為此行，亦非世世相及，繼作其事矣。伊，惟也。遘，遇也。曷，何也。」《纂注》：「伊，惟也。遘，遇也。言非遇時之人，亦無世祿之及。」《瀹注》：「時遘，世及，謂世不多此特生介立之人也。」

[43]「嗟乎」二句，《叢刊》本、潘刻本、徐成位本、奎章閣本、明州本、袁褧本：「向曰：若士，謂潛也。望古逸人遙與相集也。」《纂注》：「若士，謂潛也。集，謂侶也。望古人而遠與為侶也。」《文選尤》眉批：「集，侶也。望古人而遠與為侶也。」《瀹注》：「若士，謂潛也。望古遙集，謂與古人相併也。」

[44]「韜此」二句，尤刻本、汪諒本、儒縷堂本、懷德堂本、胡刻本：「葛龔《遂初賦》曰：承豢龍之洪族，覬高陽之休基。《史記》曰：賜爵一級。《說文》曰：級，次弟也。」《叢刊》本、潘刻本、徐成位本：「善曰：葛龔《遂初賦》曰……次弟也。翰曰：韜，藏。洪，大也。大族謂（按，《叢刊》本有「祖為」二字）大司馬。蔑，輕也。名級，策名階級也。」奎章閣本、明州本、袁褧本：「翰曰：韜，藏。洪，大也。大族謂（按，奎章閣本有「祖為」二字）大司馬。蔑，輕也。名級，策名階級也。善曰：葛龔《遂初賦》曰……次弟也。」《纂注》：「韜蔑，韜晦也。潛即侃之曾孫茂之孫，故云洪族。名級，聲名階級也。」《瀹注》：「名級，聲名階級也。」

[45]「睦親」二句，尤刻本、汪諒本、儒縷堂本、懷德堂本、胡刻本：「《周禮》二曰六行：孝、友、睦、姻、任、恤。鄭玄曰：睦親於九族。」《叢刊》本、潘刻本、徐成位本：「善曰：《周禮》二曰六行……睦親於九族。濟曰：睦，敬。敦，勉也。言敬親之行，至自天生，非勉力為之也。」奎章閣本、明州本、袁褧本：「濟曰：睦，敬……非勉力為之也。善曰：《周禮》二曰六行……睦親於九族。」《纂注》：「睦，何也。敦，勉也。言和親之行自天生，非勉勵為之也。」

[46]「重於布言」之「言」，《章句》、天佚草堂本音注「魚巾」。

[47]「然諾」二句，尤刻本、汪諒本、儒縷堂本、懷德堂本、胡刻本：「《漢書》曰：季布，楚人也。諺曰：得黃金百斤，不如得季布一諾。」《叢刊》本、潘刻本、徐成位本：「善曰：《漢書》曰：季布……得黃金百兩，不如得季布一諾。良曰：此人重之也。余同善注。」奎章閣本、明州本、袁褧本：「良曰：始楚語云：得黃金百兩，不如得季布一諾，此人重之也。」明州本眉批：「善曰：《漢書》曰：季布，楚人也。諺曰：得黃金百兩，不如得季布一諾。」《纂注》：「布，謂季布也。季布重然諾，故云布言。」《刪注》眉批：「諺曰：得黃金百兩，不如得季布一諾。」《瀹注》：「布言，季布之言也。《漢書》曰：得黃金百斤，不如得季布一言。」

[48]「廉深」二句，《叢刊》本、潘刻本、徐成位本：「銑曰：絜，清。貞，正。夷，平也。粹，不雜也。」奎章閣本、明州本、袁褧本：「銑曰：絜……不雜也。善注同。」《纂注》：「夷，平也。粹，不雜也。」

[49]「博而不繁」之「繁」，《章句》、天佚草堂本音注「符筠」。

[50]「和而」二句，尤刻本、汪諒本、儒縷堂本、懷德堂本、胡刻本：「《論語》子曰：和而不同。《家語》子貢曰：博而不舉，是曾參之行。」《叢刊》本、潘刻本、徐成位本：「善曰：《論語》子曰……是曾參之行。良曰：峻，高。繁，多也。」奎章閣本、明州本、袁褧本：「向曰：峻，高。繁，多也。善曰：《論語》子曰……是曾參之行。」

[51]「兩非默置」之「兩」字前，《叢刊》本、潘刻本、徐成位本、《瀹注》眉批云五臣本有「而」字；奎章閣本、明州本、袁褧本有「而」字，並云善本無「而」字。「兩非默置」之「非」字後，《叢刊》本、潘刻本、徐成位本、《瀹注》眉批云五臣本無「非」字；奎章閣本、明州本、袁褧本無「非」字，並云善本有「非」字。

[52]「因心違事」之「違」，《叢刊》本、潘刻本、徐成位本、《瀹注》眉批云五臣本作「達」；奎章閣本、明州本、袁褧本作「達」，並云善本作「違」。

[53]「依世」六句，尤刻本、汪諒本、儒縷堂本、懷德堂本、胡刻本：「言為人之道，依俗而行，必譏之以尚同；詭違於時，必譏之以好異；有一於身，必被譏論，非為默置。豈若夫子因心而能違於世事乎？言不同不異也。《莊子》曰：列士壞（按，尤刻本、胡刻本「壞」作「懷」）植散群，則尚同也。郭象曰：所謂和其光同其塵。班固《漢書》贊曰，東方朔戒其子以上容：首陽為拙，柱下為工。飽食安步，以仕易農。依隱玩世，詭時不逢。《毛詩》曰：因心則友。」《叢刊》本、潘刻本、徐成位本：「善曰：言為人之道……因心則友。向曰：詭，反。置，捨也。凡人依於世者，必務與世同。反於時者，必務與時異。皆非默捨與道之俱也。翰曰：能和而不同。夫子，謂潛也。」奎章閣本、明州本、袁褧本：「向曰：詭，反……皆非默捨與道之俱也。翰曰：能和而不同。夫子，謂潛也。善曰：言為人之道……因心則友。」《纂注》：「言人依俗，則以為尚同；違時，則以為好異；有一於身，必被譏論。默置，言不為人所非議也。因心而違於世事，言不同不異也。」《文選尤》眉批：「默置，言不為人所非議。違事，違於世事也。」《瀹注》：「依世詭時，皆有意為之，故云兩非默置。因心者，自然而然也。注云非默置，謂必被譏論，恐未然。」

　　[54]「畏榮好古」之「榮」，《叢刊》本、潘刻本、徐成位本、《瀹注》眉批云五臣本作「勞」；奎章閣本、明州本、袁褧本作「勞」，並云善本作「榮」；《删注》底批云「榮作勞」。

　　[55]「畏榮」二句，尤刻本、汪諒本、儒纓堂本、懷德堂本、胡刻本：「《論語》子曰：信而好古。」《叢刊》本、潘刻本、徐成位本：「善曰：《論語》子曰：信而好古。良曰：薄身，謂自儉約。厚志，謂敦道德也。」奎章閣本、明州本、袁褧本：「良曰：薄身……謂敦道德也。善曰：《論語》子曰：信而好古。」《纂注》：「薄身……謂敦道德。」

　　[56]「世霸」二句，尤刻本、汪諒本、儒纓堂本、懷德堂本、胡刻本：「世霸，謂當世而霸者也。蔡伯喈《郭有道碑》曰：州郡聞德，虛己備禮。推風，推挹其風也。」《叢刊》本、潘刻本、徐成位本：「善曰：世霸……推挹其風也。濟曰：霸謂當時霸者也。虛禮，虛心禮之。州壤，州土也。言見辟命也。」奎章閣本、明州本、袁褧本：「濟曰：霸謂當時霸君……言見辟命也。善曰：世霸……推挹其風也。」《纂注》：「世霸指劉裕，州壤謂王弘輩也。虛禮即虛名位之虛，言虛時賢之禮以待之也。推風，推讓其高風也。」《章句》：「世霸，謂當世而霸者也。」《瀹注》：「世霸，指晉時也。」懷德堂本側批：「詳敘歸隱。」

　　[57]「道必懷邦」之「邦」，《章句》、天佚草堂本音注「悲工」。

　　[58]「孝惟」二句，尤刻本、汪諒本、儒纓堂本、懷德堂本、胡刻本：「范曄《後漢書》曰：論言以義養，則仲由之菽甘於東鄰之牲。《論語》比考讖曰：文德以懷邦。」《叢刊》本、潘刻本、徐成位本：「善曰：范曄《後漢書》曰……文德以懷邦。良曰：惟，思。義，善也。懷邦，不忘於國也。言潛為養親而就彭澤令也。」奎章閣本、明州本、袁褧本：「良曰：惟，思……言潛為養親而就彭澤令也。善曰：范曄《後漢書》曰……文德以懷邦。」《纂注》：「義，善也。懷邦，不忘君也。」《章句》及《删注》眉批：「范曄《後漢書》曰……則仲由之菽甘於東鄰之牲。」

　　[59]「人之」二句，尤刻本、汪諒本、儒纓堂本、懷德堂本、胡刻本：「《毛詩》曰：民之秉彝，好是懿德。《孟子》曰：伯夷隘，柳下惠不恭，隘與不恭，君子不由也。綦母邃曰：隘，謂疾惡太甚，無所容也；不恭，謂禽獸畜人，是不敬。然此不為褊隘，不為不恭。」《叢刊》本、潘刻本、徐成位本：「善曰：《毛詩》曰：民之秉彝，好是懿德。綦母邃曰：隘，謂惡太甚……不

為不恭。銑曰：人亦謂潛也。彝，常也。《孟子》曰：伯夷隘，柳下惠不恭，隘與不恭，君子不由也。今潛亦不隘而不恭也。」奎章閣本、明州本、袁褧本：「銑曰：人亦謂潛也……今潛亦不隘與不恭也。善曰：《毛詩》曰：民之秉彝，好是懿德。綦母邃曰：隘，謂惡太甚……不為不恭。」《纂注》：「秉彝，常性也。不隘不恭，在夷惠之間也。」

[60]「爵同」二句，尤刻本、汪諒本、儒縷堂本、懷德堂本、胡刻本：「《禮記》曰：諸侯之下士，視上農夫，祿足以代其耕。」《叢刊》本、潘刻本、徐成位本：「善曰：《禮記》曰……祿足以代其耕。向曰：同下士，言位卑。等上農，言祿薄也。爵，位也。」奎章閣本、明州本、袁褧本：「向曰：同下士……位也。善曰：《禮記》曰……祿足以代其耕。」《纂注》：「同下士，言位卑。等上農，言祿薄也。」

[61]「度量」二句，尤刻本、汪諒本、儒縷堂本、懷德堂本、胡刻本：「《孝經》曰：容止可觀，進退可度。」《叢刊》本、潘刻本、徐成位本：「善曰：《孝經》曰……進退可度。翰曰：鈞，猶及也。言不測其深德也。可限者，知不出於至道。」奎章閣本、明州本、袁褧本：「翰曰：鈞，猶及也……知不出於至道。善曰：《孝經》……進退可度。」《纂注》：「可限者，中規矩也。」《瀹注》：「難鈞，言不測也。」

[62]「長卿」二句，尤刻本、汪諒本、儒縷堂本、懷德堂本、胡刻本：「《漢書》曰：司馬長卿病免，客遊梁，得與諸侯遊士居。又曰：清居之士，太原則郇相，字稚賓，舉州郡茂才，數病，去官。」《叢刊》本、潘刻本、徐成位本：「善曰：《漢書》曰……去官。濟曰：邠稚賓，州舉茂才，病，去官也。」奎章閣本、明州本、袁褧本：「濟曰：長卿病免官，遊梁。邠稚賓，州舉茂才，病，去官也。善曰：《漢書》曰……去官。」《纂注》：「司馬長卿病免，客遊梁。邠相，字稚賓……去官。」《章句》：「《漢書》曰：清居之士……去官。」《刪注》眉批、《瀹注》：「《漢書》曰：司馬長卿病免……郇相……去官。」

[63]「子之」二句，《叢刊》本、潘刻本、徐成位本、奎章閣本、明州本、袁褧本：「濟曰：悟，知也。辯，明也。言（按，袁褧本「言」作「善」）潛所知之明也。」《纂注》：「辯，早辯也。」《刪注》側批、《瀹注》：「辯，明也。」

[64]「賦詩」二句，尤刻本、汪諒本、儒縷堂本、懷德堂本、胡刻本：「歸來，《歸去來》也。《左氏傳》齊人歌曰：魯人之皋，使我高蹈。《孟子》

曰：古之人，窮則獨善其身，達則兼善天下。」《叢刊》本、潘刻本、徐成位
本：「善曰：歸來……達則兼善天下。濟曰：謂潛作《歸去來詞》也。高蹈，
猶高步也，謂去彭澤令也。」奎章閣本、明州本、袁褧本：「濟曰：謂潛作《歸
去來詞》也……謂去彭澤令也。善曰：歸來……達則兼善天下。」

[65]「亦既」二句，尤刻本、汪諒本、儒縉堂本、懷德堂本、胡刻本：
「《呂氏春秋》曰：夫樂有道，心亦適。《莊子》曰：知忘是非，心之適也。」
《叢刊》本、潘刻本、徐成位本：「善曰：《呂氏春秋》曰……心之適也。銑
曰：超，遠。曠，明。適，往也。言既遠明事理，無往不合其心也。」奎章
閣本、明州本、袁褧本：「銑曰：超，遠……無往不合其心也。善曰：《呂氏
春秋》曰……心之適也。」《纂注》：「無適非心，即無入不自得也。」

[66]「汲流」二句，尤刻本、汪諒本、儒縉堂本、懷德堂本、胡刻本：
「《廣雅》曰：葺，覆也。」《叢刊》本、潘刻本、徐成位本：「善曰：《廣雅》
曰：葺，覆也。向曰：巘，山也。葺，修。宇，室也。」奎章閣本、明州本、
袁褧本：「向曰：巘，山也……室也。善曰：《廣雅》曰：葺，覆也。」《纂注》：
「巘，山也。葺宇，修室也。」

[67]「晨煙」二句，《叢刊》本、潘刻本、徐成位本、奎章閣本、明州本、
袁褧本：「翰曰：煙、藹，皆山氣也。煦，陽氣也。」《纂注》：「煦，陽氣也。」

[68]「陳書」六句，尤刻本、汪諒本、儒縉堂本、懷德堂本、胡刻本：
「《尚書》曰：克勤於邦，克儉於家。《史記》原憲曰：若憲，貧也，非病也。
《論語》子曰：賢哉，回也！一簞食，一瓢飲，在陋巷，人不堪其憂，回也不
改其樂。《墨子》曰：貧富固有天命，不可損益。」《叢刊》本、潘刻本、徐成
位本：「善曰：《尚書》曰……不可損益。濟曰：躬，身也。否，不堪也。然，
知也。」奎章閣本、明州本、袁褧本：「濟曰：躬，身也……知也。善曰：《尚
書》曰……不可損益。」《纂注》：「躬兼，猶云身兼也。原憲曰：若憲，貧也，
非病也。」《論語》：「人不堪其憂。否，不堪也。然，知也。」

[69]「隱約」四句，尤刻本、汪諒本、儒縉堂本、懷德堂本、胡刻本：
「《周書》曰：隱約者，觀其不儡懼。《登徒子好色賦》曰：因遷延而辭避。《毛
詩》曰：匪直也人，秉心塞淵。高誘《淮南子注》曰：道性無欲。」《叢刊》
本、潘刻本、徐成位本：「善曰：《周書》曰……道性無欲。銑曰：謂潛辭徵著
作郎。隱約，儉素也。遷延，退避也。言如此非直能明，是率道之性也。」奎
章閣本、明州本、袁褧本：「銑曰：謂潛辭徵著作郎……是率道之性也。善曰：

《周書》曰……道性無欲。」《纂注》：「隱約，儉素也。遷延，退避也。言如此非直能明理，亦是樂道全性。」

[70]「糾繆幹流」之「繆幹」，汪諒本、儒纓堂本、懷德堂本、《叢刊》本、《纂注》《章句》、天佚草堂本作「纏幹」；潘刻本、徐成位本、《刪注》《瀹注》作「纏幹」；奎章閣本作「墨幹」。

[71]「冥漠報施」之「施」，《章句》、天佚草堂本音注「去」聲。

[72]「糾繆」二句，尤刻本、汪諒本、儒纓堂本、懷德堂本、胡刻本：「《鵩鳥賦》曰：幹流而遷，或推而還。夫禍之與福，何異糾繆？《弔魏武文》曰：悼繐帷之冥漠。《史記》司馬遷曰：天之報施，善人何如哉？」《叢刊》本、潘刻本、徐成位本：「善曰：《鵩鳥賦》曰……善人何如哉？銑曰：糾繆，三合繩也。幹，轉也。吉凶翻覆轉流，有似繩縷相繆也。冥漠報施，謂神靈報，寂寞冥昧不能施善，人之善不能明也。」奎章閣本、明州本、袁褧本：「銑曰：糾繆（按，奎章閣本「繆」作「墨」），三合繩也……人之善不能明也。善曰：《鵩鳥賦》曰……善人何如哉？」《纂注》：「《鵩鳥賦》：夫禍之與福，何異糾繆？幹，轉也。吉凶翻覆轉流，有似繩縷相繆次也。冥漠報施，謂神之報施，善人未明也。」《刪注》側批、《瀹注》：「糾繆……有似繩縷相繆也。」又《刪注》眉批：「《鵩鳥賦》曰……何異糾繆？」《文選尤》眉批：「按《鵩鳥賦》：禍之與福，何異糾繆。幹，轉也。」

[73]「孰云」二句，尤刻本、汪諒本、儒纓堂本、懷德堂本、胡刻本：「言誰云天道常與仁人，而我聞之，實疑於明智。此說明智，謂老子也。《老子》曰：天道無親，常與善人。《楚辭》曰：招賢良與明智。」《叢刊》本、潘刻本、徐成位本：「善曰：言誰云天道常與仁人……《楚辭》曰：招賢良與明智。向曰：誰云天道與仁，於潛不驗，使復疑之。孰，誰也。明智，謂潛也。」奎章閣本、明州本、袁褧本：「向曰：誰云天道與仁……謂潛也。善曰：言誰云天道常與仁人……《楚辭》曰：招賢良與明智。」《纂注》：「言誰云天道常與善人乎？於此實為明智者所疑也。」《瀹注》：「明智指潛。言大道與仁於潛不驗，故疑之也。」

[74]「謂天」二句，尤刻本、汪諒本、儒纓堂本、懷德堂本、胡刻本：「言天高聽卑，而報施無爽，何故爽於斯義而不與仁乎？《毛詩》曰：謂天蓋高，不敢不跼。《史記》子韋曰：天高聽卑。」《叢刊》本、潘刻本、徐成位本：「善曰：言天高聽卑……天高聽卑。翰曰：常謂天高聽卑，何為譽此仁義也。

斯，此也。」奎章閣本、明州本、袁褧本：「翰曰：常謂天高聽卑……此也。
善曰：言天高聽卑……天高聽卑。」《纂注》：「言天高聽卑，夫何故爽於斯義
而不與仁乎？」

　　[75]「履信」二句，尤刻本、汪諒本、儒縷堂本、懷德堂本、胡刻本：
「《周易》曰：履信思乎順。毛萇《詩傳》曰：寘，置也。」《叢刊》本、潘刻
本、徐成位本：「善曰：《周易》曰……毛萇《詩傳》曰：寘，置也。濟曰：曷，
何。寘，置也。」奎章閣本、明州本、袁褧本：「濟曰：曷，何。寘，置也。
善曰：《周易》曰……毛萇《詩傳》曰：寘，置也。」《纂注》：「《周易》：履信
思乎順。是以自天祐之吉，無不利。曷憑，何寘，言不足據也。」《文選尤》
眉批：「何寘，言不足據。」

　　[76]「疢維痁疾」之「痁」，尤刻本、汪諒本、儒縷堂本、懷德堂本、胡
刻本、《叢刊》本、潘刻本、徐成位本、奎章閣本、明州本、袁褧本、《纂注》
《章句》、天佚草堂本、《刪注》底批音注「傷閻」；《文選尤》側批云「音占」。

　　[77]「年在」二句，尤刻本、汪諒本、儒縷堂本、懷德堂本、胡刻本：
「《尚書》曰：文王受命惟中身。《左氏傳》曰：齊侯疥，遂痁。杜預曰：痁，
瘧疾也。」《叢刊》本、潘刻本、徐成位本：「善曰：《尚書》曰……杜預曰：
痁，瘧疾也。良曰：上壽百二十年，中則六十也。痁，瘧疾也。」奎章閣本、
明州本、袁褧本：「良曰：上壽百二十年……瘧疾也。善曰：《尚書》曰……杜
預曰：痁，瘧疾也。」《纂注》：「《尚書》曰：文王受命惟中身。中壽，六十也。
《左傳》：齊侯疥，遂痁。痁，瘧疾也。」《章句》：「《尚書》曰：文王受命惟
中身。杜預《左傳注》曰：痁，瘧疾也。」《刪注》側批：「痁，瘧疾也。」《瀹
注》：「上壽百二十，中則六十也。潛傳云：年六十三。痁，瘧疾也。」

　　[78]「視死」二句，尤刻本、汪諒本、儒縷堂本、懷德堂本、胡刻本：
「《呂氏春秋》曰：遺生行義，視死如歸。」《叢刊》本、潘刻本、徐成位本：
「善曰：《呂氏春秋》曰：遺生行義，視死如歸。銑曰：達天命也。」奎章閣
本、明州本、袁褧本：「銑曰：達天命也。善曰：《呂氏春秋》曰：遺生行義，
視死如歸。」《纂注》：「達天命也。」

　　[79]「禱祀非恤」之「祀」，儒縷堂本作「視」；懷德堂本作「視」，側批
作「祀」；《叢刊》本云五臣本作「祠」；潘刻本、徐成位本、奎章閣本、明州
本、袁褧本作「祠」，並云善本作「祀」。

　　[80]「藥劑」二句，尤刻本、汪諒本、儒縷堂本、懷德堂本、胡刻本：

「《魏都賦》曰：藥劑有司。《論語》子曰：丘之禱久矣！」《叢刊》本、潘刻本、徐成位本：「善曰：《魏都賦》曰……丘之禱久矣！向曰：劑，和也。恤，憂也。言不以死為憂，而禱祠求福也。」奎章閣本、明州本、袁褧本：「向曰：劑，和也……而禱祠求福也。善曰：《魏都賦》曰……丘之禱久矣！」《纂注》：「恤，憂也。言不以死為憂而禱祠求福也。」

[81]「僶幽告終」之「僶」，《叢刊》本、潘刻本、徐成位本、奎章閣本、明州本、袁褧本、《纂注》《文選尤》及《刪注》底批音注「素」。

[82]「僶幽」三句，尤刻本、汪諒本、儒緟堂本、懷德堂本、胡刻本：「僶，向也。《禮記》曰：幽則有鬼神。《孫卿子》曰：死，人之終也。」《叢刊》本、潘刻本、徐成位本：「善曰：僶，向也……人之終也。翰曰：僶，向也。幽，幽冥也。懷和，平生之志也。終、畢，皆死也。」奎章閣本、明州本、袁褧本：「翰曰：僶，向也……皆死也。善曰：僶，向也……人之終也。」《纂注》：「僶，向也。幽，幽冥也。終、畢，皆言死也。」《章句》《文選尤》《瀹注》：「僶，向也。」

[83]「敬述靖節」之「靖」，《叢刊》本、潘刻本、徐成位本、《瀹注》眉批云五臣本作「清」；奎章閣本、明州本、袁褧本作「清」，並云善本作「靖」。

[84]「式尊遺占」之「占」，《叢刊》本、潘刻本、徐成位本、奎章閣本、明州本、袁褧本、《纂注》《章句》、天佚草堂本音注「去」聲。

[85]「敬述」二句，尤刻本、汪諒本、儒緟堂本、懷德堂本、胡刻本：「《漢書》曰：陳遵口占作書。占，謂口隱度其事，令人書也。」《叢刊》本、潘刻本、徐成位本：「善曰：《漢書》曰……令人書也。濟曰：式，用也。遺占，遺書也。占者，口隱度其事，令人書之也。」奎章閣本、明州本、袁褧本：「濟曰：式，用也……令人書之也。善曰：《漢書》曰……令人書也。」《纂注》：「《漢書》曰：陳遵口占作書。占，謂口述其事，令人書之，即遺令也。」《章句》：「占，謂口隱度其事，令人書也。」《刪注》側批：「遺占，遺書。口隱度其事，令人書。」《瀹注》：「占者，口隱度其事，令人書也。即下所云也。」

[86]「省訃卻賻」之「訃」字下，《叢刊》本、潘刻本、徐成位本、奎章閣本、明州本、袁褧本注「赴」字。

[87]「存不」四句，尤刻本、汪諒本、儒緟堂本、懷德堂本、胡刻本：「《禮記》曰：凡訃於其君，云某臣死。鄭玄曰：訃，或作赴，至也。臣死，使人至君所告之也。《周禮》曰：喪則令賻補之。鄭玄曰：謂賻喪家補助不

足。」《叢刊》本、潘刻本、徐成位本：「善曰：《禮記》曰……謂賻喪家補助不足。良曰：訃，至也。薄，謂喪之不足也。言潛戒令送喪者，少至其墓所；賻者皆使卻而不受；哭者不至極哀；斂以時服，務從儉約也。」奎章閣本、明州本、袁褧本：「良曰：訃，至也……務從儉約也。善曰：《禮記》曰……謂賻喪家補助不足。」《纂注》：「訃報，死也。言潛戒令不必遣人報訃於親友。所賻者皆使卻之，哭者無令極哀，斂從簡約。」《章句》：「鄭玄《禮記注》曰：訃，或作赴，至也。」《瀹注》：「訃，至也。潛令送喪者，少至墓所；賻者皆使卻而不受；哭者不至極哀；務從儉約也。」

[88]「旋葬而窆」之「窆」，《叢刊》本、潘刻本、徐成位本、奎章閣本、明州本、袁褧本、《章句》、天佚草堂本及《刪注》底批、《文選尤》側批音注「畢驗」。

[89]「遭壤」三句，尤刻本、汪諒本、儒縟堂本、懷德堂本、胡刻本：「《河圖考鉤》曰：有壤者可穿。《禮記》孔子曰：斂手（按，儒縟堂本、懷德堂本「手」作「首」）足形，還葬而無槨，稱其財，斯之謂禮。《說文》曰：窆，葬下棺也。」《叢刊》本、潘刻本、徐成位本：「善曰：《河圖考鉤》曰……《說文》曰：窆，葬下棺也。銑曰：使逢地即穿，疾葬而下棺也。遭，逢也。壤，地也。窆，葬下棺也。」奎章閣本、明州本、袁褧本：「銑曰：使逢地即穿……葬下棺也。善曰：《河圖考鉤》曰……《說文》曰：窆，葬下棺也。」《纂注》：「遭，逢也。壤，地也。使逢地即穿，不擇地而葬也。旋葬，言僅可容棺也。窆，葬棺也。」《章句》：「《河圖考鉤》曰：有壤者可穿。《說文》曰：窆，葬下棺也。」《文選尤》眉批：「遭壤以穿，不擇地也。旋葬而窆，僅可容棺而葬也。」《瀹注》：「遭壤，言隨地可葬也。窆，葬下棺也。言逢地即穿穴，疾葬下棺也。」

[90]「深心」二句，尤刻本、汪諒本、儒縟堂本、懷德堂本、胡刻本：「《莊子》曰：既化而生，又化而死。」《叢刊》本、潘刻本、徐成位本：「善曰：《莊子》曰：既化而生，又化而死。向曰：延之自言追念往日遊，遠情隨逐於潛變化也。」奎章閣本、明州本、袁褧本：「向曰：延之自言追念往日遊，遠情隨逐於潛變化也。善曰：《莊子》曰：既化而生，又化而死。」《纂注》：「延之自言追念之意。化，死也。」

[91]「自爾」二句，尤刻本、汪諒本、儒縟堂本、懷德堂本、胡刻本：「《漢書》陳餘說武臣曰：將軍獨介居河北。《孫卿子》曰：其為人也多暇日者，

其出入不遠。」《叢刊》本、潘刻本、徐成位本：「善曰：《漢書》陳餘說武臣
曰……其出入不遠。翰曰：爾，謂潛。我，延之自稱也。暇，閒也。」奎章閣
本、明州本、袁褧本：「翰曰：爾，謂潛……閒也。善曰：《漢書》陳餘說武臣
曰……其出入不遠。」《纂注》：「爾，謂潛。我，延之自稱也。」《瀹注》：「介
居，獨居也。」

[92]「伊好」四句，尤刻本、汪諒本、儒縉堂本、懷德堂本、胡刻本：
「毛萇《詩傳》曰：憩，息也。」《叢刊》本、潘刻本、徐成位本：「善曰：毛
萇《詩傳》曰：憩，息也。濟曰：伊，惟。洽，和也。閭，門也。良曰：盤，
樂。憩，息也。不用舟車而攜手相隨也。」奎章閣本、明州本、袁褧本：「濟
曰：伊，惟……門也。良曰：盤，樂……不用舟車而攜手相隨也。善曰：毛萇
《詩傳》曰：憩，息也。」《纂注》：「閭，閭里也。槃，樂也。憩，息也。不
用舟車而攜手同行也。」《瀹注》：「閭，門也。自爾介居以下，敘己與潛相往
返之情也。獨正者危以下，延之之詞。違眾以下，潛之詞也。」

[93]「至方則礙」之「礙」，儒縉堂本、懷德堂本、潘刻本、徐成位本、
奎章閣本、明州本、袁褧本、《叢刊》本、《纂注》《刪注》《文選尤》《瀹注》
作「閡」。

[94]「念昔」四句，尤刻本、汪諒本、儒縉堂本、懷德堂本、胡刻本：
「《毛詩》曰：諸父兄弟，備言燕私。《孫卿子》曰：方則止，圓則行。」《叢
刊》本、潘刻本、徐成位本：「善曰：《毛詩》曰……圓則行。向曰：誨，教也。
言為正方之道者，必見患於時俗。夫物，方則止，圓則行，此延之誠於潛也。」
奎章閣本、明州本、袁褧本：「向曰：誨，教也……此延之誠於潛也。善曰：
《毛詩》曰……圓則行。」《纂注》《章句》、天佚草堂本：「《孫卿子》曰：方
則止，圓則行。（按，《纂注》有「誨，教也。此延之戒潛之辭」之語）」

[95]「哲人「四句，尤刻本、汪諒本、儒縉堂本、懷德堂本、胡刻本：
「《西征賦》曰：蘧與國而卷舒。《西京賦》曰：多識前世之載。《毛詩》曰：
殷鑒不遠。」《叢刊》本、潘刻本、徐成位本：「善曰：《西征賦》曰……殷鑒
不遠。翰曰：哲人卷舒，謂蘧伯玉邦有道則仕，邦無道則卷而懷之，此事佈
在於前代載籍，取鑒不遠，故凡所規諫，子皆佩服也。」奎章閣本、明州本、
袁褧本：「翰曰：哲人卷舒……子皆佩服也。善曰：《西征賦》曰……殷鑒不
遠。」《纂注》：「哲人卷舒……子皆佩服。」

[96]「中言而發」之「發」，《章句》、天佚草堂本音注「方月」。

[97]「爾實」二句，尤刻本、汪諒本、儒縉堂本、懷德堂本、胡刻本：
「《禮記》曰：孔子愀然作色而對。」《叢刊》本、潘刻本、徐成位本：「善曰：
《禮記》曰：孔子愀然作色而對。濟曰：潛復贈延之以言也。愀，正色貌。
中言，發中之言也。」奎章閣本、明州本、袁裴本：「濟曰：潛復贈延之以言
也……發中之言也。善曰：《禮記》曰：孔子愀然作色而對。」《纂注》：「潛
復贈延之以言也。中言而發，即言必有中之意。」

[98]「違眾」二句，尤刻本、汪諒本、儒縉堂本、懷德堂本、胡刻本、
《章句》：「班固《漢書》述曰：疑殆匪闕，違眾忤世，淺為尤悔，深作敦害。
《韓詩外傳》曰：草木根荄淺，未必橛也；飄風與暴雨隧，則橛必先矣。」《叢
刊》本、潘刻本、徐成位本：「善曰：班固《漢書》述曰……則橛必先矣。良
曰：尤，責。迂，過。蹙，倒也。」奎章閣本、明州本、袁裴本：「良曰：尤，
責……倒也。善曰：班固《漢書》述曰……則橛必先矣。」《刪注》眉批：「《韓
詩外傳》曰……則橛必先矣。」《瀹注》：「迂，逆也。草木根荄淺，逆風則蹙
也。」

[99]「身才」二句，尤刻本、汪諒本、儒縉堂本、懷德堂本、胡刻本：
「言身及才不足為實，榮華聲名有時而滅。恐己恃才以傲物，憑寵以陵人，故
以相誡也。」《叢刊》本、潘刻本、徐成位本：「善曰：言身及才不足為實……
故以相誡也。銑曰：身與才非至實之具，而榮聲必有消歇也。」奎章閣本、明
州本、袁裴本：「銑曰：身與才非至實之具，而榮聲必有消歇也。善曰：言身
及才不足為實……故以相誡也。」《纂注》：「潛恐延之恃才以傲物，憑寵以陵
人，故以相誡也。」《刪注》側批：「言身及才不足為實……憑寵以陵人。」

[100]「叡音」三句，尤刻本、汪諒本、儒縉堂本、懷德堂本、胡刻本：
「《爾雅》曰：永，遠也。《左氏傳》魏絳曰：百官箴王闕。」《叢刊》本、潘
刻本、徐成位本：「善曰：《爾雅》曰……百官箴王闕。向曰：言潛既沒，智音
永遠，誰復箴我之闕失也。」奎章閣本、明州本、袁裴本：「向曰：言潛既沒……
誰復箴我之闕失也。善曰：《爾雅》曰……百官箴王闕。」《纂注》：「言潛既沒，
智者之言日遠，誰復箴我之闕失哉。」

[101]「仁焉」二句，尤刻本、汪諒本、儒縉堂本、懷德堂本、胡刻本：
「應劭《風俗通》曰，《傳》云：五帝聖焉死，三王仁焉死，五伯智焉死。」
《叢刊》本、潘刻本、徐成位本：「善曰：應劭《風俗通》曰……五伯智焉死。
翰曰：歎自古仁智之人，皆不免於死。斃，亦死也。」奎章閣本、明州本、袁

裴本：「翰曰：歎自古仁智之人……亦死也。善曰：應劭《風俗通》曰……五
伯智焉死。」

[102]「黔婁」二句，尤刻本、汪諒本、儒縷堂本、懷德堂本、胡刻本：
「皇甫謐《高士傳》曰：黔婁先生死，曾參與門人來弔。曾參曰：先生終，
何以為諡？妻曰：以康為諡。曾子曰：先生存時，食不充虛（按，儒縷堂本、
懷德堂本「虛」作「膚」），衣不蓋形；死則手足不斂，傍無酒肉。生不得其
美，死不得其榮，何樂於此而諡為康哉？妻曰：昔先（按，儒縷堂本、懷德
堂本有「生」字）君嘗欲授之國相，辭而不為，是所以有餘貴也；君嘗賜之
粟三十鍾，先生辭不受，是其有餘富也。彼先生者，甘天下之淡味，安天下
之卑位，不戚戚於貧賤，不遑遑於富貴，求仁而得仁，求義而得義，其諡為
康，不亦宜乎也？展禽，柳下惠也。《論語》：柳下惠為士師。鄭玄曰：柳下
惠，魯大夫也。展禽食采柳下，諡曰惠。」《叢刊》本、潘刻本、徐成位本：
「善曰：皇甫謐《高士傳》曰……諡曰惠。濟曰：展禽死，門人將誄之，妻
曰將誄其德則，二三子不如妾之知夫子也，乃誄之而諡，諡曰惠。」奎章閣
本、明州本、袁裴本：「濟曰：黔婁先生死，曾子弔而問焉：先生終，有何諡？
妻曰康。（按，奎章閣本、袁裴本有「曾子曰：先生存而不免饑寒，死而手足
不斂，何樂於此而諡為康哉？妻曰：嘗辭國不為，是有餘貴也；嘗辭君賜之
粟，是有餘富矣。甘天下之淡味，樂天下之卑位，其諡為康，不亦宜也」之
語）展禽死……乃誄之而諡，諡曰惠。善曰：皇甫謐《高士傳》曰……展禽
食采柳下，諡曰惠。」《纂注》：「《高士傳》：黔婁先生死，以其甘淡味，安卑
位，不戚戚於貧賤，不遑遑於富貴，其諡為康。展禽，柳下惠也。死，門人
將誄之……乃誄之而諡之曰惠。」《章句》、天佚草堂本：「皇甫謐《高士傳》
曰……妻曰：以康為諡。曾子曰：先生何樂而諡康哉？妻曰……不亦宜乎！
鄭玄曰：柳下惠，魯大夫也。展禽食采柳下，諡曰惠。」《刪注》眉批：「皇
甫謐《高士傳》曰……其諡康，不亦宜乎？展禽死……諡曰惠。」《淪注》：
「《高士傳》曰：黔婁死，曾子與門人來弔。曰：先生何以為諡？妻曰：以康
為諡。曾子曰：先生食不充膚……不亦宜乎！展禽，柳下惠也。死，門人將
誄之……乃誄之而諡之曰惠。」

[103]「其在」二句，尤刻本、汪諒本、儒縷堂本、懷德堂本、胡刻本：
「同塵，已見上文。」《叢刊》本、潘刻本、徐成位本：「善曰：《老子》曰：
和其光而同其塵。」奎章閣本、明州本、袁裴本：「善曰：同塵，已見上文。」

《瀹注》：「塵，跡也。與黔婁、展禽同其跡也。」

[104]「旌此」三句，尤刻本、汪諒本、儒縷堂本、懷德堂本、胡刻本：「康，黔婁；惠，柳下惠也。」《叢刊》本、潘刻本、徐成位本：「善曰：康，黔婁；惠，柳下惠也。良曰：旌，表也。加，過也。」奎章閣本、明州本、袁裦本：「良曰：旌，表也。加，過也。善曰：康，黔婁；惠，柳下惠也。」《纂注》：「加彼，言過於黔婁、展禽也。」《瀹注》：「旌，表也。加，過也。」

【辨說】

此篇，《纂注》《刪注》收錄於卷十二；《章句》收錄於卷二十六「誄」類；天佚草堂本「文」部分卷十七收錄顏延年文六篇，標曰「顏延年六首」，依次為《赭白馬賦》《曲水詩序》《陽給事誄》《陶徵士誄》《元后哀策文》《祭屈原文》，此為第四首；《文選尤》收錄於卷十四「誄」類；《瀹注》收錄於卷二十九「誄」類；其餘各本收錄於卷五十七「誄」類。此篇「道不偶物」之「道」，儒縷堂本、懷德堂本作「盜」，非。

各本《文選》批語，對此篇多有評論，懷德堂本眉批：「意致高潔，足以誄陶。其敘事原本《郭有道碑》，誄辭亦不減安仁諸作。」又曰：「誄辭多用虛敘。」《文選尤》尾批：「沉鬱環瑋，爽朗峻潔，深情古韻，愈味愈佳。一序煉而有骨，藻而不傷氣，足參上駟。」《文選尤》眉批：「以古語精言，寫高蹤奇致，亭亭奐奐，讀之□人。」又曰：「精金百鍊，寶氣飛得。」又評論行文結構：「『餘波』以上泛言清節之難，下乃詳其始終而敘之。『孤生』至『道性』，言其清風高節，下言天道報施之爽。『存不願豐』六句，述其遺命。『深心』八句，敘潛與延之平日相與之情。『念昔』八句，言延之戒潛而能佩服其言。『爾實』八句，言潛亦以言詞相誠，而今已不可復得。『仁焉』下，總言淵明抱道而歿，過於先賢也。」《瀹注》眉批亦評論行文結構，曰：「序文亦腴暢。」又評「物尚孤生」至「蔑彼名級」：「此起數語蓋不欲平鋪，冀以奇陗發意，顧乃翻滯鈍不快。」又評「依世尚同」至「薄身厚志」：「兩公係相知，故寫來自真實有味，然鎔鍛之力，猶似未至。」又評「糾纆幹流」至「懷和長畢」：「常意耳，何須如許語，且摛詞亦晦拙。」又評「深心追往」至「誰箴余闕」：「有此段情事，自是味長，顧奈何仍有拙意。」

以上為歷代《文選》刻本中與顏延之《陶徵士誄》直接相關的材料。此外，《文選章句》文末評論兼及顏誄，並附多人對淵明名字的考證，故抄錄如下：「陳與郊曰：靖節先生，《晉書》《南史》皆有傳。《晉書》云名潛，字元

亮。《南史》云潛字淵明，或曰字淵明名元亮。葉左丞則以潛字淵明為前所行，字元亮為後所更。吳仁傑則以為，在晉本名淵明，在宋更名潛，先後字俱元亮。且曰：顏陶相善，著其為晉徵士，又書其在晉之舊名，欲因是見先生之意焉。黃山谷云『潛魚願深渺，淵明無由逃。彭澤當此時，沈冥號元亮。淒其望諸葛，肮髒猶漢相』，則又謂更潛為元亮。錄備參考。」這也從側面反映出顏誄在陶淵明研究中具有不可替代的學術價值。

陶淵明《述酒》詩輯校匯評

　　陶淵明《述酒》詩在宋代以前似未引起重視。直至宋代，經宋庠、陳襄、黃庭堅、韓駒、趙泉山等人闡釋，尤其是湯漢詳注之後，情況開始改變，此後注、評《述酒》者代不乏人。這些注評材料對於研究陶淵明其人其作均具有參考意義，然而它們零星散碎未經收拾，故而查閱、使用都不很方便。基於這一情況，筆者遂擬將兩宋至民國的相關材料，排比系聯，匯為一編，以期為《述酒》詩研究提供稍許便捷。本文凡例如下：

　　（一）在輯錄異文校勘的材料方面，本文以宋刻遞修本《陶淵明集》（簡稱宋刻遞修本）為底本，參校宋刻遞修本《陶靖節先生集》（殘宋本）、曾集刻本《陶淵明集》（曾集本）、蘇寫刻本《陶淵明文集》（蘇寫本）、吳汝紀重刊焦竑藏本《陶靖節先生集》（焦竑本）、湯漢《陶靖節先生詩注》（湯漢本）、李公煥《箋注陶淵明集》（李公煥本）、蔡正孫《精刊補注東坡和陶詩話》（《陶蘇詩話》）、陳仁子《文選補遺》。

　　（二）在輯錄解讀詩句的材料方面，本文以歷代陶集的注評材料為主，兼採選本、詩話、文章中的相關材料。湯漢注釋《述酒》，或兩句一注，或四句、六句一注，後代陶集多仍其舊。故本文分句體例依湯漢本，先附陶詩原文若干句，後將相關材料（或題注，或夾註，或詩後注評，或詩話）羅列其下。

　　（三）在輯錄探討全詩的材料方面，本文兼採諸本陶集及相關筆記、詩話，尋其源頭，刪其重複。凡遞相轉引、陳陳相因者不取，凡有所發明，無論洋洋大論，或是隻言片語，均予收錄。有些篇幅較長者，僅截取與《述酒》相關片段。

　　（四）歷代詩人往往以詩歌的形式，表明對陶淵明及《述酒》詩的態度。

這些詩歌或直抒胸臆，或委婉用典，或次《述酒》韻，或擬《述酒》詩，同樣體現了作者對《述酒》的態度。由於其與陶集及筆記、詩話的評論方式不同，故擬另撰一文錄之。

一

宋刻遞修本是現存較早陶集，校注精良，異文豐富，故以之為底本。曾集本、湯漢本、李公煥本乃宋元舊本，故以之參校。現存之蘇寫本、焦竑本雖非宋刻原本，但大體保存宋刻本風貌，故以宋刻本視之。《陶蘇詩話》《文選補遺》，雖一為詩話，一為選本，但二者年代較早，且《陶蘇詩話》保存他本未有之異文，故一併參校。至於明清諸本陶集，以及收錄《述酒》的詩歌選本如《古詩紀》《采菽堂古詩選》《江西詩徵》《十八家詩鈔》《八代詩選》等，由於晚出，校勘價值不大，故均不以之校異文。宋刻遞修本所載《述酒》全詩如下：

> 重离照南陸，鳴鳥聲相聞。秋草雖未黃，融風久已分。素礫晶修渚，南嶽無餘雲。豫章抗高門，重華固靈墳。流淚抱中歎，傾耳聽司晨。神州獻嘉粟，西靈為我馴。諸梁董師旅，羊勝喪其身。山陽歸下國，成名猶不勤。卜生善斯牧，安樂不為君。平生去舊京，峽中納遺薰。雙陵甫云育，三趾顯奇文。王子愛清吹，日中翔河汾。朱公練九齒，閒居離世紛。峨峨西嶺內，偃息常所親。天容自永固，彭殤非等倫。

以諸本參校，所得異文頗多，茲列如下：

（一）「素礫晶修渚」之「礫晶」，宋刻遞修本、曾集本云「宋本作『襟輝』」；蘇寫本、蔡正孫《陶蘇詩話》云「一作『襟輝』」。

（二）「重華固靈墳」之「靈」，宋刻遞修本、曾集本、蘇寫本、殘宋本、《陶蘇詩話》皆云「一作『虛』」。

（三）「流淚抱中歎」之「歎」，《陶蘇詩話》作「款」。

（四）「神州獻嘉粟」之「嘉」，焦竑本作「佳」。

（五）「西靈為我馴」之「靈」，宋刻遞修本、曾集本、蘇寫本皆云「一作『雲』，又作『零』」；《陶蘇詩話》云「一作『雲』」。

（六）「羊勝喪其身」之「羊」，宋刻遞修本、曾集本、湯漢本、《陶蘇詩話》皆作「羊」，並云「一作『芊』」；殘宋本作「羊」，並云「一作□」；蘇寫本作「芊」，並云「一作羊，非」；焦竑本、李公煥本作「羊」。

（七）「安樂不為君」之「不」，《陶蘇詩話》云「一作『否』」。

（八）「平生去舊京」之「生」，宋刻遞修本、曾集本、殘宋本、蘇寫本皆作「生」；焦竑本作「王」；《陶蘇詩話》作「生」，並云「韓子蒼本作『王』」；湯漢本、李公煥本皆作「王」，並云「從韓子蒼本舊作『生』」；陳仁子《文選補遺》作「王」，並云「一作『生』」。

（九）「雙陵甫雲育」之「陵」，宋刻遞修本、曾集本、殘宋本、蘇寫本、湯漢本、《陶蘇詩話》皆云「一作『陽』」。

（十）「日中翔河汾」之「日」，宋刻遞修本、曾集本、殘宋本皆云「一作『星』」。

（十一）「峨峨西嶺內」之「西嶺」，宋刻遞修本、曾集本、殘宋本、蘇寫本、湯漢本、《陶蘇詩話》皆云「一作『四顧』」。

（十二）「偃息常所親」之「常」，宋刻遞修本、曾集本云「一作『得』」；蘇寫本、《陶蘇詩話》作「得」。

（十三）「天容自永固」之「容」，宋刻遞修本、曾集本、殘宋本皆云「一作『客』」。

筆者按〔註1〕：現存各本陶集所云之「宋本」，據橋川岜雄等人考證，蓋指北宋宋庠本《陶潛集》。宋庠（996～1066），字公序，諡元獻，安州安陸人。官至參知政事、同平章事，故又稱宋丞相。《宋史》有傳。宋庠本陶集今佚，據橋川氏以今本推測之：「此本編次，《五孝傳》輯於傳文，《四八目》分為二卷。正集九卷，《序》《目》《傳》《誄》一卷，凡十卷者也。」〔註2〕其陶詩異文及《私記》多保留於傳世諸本陶集中。

宋刻遞修本《陶淵明集》，凡十卷，載《五孝傳》《四八目》；卷首載汪駿昌跋，卷三之首有思悅辨甲子一文，卷十末附顏延之《誄》、蕭統《傳》、陽休之《序錄》、宋庠《私記》、曾紘《說》。據陳杏珍、劉明等人初步推論，蓋為南宋紹興年間明州刻本。〔註3〕此本為現存較早陶集，保存大量陶詩異文，歷來為諸家所重。據橋川氏考證，此本影刻本有三：咸豐十一年李文韓本，光緒

〔註1〕 為行文方便，在本文第一、二部分中，分別於材料羅列完之後，整體加按語；在本文第三、四部分中，每則材料後加按語。按語對相關人、事進行說明，若同一人物出現多次，只在首次出現時加按語。

〔註2〕 見橋川岜雄《陶集版本源流考》（雕龍叢鈔本），文字同盟社，第6頁。

〔註3〕 分別見：陳杏珍《宋刻陶淵明集兩種》一文，《文獻》，1987年第4期，第210頁；劉明《宋本陶淵明集考論》一文，《九江學院學報》（社會科學版），2016年第4期，第3頁。

二年徐椒岑本，道光二十一年李廷鈺本。郭紹虞考證李文韓之前又有袖珍本。今有《中華再造善本》影印本。原本舊藏汲古閣，繼歸黃丕烈、楊紹和等人，後歸周叔弢，今藏國家圖書館。

殘宋本《陶靖節先生集》，凡十卷，卷末載有南宋吳仁傑《陶靖節先生年譜》。此本即陳振孫《直齋書錄解題》所謂蜀本，是現存最早吳《譜》刻本。此本僅存一至四卷陶詩部分，且這四卷仍多殘葉、缺葉；並存吳《譜》殘卷。今藏國家圖書館，有《中華再造善本》影印本。

曾集本《陶淵明集》，不分卷，陶淵明詩與雜文各一冊。不載《五孝傳》《四八目》《扇上畫贊》《讀史述九章》諸篇，卷末附顏《誄》、蕭《傳》、曾集《跋》。此本為曾集刊於南宋紹熙三年，校注異文豐富。據橋川氏考證，此本有三種影刻影印本：光緒影刻本、民國影印本、續印《續古逸叢書》十二種本。今有《中華再造善本》影印本《陶淵明詩》。原本曾藏於項元汴、汪士鍾、瞿鏞等人，今藏國家圖書館。

蘇寫本《陶淵明文集》，凡十卷。卷前有蕭《序》《總目》，卷三之首有思悅辨甲子一文，卷十末附《誄》《傳》《序錄》《私記》《書後》等。據胡仔《苕溪漁隱叢話》後集卷三所載，此本原「乃宣和壬寅王仲良厚之知信陽日所刻，字大，尤便老眼，字畫乃學東坡書，亦臻其妙，殊為可愛」，今佚。後有南宋紹興十年無名氏翻刻宣和本，初藏於顧湄，今佚。錢曾曾據紹興本影摹藏鈔，毛扆於康熙三十三年翻刻錢氏藏鈔本，大行於世。據橋川氏引葉德輝《郎園讀書志》，從毛本出者有四：魯銓刻本，何氏篤慶堂本，湘潭胡薊伯刻本，會稽章氏刻本。其中，以魯銓本為佳。此外，還有宣統年間上海著易堂影印毛氏本。

焦竑本《陶靖節先生集》，凡八卷，載《五孝傳》，不載《四八目》，卷前有顏《誄》、蕭《序》《傳》。原本為南宋刊本，藏於明代焦竑，今佚。萬曆三十一年，焦竑授藏本於吳汝紀重刊。今南京圖書館所藏焦本，曾為朱彝尊、丁丙所藏，無焦竑《陶靖節先生集序》；社科院文學所藏本有焦《序》。

韓子蒼本陶集，今佚。橋川氏謂：「湯漢本陶集《述酒》『平王去舊京』句『王』字下注云：『從韓子蒼本，舊作生』。李公煥本陶集注亦同。湯、李兩陶集中，多引子蒼之言。乃可知韓本嚴於校勘，而且加以詳解者也。」〔註4〕郭紹虞謂：「又韓氏論陶之語，胡仔《苕溪漁隱叢話》前集卷三、卷四二卷，時

〔註4〕見橋川眥雄《陶集版本源流考》（雕龍叢鈔本），文字同盟社，第18頁。

多稱引，精義時見，頗足發人深思。」〔註5〕韓駒（1080～1135），字子蒼，陵陽仙井監人。江西派詩人，有四卷本《陵陽集》存世。《宋史》有傳。

湯漢《陶靖節先生詩注》，凡四卷，除陶詩外，並錄《桃花源記並詩》《歸去來兮辭並序》；卷首有周春記、湯漢書，卷末有顧自修記、黃丕烈記。湯漢較早詳注《述酒》，對後世影響深遠。舊說此本刊於淳祐初年，陳杏珍認為刊於咸淳前後〔註6〕。據橋川氏、郭紹虞考證，此本重刻重印本有五：乾隆鮑廷博重刻本；嘉慶吳騫翻刻乾隆本，後輯入《拜經樓叢書》中；光緒章氏重雕《拜經樓叢書》本；光緒丁艮善重刻乾隆本；民國三年上海有正書局影印本。今有《中華再造善本》影印本。原本初為鮑廷博所得，繼歸周春，後歸黃丕烈、楊紹和等人，又歸周叔弢，今藏國家圖書館。湯漢，字伯紀，號東潤，諡文清，饒州安仁人。宋淳祐四年進士，忠貞有識，為真德秀所重，《宋史》有傳。

李公煥《箋注陶淵明集》，凡十卷，卷一至卷八為詩文，卷九、卷十為《四八目》。此本夾註薈萃眾說，詩後兼採諸家評語，卷首又輯淵明詩文總論，開後世集注、集評、輯錄淵明詩話之風。李本陶集，舊傳刊於宋，橋川氏、袁行霈等人認為刊於元〔註7〕。據郭紹虞考論，傳世者有數本：上海涵芬樓藏本，《四部叢刊》本即影縮此本；吳焯藏本；潘景鄭藏本。其中，涵芬樓本與潘本蓋同出一本，與吳本字畫不盡相同。又有貴池劉氏玉海堂景印本，與以上諸本皆不相同。據橋川氏考論，明清兩朝重刻李本者甚多，據李本削《四八目》以為八卷者亦不在少數。李公煥，事蹟未詳，蓋宋元之際廬陵人。

蔡正孫《精刊補注東坡和陶詩話》，凡十三卷。在本土久佚，據金程宇、卞東波、楊焄於域外翻閱，目前可見三種殘本，分別為：高麗大學所藏華山文庫本和晚松文庫本，共存卷一至卷五、卷十一至卷十三；楊焄所謂新殘本，存卷八至卷十。〔註8〕卞東波《宋代詩話與詩學文獻研究》附有《精刊補注東坡和

〔註5〕見郭紹虞《照隅室古典文學論集》上編之《陶集考辨》一文，上海古籍出版社，2009年版，第281頁。

〔註6〕見陳杏珍《宋刻陶淵明集兩種》一文，《文獻》，1987年第4期，第213頁。

〔註7〕分別見：橋川曾雄《陶集版本源流考》（雕龍叢鈔本），文字同盟社，第26頁；袁行霈《陶淵明研究》之《宋元以來陶集校注本之考察》一文，北京大學出版社，1997年版，第203頁。

〔註8〕分別見：金程宇《高麗大學所藏〈精刊補注東坡和陶詩話〉及其價值》一文，《文學遺產》，2008年第5期，第118～129頁；卞東波《〈精刊補注東坡和陶詩話〉與蘇軾和陶詩的宋代注本》一文，《復旦學報》（社會科學版），2015年第3期，第31～39頁；楊焄《新見〈精刊補注東坡和陶詩話〉殘本文獻價值初探》一文，《文學遺產》，2012年第3期，第92～100頁。

陶詩話箋證》。《陶蘇詩話》對於研究和陶注本及與蘇寫本之關係，具有重要意義。蔡正孫，字粹然，號蒙齋野逸，又號方寸翁，福建建安人。宋亡後歸隱故鄉，詩酒自娛，不書元朝年號，只書甲子。於唐前詩人中獨青睞陶淵明。除《陶蘇詩話》外，還著有《詩林廣記》《唐宋千家聯珠詩格》，後者亦在本土久佚。

　　陳仁子《文選補遺》，凡四十卷，於元大德三年刊行。陳仁子因不滿蕭統《文選》編次、去取，遂編撰此書。《補遺》收錄陶淵明詩文達八十七篇之多，為宋元選錄陶詩最多的總集之一。其異文、注評多同於李公煥本。陳仁子，字同備，號古迂，湖南茶陵人。宋咸淳十年漕試第一，宋亡後不仕，歸隱茶陵東山。著有《牧萊胜語》《文選補遺》二書，《四庫全書》均予收錄。

二

　　各本陶集以及詩鈔、筆記，對《述酒》詩句多有注評，彼此對照，正可探其源流、考其異同。

（一）重离照南陸，鳴鳥聲相聞。秋草雖未黃，融風久已分。素礫皛修渚，南嶽無餘雲。

　　湯漢本注：「司馬氏出重黎之後，此言晉室南渡，國雖未末，而勢之分崩久矣。至於今，則典午之氣數遂盡也。『素礫』未詳。『修渚』疑指江陵。」湯漢本補注：「晉元帝即位，詔曰：『遂登壇南嶽，受終文祖。』」

　　吳師道《吳禮部詩話》云：「愚謂以『離』為『黎』，則是陶公故訛其字以相亂。『離』，南也，午也；『重離』，典午再造也，止作晉南渡說自通。《書》：『我則鳴鳥不聞』。陶正用此鳥指鳳凰，此謂南渡之初，一時諸賢猶盛也。『礫』，小石。『修渚』，長江，指江左。『皛』，顯也。此承首句『離』『照』字言，素礫顯於江渚，其微已甚。至『南嶽無餘雲』，則氣數全盡矣。」

　　黃文煥《陶詩析義》云：「細觀全詩次第，其所隱寓尤詳。逼禪在六月，故首言日照南陸，秋草未黃，蓋隱紀其月也。」

　　吳瞻泰《陶詩匯注》：「瞻泰按《晉書·恭帝紀》：元熙二年六月，劉裕至於京師，傅亮承裕旨，諷帝禪位，尋弒之。又按《天文志》：日行南陸謂之夏。則『重離』『南陸』『融風』皆紀時起興之語。」又注：「瞻泰按《晉書·恭帝紀》：帝遜於琅邪第，裕以帝為零陵王。則『南嶽』正指其所近之地也。」〔註9〕

〔註9〕按，古人引用之史料，若只是櫽栝大意者，只加冒號，不加引號；古人引用之
　　　書名，即使是簡稱，亦加書名號。

陶澍《靖節先生集》注:「澍按:『鳴鳥聲相聞』句,蓋用《楚辭》『恐鵜鴂之先鳴兮,使夫百草為之不芳』。《月令》:仲夏之月,鵙始鳴,鳴則眾芳皆歇。《易通卦驗》:博勞以夏至應陰而鳴。吳引『鳴鳥不聞』,似非。」又云:「蓋自篇首『重離照南陸』至『重華固靈墳』,此述晉室南渡之後,偏安江左,浸以式微。(『素礫皛修渚』即子美所謂渚清沙白,以喻偏安江左,氣象蕭颯也。)至零陵而王氣遂盡。(『南嶽無餘雲』謂零陵也,零陵在衡湘間,故以南嶽為言。)篡弒已成,敘述明顯。」

曾國藩《十八家詩鈔》云:「司馬氏出重黎之後,以『離』為『黎』,故為錯亂也。」

曹耀湘《陶淵明集》注:「此云『聲相聞』者,言江左立國,實賴賢臣匡輔之功也。」又注:「《詩‧小雅》『何草不黃』,國勢衰微之象。南渡以後,九域分裂,中原淪於左衽,晉雖未亡而南北不能復合,是秋草未黃而融風已分久矣。」又注:「『礫』,石也。『皛』,明也。『修渚』謂長江也。元帝即位,詔曰:『登壇南嶽,受終文祖』。建康一稱石頭城,此二句言晉都建康,倚長江天塹以自固。秋高水落,沙明石見,以喻凋疏之象。嶽無餘雲,則王氣衰歇之象也。」

張譜之《陶淵明〈述酒〉詩解》云:「《易》:離為日,又君象也,位在南,盛於午。『重離』言典午再造也。『南陸』,夏至日躔南方,鶉火之次也。『鳴鳥』,鳳也,見《書‧君奭篇》,言賢才輔而鳳鳴於郊也。二句以日照南陸、陽氣盛大喻晉室南遷、君德尚隆而得群賢之輔佐也。曾注謂司馬氏出重黎之後,以『離』為『黎』,故為錯亂。亦通。」又云:「『融風』,熱風也。《左傳》:『梓慎曰:「是謂融風,火之始也」。』『分』言勢分而衰也。二句言秋草雖存、火氣浸謝,以喻數世之後,國雖未亡,而陽綱已不振矣。」又云:「『素礫』,白石也。『皛』,顯也。『修渚』,長江也。用《唐風‧揚之水》『白石鑿鑿』之意。二句以水清石見、山不出雲,喻君弱臣強、國勢式微而無從龍之彥也。以上六句言晉室陵替之漸。」

(二)豫章抗高門,重華固靈墳。流淚抱中歎,傾耳聽司晨。

湯漢本注:「義熙元年,裕以匡復功封豫章郡公。『重華』謂恭帝禪宋也。裕既建國,晉帝以天下讓,而猶不免於弒,此所以流淚抱歎,夜耿耿而達曙也。又按:義熙十二年丙辰,裕始改封宋公,其後以宋公受禪,故詩言其舊封而無所嫌也。」

李公煥本、陳仁子《文選補遺》：「『豫章』，宋武始封。『重華』，斥恭帝揖遜事。」

吳師道《詩話》云：「湯注裕始封豫章郡公，『重華』謂恭帝禪宋也，愚謂亦寓『裕』字。恭帝對零陵王，舜冢在零陵九疑，故云爾。裕實纂弒，陶翁豈肯以禪目之？」

黃文煥本云：「曰『豫章抗高門』者，裕為揚州牧，初受封地屬豫章，故暗言其地也。曰『重華』者，裕逼帝以禪讓，故引舜之禪天下也。曰『固靈墳』者，隱言恭帝之死也。舜葬於九疑山，九疑在零陵界中，裕廢帝為零陵王，故舉界內之舜墳也。裕欲自抗以高其門，不帝制不止，於是乎恭帝不得不就死地無生路矣，則『抗高門』『固靈墳』之微旨也。亟承一語曰『流淚抱中歎』，益顯然矣。」

吳瞻泰本注：「瞻泰按《周禮》：雞人夜呼旦，則司晨之官也。上句『流淚』承『靈墳』來，謂恭帝崩也。下句則反《小雅》詩『夜如何』，其夜向晨之意，不忍遽死其君也。」

陶澍本云：「『流淚抱中歎』以下，乃再三反覆以痛之。」

曹耀湘本注：「《詩‧大雅》『皋門有伉』，『伉』亦訓『高』也，字與『抗』同，此言劉裕化家為國也。『重華』謂恭帝也，裕廢帝為零陵王，既而弒帝，故以舜之遜位陟方、崩於蒼梧為比，今舜陵在零陵九疑也。裕既建國，則帝之不得令終，勢有固然矣。以上敘述東晉興亡之大致。」又注：「此故國遺臣睹國破君亡，不勝悲痛之意。傾耳聽雞鳴，言耿耿不寐也。祖逖聞雞起舞，曰『此非惡聲也』，猶有英雄恢復之意焉。先生則純乎悲憤也。」

張諧之《詩解》云：「『豫章』，言劉裕封豫章郡公也。《通鑒》：義熙二年，論討桓元功封劉裕豫章郡公。『高門』，言劉裕家本寒微，至是貴盛也。『重華』，虞帝喻禪讓也。『虛墳』，以九疑之虛墓喻安帝之失權也。二句言劉裕誅桓元之後，功爵日高而禪讓之事起，安帝只坐擁虛位也。此敘起禍之始。」又云：「『司晨』，雞將旦而鳴也。二句憂晉祚之不延而流涕達曙也。此言自報君國之憂。」

（三）神州獻嘉粟，西靈為我馴。

湯漢本注：「義熙十四年，鞏縣人獻嘉禾。裕以獻帝，帝以歸於裕。『西靈』當作『四靈』，裕《受禪文》有『四靈效徵』之語。二句言裕假符瑞以奸大位也。」

黃文煥本云：「『神州獻嘉粟』，則特因毒酒點露此語，題之所云『述酒』也，天不生嘉粟，無由造毒酒，則嘉粟殆恨端哉。『西靈為我馴』，暗指張偉之自飲也。」

陶澍本云：「此用《穆天子傳》西王母諸國獻禾、獻𪘑諸事，謂西晉全盛時，五胡未亂，四夷賓服也，今不可見矣。」

曾國藩《詩鈔》：「義熙十四年，鞏縣人獻嘉禾。『西靈』當作『四靈』，裕《受禪文》有『四靈效徵』之語。」

曹耀湘本注：「『西靈』謂靈瑞之物來自西方者也。劉裕北伐，平燕、平秦，是時，神州版宇、關雒舊都將修貢效珍，革面歸化，獻粟馴靈，中原大有撥亂反正之機，是裕之有功於天下者，此其一瑞也。」

張諧之《詩解》云：「神州猶言中州也。《通鑑》：義熙十二年，劉裕督諸軍伐秦；十三年，王鎮惡等趨潼關，為秦所拒，軍乏食，鎮惡乃至宏農說喻，百姓竟送義租，軍食復振，八月，王鎮惡大破秦軍，遂入長安，秦主泓降。二句言宏農人以粟助軍，遂成滅秦之功。西方生靈，皆為我馴也。此敘滅秦事，而痛劉裕威權日盛，篡弒之禍愈亟。王買德對夏主曰：『關中形勝之地，而裕以幼子守之，狼狽而歸，正欲急成篡事。』意與此同。『嘉粟』，陳箋引《穆天子傳》曹奴獻穄米事，曾注引鞏縣人獻嘉禾事；『西靈』，陳箋謂為西王母，曾注謂當作『四靈』，引劉裕《受禪文》『四靈效徵』之語，均與時事、文義不合。」

（四）諸梁董師旅，羊勝喪其身。

湯漢本注：「沈諸梁，葉公也，殺白公勝，此言裕誅翦宗室之有才望者。『羊』當作『芊』，而梁孝王亦有羊勝之事，或故以二事相亂，使人不覺也。」

李公煥本、陳仁子《補遺》：「黃山谷云：『羊勝當是芊勝。芊勝，白公也。沈諸梁，葉公也，殺白公勝。』」

黃文煥本云：「引諸梁、芊勝尤為憤絕。白公勝欲殺王篡楚，得沈諸梁、葉公誅之，楚國卒以存。晉之能為諸梁者何人乎？」

吳瞻泰本注：「《左·哀十六年》：楚太子之子曰勝，處吳為白公，葉公與國人攻白公，白公登山而縊。」

陶澍本云：「次則芊勝亂楚，而沈諸梁董師復之，謂東晉初有王敦、蘇峻之亂，即有陶侃、溫嶠之功，國猶有人也，今亦不可見矣。」

曹耀湘本注：「『芊』，舊作『羊』，字之誤也。黃山谷云：『芊勝，白公也。

沈諸梁，葉公也。』白公為亂，葉公誅之，此言劉裕平桓玄之亂，安帝復位，是裕有功於晉室，與楚之葉公同也。此詩本哀晉之亡與恭帝之遇害，而此四語反稱裕之功者，何哉？蓋裕雖篡賊，曾立大功，因倚其功為篡奪之階也。湯氏注『神州』二句，言裕假符瑞以奸大位；『諸梁』二句，言裕誅翦宗室之有才望者。其說殊迂曲，未合本指。又考《晉書》，元熙二年，劉裕至建康，使傅亮諷帝禪位。帝曰：桓玄之亂，晉室已亡，賴劉公延之，今日之事，本所甘心。遂遜位於瑯邪第。此詩稱裕之功，正為下句『山陽歸下國』張本也。」

張諧之《詩解》云：「諸梁，葉公，沈諸梁也。董，督正也。芊勝，白公勝也。《左傳》：太子建之子曰勝，在吳，子西召之，使處吳竟，為白公。吳人伐慎，白公敗之，請以戰備獻，許之，遂作亂。殺子西、子期於朝，而劫惠王。葉公與國人攻白公，白公奔山而縊。按《通鑑》，元熙元年初，劉裕誅宗室之有材望者，司馬楚之叔父、宣期兄貞之皆死，楚之亡匿蠻中，及從祖休之奔秦，楚之乃亡之汝潁間，聚眾以謀復仇。時宗室多逃亡在河南，司馬文榮帥千餘戶屯金鏞城南，司馬道恭自東垣帥三千人屯城西，司馬順明帥五千人屯於凌雲臺，司馬楚之屯柏谷塢。劉裕遣兵攻之，順明等皆降於魏。二句以葉公殺白公勝，喻劉裕誅驅宗室之有材望者，而本支催撥，王室不可為矣。陳箋非是。」

（五）山陽歸下國，成名猶不勤。

湯漢本注：「魏降漢獻為山陽公，而卒弒之。《諡法》：『不勤成名曰靈』。古之人主不善終者，有『靈』若『厲』之號，此政指零陵先廢而後釋也。曰『猶不勤』，哀怨之詞也。」

黃文煥本云：「再引漢獻帝事以深致慨焉。裕之加九錫自為主，與操同；逼恭帝禪位，與丕逼獻同。獻為山陽公，十五年始卒，而零陵王乃以次年進毒不遂，竟加掩殺，不得如獻帝之偷餘生也。裕之視丕，倍忍心矣。『成名猶不勤』者，言丕已成其帝位之名，猶能不以殺山陽為應勤之事，而置之度外，留其餘年也。」

吳瞻泰本注：「《資治綱目》：漢建安二十五年，魏王曹丕廢獻帝為山陽公。瞻泰按：山陽以比零陵，意更顯露。」

陶澍本注：「澍按：山陽即謂零陵，山陽已歸下國矣，而猶不免於弒，極憤裕之忍也。」又云：「又下則山陽禪魏，猶獲令終，不事急急翦除，而今亦不可復見焉。」

曹耀湘本注：「曹丕篡漢，廢漢獻帝為山陽公。《諡法》：『不勤成名曰靈』。春秋時被弒之君，多諡曰『靈』，如陳靈公、晉靈公是也。山陽廢後十餘年，猶得善終。劉裕欲篡，晉恭帝欣然草禪詔而無難色，亦自有脫屣萬乘之風，而卒以見弒。零陵之禍，慘於山陽。劉裕之惡，烈於曹丕。此篡弒之罪所以不容誅，而恭帝之所以大可哀也。」

張諧之《詩解》云：「『山陽』，漢獻帝廢為山陽公也。《通鑑綱目》：建安二十五年，魏王曹丕稱皇帝，廢帝為山陽公。『下國』，猶小國，謂秣陵也。《諡法》：『不勤成名曰靈』。按《通鑑》，元熙二年，劉裕欲受禪，使傅亮入都，徵裕入輔。六月，裕至建康，亮具詔草，使帝書之。帝欣然操筆曰：桓元之時，晉室已無天下，重為劉公所延，將二十載，今日之事，本所甘心。遂書赤紙為詔，遜於琅邪第。裕為壇於南郊即位，奉晉恭帝為零陵王，即宮於秣陵縣，使將軍劉遵考將兵防衛。二句言獻帝之被廢，猶靈帝之不君，以喻恭帝之被廢，猶安帝之被弒也。此敘恭帝被廢之事。」

（六）卜生善斯牧，安樂不為君。

湯漢本注：「魏文侯斯事卜子夏，此借之以言魏文帝也。安樂公，劉禪也。丕既篡漢，則安樂不得為君矣。」

黃文煥本云：「『卜生』如握粟出卜之『卜』，用子書牧乎君乎之語。為天子而不能自保其身，即求為人牧，亦何可得？自卜此生者，寧以人牧為善，為可安樂，而不願為君也。」

吳瞻泰本注：「瞻泰按：黃注引《莊子》牧乎君乎之語，意不甚明，姑闕之。」

陶澍本云：「至以萬乘求為匹夫不得，此牧人所以不願為君也。」

曾國藩《詩鈔》云：「安樂公，蓋以劉禪比恭帝。」

曹耀湘本注：「按此乃詩中絕痛之語，猶云世世勿生帝王家也。」

張諧之《詩解》云：「『卜生』，卜式也。《漢書》：『卜式，河南人，以田畜為事，有少弟，弟壯，式脫身出，獨取蓄羊百餘，田宅財物盡與弟。式入山牧，十餘年，羊致千餘頭。』『安樂』，蜀後主劉禪也。《通鑑綱目》：魏咸熙元年，封故漢帝禪為安樂公。又按，宋永初二年，九月，宋主劉裕弒零陵王於秣陵，王與褚妃共處一室，飲食所資，皆出褚妃，故宋人莫得伺其隙，至是裕令妃兄淡之往視妃，妃出別室相見，兵人逾垣而入，遂弒王。二句言卜式之讓產而牧羊，所為甚善，以喻恭帝之禪位而遜國，亦不為不順矣，乃復弒帝於秣陵，是

安樂公亦不得為降附之君也。此敘恭帝被弒之事。」

（七）平生去舊京，峽中納遺薰。雙陵甫云育，三趾顯奇文。

湯漢本注：「裕廢帝而遷至秣陵，所謂『去舊京』也。『峽中』未詳。『雙陵』當是言安、恭二帝陵。『三趾』似謂鼎移於人。四句難盡通。」

何孟春《陶靖節集》注：「班孟堅《幽通賦》『姜本支乎三趾』；張平子《東京賦》『能鼇三趾』。」

黃文煥本云：「『平王去舊京』，則特援東遷與東晉相映。平王得以東遷再永其國，而東晉竟為裕所滅，不獲復為東也。『峽中納遺薰』，指東遷之後猶足自蔭也。」

吳瞻泰本注：「程元愈曰：『班固《幽通賦》云：「黎淳耀於高辛兮，芈強大於南汜。嬴取威於百儀兮，姜本枝乎三趾。」李善注：姜，齊姓。趾，禮也。齊，伯夷之後。伯夷，嘗典三禮。何注已引此，但未暢發耳。且詩首言「重離」，又言「芈勝」，亦與「黎淳耀」二句相合。正傳以「離」為「黎」，殆非鑿空之說，惜未引班賦也。愈竊意「雙陵」即二陵，以姜對嬴，尤與賦協，謂齊、秦興於平王東遷之後，猶知尊王。而東晉竟為裕所滅，不復能為東也。語意隱而憤。』」

陶澍本云：「『平王去舊京』以下，謂晉自遷江左，而中原沒於鮮卑，劉裕平姚泓，修復晉五陵，置守衛，國恥甫雪，而篡弒已成也。『薰』，『獯鬻』，《史記·五帝本紀》作『葷粥』，《周本紀》作『薰育』，『葷』『薰』『獯』並通。『峽』，蓋郟鄏，成王定鼎於郟鄏，今洛陽，『峽』『郟』通也。晉五陵在洛陽，不敢顯言五陵，故曰『雙陵』，蓋亦以崤之二陵亂其辭，其實若除宣景文三王不數，則武惠二帝正雙陵耳。『三趾』，乃曹魏受禪之祥。左太沖《魏都賦》：『莫黑匪烏，三趾而來儀。』注：延康元年，三趾烏見於郡國，裕受禪時，太史令亦陳符瑞天文數十事也。」

曹耀湘本注：「此言晉遷江左，而中原沒於五胡也。周平王東遷以後，秦納陸渾之戎於伊川，以況晉時事勢略同。『峽』與『郟』同，即洛陽，西晉所都也。『薰』與『獯』同，匈奴之先稱曰『獯鬻』，《史記》一作『薰育』也。」又注：「《左傳》：『崤有二陵焉』。晉之五陵在洛陽。育，生也，猶《書》言來蘇之意。『三趾』，猶三足，謂鼎也。『顯奇文』謂遷於異性也。一說烏三趾、見郡國，乃曹魏受禪之祥。劉裕平關中，俘姚泓，修復晉五陵，置守衛，是中州遺黎有更生之望。不一二年，而裕即行篡代之事，中原甫得旋即陷沒。此

四句推論世局，慨乎其言，以見運祚之短長、華夷之變亂、神州之陸沉，皆天道之難，知者、忠臣、烈士徒想望而無可如何，亦不暇為亂賊之徒計較得失也。」

張諧之《詩解》云：「『平王』，言桓元廢安帝為平固王也。『舊京』，建康也。『峽口』，江陵也。『遺薰』，猶餘氣也。按《通鑑綱目》：安帝元興元年，正月，桓元舉兵反。三月，元入建康，自為太尉，總百揆。二年冬，十一月，元稱皇帝，廢帝為平固王，遷於尋陽。三年春，劉裕起兵京口，討元，元使弟謙拒之。三月，劉裕及桓謙戰於覆舟山，大破之，元出走。是月，元至尋陽，逼帝西上。夏四月，元挾帝入江陵，復帥諸軍挾帝東下。五月，劉毅等及元戰於崢嶸洲，大破之，元復挾帝入江陵，寧州督護馮遷擊元，誅之，帝復位。閏月，桓振襲江陵，陷之。十二月，劉毅等進克巴陵。義熙元年春，正月，入江陵，桓振亡走。二月，帝東遷。三月，帝至建康。二句追述劉裕篡弒之禍。自建義誅桓元始，而歎安帝被廢，播越西遷，雖至江陵復辟，亦只收合餘氣耳，無復大有為之望矣。」又云：「『雙陵』，謂安帝葬休平陵，恭帝葬沖平陵也。『育』，養也。『三趾』，三足烏也。《魏都賦》：『莫黑匪烏，三趾而來儀。』注：『漢獻帝延康元年，三趾烏見於郡國，為魏受禪之符』。二句歎二帝甫云得養，而篡弒之禍成也。以上四句追述桓元之亂，為劉裕篡弒之本，以引起結意。」

（八）王子愛清吹，日中翔河汾。朱公練九齒，閒居離世紛。

湯漢本注：「王子晉好吹笙，此託言晉也。朱公者，陶也，意古別有朱公修煉之事，此特託言陶耳。晉運既去，故陶閒居以避世，明言其志也。」湯漢本補注：「河汾，亦晉地。」

吳師道《詩話》云：「『日中』，午也。裕以元熙二年六月廢帝，故詩序夏徂秋亦寓意云。」

黃文煥本云：「『王子愛清吹』，引子晉吹笙事，語意尤悲。子晉為太子者也，居君位而見弒於其臣，篡賊接踵，何可勝歎。但有辭位學仙，庶可免禍耳。『日中翔河汾』，則指子晉之白日飛昇也。『雙陵』『九齒』，語不可解，殆故晦之，以自藏耶？然鳳舉鸞騫，高遁不仕之意，已居然顯白矣。」

吳瞻泰本注：「《列仙傳》：王子喬，好吹笙，作鳳凰鳴，七月七日於緱氏山乘白鶴，舉手謝時人而去。瞻泰按：此下俱以遊仙事隱約其詞，可想見公忠憤不能自明之意。而《正傳詩話》謂『日中，午也』，寓元熙二年六月之意，則又固矣。『日中』不過謂王喬白日升舉耳。」又注：「朱公，未詳。」

陶澍本云：「『王子愛清吹』以下，則以子晉棄位學仙，願世世勿生天王家之歎也。『朱公練九齒，閒居離世紛』，乃遭亂世而思遯舉之心也。」

曾國藩《詩鈔》云：「卜生句、平生八句，不甚可解，湯公之說亦不可通。」

曹耀湘本注：「周靈王太子晉好吹笙，遊於伊洛之間，浮邱公接以上嵩山，事出《列仙傳》。『朱公練九齒』，事未詳所出，蓋亦修長生之術也。此四句猶屈原賦《遠遊》之意，遭時方亂，超然遯舉，遠離世網，自昔賢哲多寄託於此。竊意此詩，晉之宗室、遺老、世臣與先生之族人，必有借仙術以遁世者，故以王喬、陶朱為比。《晉史‧隱逸傳》：陶淡，字處靜，太尉侃之孫。父夏以罪廢。淡好導養之術，服食辟穀於長沙臨湘山中，結廬居之，人罕得見，養一白鹿以自隨，莫知所終。此其一徵也。按先生詩有云世間有酒，皆古賢寄託所在也；又云『日醉或能忘，將非促齡具』，是酒與仙道相違也。此詩題曰『述酒』而詩稱《列仙》，固非不知遊仙之術，而特寄酒以自晦其志，別有在耳。屈原賦《遠遊》《騷經》亦及遊仙，而其終篇仍示睠懷君國之意，先生之與屈原異世同符也。」

張諧之《詩解》云：「四句言二帝雖亡，神氣上升，如子晉之翱翔，朱公之離世，羽化而登仙也，即《禮記》『魂氣則無不之』之意。」

（九）峨峨西嶺內，偃息常所親。天容自永固，彭殤非等倫。

湯漢本注：「『西嶺』當指恭帝所藏，帝年三十六而弒，此但言其藏之固，而壽夭置不必論，無可奈何之辭也。夫淵明之歸田，本以避易代之事，而未嘗正言之。至此則主弒國亡，其痛疾深矣。雖不敢言，而亦不可不言，故若是乎辭之廋矣。嗚呼，悲夫！」

蔡正孫《陶蘇詩話》云：「愚謂：末章四句，當是承上文『閒居』之語，蓋『朱公練九齒，閒居離世紛』，『朱公』借陶朱公以自指也。淵明既遭世運更革，君父之難如此，付之無可奈何，蓋有無所容其力者。惟自避世離俗，閒居退養而已。謂宜偃仰遊息於西山之下，『西山』亦借首陽采薇之地為言。不受世紛，養其天容，安其天年，自能永久而堅固。至於壽夭、生死，為彭、為殤，惟俟命焉。『天容』不必專指人君為說，如天命、天性、天年稟之於天者皆是。」

吳師道《詩話》云：「愚嘗讀《離騷》，見屈子閔宗周之阽危，悲身命之將隕。而其賦《遠遊》之篇，曰『仍羽人於丹丘，留不死之舊鄉』『超無為以至清，與泰初而為鄰』，乃欲制形煉魄，排空御風，浮游八極，後天而終，原雖

死猶不死也。陶公此詩憤其主弒國亡，而未言遊仙修煉之適，且以天容永固、彭殤非倫贊其君，極其尊愛，至以見亂臣賊子乍起倏滅於天地之間者，何足道哉！陶公胸次沖淡和平，而忠憤激烈時發其間，得無交戰之累乎？洪慶善之論屈子有曰：『屈原之憂，憂國也；其樂，樂天也。』吾於陶公亦云。」

黃文煥本云：「末曰『天容自永固，彭殤非等倫』，為廢帝之死再申低徊也。裕即殺帝而君臣之分自在，千古所不能磨滅也。然則帝何嘗死哉！是不待以彭殤較論者也。用意至曲至憤。」

吳瞻泰本注：「《莊子》：『莫壽於殤子，而彭祖為夭。』瞻泰按：上文之學仙，猶《莊子》之寓言，以見君臣之意千古不磨，彼恭帝自昇遐耳，豈劉裕之能弒耶？是雖弒而天容自固，壽夭安足論哉！一結詩，心更曲更憤。」

陶澍本云：「『天容自永固』，謂天老容成，與下彭殤為對，言富貴不如長生，即楚辭《思遠遊》之旨也。」

曾國藩《詩鈔》云：「『西嶺』當指恭帝所葬之地，謂偃息丘山、天容自固，豈與尋常之壽夭並論哉！」

曹耀湘本注：「『西嶺』即西山也，先生詩云『夷叔在西山』，伯夷、叔齊餓於首陽，其歌曰『登彼西山兮』是也。『偃息』謂死也，『常所親』者謂死而與夷齊為侶也。屈子云『將從彭咸之所居』，朱雲曰臣與龍逢、比干遊於地下，足矣。先生不為松喬，而願親夷齊於西山，所謂捨生而取義者也，先生信為百世之師矣。」又注：「『容』，象也。《易》曰：『在天成象』。《莊子》：莫大於殤子，而彭聃為夭。《老子》云：『死而不亡者壽』，至人以死生為晝夜。彭祖、神仙長年，其與殤子之長短不同者幾何？惟志士仁人，浩然之氣充塞兩間，死而不亡，與日月爭光，與天地齊壽，所謂『天容自永固』也。此其視彭祖之永年，不啻殤子矣，其足與之等倫哉！《漢書》云：神仙者，所以保性命之精，而遊求於其外者也，聊以蕩意平心，齊生死之域，而無驚懼於胸中焉。古今所傳，代有其人，本非妖妄之說。先生詩云『彭祖愛永年，欲留不得住』，長生之數，自有極時。聖賢之至今不死者，此心此理之可大可久也。莊子齊彭殤，是為知道。屈原、張子房、郭景純諸賢，其於仙也，非徒知之，嘗從事焉，而究以君國之故致命遂志，君臣之義無所逃於天地之間也。先生為忠勳之後，處易代之際，自述己志在彼不在此，此所以為聖人之徒歟！忠孝之理之在人心者，自不死也。讀先生集者，允宜三復斯篇。」

張諧之《詩解》云：「『西嶺』，指二帝陵。四句言二帝偃息邱山，常相親

依，天容永固，豈可與彭殤之壽夭並論哉！即《禮記》『骨肉歸復於土』之意。以上八句總結。」

筆者按：吳師道（1283～1344），字正傳，婺州蘭溪人。元至治元年進士，官至禮部郎中，《元史》有傳。其所撰《吳禮部詩話》一篇，以弘揚理學正統為宗旨，對陶淵明詩文多所闡述。此篇《詩話》有《知不足齋叢書》本，並收錄於《歷代詩話續編》《續金華叢書》《叢書集成初編》中，吳騫《拜經樓叢書》本陶集亦附刊之。

何孟春（1474～1536），字子元，號燕泉，郴州人。早年師從李東陽，明弘治六年進士，官至兵部侍郎、吏部侍郎，後稱病還鄉，諡文簡。《明史》有傳。所著《陶靖節集》，凡十卷，並載《五孝傳》《四八目》，卷十載顏《誄》、蕭《傳》、蕭《序》、陽《序錄》、宋《私記》、思悅《書後》及諸家評說。此書刻本較多，今國家圖書館、南開大學圖書館、寧波市天一閣博物館等均有藏。另有朝鮮本。〔註10〕

黃文煥（1598～1667），字維章，福建永福人。明天啟五年進士，曾因黃道周事牽連入獄，於獄中著《楚辭聽直》《陶詩析義》。故橋川氏謂其《陶詩析義》「託於發明陶詩之意，以自述其懷抱者，蓄憤所洩，造語激烈」。〔註11〕郭紹虞則評價「自韓子蒼、湯東澗後，當以此書為最能表白靖節之忠忱矣」，並謂其「惟於《述酒》《擬古》諸首，析陶心膽，不甚重在字法句法者，便多勝義」。〔註12〕此書原本不存，有光緒二年黃文煥後人黃倬昭重刊本，今福建省圖書館、社科院文學所有藏。

程元愈，趙宏恩《（乾隆）江南通志》卷一百六十七載：「程元愈，字偕柳，少自歙徙居宣城。性孝友，為文悉本『六經』，秀水朱彝尊、新城王士禎亟稱之。所著有《儷體文鈔》《昭明詩選輯注》。」又《清史稿》云其撰有《二樓小志》四卷。吳瞻泰本陶集多引其語。

吳瞻泰，字東岩，安徽歙縣人。蓋與程元愈同時。其所撰《陶詩匯注》，凡四卷，卷前有蕭《傳》、吳仁傑及王質《年譜》，卷末詩話載諸家評論及吳菘《論陶》。遍採湯漢、李公煥、何孟春、黃文煥、方熊諸家之注，及汪洪度、

〔註10〕見卞東波：《日韓所刊珍本〈陶淵明集〉叢考》一文，《銅仁學院學報》，2017年第 19 卷第 1 期，第 22～32 頁。

〔註11〕見橋川岦雄：《陶集版本源流考》（雕龍叢鈔本），文字同盟社，第 33 頁。

〔註12〕見郭紹虞：《照隅室古典文學論集》上編之《陶集考辨》一文，上海古籍出版社，2009 年版，第 307 頁。

王棠、程元愈、程崟等時人之語。郭紹虞稱其「採摭略備，至吳氏自加案語亦多精義」，於《述酒》「考核事實，疏證獨詳，皆有獨到之處」。〔註13〕原本於康熙乙酉年由拜經堂印行，今藏國家圖書館。又有光緒年間許印芳增訂本，並上海大中書局影縮許氏本。

陶澍（1779～1839），字子霖，號雲汀，湖南安化人。清嘉慶七年進士，先後任多省布政使、巡撫，治有殊績。道光十年任兩江總督，卒於任，諡文毅，有《陶文毅公全集》等著作存世。《清史稿》有傳，《晚晴簃詩匯》亦有小傳。陶澍本《靖節先生集》，凡十卷。卷首載諸本陶集序錄、提要，及顏《誄》、蕭《傳》《蓮社高賢傳》和《宋書》《晉書》《南史》之《隱逸傳》；卷末又附錄諸家評語和《靖節先生年譜考異》二卷。其校、注、評彙集眾說，又多加按語，是清代陶集的集大成之作。此本刊刻翻印本甚多，可參閱付振華《陶澍集注〈靖節先生集〉研究》。

曾國藩（1811～1872），字伯涵，號滌生，湖南湘鄉人。清道光十八年進士，官至武英殿大學士、兩江總督，諡文正。倡導實學，組建湘軍，創立古文「湘鄉派」，有《曾文正公全集》等著作存世。《清史稿》有傳，《晚晴簃詩匯》亦有小傳。其所編《十八家詩鈔》，選曹植至元好問十八家詩，間有短評；卷二選錄陶淵明五古詩達一百餘首。

曹耀湘，字鏡初，長沙人。官至刑部郎中。好佛學，曾創立長沙刻經處，對楊仁山刊刻佛經事業多所贊助。並精通經學、子書、楚辭、詩歌等，著有《曾文正公年譜》《春秋說》《公羊箋注》《墨子箋》《墨子注》《墨子尚書古義》《離騷注》《讀騷論世》等。並編有《陶淵明集》，凡八卷，清光緒五年刊刻。

張諧之，河南陝州人。清同治年間進士，有《敬齋存稿》傳世。其所著《陶淵明〈述酒〉詩解》一篇，亦附刊於《敬齋存稿》後。《詩解》於《述酒》史事考證頗詳，並間評陳沆、曾國藩注，並存陶詩異文：「融風久已分」之「久」，《詩解》從曾國藩《詩鈔》作「火」；「峽中納遺薰」之「中」，《詩解》作「口」，並云「一作『中』」，未詳所本也。

三

評論《述酒》全詩，探尋淵明作詩本旨，歷代不乏其人，往往勝義間出。

〔註13〕見郭紹虞：《照隅室古典文學論集》上編之《陶集考辨》一文，上海古籍出版社，2009年版，第319頁。

現匯集如下：

（一）宋刻遞修本《陶淵明集》卷三（《中華再造善本》影印本），《述酒》詩題注：

> 儀狄造，杜康潤色之。宋本云：此篇與題非本意，諸本如此，誤。黃庭堅曰：《述酒》一篇蓋闕，此篇似是讀異書所作，其中多不可解。

筆者按：「儀狄造，杜康潤色之」，或疑為《述酒》詩序，乃淵明自注。曾集本、蘇寫本、湯漢本均載之，並載宋本題注。蔡正孫《陶蘇詩話》卷十三《述酒》題注：「公舊注云：儀狄造，杜康潤色之。」高承《事物紀原》卷九「酒」條云：「《陶潛集·述酒》詩序曰：儀狄造酒，杜康潤色之。」然焦竑本不載，亦不載宋本題注。

（二）胡仔《苕溪漁隱叢話》卷三（清乾隆刻本）：

> 山谷云：「『正賴古人書』『正爾不能得』『正宜委運去』，皆當時語，而或者改作『上賴古人書』『止爾不能得』，甚失語法。又《述酒》詩一篇，有其義而亡其辭，似是讀異書所作，其中多不可解。獨『羊勝喪其身』，當是『芊勝』，芊勝，白公也，諸梁，葉公也。」

（三）胡仔《苕溪漁隱叢話》卷三（清乾隆刻本）：

> 韓子蒼云：「陳述古《題述酒詩後》云：『意不可解，恐其讀異書所為也。』余反覆之，見山陽舊國之句，蓋用山陽公事，疑是義熙以後有所感而作也，故有『流淚抱中歎』『平王去舊京』之語，淵明忠義如此。今人或謂淵明所題甲子，不必皆義熙後，此亦豈足論淵明哉！唯其高舉遠蹈，不受世紛，而至於躬耕乞食，其忠義亦足見矣。」

筆者按：陳襄（1017～1080），字述古，侯官古靈人。早年與陳烈、周希孟、鄭穆為友，倡道於海濱，是為「四先生」。著有《古靈先生文集》二十五卷，《宋史》有傳。除胡仔引韓駒語外，吳仁傑《年譜》述《歸園田居》五首亦云：「此詩今本有六首，韓子蒼云，陳述古本止五首。」陳述古本陶集，今佚。

（四）李公煥箋《箋注陶淵明集》卷三（四部叢刊景宋巾箱本），《述酒》詩後集評：

> 趙泉山曰：此晉恭帝元熙二年也，六月十一日，宋王裕迫帝禪位，既而廢帝為零陵王。明年九月，潛行弒逆，故靖節詩中引用漢

獻事。今推子蒼意，考其退休後所作詩，類多悼國傷時感諷之語，然不欲顯斥，故命篇云《雜詩》，或託以《述酒》《飲酒》《擬古》。惟《述酒》間寓以他語，使漫奧不可指謫。今於各篇姑見其一二句警要者，餘章自可意逆也。如「豫章抗高門，重華固靈墳」，此豈《述酒》語耶？「三季多此事」「慷慨爭此場」「忽值山河改」，其微旨端有在矣，類之《風》《雅》，無愧《誄》稱靖節「道必懷邦」。劉良注：「懷邦者，不忘於國。」故無為子曰：「詩家視淵明猶孔門視伯夷也。」

筆者按：趙泉山，未詳何人也。李公煥本陶集多引其論陶之語。據談笑《湯漢前〈述酒〉詩接受情況研究》一文考證，趙泉山蓋生活於南宋中期，晚於晁公武、陳振孫，早於湯漢。

（五）湯漢《陶靖節先生詩注》卷三（《中華再造善本》影印本），《述酒》詩題注：

按晉元熙二年，六月，劉裕廢恭帝為零陵王。明年，以毒酒一罌授張偉，使酖王，偉自飲而卒。繼又令兵人踰垣進藥，王不肯飲，遂掩殺之。此詩所為作，故以「述酒」名篇也。詩辭盡隱語，故觀者弗省。獨韓子蒼以山陽下國一語，疑是義熙後有感而賦。予反覆詳考，而後知決為零陵哀詩也。因疏其可曉者，以發此老未白之忠憤。昔蘇子讀《述史九章》曰：「去之五百歲，吾猶見其人也。」豈虛言哉！「儀狄」「杜康」乃自注，故為疑詞耳。

（六）湯漢《陶靖節先生詩注》卷首（《中華再造善本》影印本）序文：

陶公詩，精深高妙，測之愈遠，不可漫觀也。不事異代之節，與子房五世相韓之義同。既不為狙擊震動之舉，又時無漢祖者可託以行其志。故每寄情於首陽、易水之間，又以荊軻繼二疏、三良而發詠。所謂「撫己有深懷，履運增慨然」，讀之亦可以深悲其志也已。平生危行孫言，至《述酒》之作，始直吐忠憤。然猶亂以廋詞，千載之下，讀者不省為何語。是此翁所深致意者，迄不得白於後世，尤可以使人增欷而累歎也。余偶窺見其指，因加箋釋，以表暴其心事，及他篇有可發明者，亦並著之。文字不多，乃令繕寫模傳，與好古通微之士，共商略焉。又按詩中言本志少，說固窮多。夫惟忍於飢寒之苦，而後能存節義之閑，西山之所以有餓夫也。世士貪榮

祿、事豪侈，而高談名義，自方於古之人，余未之信也。淳祐初元九月九日，鄱陽湯漢敬書。

（七）劉克莊《後村集》卷一百七十七（四部叢刊景舊鈔本）：

淵明有《述酒》詩，自注云：「儀狄造，杜康潤色之。」而終篇無一字及酒。山谷謂：《述酒》一篇蓋闕，此篇多不可解。韓子蒼因山陽下國一語，疑是義熙以後有感而作。至湯伯紀始反覆詳考，以為零陵哀詩。又謂淵明歸田，本避易代之事，而未詳明言之，至此主弒國亡，其痛疾深矣。雖不敢言而亦不可不言，故若是夫辭之脄也。湯箋出，然後一篇之義明。其間如「峽中納遺薰」「朱公練九齒」之句，又《詠貧士》云「阮公見錢入，即日棄其官」，又云「昔在黃子廉」，二事未詳出處。子廉之名僅見《三國志・黃蓋傳》，清貧事無所考。伯紀闕疑，以質於余，余亦不能解。

筆者按：劉克莊（1187～1269），字潛夫，號後村，諡文定，莆田人。早年師事真德秀，又與四靈派及江湖派詩人有所往來，詩學晚唐體；後期詩詞多憂時懷憤、反映民生疾苦。今存《後村先生大全集》，另有《後村詩話》《分門纂類唐宋時賢千家詩選》等單行本傳世。生平事蹟可參看程章燦《劉克莊年譜》。

（八）蔡正孫《精刊補注東坡和陶詩話》卷十三（卞東波《精刊補注東坡和陶詩話箋證》），《述酒》詩題注：

《年譜》云：宋武帝元熙二年辛酉，公年五十七。九月，劉裕弒零陵王。先生以先世為晉宰輔，內懷忠憤，乃作《述酒》詩。

筆者按：此處所引之語，遍檢吳仁傑《陶靖節先生年譜》、王質《栗里年譜》，均不載。疑蔡正孫橾栝吳、王《年譜》，或別有所本。

（九）王應麟《困學紀聞》卷十八（四部叢刊三編景元本）：

《述酒》一篇之意惟韓子蒼知之。

筆者按：王應麟（1223～1296），字伯厚，號厚齋，鄞縣人。宋淳祐元年進士，官至禮部尚書兼給事中。後因冒犯賈似道等權臣而遭罷斥，辭官歸鄉，專意著述，自號深寧老人。入元後，詩文大多只書甲子。王氏為學宗法朱熹，並廣泛涉獵經史百家、天文地理、典章制度。著述頗豐，所撰《玉海》《困學紀聞》等著作及童蒙讀物《三字經》，影響深遠。《宋史》有傳，錢大昕亦為之作《王深寧先生年譜》。

（十）劉辰翁《須溪校本陶淵明詩集》（域外漢籍珍本文庫本），《述酒》

詩題注：

　　《止酒》戲言，後必復有破戒，故云「述酒」，借□□（筆者按：
　　此兩字模糊未辨）此。

筆者按：劉辰翁（1233～1297），字會孟，號須溪，廬陵人。宋景定三年進士，
宋亡後不仕，詞作只書甲子。據橋川氏、卞東波、蘇曉威考論，域外有朝鮮刊
本《須溪校本陶淵明詩集》，凡三卷，卷首有蕭《序》及目錄，卷末載坡平尹
晢跋。〔註14〕今藏日本國會圖書館，域外漢籍珍本文庫（第三輯）集部第五冊
亦收錄之。

　　（十一）陸友仁《研北雜志》卷下（民國景明寶顏堂秘籍本）：

　　　　湯伯紀以陶淵明《述酒》篇為零陵哀詩。

筆者按：陸友仁，據《中國人名大辭典》，名友，字友仁，自號研北生，吳縣
人。工漢隸八分書，博雅好古，於鍾鼎銘刻及法書名畫皆有精識。有《研北雜
志》等著作傳世。

　　（十二）吳師道《禮部集》卷十七（清文淵閣四庫全書本）：

　　　　湯伯紀注陶淵明《述酒》詩，定為廋辭隱語，蓋恭帝哀詩。發
　　　　千古之未發，諸公皆韙之。其難解處，亦不敢決，得存疑之意，愚
　　　　嘗有一二管見補之……湯公因釋《述酒》詩，遂及諸篇，直以暴其
　　　　心曲，故不泛論，甚簡而精。愚讀之，偶有所見，附著於後。

並夾註陶淵明《雜詩》第二首「念此還悲淒，終曉不能靜」兩句：

　　　　此與《述酒》篇「流淚抱中歎，傾耳聽司晨」意同。

　　（十三）吳澄《吳文正集》卷三十七（清文淵閣四庫全書本），《湖口縣靖
節先生祠堂記》：

　　　　竊惟靖節先生，高志遠識，超越古今，而設施不少概見。其令
　　　　彭澤也，不過一時牧伯辟舉相授，俾得公田之利以自養，如古人不
　　　　得已而為祿者爾，非受天子命而仕也。曾幾何時，不肯屈於督郵而
　　　　去，充此志節，異時詎肯忍恥於二姓哉？觀《述酒》《荊軻》等作，
　　　　殆欲為漢相孔明之事而無其資。責子有詩，與子有疏，志趣之同，
　　　　苦樂之安，一家父子夫婦又如此。夫人道三綱為首，先生一身而三

〔註14〕分別見：橋川峕雄《陶集版本源流考》（雕龍叢鈔本），文字同盟社，第31頁；
　　　　蘇曉威《日本藏兩種稀見陶淵明集朝鮮版本考述》一文，《中國典籍與文化》，
　　　　2017年第4期，第92～98頁；卞東波《日韓所刊珍本〈陶淵明集〉叢考》一
　　　　文，《銅仁學院學報》，2017年第19卷第1期，第22～32頁。

綱舉無愧焉！忘言於真意，委運於大化，則幾於同道矣。誰謂漢魏
以降，而有斯人者乎？

筆者按：吳澄（1249～1333），字幼清，撫州崇仁人。宋末中試鄉貢，宋亡後
隱居家鄉，又稱「草廬先生」。元至大元年任國子監丞，泰定元年敕修《英宗
實錄》，元統元年病逝，諡文正。《元史》有傳，《宋元學案》亦載之。為學宗
法朱熹，曾精心校訂儒家經典及《老》《莊》諸書，有《吳文正集》等著作傳
世。

（十四）賀復徵《文章辨體匯選》卷五百九十四（清文淵閣四庫全書補配
清文津閣四庫全書本），收錄羅倫《石鐘山陶桓公祠記》：

公曾孫潛，方劉裕篡勢已成，自以晉世宰輔之後，恥屈身異代。
《述酒》《荊軻》等作，殆欲為漢相孔明之事而無其資。於戲！分莫
大於君臣，行莫大于忠孝，公之祖孫無愧焉！曾謂魏晉以降有斯人
哉！

筆者按：羅倫（1431～1478），字彝正，諡文毅，吉安永豐人。明成化二年進
士，授翰林院修撰。後以疾辭歸鄉里，著書立說，開門教授。為學宗法宋儒，
以經學為務，重修身持己。《明史》有傳，黃宗羲《明儒學案》卷四十五亦載
之，並稱其「剛介絕俗，生平不作和同之語，不為軟巽之行」。著有《五經疏
義》《一峰集》《周易說旨》等，後收入《四庫全書》。

（十五）章懋《楓山集》卷三（清文淵閣四庫全書本），《題陶淵明集》：

古今論淵明者多矣，大率以其文章不群、詞采精拔、沖淡深粹、
悠然自得為言，要皆未為深知淵明者。獨子朱子稱其不臣二姓，有
得於天命民彝、君臣父子之義。吳草廬稱其《述酒》《荊軻》等作，
殆亦欲為漢相孔明之事。而魏鶴山則曰：「有謝康樂之忠，而勇退過
之；有阮嗣宗之達，而不至於放；有元次山之漫，而不著其跡。」
觀是三言，足以見其為人，而節概之高、文章之妙，固有不待言者。
嗚呼！若淵明，豈徒詩人逸士云乎哉！吾不意兩晉人物有若人也。

筆者按：章懋（1437～1522），字德懋，浙江蘭溪人。明成化二年進士，授翰
林編修。為官清廉，敢於直諫，與羅倫、黃仲昭、莊昶並稱「翰林四諫」。曾
講學楓木山，又稱「楓山先生」，諡文懿，《明史》有傳。《四庫提要》卷九十
三稱「其在明代，可云不愧醇儒」。撰有《楓山語錄》《楓山集》傳世，此二種
皆收入文淵閣《四庫全書》。

（十六）夏良勝《中庸衍義》卷十六（清文淵閣四庫全書本）：

　　　　讀陶詩，人但知其恬淡隱況之高，而不知其大意在《述酒》一

　篇，蓋劉裕以進酒行弒，而莫能正者，則託酒而逃，以慕於仙也。

筆者按：夏良勝，字于中，南城人。明正德三年進士，授刑部主事，後調吏部。
因具疏入諫，觸怒武宗。除名後講授生徒，並輯其部中章奏為《銓司存稿》。
世宗立，召復故官，又因「大禮議」之爭及《銓司存稿》入獄，後特旨謫戍遼
東，卒於戍所。《明史》有傳。有《中庸衍義》《東洲初稿》傳世，此二種皆收
入文淵閣《四庫全書》。

　　（十七）林希元《林次崖文集》卷十一（清乾隆十八年陳臚聲詁燕堂刻
本），《三難說贈李東明》借陶淵明《述酒》詩批判顏伯錄：

　　　　伯錄布衣，無尺籍於朝，當橫流滔天之際，苟埋名山谷，夫誰

　物色之？既以全城歸功，是必陳力其間，而升名於蒲賊也。且其家

　世為宋臣，既不能散萬金為博浪之擊，可反面操入室之戈乎？故讀

　《多方》《多士》之誥，則伯錄之罪不可逃；讀《述酒》《荊軻》之

　作，則伯錄之罪益以顯。

筆者按：林希元（1482～1567），字茂貞，號次崖，福建同安人。明正德十二
年進士，因奏疏入諫，觸怒武宗。後又因評論遼東兵變事，觸怒世宗。李清馥
《閩中理學淵源考》卷六十三說其「晚年退歸，無日不以讀書、解經為事，其
學專主程朱」。平生著作頗豐，著有《易經存疑》《四書存疑》《林次崖先生文
集》等。

　　（十八）郎瑛《七修類稿》卷二十（明刻本），「陶詩紀甲子」條曰：

　　　　至於《述酒》篇內「豫章抗高門，重華固靈墳」「流淚抱中歎」

　「平生去舊京」，正指宋迫恭帝之義，又何不題甲子耶？蓋偶而題之，

　後人偶而類之，豈陶公之意耶！

筆者按：郎瑛（1487～1566），字仁寶，自號草橋子，仁和人。素有疾，淡於
進取，喜好藏書，博綜藝文，委身載籍。攬藏書要旨，辨同異得失，著《書史
袞鉞》；發明嘉靖諸公之節，著《萃忠錄》；薈萃明代史料，記載社會風俗，著
《七修類稿》。徐象梅《兩浙名賢錄》、厲鶚《東城雜記》有其小傳。

　　（十九）方弘靜《千一錄》卷十二（明萬曆刻本）：

　　　　陶《述酒》詩辭與題異，山谷謂不可解，闕之可也。韓子蒼所

　解，間有近似，未為躍如。

筆者按：方弘靜（1516～1611），字定之，歙人。自幼嗜詩，曾與鄉人王寅等結天都社。明嘉靖二十九年進士，《（乾隆）江南通志》有其小傳。有《素園存稿》殘卷、《千一錄》《燕貽法錄》存世。

（二十）來知德《來瞿唐先生日錄》內篇卷六（明萬曆刻本）：

> 豪傑之士，不偶於時者，每每於詩歌言其志、寄其興。某所以說詩最難解，今之解杜詩者，每每因其字句而解之，而言外之意則未之發，間有發者，易至於鑿。如陶靖節《述酒》一篇，獨湯公漢以為恭帝哀辭，蓋劉裕既受禪，使張偉以毒酒酖帝，偉自飲而卒。又令兵人踰垣進藥，帝不肯飲，兵人以被掩殺之。故哀恭帝之詩，託名「述酒」。使無湯漢，此詩亦不知何說也。蓋湯漢，鄱陽人，靖節乃陶侃之曾孫，亦鄱陽人，後乃徙家潯陽也。

筆者按：來知德（1525～1604），字矢鮮，號瞿塘，梁山人。幼時舉為孝童，明嘉靖三十一年舉人。後因不上公車及親歿，杜門撰述，潛心易學三十年。晚年，授翰林院待詔，不應。著有《周易集注》《來瞿唐先生日錄》，分別收入《四庫全書》和《續修四庫全書》。《明史》有傳，《明儒學案》亦載之。

（二十一）楊時偉《合刻忠武靖節二編》之《陶集》卷三（明萬曆四十年刻本），《述酒》詩後注評：

> 按此詩多不可解，而山陽、安樂二公則明指漢、蜀二帝，以比零陵。真有不能顯言者，故雜以僻奧，使人尋求不可猝諳然。前人知山陽而不解安樂，吳草廬曰《述酒》等作殆欲為孔明之事而無其資，良有以也。

筆者按：楊時偉，字去奢，吳縣人。蓋生活於明萬曆至崇禎年間。撰有《合刻忠武靖節二編》《正韻箋》《狂狷裁中》《春秋編年舉要》等。《合刻忠武靖節二編》乃取《諸葛忠武書》與《陶潛集》合刻，《四庫全書》分別收錄之，將《諸葛忠武書》置於史部，《陶潛集》置於集部。《四庫提要》卷五十七論述《諸葛忠武書》曰：「初太倉王士驥撰《武侯全書》十六卷，時偉病其蕪累，更撰是書……舊本與《陶潛集》合刻，題曰《忠武靖節二編》，蓋寓意於進則當為亮、退則當為潛。」合刻本今國家圖書館有藏。

（二十二）楊時偉《合刻忠武靖節二編》卷首（明萬曆四十年刻本）序：

> 而《述酒》《荊軻》等作，殆欲為孔明之事而無其資。其最著者曰：「山陽歸下國」「安樂不為君」，則明以其慷慨悲歌夷齊、箕

子之心事，寄之酒巾、蘺菊之間。

（二十三）許學夷《詩源辯體》卷六（明崇禎十五年陳所學刻本）：

> 靖節詩惟《擬古》及《述酒》一篇中，有悼國傷時之語。其他
> 不過寫其常情耳，未嘗沾沾以忠悃自居也。

筆者按：許學夷（1563～1633），字伯清，江陰人。自幼能詩，嗜好文史，明崇禎六年與沈騖、邱維賢、徐益等人結滄州社。有《許山人詩集》《許伯清詩稿》《澄江詩選》《詩源辯體》等著作傳世。其《詩源辯體》，尋其源流，考其正變，以時代為序，按詩體論之，評述自《詩經》至明代詩歌，是明代重要的詩學論著。

（二十四）陳山毓《陳靖質居士文集》卷五（明天啟刻本），《賦集自序》以淵明述酒自比其作賦心理：

> 如叔夜論琴、淵明述酒，故自有味。

筆者按：陳山毓（1584～1621），字賁聞，浙江嘉善人，私諡「靖質先生」。明萬曆四十六年解元，平生以騷賦著稱，有《靖質居士集》《賦略》等著作傳世。

（二十五）李鄴嗣《杲堂詩文鈔》卷六（清康熙刻本），《通議大夫奉敕贊理軍務巡撫陝西等處地方兼制川北都察院右副都御史玄若高公行狀》以陶詩比高玄若詩：

> 蓋公詩垂老益工，放佛陶公《詠荊軻》《述酒》。

筆者按：李鄴嗣（1622～1680），名文胤，字鄴嗣，以字行，別號杲堂，浙江鄞縣人。明嘉靖二年進士，以詩文著稱。入清後，其詩文多紀國難，每寓故國之思。有《杲堂詩文鈔》《西京節義傳》《漢語》《南朝語》《續世說》等著作傳世。黃宗羲曾為之撰墓誌銘。

（二十六）李鄴嗣《杲堂詩文鈔》卷二（清康熙刻本），《潘孟升詩集序》評論淵明其人其詩：

> 陶靖節先生，避世以酒者也。余讀其《飲酒》二十首，初歎邵生之失侯，慕夷叔之窮節，至於追遡上世，終抱六經微言隱義。放佛遇之，而盡冒之曰「飲酒」，使舉世皆曰「此君誠醉人也」，是可恕也。然其所抱中歎，彷徨弗鬱，終欲自白而不可，於是復有《述酒》一篇，擬干前代。謂漢雖繼起，已去舊京，然山陽之後，尚有安樂，是為遺薰內於峽中也。今自歸國零陵，南國絕炤，此先生所以束帶長夜，獨傾耳於司晨者也。而更雜亂其詞，益無詮次，若飲

中狂言，略不及酒，則已盡其述酒矣。

（二十七）黃宗羲《南雷文定》卷三（清康熙刊本），《查逸遠墓誌銘》用淵明典：

> 逸遠有才無時，北窗述酒，西臺竹枝，鐵崖老婦，鶴年席帽。
> 有此數子，以為前導。

筆者按：黃宗羲（1610～1695），字太沖，號梨洲，又號南雷，浙江餘姚人。入清後不仕，著述以終。有《宋元學案》《明儒學案》《明夷待訪錄》《明文海》等五十多種著述傳世。《清史稿》有傳。

（二十八）黃宗羲《南雷文定》卷一（清康熙刊本），《金介山詩序》評論淵明其人其詩：

> 古之能自盡其情者，莫如淵明然。而《述酒》等作，未嘗不為
> 慶辭矣，此亦溫柔敦厚之教見於詩外者也。

（二十九）錢曾《讀書敏求記》卷四（清雍正四年松雪齋刻本），「陶淵明文集十卷」條曰：

> 《述酒》詩中山陽注能照見古人心髓，留心詩畫者宜拈出之。

筆者按：錢曾（1629～1701），字遵王，常熟人，錢謙益族孫。幼喜藏書，入清後無意仕途，專以藏書為務，並先後命名藏書樓為述古堂、也是園，故又號也是翁、述古主人等。錢曾藏書近五千種，數十萬卷，其中多宋元刻本和精鈔本，為江南藏書名家。有《述古堂書目》《也是園書目》《讀書敏求記》等目錄學著作和《今吾集》等詩集傳世。

（三十）陳祚明《采菽堂古詩選》卷十三（清刻本），《述酒》詩後注評：

> 傾耳聽晨，漫漫未旦之思，然與甯生較異，引事故錯出不堪細
> 求。「天容自永固」，已意決耳，人定勝天，即不勝，勿問之矣。作
> 《離騷》《天問》讀，不必解之。

筆者按：陳祚明（1623～1674），字胤倩，浙江仁和人。入清不仕，布衣以終。善屬文，有詩集《稽留山人集》傳世。另有《采菽堂古詩選》，選錄漢魏六朝詩作，詩後附有簡評，康熙四十八年刊行。陳祚明推尊陶淵明，故《古詩選》收錄大量陶詩。

（三十一）毛德琦《廬山志》卷四（清康熙五十九年順德堂刻本），收錄李瀅《靖節先生自題甲子辯》：

> 今按其年譜，宋永初二年有《王撫軍座送客詩》，其題亦不削宋

之官號，則自題甲子之說疑妄然。淵明《述酒》之詩不云乎「平王
去舊京」「山陽歸下國」，傷時悼國之意昭昭焉，則年譜又安知非贋
耶？

筆者按：李澄，阮元《淮海英靈集》戊集卷二載其：「字鏡月，興化文定相公
四世孫也。居高郵，康熙乙酉舉人。有仇家中其先人事，澄衡釰三年，志復
仇，事稍激迫，身罹圜土中。著《易贊》《楚辭潭影》，諸篇奇氣鬱結，既而悔
之，乃為沖融淒婉之詞。獄解歸家，布衣蔬食，教兩子成立，乃縱遊燕、齊、
魯、衛、吳、越諸郡，著《敦好堂集》。」又《清史稿》云其著有《懿行編》
八卷。

（三十二）何焯《義門讀書記》卷一（清乾隆刻本），「述酒」條曰：
此詩真不可解。

筆者按：何焯（1661～1722），字屺瞻，晚號茶仙，又稱「義門先生」，江蘇長
洲人。清康熙四十二年進士。精通經史百家之學，長於考訂，工於楷法，藏書
萬卷，手所讎校，為人所珍。有《何義門先生集》《義門讀書記》《困學紀聞箋》
等傳世。《清史稿》有傳，全祖望曾為之撰墓誌銘。

（三十三）王棠《燕在閣知新錄》卷二十二（清康熙刻本），「論陶詩」條
曰：
《述酒》一篇指何事？又何以命名曰《述酒》？蓋因宋劉裕以
毒酒酖零陵，至其詩皆隱而不宣。蘇子讀《述酒》曰：「去之五百歲，
吾猶見其人也。」

筆者按：王棠，勞逢源《（道光）歙縣志》卷七載其：「字勿翦，一字名友泰，
徽子。性通敏，於書無所不讀，筆札勤苦，不自修飾，楮墨狼藉，堆案盈几，
聲氣如虹，有問隨答，略無停滯。家貧，為母負米於外，江淮閩越，無地不遊，
遊輒有詩以寄其傀儡。著有《燕在閣文集》五十卷、《詩集》五十餘卷，又有
《知新錄》三十二卷及《漢樂府古詩十九首箋》《離騷天問注解》《陶詩集注》
《世說新語解》諸書。」王本陶集今佚。

（三十四）吳瞻泰《陶詩匯注》卷三（清康熙四十四年刻本），《述酒》詩
題注：
瞻泰按：宋本云「此篇與題非本意，諸本如此，誤。」又按：
黃山谷云此篇有其詞而亡其義，似是讀異書所作，其中多不可解。
而子蒼、泉山、東澗以及有明諸賢，各有勝處，終不能全想陶公當

其時有難直言者。泰注成，獨此一篇，經營兩載。後與友人程君元
愈商榷，始得十之八，以俟博覽君子之有所訓云。

（三十五）馬璞《陶詩本義》卷首（清鈔本），吳肇元序文：

> 厄園之言詩曰：「詩貴有真性情。求之兩漢下，唯淵明一人而已。
> 生平慨想黃虞，抗千載而尚友，矯若鸞鶴之上引於青雲，而人多求
> 之徑轍，過矣。淵明以元興三年，參劉敬宣軍，凜凜四十無聞，躍
> 然有志用世。既乃孤雲依依，窮約終老。《述酒》一章，煩冤激楚，
> 徵引豫章之館、重華之墳，辭隱而義彰，異世可見其志。如僅以平
> 淡賞之，或以平易置之，豈有當於知人論世之學哉！」

筆者按：馬璞，字授疇，號厄園，長洲人。其所撰《陶詩本義》，凡四卷，乾
隆三十五年與善堂刊。卷首吳肇元序文曰：「長洲馬君厄園治經術，善詩古
文。來京師與纂《圖書集成》，以薦授興平倉監督……厄園既不得志於時，薄
遊淮陰，訪其故人。既至尠所合，窮居獨處，手陶詩一篇。鉤稽歲月，疏淪
章句，思詣徵入，神理冥符，撰成《本義》四卷。」

（三十六）周春《耄餘詩話》卷八（清鈔本）：

> 《述酒》詩為晉恭帝而作，其說略本韓子蒼。而「芊勝」「諸梁」，
> 黃山谷亦嘗解之。非創於東澗也，特此注加詳耳。零陵王以九月終，
> 與詩所云「秋草雖未黃，融風久已分」者正合。靖節時當禪代，雖
> 同五世相韓之義，但不敢直言，而借廋辭以抒忠憤。向非諸公表闡
> 幽微，烏能白其未白之志哉！

> 朱子謂《荊軻》一篇，平澹中露出豪放本相，須知其豪放從忠
> 義來，與《述酒》同一心事。

筆者按：周春（1729～1815），字芚兮，號松靄，浙江海寧人。清乾隆十九年
進士，淡於官場，潛心著書，尤通經史。著有《十三經音略》《小學餘論》《爾
雅補注》《代北姓譜》《遼金元姓譜》《遼詩話》《耄餘詩話》等書。《清史稿》
有傳。曾強購湯漢本陶集，與《禮書》並儲一室，名其藏書樓為「禮陶齋」；
後《禮書》售出，改名「寶陶齋」；後湯漢本陶集亦售出，改名「夢陶齋」。郭
紹虞曰：「益知湯本之發見，為陶集版本上之重要史實。凡周春以前諸家所引
之湯注，大率皆不外採自李、何二注而已。」〔註15〕

〔註15〕見郭紹虞：《照隅室古典文學論集》上編之《陶集考辨》一文，上海古籍出版
　　　　社，2009 年版，第 306 頁。

（三十七）吳騫《愚谷文存》卷五（清嘉慶十二年刻本），《重刊宋湯文清公注陶詩跋》：

> 南宋鄱陽湯文清公，注《陶靖節詩》四卷。馬貴與《文獻通考》極稱之。所謂《述酒》詩，乃哀零陵而作。其微旨雖濫觴於韓子蒼，至文清反覆研討而益暢其說，真可謂彭澤異代之知己矣。此書世尠傳本。歲辛丑，吾友鮑君以文，遊吳趨得之。歸舟枉道，過余小桐溪山館，出以見示。楮墨精好，古香襲人，誠宋槧佳本也。昔毛斧季前輩，晚年嘗以藏書售潘稼堂太史，有宋刻陶集。斧季自題目下曰：「此集與世本，夐然不同。如《桃花源記》『聞之欣然規往』，時本率偽『規』作『親』。」今觀是集，始知斧季之言為不謬。又《擬古詩》「聞有田子泰」，流俗本偽作「田子春」，惟此作「子泰」，與《魏志》符。其他佳處，猶不勝更數。注中間有引「宋本」者，鮑君據吳氏《西齋書目》，及僧思悅《陶詩序》，以為湯氏蓋指宋元獻刊定之本。因勸予重雕，以公同好。文清人品，雅為真西山、趙南泉諸公所推。猶明於《易》「城復於隍，其命亂也」。王伯厚《困學紀聞》嘗取之。餘詳《宋史》本傳。乾隆五十年歲次旃蒙大荒落小重陽日，海昌吳騫識。

筆者按：吳騫（1733～1813）字槎客，號愚谷，別號兔床，海寧貢生。潘衍桐《兩浙輶軒續錄》卷九引《府志》云：「騫生負異稟，過目成誦，篤嗜典籍，遇善本傾囊購之，校勘精審，所得不下五萬卷，築拜經樓藏之。」與黃丕烈、陳鱣友善，因黃有藏書樓「百宋一廛」，故自題其書室為「千元十駕」。輯刻《拜經樓叢書》，收書三十種，其中有重刊湯漢本陶集。並有《愚谷文存》《拜經樓詩話》等著作傳世。

（三十八）吳騫《尖陽叢筆》卷三（清鈔本）：

> 淵明詩皆和平清淡，罕覯深詭僻者。惟《述酒》一篇，其意殊不易曉。黃山谷疑有闕，誤。獨湯東澗知其微意，以為靖節為零陵王而作。考晉元熙元年，劉裕廢恭帝為零陵王，明年裕遣張偉持毒酒酖王，偉自飲而卒，裕又令兵士踰牆進酒，王不肯飲，遂掩殺之。靖節感其事又不敢顯言，故託言「述酒」。蓋遜詞以避禍也。東澗名漢，字伯紀，諡文清，東澗其別字，見《宋史·文苑傳》。其注陶詩凡四卷，世傳甚少。予見宋刻本甚佳。《桃花源記》「聞之欣然

規往」，世行本俱誤作「親往」。束澗明於《易》「城復於隍，其命
亂也」。《困學紀聞》嘗引其說。

（三十九）吳騫《拜經樓詩話》卷三（清嘉慶刻愚谷叢書本）：

> 陶靖節詩大率和平沖淡，無艱深難讀者。惟《述酒》一篇，從
> 來多不得其解，或疑有舛譌，至宋韓子蒼始決為哀零陵王而作，以
> 時不可顯言，故多為庾辭隱語以亂之。湯文清漢復推究而細釋之，
> 陶公之隱衷始曉然表白於世。其《蜡日》詩，舊亦編次《述酒》之
> 後，而文清未注。予細讀之，蓋猶之乎《述酒》意也。

並夾註陶淵明《蜡日》詩「未能明多少，章山有奇歌」兩句：

> 《山海經》：鮮山又東三十里曰章山。《地理志》：章山在江夏竟
> 陵縣東北，古文以為內方山。按竟陵、零陵皆楚地，故假竟陵之山
> 以寓意，猶《述酒》詩之用舜冢事也。

（四十）阮元《四庫未收書提要》卷五（清刻揅經室外集本），《陶靖節詩
注四卷提要》：

> 《陶靖節詩注》四卷，宋湯漢撰。漢字伯紀，鄱陽人。淳祐間，
> 充史館校書官，至端明殿學士，諡文清。人品為真德秀所重，事蹟
> 具《宋史》本傳。淵明詩文高妙，學者未易窺測。漢乃反覆研究，
> 如《述酒》之作，讀者幾不省為何語，漢能窺見其指，詳加箋釋，
> 以及他篇，有宜發明者，亦並著之。清言微旨，抉出無遺，馬端臨
> 《文獻通考》以為淵明異代知己。其所稱說，多與世本不同，如《擬
> 古》詩，「聞有田子泰」，自《魏志》作「泰」，今本多偽為「田子春」，
> 惟此與《魏志》無異。其他佳處，尤不勝指。此從宋槧本寫，誠秘
> 笈也。

筆者按：阮元（1754～1849），字伯元，號雲臺，江蘇儀徵人。清乾隆五十四
年進士，先後任侍郎、學政、巡撫、總督之職，歷乾隆、嘉慶、道光三朝，諡
文達。其於經史、校勘、金石、天算、輿地等方面皆有造詣，於考據學上師承
戴震，著作甚豐。撰有《淮海英靈集》《兩浙輶軒錄》《經籍纂詁》《皇清經解》
《揅經室集》等；曾主持校刻《十三經注疏》，號稱善本；其任浙江巡撫時，
先後求得《四庫全書》未收書一百七十五種，依《四庫總目》之例，撰有《四
庫未收書提要》五卷。《清史稿》有傳。

（四十一）陶澍《靖節先生集》卷首例言（四部備要本）：

　　首陽、易水之思，精衛、刑天之詠，其惓惓於故君舊國者，情
見乎辭。《述酒》一篇，湯東澗、黃文煥，十得六七。尚有廋詞隱語，
一經拈出，疑滯胥通。但注杜者，泥於每飯不忘君之言，致多迂曲，
又為前人所譏。故凡詞意本與時事無關，諸說必欲摒搜附會者，則
在所不取。

（四十二）陶澍《靖節先生集》卷三（四部備要本），《述酒》詩後注評：

　　澍按《述酒》詩，自韓子蒼、湯東澗發其端，而詞意未悉，至
以「芊勝」為梁孝王羊勝之事，以「卜生善斯牧」為魏文侯事卜子
夏，皆牽附無義，不如黃文煥注為善。至「平王去舊京」以下，則
注家無一得其意者。

（四十三）方東樹《昭昧詹言》卷三（清光緒刻方植之全集本），評「昔
年十四五」條曰：

　　此與儒者通六藝，皆言己非不知儒術，特以遭亂世，不得已有
託而逃於放達，以保性命，非真慕神仙也。《莊子》亦同，此詩同陶
《述酒》。

又評「徘徊蓬池上」條曰：

　　此詩蓋同淵明《述酒》，必非惜一己之憔悴也。

筆者按：方東樹（1772～1851），字植之，自號儀衛老人，安徽桐城人。學宗
朱熹，文師姚鼐，是為「姚門四傑」之一。晚年家貧，移任祁門東山書院主講，
因抱恙而終。有《方植之全集》傳世。《清史稿》有傳。

（四十四）曹耀湘《陶靖節集》卷三（清光緒五年刻本），《述酒》詩題注：

　　今按，湯氏之說亦自可通，而於先生命題之意究未愜當。蓋先
生之詩言及飲酒者，十之七八，而其本衷未嘗明言。此篇乃述時代
興亡之故，而明其所以寄跡於酒之意也。舊注二語，蓋先生原本有
之，而各本相沿未刪。當年此注，亦自有意。先生非沉湎之徒，自
不必論，儀狄、杜康亦何足述？先生之「述酒」，意不在酒，即於言
外見之矣。詩辭經先輩旁搜證據，闡發幾無遺蘊。茲更以管見，逐
句增釋，以質後之明哲君子。

（四十五）袁昶《于湖小集》詩五（清光緒袁氏水明樓刻本），《書陶靖節
桃花源記後》：

　　請以《述酒》一章證之：「重離照南陸」，「離」「黎」音近，重黎

謂司馬氏，琅邪南渡而成帝業，故曰「照南陸」也；「山陽歸下國」喻恭帝受禪，卒見鴆於裕，故曰天容永固、彭殤非倫。寓言《述酒》，特謬悠錯亂其詞耳，遭時陽九，周身之防，至言不出，惡能免於穿鑿乎？

筆者按：袁昶（1846～1900），字爽秋，一字重黎，浙江桐廬人。清光緒二年進士，官至太常寺卿。因庚子事件中直諫被處死，後清廷為其平反，追諡忠節。袁昶是清末同光體浙派詩人，強調經世之學。著作頗豐，有《漸西村人初集》《安般簃集》《于湖小集》等傳世。《清史稿》有傳。

（四十六）張諧之《陶淵明〈述酒〉詩解》（清光緒二十二年刻本），《述酒》詩題解：

> 考史，安帝義熙十四年，劉裕使中書侍郎王韶之與帝左右，密謀酖帝，而立琅邪王德文。戊寅，韶之以散衣縊帝於東堂。恭帝元熙二年，劉裕廢帝為零陵王，以兵守之，晉亡。明年，即宋永初二年，劉裕以毒酒一甖授前琅邪郎中令張偉，使酖零陵王，偉於道自飲而卒。乃令兵人逾垣進藥，王不肯飲，遂以被掩殺之。初，陶公自以先世為晉輔，恥復屈身異代，自劉宋王業漸隆，不復肯仕，而以酒自晦。至是，痛晉祚之亡、君父之變，遂以「述酒」名篇，而於《飲酒》《止酒》諸作，三致意焉。讀者詳稽時事，以意逆志，則知陶公之心，日月爭光，而其情亦足悲已。

（四十七）張諧之《陶淵明〈述酒〉詩解》（清光緒二十二年刻本），《述酒》詩後評論：

> 按，此詩自黃山谷已云多不可解。湯東澗謂劉裕以毒酒酖王，故以「述酒」名篇，辭盡隱語，定為恭帝哀詩，所見甚卓。吳師道補湯之說，掇拾無多，亦仍存疑之意。近代陳秋舫、曾滌生二公均有箋注，然不能盡合，亦多不可通者。歲壬午，舉似、昌黎諸生，始能往復於當時之事變，而其隱奧難明之處，稍稍窺其端倪，然後細繹詩意，參考史籍，乃知陶公痛君國之亡，而歷敘晉室顛覆之由、權臣篡弒之漸。其心靜理明，均能見於幾先，識其大者。敘次井然，條理不亂。蓋忠君愛國之誠，抑鬱激發有不能自己者，而非僅為恭帝作輓章也。爰採陳、曾二公之意，正其未合，釋其不可通者，詮解如右。庶幾讀者得以見古人之心於千載之上，隱語廋詞朗然若揭，未始非窮理者之一助也。光緒甲申，宏農張諧之敬齋甫識。

筆者按：陳沆（1785～1826），字太初，號秋舫，湖北蘄水人。清嘉慶十八年進士，授修撰，著有《詩比興箋》《簡學齋詩存》《白石山館遺稿》《近思錄補注》等。《清史稿》有傳，《晚晴簃詩匯》亦有小傳。曾國藩《十八家詩鈔》亦往往稱引陳沆語。

　　綜上，本文首先校出《述酒》異文十三則；其次將《述酒》詩句分為九個片段，並把相應的評論依次駢列其下；接著將四十七則評論《述酒》全詩、探尋淵明作詩本旨的材料匯為一編。〔註16〕並在行文過程中，隨文附以按語，介紹重要版本及相關人物生平。可以看出，《述酒》詩的闡釋在宋代得到了逐步展開，自湯漢之後，歷代注評《述酒》者不斷。民國以前，大多數學者仍是順著湯漢舊路，視之為淵明抒發忠憤之作。《述酒》詩用典密集、詞旨隱晦，不類陶詩他篇，雖然陶淵明未必有忠君觀念，但其援引史實以論時事的字裏行間，確實流露出對世事紛亂、國家興亡的感歎。而《述酒》詩的歷代闡釋者又以理學家和遺民居多，忠君理想與亡國之痛，使他們在面對此詩時，往往格外留心典故的君臣意味，借發掘《述酒》本旨之名，行澆自己胸中塊壘之實。

〔註16〕另有二十九則與《述酒》相關的詩歌材料，亦將另文錄之。

陶淵明《述酒》詩文獻輯考
——以歷代相關詩歌為中心

　　我國歷代詩人往往以詩歌的形式，表明對陶淵明《述酒》詩的態度，它們是《述酒》詩闡釋史的重要組成部分。這些詩歌或次《述酒》韻，或擬《述酒》詩，或直抒胸臆，或委婉用典〔註1〕，都體現了古人對《述酒》詩的認知。這些文獻對現代陶淵明研究者而言，也是不可忽視的詩學材料。由於其與陶集及筆記、詩話的評論方式不同，故在筆者既已撰成《陶淵明〈述酒〉詩輯校匯評》一文之際，遂擬將這些詩歌類文獻別為一編（共計29條），與《輯校匯評》一文相互補充，期能有助於對陶淵明和《述酒》詩的研究。

　　（一）李彭《日涉園集》卷三五（民國豫章叢書本），《呼酒告竭，不果飲，徒飲漿，因次淵明〈述酒〉韻》詩：

> 貧賤俯中歲，沒齒甘無聞。藿食屢清餓，勢與膏粱分。斯濫非
> 我事，濁醪儯歸雲。橐饘從告竭，不廢抱皇墳。嘯歌夜漫漫，曦靈
> 未能晨。豈非杜康絕，督郵那復馴。壺漿當酖飲，舉白澆余脣。飛
> 霜凝暑路，調齊何殷勤。不堪餉親串，一笑貽文君。悠悠缺陷界，
> 本無蒓與薰。亡於天地間，而生經緯文。東丘終反魯，仲淹世居汾。
> 懷寶何必售，千載猶心親。伊憂與骯髒，榮衰本同倫。〔註2〕

筆者按：李彭，陳思《兩宋名賢小集》卷一百十五載：「字商老，南康軍建昌

〔註1〕古人詩作出現與《述酒》相同的語詞，是否用《述酒》之典，以古代注家之箋注為確定標準。
〔註2〕〔宋〕李彭：《日涉園集》卷三五，民國豫章叢書本，第1b頁。

人，公擇從孫，有《日涉園集》。」〔註3〕陸心源《宋史翼》卷二十六載：「彭詩文富贍宏博，鍊錘精研，句多警。江西詩派居第九，在韓駒之次。集中多與蘇軾、黃庭堅、呂本中、陳師道、張耒、何頡、徐俯、韓駒、蘇庠、謝邁相唱和。時蘇庠居廬山，以琴書自娛，與彭齊名，時稱『蘇李』。」〔註4〕

（二）劉克莊《後村集》卷三十八（四部叢刊景舊鈔本），《醉筆》詩：

> 無復戴花能起舞，有時逢曲尚流涎。年齡絳縣老人長，交友青
> 州從事賢。司業送錢真愛我，侍郎取榼亦欣然。吾詩淺易聊陶寫，
> 不似淵明《述酒》篇。〔註5〕

（三）王奕《玉斗山人集》卷三（民國刻枕碧樓叢書本），《沁園春·過彭澤發明靖節歸來之本心》詞：

> 八十日官，浩然歸去，知心者希。謂詩有招魂（山谷詩云「欲
> 招千載魂」，斯文或宜出此）〔註6〕，姑言其概，注其《述酒》（陽樂
> 間注《述酒》一篇），亦特其微。不事小兒，惟書甲子，皆是先生杜
> 德機。看《時運》，與夫《榮木》（二篇陶詩），始識真歸。
>
> 黃唐不可追，慨四十無聞，昨已非。故懷彼先師，策夫名驥，
> 志乎童冠，寤寐交揮。人表何時，諸生過魯，願企高風慕浴沂。茲
> 壯行也，尚庶幾短蒭，不負公衣（僕有化陶短蒭）。〔註7〕

筆者按：王奕，陸心源《宋史翼》卷三十五引《人物志》云：「王奕，字伯敬，玉山人。為邑博，與其子介翁居玉琊峰，讀書其中。素與文天祥、謝枋得友善……宋亡，建斗山書院，杜門不出，所著有《東行稿》。」〔註8〕

（四）陳霖《（正德）南康府志》卷十（明正德刻本），收錄龍仁夫《醉石》詩：

> 淨社歸來倒石床，醒余肝膽濕松香。行人只賞陶公醉，誰識悲
> 涼《述酒》章。〔註9〕

筆者按：龍仁夫（1253～1335），字觀復，號麟洲，永新人。博通經傳、子史、

〔註3〕〔宋〕陳思：《兩宋名賢小集》卷一百十五，清文淵閣四庫全書本，第1a頁。
〔註4〕〔清〕陸心源：《宋史翼》，中華書局，1991年版，第279頁。
〔註5〕〔宋〕劉克莊：《後村集》卷三十八，四部叢刊景舊鈔本，第15b～16a頁。
〔註6〕本文括號內的文字係詩人自注，下同此例。
〔註7〕〔元〕王奕：《玉斗山人集》卷三，民國刻枕碧樓叢書本，第4頁。
〔註8〕《宋史翼》，第373頁。
〔註9〕〔明〕陳霖：《南康府志》卷十，明正德刻本，第24a頁。

陰陽、曆律，其文奇逸流麗，所著《周易集傳》多發前儒所未發。宋亡，舉為
江浙行省儒學副提舉，不就。後為翰林學士承旨，有「清華才子」之美譽。因
賦詩得罪南宋降將呂文煥而離京，晚年寓居黃州。時人劉岳申曾為之撰《祭陝
西提學麟洲龍先生文》，《元史》有傳。又按：醉石，蓋指淵明醉石。陳舜俞《廬
山記》卷二云：「所居栗里，兩山間有大石，仰視懸瀑，平廣可坐十餘人，元
亮自放以酒，故名醉石。」〔註10〕

（五）仇遠《金淵集》卷五（清武英殿聚珍版叢書本），《和子野郊居見寄》
詩：

> 知君標格眼前稀，暫別令人入夢思。鋏有可彈何必歎，書如肯
> 借本非癡。且看平子《歸田賦》，更和淵明《述酒》詩。我勸山中多
> 種漆，收功莫恨十年遲。〔註11〕

筆者按：仇遠（1247～1326），字仁近，號山村，錢塘人。宋末以詩名與白珽
並稱「仇白」。元大德年間被迫任溧陽儒學教授，不久罷歸。好遊歷山川、廣
交文友，工詩與書。作詩主張近體效唐、古體效《文選》，其詩往往流露家國
之慨，著有《金淵集》《無弦琴譜》和《稗史》等。

（六）侯克中《艮齋詩集》卷三（清文淵閣四庫全書本），《陶淵明》詩：

> 彭澤幡然便掛冠，老懷還比向來寬。興隨綠蟻凌秋色，心與黃
> 華共歲寒。《述酒》一篇知己少，折腰五斗向人難。無弦琴裏無窮趣，
> 不為時人取次彈。〔註12〕

筆者按：侯克中，字正卿，號艮齋，真定人。自幼失明，精思苦學，於詞章、劇
曲、易學、史學皆有造詣。所撰《大易通義》及雜劇《關盼盼春風燕子樓》，已
佚。另有大量詠史詩，並有《艮齋詩集》傳世，《四庫提要》卷一六七評曰：「其
詩頗近擊壤一派，多涉理路，而抒情賦景之作，亦時有足資諷詠者。」〔註13〕

（七）程敏政《唐氏三先生集》卷七（明正德十三年張芹刻本），收錄唐
元《淵明菊》詩：

> 誰錫嘉名配往賢，香生髯鬢義熙前。孤高莫比《閒情賦》，慘淡
> 如思《述酒》篇。白白黃黃荒圃地，風風雨雨晚秋天。縱殘不受塵

〔註10〕 〔宋〕陳舜俞：《廬山記》卷二，民國殷禮在斯堂叢書景元祿本，第1b頁。
〔註11〕 〔元〕仇遠：《金淵集》卷五，清武英殿聚珍版叢書本，第10b頁。
〔註12〕 〔元〕侯克中：《艮齋詩集》卷三，四庫全書本，第4b頁。
〔註13〕 魏小虎：《四庫全書總目匯訂》，上海古籍出版社，2012年版，第5371頁。

沙污，百卉中間節最堅。〔註14〕

筆者按：唐元（1269～1349），字長孺，號筠軒，歙縣人。其詩文深受方回、虞集讚賞，有《筠軒集》傳世。理學上繼承、發揚程朱，著有《易傳義大意》《見聞錄》等，已佚。唐元與子「白雲先生」唐桂芳、孫「梧岡先生」唐文鳳並稱「唐氏三先生」，並皆以詩文名世，被譽為「小三蘇」。明代徽州程敏政將三人著作《筠軒集》《白雲集》《梧岡集》合編校定為《唐氏三先生集》，後三集單行收入《四庫全書》。

（八）黃樞《後圃黃先生存集》卷一（明嘉靖刻本），《樂志善所藏陶淵明畫像》詩：

> 五柳弄碧色，眾菊含秋芳。興懷栗里翁，寸衷為激昂。憂勤企賢聖，氣致超義皇。但謂特隱逸，豈能詳厥臧。觀其所詠篇，荊軻與三良。殆欲身徇國，寓意何慨慷。《述酒》雖廋詞，三復增悲傷。恥周西山夫，報韓張子房。尚友千載人，前後相輝光。萬目視時貴，轉丸為蜣蜋。獨留身後名，長與黃花香。有客事戎幕，爽氣浮清揚。胄出望諸君，襟度殊慈祥。慕彼晉徵士，畫像藏巾箱。今日白衣來，得酒盈清觴。邀我坐東籬，索我題詩章。因將靖節心，與君細論量。飲酣得縱筆，勿謂吾為狂。〔註15〕

筆者按：黃樞，丁丙《善本書室藏書志》卷三十四著錄其《後圃黃先生存稿四卷（舊鈔本）》，並云：「樞，字子運，休寧人。嘗受業於趙東山汸之門。隱居求志，聚徒講學。明初征為校官，以左疾不就。集，文三卷，詩一卷，有洪武癸亥門人李本立、姻友山程叔春兩序。此本四庫不著錄，藏書家亦罕見也。」〔註16〕

（九）張以寧《翠屏集》卷二（鈔明成化刻本），《淵明送酒》詩：

> 五柳門前秋葉衰，南山佳氣滿東籬。白衣人到黃花外，正是先生述酒時。〔註17〕

筆者按：張以寧（1301～1370），字志道，號翠屏山人，古田人。元泰定四年進士，累官至翰林侍讀學士、中奉大夫、知制誥兼修國史。入明後復授侍講學士，以高齡奉使安南，卒於歸途。工詩，論詩主張復古，著有《翠屏集》

〔註14〕〔明〕程敏政：《唐氏三先生集》卷七，明正德十三年張芹刻本，第 1b～2a 頁。
〔註15〕〔元〕黃樞：《後圃黃先生存集》卷一，明嘉靖刻本，第 1b～2a 頁。
〔註16〕〔清〕丁丙：《善本書室藏書志》卷三十四，清光緒刻本，第 26a 頁。
〔註17〕〔明〕張以寧：《翠屏集》卷二，鈔明成化刻本，第 240 頁。

《春王正月考》等。

（十）朱同《覆瓿集》卷三（清文淵閣四庫全書本），《題希陶詩卷（甲寅）》詩並序：

> 宗家子華，名菊，自號希陶翁。有詩卷。子華好讀《易》，亦好飲。自注《學易碎錄》，其志可嘉。求題茲卷，為賦。

> 典午忽分不可尋，靖節感慨何其深。赤松終遂博浪擊，孤竹肯改西山心。百年事異有興廢，曠代志同無古今。希陶果解前人意，《述酒》雄篇時一吟。〔註18〕

筆者按：朱同（1339～1385），字大同，號朱陳村民，又號紫陽山樵，徽州休寧人。雷禮《國朝列卿紀》卷四十三載其事蹟：「博學篤行，見重鄉里。洪武中舉明經，授徽州府教授。善迪後學，十三年舉才，行升吏部司，封員外郎，十五年升試禮部侍郎。上嘉其稱旨，特賜襲衣。十六年坐事廢。」〔註19〕於詩文、繪畫、武略等均有造詣，為文宗六經，作詩宗盛唐，有《覆瓿集》等著作傳世。

（十一）李賢《古穰集》卷二十四（清文淵閣四庫全書補配清文津閣四庫全書本），《述酒》詩：

> 儀狄造旨酒，古來人共聞。杜康德妙術，美已極十分。我性獨嗜此，萬事皆浮雲。斯人安在哉！無由酹其墳。念此心戚戚，對酒當清晨。木石豈有知！鷗鳥相與馴。人生天地間，飄飄遺此身。子房志有在，忠義良殷勤。事鎦非素懷，終然報韓君。脫身從赤松，芳名久彌薰。而我竟何為，作詩綴空文。周鼎久已沈，一朝出河汾。安得魯連子，為我解其紛。撫事但興嘅，杯酒聊復親。古人去云久，後世儔能倫。〔註20〕

筆者按：李賢（1409～1467），字原德，鄧人。明宣德八年進士，代宗、英宗、憲宗朝重臣，諡文達。所著《鑒古錄》《體驗錄》，已佚；《天順日錄》《古穰文集》等，收入《四庫全書》。《明史》有傳。

（十二）曹學佺《石倉歷代詩選》卷四百七十七（清文淵閣四庫全書補配清文津閣四庫全書本），收錄程銈《次〈述酒〉》詩：

〔註18〕〔明〕朱同：《覆瓿集》卷三，清文淵閣四庫全書本，第3a頁。
〔註19〕〔明〕雷禮：《國朝列卿紀》卷四十三，明萬曆徐鑒刻本，第11a頁。
〔註20〕〔明〕李賢：《古穰集》卷二十四，四庫全書本，第6b～7a頁。

重華御皇極，休譽絕前聞。至仁流天地，寧以夷夏分。南封春
拱日，北闕曉瞻雲。玉勅頌新國，星軺貴舊墳。臨朝敷大道，聽治
及清晨。金水魚龍化，天閒豹象馴。元首光天德，群臣奮致身。乾
坤呈健順，夙夜則恭勤。郊社新分祀，華戎戴一君。瑤琴發遺響，
玉調奏南薰。文德能來遠，群公素尚文。邊塵收漠北，捷報出臨汾。
明良歡衎衎，宴會樂紛紛。率土稱元後，皇天日鑒親。一朝光典禮，
萬代慶明倫。〔註21〕

筆者按：程鈺，《明史》卷一百三十六著錄其《十峰集》十卷，並云其字仲申，
一字瑞卿，金華人，弘治己未進士，曾任四川副使。

（十三）鄭以偉《靈山藏》卷二（明崇禎刻本），《廣淵明〈述酒〉》詩：

　　胸中塊磊澆三白，醉後即當吞二紅。不有數杯那中聖，能令五
蘊化為空。太平耐可蓬萊客，歡伯何如僕射公。猶憾劉生小兒子，
誦德爭能不誦功。（蓬萊公：太平家酒，治人腸。載《真誥》）〔註22〕

筆者按：鄭以偉（1570～1633）字子器，號方水，江西上饒人。明萬曆二十二
年進士，官至禮部尚書、東閣大學士，與徐光啟並相。卒於任，謚文恪。《明
史》卷二百五十一記載：「以偉修潔自好，書過目不忘。文章奧博，而票擬非
其所長……御史言光啟、以偉相繼沒，蓋棺之日，囊無餘貲。」〔註23〕著有《靈
山藏集》《互泥集》等。

（十四）潘衍桐《兩浙輶軒續錄》補遺卷一（清光緒刻本），收錄徐光綬
《挽朱覺庵》詩：

　　逸士存宏毅，傷心國祚偏。枌榆思漢社，疆里歎周宣。鼓舞聞
雞志，幽傷《述酒》篇。回天何處是，熱血灑山川。〔註24〕

筆者按：潘衍桐《兩浙輶軒續錄》補遺卷一記載：「徐光綬，字印卿，天台
人。《天台詩錄》：『先生與兄長卿，夙以道學自任，時稱二徐先生，尤以志
節著。嘗應城東姻婭胡某聘，甫就席，聞鄰婦，勃谿變色曰：「吾道未東漸，
何顏坐飲！」遽拂衣去。國變後仍方巾大袖，遇三月十九日，必閉戶涕泣設
奠，終日不接一人，鄉里稔知其事，私相謂曰：「今日徐先生杜門日也。」
嘗與朱君巽及長卿兩先生唱和往來，道旁見者，無不肅然屏跡。歿之日，幾

〔註21〕〔明〕曹學佺：《石倉歷代詩選》卷四百七十七，四庫全書本，第9頁。
〔註22〕〔明〕鄭以偉：《靈山藏》卷二，明崇禎刻本，第559頁。
〔註23〕〔清〕張廷玉等：《明史》，中華書局，2000年版，第4341頁。
〔註24〕〔清〕潘衍桐：《兩浙輶軒續錄·補遺》卷一，清光緒刻本，第9a頁。

於貧，無以葬，門下士斂而助之。』」〔註25〕

（十五）盧世㴜《尊水園集略》卷四（清順治刻十七年盧孝餘增修本）《淵明〈述酒〉云：舊注，儀狄造酒，杜康潤色之。余愛『潤色』二字下得妙，因衍為兩句，又牽連陶、劉、李三君子，遂成半律》詩：

> 天生儀老為神物，杜氏從而潤色之。千載風流歸五柳，劉伶李
> 白是吾師。〔註26〕

筆者按：盧世㴜，字德水，一字紫房，晚稱南村病叟，淶水人。明啟禎之際進士，因國事日非、東西交訌，以病辭官，卒於家。田雯《古歡堂集》卷三十三《盧南村公傳》載其：「五十後，亦每病酒。大率佗傺沉塞之狀，莫自擺落，酒居十之半耳……公之晚號南村，意可知矣。靖節作《自祭文》，公自作一棺。古怨古歡，留連三歎，浸假以尻為輪，以神為馬，亦逍遙長往已耳。昔揚子雲摭《離騷》而反之，嘗怪屈原文過相如，至不容，作《離騷》，投汨羅以沒，悲其文，讀之未嘗不流涕。公之於靖節亦猶是也。」〔註27〕

（十六）顧炎武《亭林詩文集》亭林詩集卷之三（四部叢刊景清康熙本），《張隱君元明於園中真一小石龕，曰『仙隱祠』，徵詩紀之》詩：

> 白日浮雲隔幾重，三山五嶽漫相逢。揭來未得從黃石，老至先
> 思伴赤松。哲士有懷多述酒，英流無事且明農。猶憐末俗愚難寤，
> 故作幽龕小座供。〔註28〕

筆者按：顧炎武（1613～1682），原名絳，字寧人，號亭林，崑山人。明季諸生，入清拒仕。於經史百家、音韻訓詁、金石考古、方志輿地、國家典制等都深有造詣，有《日知錄》《天下郡國利病書》《肇域志》《音學五書》《金石文字記》和《亭林詩文集》等著作傳世。其詩多寄亡國之思。《清史稿》有傳。

（十七）王夫之《薑齋詩文集》卷一五十（四部叢刊景船山遺書本），《答黃度長》詩：

> 東籬花冷候蟲驚，澬水連湘一雁征。霜色已凋隋岸柳，秋風遺
> 意武昌城。傳經魯壁聞絲竹，述酒柴桑訪秫秔。心跡元同難舉似，
> 雲飛葉落兩含情。〔註29〕

〔註25〕《兩浙輶軒續錄·補遺》卷一，第9a頁。
〔註26〕〔清〕盧世㴜：《尊水園集略》卷四，清順治刻十七年盧孝餘增修本，第19頁。
〔註27〕〔清〕田雯：《古歡堂集》卷三十三，四庫全書本，第3頁。
〔註28〕〔清〕顧炎武：《亭林詩集》卷三，四部叢刊景清康熙本，第6a頁。
〔註29〕〔清〕王夫之：《薑齋詩文集》卷一五〇，四部叢刊景船山遺書本，第33頁。

筆者按：王夫之（1619～1692），字而農，號薑齋，衡陽人。明亡後，歸隱衡陽石船山，杜門著述，又稱「船山先生」。有《說文廣義》《經義》《詩廣傳》《楚辭通釋》《讀通鑒論》和《宋論》等七十餘部作品存世。《清史稿》有傳。

（十八）王士禎《感舊集》卷十四（清乾隆十七年刻本），收錄嚴津《代飲》詩：

> 瓢杓中膏肓，軌句成老癖。交戰不得休，調和俾通籍。《述酒》
> 自淵明，《止酒》即彭澤。飲興與吟懷，迭居何離析。〔註30〕

筆者按：嚴津，王士禎《感舊集》卷十四載：「津字子問，浙江餘杭人。《浙江通志》：『津父敕，詩文有名，與兩兄調御、武順，有「三嚴」之目。津又繼起，領袖時賢，事親至孝，家中落而甘旨不闕，顏所居曰「陶菴」，日哦詩數十章。』」〔註31〕

（十九）杜漺《湄湖吟》卷五（清康熙刻道光九年杜堮增修本）《四十一歲有作》詩並序：

> 淵明先生賦《歸去來詞》，時年四十有一，蓋晉義熙元年乙巳也。
> 陶公賦《歸來》，時年四十一。祭酒及鎮軍，率常為晉出。三起
> 令彭澤，在官八十日。母老子復幼，就養事云畢。籬邊有新英，架
> 上多殘帙。耕植聊自娛，有田亦種秫。《止酒》意已深，《述酒》心
> 愈悄。我胡在泥塗，棲棲甘窮疾。〔註32〕

筆者按：杜漺，字子濂，號湄村，山東濱州人。清順治四年進士，官至河南參政。工書，有《湄湖吟》等著作傳世。《晚晴簃詩匯》有其小傳，王士禎亦為之作傳。

（二十）李驎《虯峰文集》卷七（清康熙刻本）《秋夜》詩：

> 黯淡今何甚，秋陰處處煙。有懷惟述酒，無命敢呼天。獨鶴哀
> 鳴急，群狸聚嘯羶。微吟遲復旦，吾道豈終眠。〔註33〕

筆者按：李驎，字西駿，號虯峰，興化人。入清不仕，遷居揚州，教書以終。著有《虯峰文集》《楚吟集》《虯峰雜述》等，生前由朋友集資刊出。今存《虯峰文集》，其餘散佚。因《虯峰文集》中有懷念故國之詩，死後被剖棺梟首。

（二十一）吳騫《愚谷文存》卷十（清嘉慶十二年刻本）《陶徵士像贊》：

〔註30〕〔清〕王士禎：《感舊集》卷十四，清乾隆十七年刻本，第24b頁。
〔註31〕《感舊集》卷十四，第24b頁。
〔註32〕〔清〕杜漺：《湄湖吟》卷五，清康熙刻道光九年杜堮增修本，第11b頁。
〔註33〕〔清〕李驎：《虯峰文集》卷七，清康熙刻本，第35b頁。

峨峨彭澤，致美璠玉。八儒尚賢，五柳自目。賦辭歸來，恥殉
微祿。慨矣竊歎，念茲邦族。西山食薇，東籬採菊。《述酒》之篇，
同工異曲。〔註34〕

（二十二）謝啟昆《樹經堂詩初集》卷四（清嘉慶刻本）《彭研三為侯心
齋畫東籬採菊，便面屬題二絕，即送心齋歸無錫》詩：

後堂絲竹命彭宣，墨妙如傳《述酒》篇。帆到錫山秋已過，霜
華留向素紈鮮。〔註35〕

筆者按：謝啟昆（1737～1802），字良璧，一字蘊山，號蘇潭，江西南康人。
清乾隆二十六年進士，歷官編修、鄉試主考、知府、按察使、布政使、巡撫等
職，治有卓績，留心著述，撰有《樹經堂集》《西魏書》《小學考》和《廣西通
志》等書。

（二十三）吳振棫《花宜館詩鈔》卷十二（清同治四年刻本）《用前韻簡
陶鹿匡觀察（士霖）》詩：

問君充實何即即，雙頰浮紅鬢猶黑。東籬述酒遣閒情，最喜杜
康能潤色。寒月瀲瀲明窗羅，宴坐一枝松養和。倚酣自定新詩本，
嬌婢傾鬟來捧椀。〔註36〕

筆者按：吳振棫，字仲雲，浙江錢塘人。清嘉慶十九年進士，選庶吉士，授編
修，先後任雲南大理知府、雲南巡撫、四川總督、雲貴總督等職。同治七年還
鄉講學，著有《國朝杭郡詩續輯》《無腔村笛》《黔語》和《花宜館詩鈔》等書。
《清史稿》有傳。

（二十四）張文虎《舒藝室詩存》卷六（清光緒刻本），《正月二十日，孫
勤西觀察……祝白香山生日，以東坡配之》詩：

大裘願不遂，乃以詩人名。鬢髮閒中白，愁腸樂處生。憂時杜
子美，述酒陶淵明。其後三百載，東坡同此情。〔註37〕

筆者按：張文虎（1808～1885）字嘯山，江蘇南匯人。清同治十年充任曾國藩
幕僚，參與校刊《王船山遺書》；光緒九年出任南菁書院首任院長，撰有《南
菁書院記》。服膺惠棟、江有浩、戴震、錢大昕等人學問，精於校讎，所校之
書，世稱善本，於《史記》三家注考核尤深，撰有《史記劄記》五卷。平生著

〔註34〕〔清〕吳騫：《愚谷文存》卷十，清嘉慶十二年刻本，第1a頁。
〔註35〕〔清〕謝啟昆：《樹經堂詩初集》卷四，清嘉慶刻本，第8a頁。
〔註36〕〔清〕吳振棫：《花宜館詩鈔》卷十二，清同治四年刻本，第10a頁。
〔註37〕〔清〕張文虎：《舒藝室詩存》卷六，清光緒刻本，第19b～20a頁。

述頗豐，著有《古今樂律考》《周初朔望考》《春秋朔閏考》《舒藝室詩存》和《索笑詞》等，《清史稿》有傳。

（二十五）梁煥奎《青郊詩存》卷二（民國元年梁煥均長沙刻本）《登臺次韻和翰青》詩：

> 雨後平疇一鑒開，明農述酒此登臺。林花乍落雙蝶守，白雲欲飛孤鳥陪。劉郎去後桃仍在，陶令歸來柳未栽。懷抱中年多寂寞，喜君清放自銜杯。〔註38〕

筆者按：梁煥奎（1868～1931）字璧垣，號星甫，湘潭人。受維新思潮影響，致力於發展湖南礦業；1903 年創辦湖南高等實業學堂，任學堂監督；1904 年與湘中同仁集資創建湖南圖書館。平生詩作不斷，1912 年，其四弟梁煥均收集舊稿，為之刻印《青郊詩存》。1921 後寓居上海，編纂《梁氏家譜》和《青郊六十自定稿》詩集，1931 年病逝於盧山。

（二十六）梁煥奎《青郊詩存》卷五（民國元年梁煥均長沙刻本），《廖笏堂觀察築瓠尊山館，與予為鄰，落成之日，放歌見贈，酬以此篇》詩：

> 山川悠悠長不滅，百年苦樂如飄瞥。莽蕩微塵著汝我，放眥乾坤五情熱。弱水東奔惡浪翻，扶桑西偃愁雲結。愚公累世終南移，巨靈一手太華裂。結網臨淵尚可圖，拂衣蹈海從誰說。管寧避地且復避，莊周達觀聊爾達。錙塵軒冕胡為然，跌宕文史終自憐。鳶肩火色不入眼，蒼狗白衣長在天。三閭大夫卜居日，五柳先生述酒年。種瓜邵平生活拙，穿徑蔣詡來往便。自今褰裳荊棘底，且與負耒桑麻邊。雙丸蹢躅催玄鬢，願取曲糵傾流泉。〔註39〕

（二十七）胡穉《箋注簡齋詩集》卷二十六（元刻本），注陳與義《山齋》詩「世紛幸莫及」句：

> 淵明《述酒》詩：「閒居離世紛。」〔註40〕

筆者按：陳與義（1090～1138），字去非，號簡齋，其先祖居京兆，曾祖始遷洛陽。長於詩，作詩推崇杜甫，方回《瀛奎律髓》將其列入江西詩派「三宗」之一。有《簡齋集》傳世，《宋史》有傳。又按：胡穉，生平未詳，宋人。其《增廣箋注簡齋詩集》為現存最早陳與義詩集，刊於南宋紹熙年間。

〔註38〕〔清〕梁煥奎：《青郊詩存》卷二，民國元年梁煥均長沙刻本，第 16b 頁。
〔註39〕《青郊詩存》卷二，第 12b～13a 頁。
〔註40〕〔宋〕胡穉：《箋注簡齋詩集》卷二十六，元刻本，第 448 頁。

（二十八）錢曾《投筆集箋注》卷下（清宣統二年鄧氏風雨樓本），注錢
謙益《後秋興之八（庚子陽月初一拂水拜墓作）》「朝陽已躍南離日，晝靄猶停
北陸陰」句之「南離」：

> 淵明《述酒》詩：「重離照南陸，鳴鳥聲相聞。秋草雖未黃，融
> 風久已分。」〔註41〕

筆者按：錢謙益（1582～1664），字受之，一字牧齋，晚號蒙叟，自稱絳雲老
人、東澗遺老，常熟人。早年為東林黨領袖之一。明萬曆三十八年進士，官至
禮部侍郎。順治二年降清，為禮部侍郎。好藏書，博學工詞章，著有《牧齋詩
抄》《有學集》《初學集》《投筆集》《杜詩箋注》《明史斷略》等書。《清史稿》
有傳。

（二十九）徐嘉《顧亭林先生詩箋注》卷十五（清光緒二十三年徐氏味靜
齋刻本），注顧炎武《哭歸高士》「平生慕魯連，一矢解世紛」句：

> 陶潛《述酒》詩：「閒居離世紛。」〔註42〕

筆者按：徐嘉（1834～？），字賓華，一字遁庵，江蘇山陽人。能詩，對顧炎
武其人其詩推崇備至，歷十年，四易其稿，完成二十卷《顧詩箋注》。《箋注》
徵引宏博、資料豐富，是研究明遺民詩人的重要參考資料。

綜上可見，這些詩歌雖然與陶集及筆記、詩話的直接評論方式不同，但
它們同樣是《述酒》詩闡釋史的重要組成部分。與《述酒》詩自宋代才開始
進入評論者的視野相呼應，這些反映對《述酒》詩態度的詩歌也多是宋代及
其以後的作品，並且這些詩歌材料所反映的態度也與評論材料所表明的態度
大體吻合。無論是次韻的形式還是用典的形式，這些詩歌都既是與陶詩文本
的對話，也是與陶淵明本人的心靈對話。除了極少數詩人認為《述酒》詩所
代表的是晦澀和閒情之外，大部分詩人都將《述酒》詩視為悲涼慷慨、眷戀
舊朝的拳拳之作，並通過回應《述酒》詩的方式寄託自己的故國之思，而這
也正印證了那些評論材料將《述酒》詩定義為忠憤之作的主流闡釋。至此，
陶淵明《述酒》詩所凝聚的君臣寓意、忠憤意涵不再僅僅是供人討論的話題
或概念標籤，而是廣泛而深入地參與到後代詩人的心靈建構之中。

〔註41〕〔清〕錢曾：《投筆集箋注》卷下，清宣統二年鄧氏風雨樓本，第1a頁。
〔註42〕〔清〕徐嘉：《顧亭林先生詩箋注》卷十五，清光緒二十三年徐氏味靜齋刻本，
第7a頁。

陶詩與中國古代貧士形象

　　在中國古代社會結構中，士階層是不可或缺的構成力量。士階層在誕生之初是王官的組成部分，經濟上本無後顧之憂。隨著王官失守，職位難求，很多士人沉淪下僚甚至失去官職，陷入貧困境地。〔註1〕這就使他們成為具有關心民瘼與安貧樂道雙重精神追求的貧士。在歷史上，相較於隱士群體與高士群體，貧士群體並沒有得到應有的重視。例如，《隱逸傳》在《後漢書》中就有，《高士傳》魏晉之際也已出現，而《貧士傳》直到明代才姍姍來遲。就連詠貧最為集中的陶淵明，也以隱士身份最為人所知，「歷來人們都只注意到他隱士的一面，而很少注意貧士的一面」。〔註2〕事實上，陶淵明是貧士抒寫的集大成者。這不僅表現為陶詩通過生活情景塑造自我貧士形象，還表現為陶詩通過對歷史上貧士形象的整合，建構理想貧士人格，確立貧士典範意義。蔣寅曾指出「陶淵明是第一位自己充任主角，用詩歌搬演貧士生活情景的詩人」〔註3〕，蔡瑜也認為「陶淵明是中國詩歌史上第一位反覆抒詠自身貧困的詩人，也因此為自己塑立了清晰的『貧士』形象」〔註4〕。陶詩在書寫自我形

〔註1〕參見余英時《士與中國文化》（上海人民出版社，2013 年版）中的相關論述。

〔註2〕蔣寅：《陶淵明隱逸的精神史意義》，《中國詩學之路：在歷史、文化與美學之間》，商務印書館，2021 年版，第38 頁。按：此文原刊於《求是學刊》，2009年第5 期。

〔註3〕《陶淵明隱逸的精神史意義》，《中國詩學之路：在歷史、文化與美學之間》，第38 頁。

〔註4〕蔡瑜：《陶淵明的懷古意識與典範形塑》，《臺大文史哲學報》，2010 年第72 期，第13 頁。

象，整合歷史人物形象的過程中，發掘出貧士形象獨立的審美價值，對後代詠貧詩歌的發展產生了深遠影響。目前學界對陶詩這方面的貢獻雖已有所關注，且提出了一些富有啟發性的論點，但多屬於論述其他問題時的順帶提及，尚未見系統專門的探討。本文擬嘗試為之，以期為相關研究提供一點參考。

一、巧於說貧：陶詩對古代貧士形象的整合

宋人葛立方曾用「巧於說貧」之語來評價陶淵明、杜甫、孟郊的詠貧之句：「人言居富貴之中者，則能道富貴語，亦猶居貧賤者工於說飢寒也。……若孟郊『借車載家具，家具少於車』，陶潛『敝襟不掩肘，藜羹常乏斟』，杜甫『天吳與紫鳳，顛倒在短褐』，皆巧於說貧者也。」（《韻語陽秋》卷一）〔註5〕葛立方所舉陶詩之句出自《詠貧士》組詩第三首，此組詩是對歷史上眾貧士的集中吟詠，由於陶淵明並非泛泛而談，而是融入自身體悟，展現出貧士生活的典型性，所以被認為是文學史上「巧於說貧者」的代表之一。《詠貧士》組詩通過對歷史與理性的雙重詠歎，譜寫了貧士的讚歌，成為陶詩整合古代貧士形象的典型代表。組詩第一首是貧士形象的總括：

> 萬族各有託，孤雲獨無依。曖曖空中滅，何時見餘暉？朝霞開宿霧，眾鳥相與飛。遲遲出林翮，未夕復來歸。量力守故轍，豈不寒與饑？知音苟不存，已矣何所悲！〔註6〕

詩人以「孤雲」和「飛鳥」比喻貧士，正如無名氏在懷德堂本《文選》眉批中所言：「兩層比喻，寓得貧士身份絕高。」（見卷三十）「量力」二句是詩人對自己貧困原因的探究，它既暗含安貧固窮的個體堅守，也蘊含社會歷史的深沉反思。清人吳淇就曾指出：「此詩最有深意。蓋三代封建之世，士皆養於上，其井田學校之制相表裏，故養士之具甚備，安所稱貧哉？封建變而為郡縣，則井田廢而學校為故事，於是人各自養，而貧獨屬士矣。」（《六朝選詩定論》卷十一）〔註7〕詩中隱約可見陶淵明對上古時代的幻想，對社會公平的渴求，但既然生不逢時，知音難遇，就只能傚仿前賢，自我堅守。組詩第二首通過自我生活情景的融入，表達出詩人「何以慰吾懷，賴古多此賢」的人生志向。組詩後五首則是對古代貧士的集中詠歎，涉及榮啟期、原憲、黔

〔註5〕吳文治主編：《宋詩話全編》（八），鳳凰出版社，1998年版，第8205頁。
〔註6〕〔晉〕陶潛：《宋本陶淵明集》，國家圖書館出版社，2018年版，第83～84頁。
〔註7〕〔清〕吳淇撰，汪俊等點校：《六朝詩選定論》，廣陵書社，2009年版，第297頁。

妻、袁安、阮修、張仲蔚、黃子廉等人。對黔妻而言，安貧的障礙或許是榮華的吸引，但其妻與自己戮力同心，故而堅定了「好爵吾不榮，厚饋吾不酬」的固窮決心。對張仲蔚而言，不僅面臨飢寒的考驗，還有不被世人理解的孤獨，而「介焉安其業，所樂非窮通」的態度則體現出不知不慍的君子氣度。還有黃子廉，「年饑感仁妻，泣涕向我流。丈夫雖有志，固為兒女優」，親人的貧困生活原本就容易攪動貧士內心，這種個人貧居生活對家庭乃至家族的波及最易動搖安貧之志。正如陶淵明在《和劉柴桑》一詩中就曾代劉遺民說過「直為親舊故，未忍言索居」的想法，在《與子儼等疏》中也曾表達過「僶俛辭世，使汝等幼而飢寒」的愧疚，都反映了貧居生活背後的經濟困境以及因之而來的貧士複雜的精神狀態。而在此情況下仍能固窮守節的黃子廉就顯得尤為難能可貴，正如清人陳祚明所言：「兒女之憂，非不動念，然志固不可奪，前修可師。」（評《詠貧士七首》其七）〔註8〕從黔妻到張仲蔚再到黃子廉，組詩展現出風貌各異的貧士畫卷，也體現出固窮境界的逐步昇華。散落於歷史深處的貧士剪影，經由陶淵明《詠貧士》的全面整合，共同昭示出貧士群體一以貫之的精神訴求，即安貧固窮的儒家情懷。

除《詠貧士》組詩涉及的貧士人物外，陶詩還吟詠了很多歷史上的其他貧士。例如《飲酒·其二》一詩就展現了夷齊的貧士形象：「積善云有報，夷叔在西山。善惡苟不應，何事空立言？」〔註9〕伯夷和叔齊向來被視為高士，也曾被皇甫謐列入《高士傳》中，然而陶淵明的關注點卻是他們拒絕周粟之後的貧士身份。在詩人看來，夷齊貧困而終雖不能算作積善之報，但卻彰顯了固窮守道的貧士節操。此外，《飲酒·十八》一詩還再現了揚雄的貧士形象：

> 子雲性嗜酒，家貧無由得。時賴好事人，載醪祛所惑。觴來為之盡，是諮無不塞。有時不肯言，豈不在伐國。仁者用其心，何嘗失顯默。〔註10〕

揚雄家貧無酒，只能靠替人解惑換取酣飲機會，但是在涉及伐國這一政治話題之時，揚子卻以緘默的方式表達不贊成態度，於此可見揚雄自處顯默之間的良苦用心，也可見其貧士身份背後的仁者情懷。

整合的目的是為了昇華。陶詩在成功整合古代貧士形象的基礎上，進一

〔註8〕〔清〕陳祚明評選，李金松點校：《采菽堂古詩選》，上海古籍出版社，2019年版，第436頁。

〔註9〕《宋本陶淵明集》，第58頁。

〔註10〕《宋本陶淵明集》，第65頁。

步建構符合自我人格追求的理想貧士形象，並最終確立了貧士形象的典範意義。其中「東方之士」形象和「五柳先生」形象最具典型性。「東方之士」形象是在《擬古·其五》一詩中被塑造出來的：

> 東方有一士，被服常不完。三旬九遇食，十年著一冠。辛勤無此比，常有好容顏。我欲觀其人，晨去越河關。青松夾路生，白雲宿簷端。知我故來意，取琴為我彈。上弦驚《別鶴》，下弦操《孤鸞》。願留就君住，從今至歲寒。〔註11〕

這位東方之士物質生活極度貧乏，但精神生活極其優裕，這是一個絃歌不輟、樂道忘憂的貧士形象。關於這位貧士的具體身份，歷來讀者多有猜測。由於關係到理想貧士形象的塑造，故有必要略加辨析。蘇軾曰：「此東方一士，正淵明也。不知從之遊者誰乎？」〔註12〕認為「東方一士」是淵明自己，然而據詩中「我欲觀其人」「知我故來意」「取琴為我彈」三言「我」以及「願留就君住」一言「君」的人稱特點判斷，這位東方之士並非淵明自己。當然，如果東坡是從「東方之士」與淵明的人格精神同構性視角籠統言之，則另當別論。後來蔣薰另有推測曰：「伊何人哉，其孫登之流耶？是神仙而無鉛汞氣者。」（見蔣氏評《陶淵明詩集》卷四）〔註13〕認為「孫登之流」乃東方之士的原型，這一看法較東坡之論雖已更接近詩歌原意，但仍有未確之處。觀《神仙傳》對孫登「無家屬，於郡北山為土屋居之。好讀《易》，撫一弦琴」的記載，確與「東方之士」有相近處，但其「性無恚怒，人或投諸水中，欲觀其怒，登既出，便大笑」的行為頗為怪誕，至於「文帝聞之，使阮籍往觀，既見與語，亦不應。嵇康從之遊三年，問其所圖，終不答」〔註14〕也有些故作矜持之態。可以說，雖然孫登故事的拜訪情節模式與陶詩有相似之處，但人物氣質和精神內核卻與「東方之士」並不相像。

筆者認為，與其說孫登是東方之士的原型，毋寧說榮啟期更為接近。對比《列子·天瑞》篇的記載，可發現東方之士與榮啟期之間存在更多共性：

> 孔子游於太山，見榮啟期行乎郕之野，鹿裘帶索，鼓琴而歌。
>
> 孔子問曰：「先生所以樂，何也？」對曰：「吾樂甚多：天生萬物，

〔註11〕《宋本陶淵明集》，第 75 頁。
〔註12〕〔宋〕蘇軾撰，〔清〕王文誥輯注，孔凡禮點校：《蘇軾詩集》，中華書局，1982 年版，第 2267 頁。
〔註13〕龔斌校箋：《陶淵明集校箋》，上海古籍出版社，2018 年版，第 327 頁。
〔註14〕〔晉〕葛洪《神仙傳》卷六，清文淵閣四庫全書本，第 12b～13b 頁。

唯人為貴，而吾得為人，是一樂也；男女之別，男尊女卑，故以男
為貴，吾既得為男矣，是二樂也；人生有不見日月、不免襁褓者，
吾既已行年九十矣，是三樂也。貧者士之常也；死者人之終也。處
常得終，當何憂哉？」孔子曰：「善乎！能自寬者也。」〔註15〕

鼓琴而歌的榮啟期自言「吾樂甚多」，且已透悟「貧者士之常」的人生現實，
故孔子稱讚他是「能自寬者」。這裡的「鹿裘帶索」正好對應陶詩的「被服常
不完」，「鼓琴而歌」正好對應「取琴為我彈」，榮啟期的整個生存狀態、精神
狀態也頗符合陶詩「辛勤無此比，常有好容顏」的形象描寫，甚至榮啟期所
在的充滿文化象徵意味的太山、郊之野（今山東汶上北）也與「東方之士」所
在的「東方」相合。更重要的是，陶淵明十分熟悉《列子》，且曾於詩中多次
提及榮啟期，例如「榮叟老帶索，欣然方彈琴」（《詠貧士》其三），「九十行帶
索，飢寒況當年」（《飲酒》其二），「顏生稱為仁，榮公言有道」（《飲酒》十
一）等句，都是對榮啟期的明確描寫。在陶淵明心中，安貧樂道的榮啟期早
已成為貧士形象的代表，故更為符合東方之士的定位。況且榮啟期比孫登的
時代更早，故事的經典化程度更高，也符合陶淵明仰慕古賢的一貫心理。當
然，也不必一口咬定東方之士就是榮啟期，因為東方之士是陶淵明在歷史原
型的基礎上，廣泛攝取人物共性甚至融入自我影像而虛構出的藝術形象，他
是詩人對理想貧士人格的藝術昇華。

其次，「五柳先生」具有和「東方之士」相同的象徵意蘊，是陶淵明塑造
的另一貧士形象的典型：

閑靖少言，不慕榮利。好讀書，不求甚解，每有會意，便欣然
忘食。性嗜酒，家貧不能常得，親舊知其如此，或置酒而招之。造
飲輒盡，期在必醉，既醉而退，曾不吝情去留。環堵蕭然，不蔽風
日，短褐穿結，簞瓢屢空，晏如也。常著文章自娛，頗示己志。忘
懷得失，以此自終。（《五柳先生傳》）〔註16〕

自沈約以來，《五柳先生傳》一直被視為陶公實錄，五柳先生也被目為淵明本
人。淵明曾說自己「少學琴書，偶愛閑靜，開卷有得，便欣然忘食」（《與子儼
等疏》），又說自己「弱齡寄事外，委懷在琴書。被褐欣自得，屢空常晏如」
（《始作鎮軍參軍經曲阿》），還說自己「偶有名酒，無夕不飲。顧影獨盡，忽

〔註15〕楊伯峻：《列子集釋》，中華書局，1979年版，第22～23頁。
〔註16〕《宋本陶淵明集》，第127～128頁。

焉復醉。既醉之後，輒題數句自娛」(《飲酒》序) 等等，這與文中的五柳先生何其相似。但是五柳先生的文學形象並不是陶淵明形象的簡單翻版，而是在融合歷史與現實之後的藝術昇華。范子燁就認為五柳先生的原型並非陶淵明自己，而是陶詩中那個「性嗜酒」而「家貧無由得」的揚子雲。〔註17〕可以說陶淵明正是在歷史與現實的對接與交融中，才成功塑造出安貧樂道、忘懷得失的五柳先生形象。代表陶淵明人格理想的五柳先生，成為後人心目中的貧士典範，時常與陶淵明形象混而為一，共同昭示著貧士所能臻至的樂天之境。陶詩整合了榮啟期、原憲、黔婁、袁安、揚雄等一系列貧士形象，並以榮啟期為原型塑造了「東方之士」形象，以揚雄為原型塑造了「五柳先生」形象，在整合中實現了昇華。至此，陶詩成功構建了從整合貧士形象到昇華貧士形象的完整路徑。

二、情同采薇：最具審美人格的貧士

在陶淵明塑造的貧士畫廊中，最具審美人格的貧士恰恰就是陶淵明自己。陶詩總是用理想照耀慘淡現實，賦予現實敘事以詩意光芒，從而展示詩人自身卓然不群的貧士形象。陶詩理想與現實相互交織的藝術手法主要表現在四個方面：一是在日常化敘述中賦予自己的貧士生活以獨特審美趣味；二是通過細節展現自己貧士生活的具體場景；三是營造特定氛圍烘托自己作為貧士的高尚人格；四是選取生活中的典型事件刻畫自己貧士的立體形象。借助這些，陶詩做到了藝術表現與人格精神的統一。

首先，陶淵明擅於用藝術眼光觀照自己的貧居生活，並使之在日常化敘述中呈現獨特審美品質。例如他在《答龐參軍》一詩中曾言：「衡門之下，有琴有書。載彈載詠，爰得我娛。豈無他好？樂是幽居。朝為灌園，夕偃蓬廬。」〔註18〕這是對《詩經・衡門》一詩的繼承與延伸，然而《衡門》無論是說飲食還是娶妻，都止於「衡門之下，可以棲遲」的簡單概述；而陶詩卻一一呈現棲遲的生活場景：讀書、彈琴、灌園、休憩。詩歌通過「朝」與「夕」的敘述模式賦予耕作活動以「日出而作，日入而息」的節奏之美，同時讀書彈琴的高趣，又加深了灌園生活的安足之樂。又如《歸園田居・其六》「日入室中暗，荊薪代明燭」的描寫，就在表明家用不周的同時，展示出窮居野處生活的溫

〔註17〕范子燁：《五柳先生是誰》，《中華讀書報》，2017 年 9 月 13 日第 5 版。
〔註18〕《宋本陶淵明集》，第 13 頁。

馨。在《自祭文》中，陶淵明更是對長期貧士生活進行了藝術化總結：「自余為人，逢運之貧。簞瓢屢罄，絺綌冬陳。含歡谷汲，行歌負薪。翳翳柴門，事我宵晨。春秋代謝，有務中園。載耘載耔，迺育迺繁。欣以素牘，和以七絃。冬曝其日，夏濯其泉。勤靡餘勞，心有常閒。樂天委分，以至百年。」〔註19〕在春秋代謝、寒來暑往的敘述中，詩人粗衣蔬食的貧居場景，耕耘灌溉的辛勞場面，被一一定格，並與素牘七絃的精神怡悅一起，構築出詩人樂天委命的貧士形象。

其次，陶詩還特別注重還原自己貧居生活的具體場景，從而生動展現自我貧士形象。例如《詠貧士·其二》：

> 淒厲歲云暮，擁褐曝前軒。南圃無遺秀，枯條盈北園。傾壺絕餘瀝，窺灶不見煙。詩書塞座外，日昃不遑研。閒居非陳厄，竊有慍見言。何以慰吾懷？賴古多此賢。〔註20〕

首二句還原了借日取暖的生活場面，交代出自己缺衣少食的貧居背景；「南圃」二句通過景物描寫渲染出冬日的蕭索落寞；「傾壺」二句勾勒出飲食不繼的窘迫之狀；「詩書」二句又描畫出飢寒交迫下「不遑」讀書的情形。然而即便如此，詩人也不改安貧固窮的決心。詩中細節描寫越是生動，越能體現其貧士精神的可貴。「閒居」二句隱約透露出的風趣，更在有意無意間昇華了艱辛的貧士生活。

陶詩總是能在細節處捕捉生活，刻畫形象。例如《怨詩楚調》一詩的「夏日長抱饑，寒夜無被眠。造夕思雞鳴，及晨願烏遷」四句，緊扣長夏無食、寒冬無衣的季節性窘困進行敘述，讓詩人的貧士形象切實可感。具有類似功能的細節在陶詩中比比皆是。蘇軾曾慨歎道：

> 俗傳書生入官庫，見錢不識，或怪而問之，生曰：「固知其為錢，但怪其不在紙裏中耳。」予偶讀淵明《歸來詞》，云：「幼稚盈室，瓶無儲粟。」乃知俗傳，信而有徵。使瓶有儲粟，亦甚微矣，此翁平生只於瓶中見粟也邪？〔註21〕

蘇軾援引「俗傳」慨歎淵明之貧，是因為陶詩中「瓶無儲粟」之句深深觸動了東坡，使他聯想到淵明可能「平生只於瓶中見粟」，這無疑從側面反映了陶詩

〔註19〕 《宋本陶淵明集》，第 157 頁。
〔註20〕 《宋本陶淵明集》，第 84 頁。
〔註21〕 〔宋〕胡仔：《苕溪漁隱叢話前集》，人民文學出版社，1962 年版，第 25 頁。

以細節動人的工夫。淵明《止酒》一詩「坐止高蔭下，步止蓽門裏。好味止園葵，大歡止稚子」四句對閒居細節的展示，也同樣具有四兩撥千斤的藝術效果。對此，胡仔解釋得很清楚：「故坐止於樹蔭之下，則廣廈華居，吾何羨焉？步止於蓽門之裏，則朝市聲利，我何趨焉？好味止於噉園葵，則五鼎方丈，我何欲焉？大歡止於戲稚子，則燕趙歌舞，我何樂焉？在彼者難求，而在此者易為也。淵明固窮守道，安於丘園，疇肯以此易彼乎？」〔註22〕可見陶淵明非常擅於運用細節呈現的方式，在言簡義豐的敘述中，通過真實可感的畫面，展現其固窮守道的形象內質。

再次，陶詩除細節傳神外，還經常營造特定氛圍以烘托詩人的貧士人格。例如《癸卯歲十二月中作與從弟敬遠》一詩就將飢寒之狀置於歲末雪夜的背景下進行考察，愈發凸顯出詩人松柏後凋的高潔品質，詩中有云：

> 淒淒歲暮風，翳翳經日雪。傾耳無希聲，在目皓已結。勁氣侵襟袖，簞瓢謝屢設。蕭索空宇中，了無一可悅。歷覽千載書，時時見遺烈。高操非所攀，謬得固窮節。平津苟不由，棲遲詎為拙！寄意一言外，茲契誰能別？〔註23〕

在風雪淒淒的歲暮時分，雖然詩人簞瓢屢空、門庭蕭索，但勁直之氣並未折損。聽雪、觀雪、覽書，處處可見其固窮之節。正如清人延君壽所言：「想見作者之磊落光明，傲物自高。每聞人稱陶公恬淡，固也；然試想此等人物，如松柏之耐寒歲，其勁直之氣與有生俱來，安能不偶然流露於楮墨之間？」（《老生常談》）〔註24〕這侵袖的「勁氣」，是「經日雪」的嚴寒之氣，又何嘗不是詩人傲物自高的清拔之氣？同樣，《飲酒·十五》一詩則將詩人自我形象置於「弊廬交悲風，荒草沒前庭」的深秋之際，可以想見詩人固窮之志得不到世人理解的悲傷，展現了倔強而孤獨的貧士形象。

最後，陶詩尤其擅長選取生活中的典型事件來刻畫自己的貧士形象。在歸隱之後，陶淵明非常強調躬耕的重要性，他說「貧居依稼穡，戮力東林隈」（《丙辰歲八月中於下潠田舍獲》），又說「代耕本非望，所業在田桑」（《雜詩·其八》），甚至還寫下《勸農》一詩表達對農耕的重視。躬耕不僅是他隱居生活的經濟來源，更是他安貧樂道的精神支撐。對於貧耕生活的選擇，陶淵明

〔註22〕〔宋〕胡仔：《苕溪漁隱叢話後集》，人民文學出版社，1962年版，第19頁。
〔註23〕《宋本陶淵明集》，第51～52頁。
〔註24〕見《陶淵明集校箋》，第222頁。

也有過反思，他說「四體誠乃疲，庶無異患干」（《庚戌歲九月中於西田獲早稻》），又說「駟馬無貰患，貧賤有交娛」（《贈羊長史》）。可見除了安貧樂道的儒家教誨之外，福禍相依的道家思想也佔據著詩人心靈空間，最終形成融合儒道兩家人格理想的陶淵明貧士形象。

然而耕種遭遇年災，有時不免飢寒，此情此景陶詩更是著意書寫。例如《有會而作》的小序就交代了年災情形：

> 舊穀既沒，新穀未登。頗為老農，而值年災。日月尚悠，為患未已。登歲之功，既不可希。朝夕所資，煙火裁通。旬日已來，始念飢乏。歲云夕矣，慨然永懷。今我不述，後生何聞哉！〔註25〕

在「朝夕所資，煙火裁通」的窘迫裏，詩人最掛懷的是「今我不述，後生何聞」的不朽志業，以及安貧固窮以傳後世的強烈願望。他在《飲酒‧其二》一詩中就曾表達過「不賴固窮節，百世當誰傳」的觀點，因此年災飢乏的特殊事件，正是考驗其安貧決心的試金石，也是成就其安貧形象的擎天柱。

若是年災遇上火災，貧士的生活更會雪上加霜，《戊申歲六月中遇火》一詩就描繪了詩人遇火後的慘狀：

> 草廬寄窮巷，甘以辭華軒。正夏長風急，林室頓燒燔。一宅無遺宇，舫舟蔭門前。迢迢新秋夕，亭亭月將圓。果菜始復生，驚鳥尚未還。中宵佇遙念，一盼周九天。總髮抱孤念，奄出四十年。形跡憑化往，靈府長獨閒。貞剛自有質，玉石乃非堅。仰想東戶時，餘糧宿中田。鼓腹無所思，朝起暮歸眠。既已不遇茲，且遂灌我園。〔註26〕

詩人不怨「草廬寄窮巷」，也「甘以辭華軒」，然而一場大火燒毀陋室，使得苦中作樂的簡單願望也化為泡影。「迢迢」四句描摹出詩人驚魂甫定的心理狀態，「中宵」八句則回顧了自己一直以來的安貧決心。最後的「仰想」六句頗為耐人尋味，這是詩人對上古社會的遙想，也是對理想世界的虛構。既然這樣的理想不可實現，那就只能躬耕灌園以守本心，一如《時運》詩中「黃唐莫逮，慨獨在余」的喟歎。這裡體現的是一個安貧樂道而又心懷天下的貧士形象。

最典型的事件是乞食，而最能凸顯淵明乞食窘狀的正是《乞食》一詩：

> 飢來驅我去，不知竟何之。行行至斯里，叩門拙言辭。主人諧余

〔註25〕 《宋本陶淵明集》，第 69～70 頁。
〔註26〕 《宋本陶淵明集》，第 54 頁。

意，遺贈豈虛來。談諧終日夕，觴至輒傾杯。情欣新知勸，言詠遂賦

詩。感子漂母惠，愧我非韓才。銜戢知何謝？冥報以相貽。〔註27〕

詩人資糧乏絕，飢餓驅迫，只能向鄰家乞討。「行行」二句曲盡其妙，寫出詩人乞食時的尷尬心理。然而主人善解人意，不僅饋贈資糧以解詩人燃眉之急，還殷勤款待以減其羞愧之情，詩人的感激之情溢於言表。後人也有不理解其寧願乞討也不為五斗米折腰的選擇，例如王維在《與魏居士書》一文中就說：「近有陶潛，不肯把板屈腰見督郵，解印綬棄官去。後貧，《乞食》詩云『扣門拙言辭』，是屢乞而多慚也。嘗一見督郵，安食公田數頃，一慚之不忍，而終身慚乎！此亦人我攻中，忘大守小，不〔恤〕其後之累也。」〔註28〕然而大部分人還是對陶公乞食固窮的氣節持讚賞態度，例如明人張自烈就反駁說：「嗟乎！淵明賦《歸去來》，真古今第一流襟期，後世皆莫能匹，王維妄肆譏議，何哉？況偶而乞食，情同采薇，若有忍一慚之慮，直是後世宦路上人，展轉妻子，狡窟屢營，到底不休也，又何以成靖節先生？」〔註29〕可見，陶詩對於乞食這一典型事件的書寫，不但沒有遺人以窮酸落魄之感，反而成為陶淵明固窮守道之貧士形象的堅實支撐。

其實，在不理解陶淵明的人眼中，淵明的貧士形象完全不同：「江州刺史檀道濟往候之，偃臥瘠餒有日矣。道濟謂曰：『賢者處世，天下無道則隱，有道則至；今子生文明之世，奈何自苦如此？』」〔註30〕這是從他者視角觀察到的陶淵明，臥病不起、面黃肌瘦的光景，正是檀道濟對陶淵明貧士形象的定位與審視，那句「奈何自苦如此」的評價已然褪去陶詩自述的思想鋒芒，呈現出貧士生活的本來面目。反推可知，陶詩正是用安道苦節的詩意光芒照徹凍餒交病的生活現狀，才使得詩人始終呈現出風骨凜然的貧士模樣。清人陸廷燦曾讚歎：「陶令官閒性懶如，歸心只憶舊田廬。酒資餘外應無有，幾本黃花萬卷書。」〔註31〕這是過濾了辛勞場面後的純化空間，其間那個不為物累、超然自足的陶淵明，是後代眾多文人共同想像而成，最終成為貧士群體的典型代表。

〔註27〕《宋本陶淵明集》，第 31 頁。

〔註28〕〔唐〕王維著，〔清〕趙殿成箋注：《王右丞集箋注》，上海古籍出版社，1998年版，第 334 頁。

〔註29〕〔明〕張自烈評：《陶淵明集》卷五，盛芸閣李乾宇刻本，第 8b 頁。

〔註30〕《宋本陶淵明集》，第 221 頁。

〔註31〕〔清〕陸廷燦：《藝菊志》卷七，清康熙刻本，第 8a 頁。

綜上，陶淵明擅從各個角落摹寫自我貧居生活，以細節傳神，尤擅將自我形象放置於特殊情境中加以考察。一方面大力渲染衣食匱乏、居行簡陋的物質生活現狀，極寫「貧」之情形；另一方面又具有無怨無悔、安貧樂道的精神生活理想，極盡「士」之操守。二者相互交織，使陶詩得以在細膩的藝術表現中寄寓超越的精神品質，從而賦予自我貧士形象以理想化的審美品格。

三、「安貧」與「怨貧」：貧士書寫的集大成

陶淵明主要從前代經、子等典籍中繼承貧士安貧的精神內核，從前人貧居怨貧的文學書寫中繼承成熟的藝術手法。正是在這兩個方面，陶詩做到了集前代之大成。貧士自古有之，儒道典籍之中就頻繁閃現貧士的身影。《論語·雍也》記載顏回：「一簞食，一瓢飲，在陋巷。人不堪其憂，回也不改其樂。」〔註32〕從中可見顏回飲食匱乏、居所簡陋的生活狀態，更可感知其固窮守道、寬樂自足的精神面貌。顏回是一個不折不扣的貧士形象，其安貧樂道的精神境界甚至連孔子也將其視為士的典範。《莊子·讓王》篇塑造的孔門貧士與之一脈貫通。例如原憲「環堵之室，茨以生草；蓬戶不完，桑以為樞。而甕牖二室，褐以為塞；上漏下濕，匡坐而絃歌」〔註33〕，又如曾子「曳縰而歌《商頌》，聲滿天地，若出金石。天子不得臣，諸侯不得友」〔註34〕，貧賤不移、砥礪自高的特質在原憲和曾子身上體現得淋漓盡致。雖然莊子講述孔門貧士的寓言，意在闡述「養志者忘形，養形者忘利」的旨趣，與儒家之道並不完全重合，但其安貧超越的精神追求則與儒家思想若合符契。

文學作品中的貧士形象則與經、子典籍不同。如果說經、子諸書中的貧士形象多安貧特徵的話，文學作品中的貧士形象則多怨貧色彩。作為溝通經學與文學的《詩經》，除了有《衡門》中「衡門之下，可以棲遲」的安貧形象之外〔註35〕，也兼有《北門》中「憂心殷殷，終窶且貧」的怨貧形象〔註36〕。而後世的文學作品則純乎怨貧描寫，甚至漢樂府《東門行》中的主人公還出現由怨轉怒傾向：

〔註32〕楊伯峻：《論語譯注》，中華書局，1980 年版，第 59 頁。
〔註33〕陳鼓應：《莊子今注今譯》，中華書局，2009 年版，第 806～807 頁。
〔註34〕《莊子今注今譯》，第 809 頁。
〔註35〕〔漢〕毛亨傳，〔漢〕鄭玄箋，〔唐〕陸德明釋文：《宋本毛詩詁訓傳》，國家圖書館出版社，2017 年版，第 217 頁。
〔註36〕《宋本毛詩詁訓傳》，第 74 頁。

　　　　出東門，不顧歸。來入門，悵欲悲。盎中無斗米儲，還視架上
無懸衣。拔劍東門去，舍中兒母牽衣啼。他家但願富貴，賤妾與君
共餔糜。上用倉浪天故，下當用此黃口兒。今非，咄！行！吾去為
遲，白髮時下難久居。〔註37〕

南宋劉敞曰：「《東門行》古曲言貧士不安其居，妻子留之。」〔註38〕劉氏認定
此詩主人公為貧士，是符合實際的。可以補充的是，從主人公「拔劍東門去」
的行為來看，他大概是一個尚武「貧士」。面對無衣無食的生活現狀，這位貧
士決意去做某種危及生命的冒險事業，體現出無恆產者無恒心的冷酷現實。

　　魏晉詩歌中的貧士形象多延續「怨貧」一線，在藝術手法上也特別重視細
節描寫。左思在《詠史八首・其八》詩中就刻畫了一個鬱鬱不得志的貧士形象：
「落落窮巷士，抱影守空廬。出門無通路，枳棘塞中途。計策棄不收，塊若枯
池魚。外望無寸祿，內顧無鬥儲。親戚還相蔑，朋友日夜疏。」〔註39〕這位窮
巷之士落落寡歡、抱影自憐，對仕途偃蹇、人情冷暖有著激烈的反應。雖然詩
人的重心在於懷才不遇的苦悶，但其中也混雜著怨貧艾貧的心緒。其後，張望
《貧士》和江逌《詠貧》二詩則重點書寫貧士的悲吟。張詩極力渲染生活的蕭
索：「荒墟人跡稀，隱僻閭鄰闊。葦籬自朽損，毀屋正寥豁。炎夏無完絺，玄
冬無暖褐。四體困寒暑，六時疲饑渴。營生生愈瘁，愁來不可割。」〔註40〕飢
寒難耐，愁苦滿懷，詩中全是怨貧之語。江詩也不例外：「蓽門不啟扉，環堵
蒙蒿榛。空瓢覆壁下，簞上自生塵。出門誰氏子？惻哉一何貧！」〔註41〕由貧
窮帶來的疲憊無望之感充盈其中。張、江二詩中的貧士，甚至失去了左詩中懷
才不遇的不平之氣，有的只是愁苦滿懷的歎貧之音。

　　賦作中的貧士形象與詩歌大同小異，並且賦作者除了細節刻畫之外，還
善於營造氛圍來渲染貧士的內心狀態。例如，宋玉在《九辯》中就抒發了貧
士「無衣裘以御冬兮，恐溘死不得見乎陽春」的悲憤之情，但是辭人並未因
此放棄自己的操守：「獨耿介而不隨兮，願慕先聖之遺教。處濁世而顯榮兮，
非余心之所樂。與其無義而有名兮，寧處窮而守高。」〔註42〕這是一個歎窮

〔註37〕〔宋〕郭茂倩：《樂府詩集》，中華書局，1979年版，第550頁。
〔註38〕〔宋〕劉敞：《公是集》卷十二，《四庫全書》本，第2b頁。
〔註39〕《宋尤袤刻本文選》（六），第12頁。
〔註40〕〔明〕馮惟訥：《古詩紀》卷六十四，《四庫全書》本，第7b頁。
〔註41〕《采菽堂古詩選》，第1361頁。
〔註42〕〔宋〕朱熹：《楚辭集注》，上海古籍出版社，1979年版，第126頁。

嗟卑而又心有所守的貧士形象，這一形象的成功塑造得益於宋玉展示貧士內心痛苦掙扎的藝術能力。其後束皙在《貧家賦》中對貧士飢寒苦辛的生活進行了面面俱到的描寫，說自己「無原憲之厚德，有斯民之下貧」，哀歎「何長夜之難曉，心諮嗟以怨天」〔註43〕，這與張、江二詩同一旨趣，從中可見貧士朝不保夕的苦楚生活，也可見貧士愁緒滿懷的怨貧形象。這一形象同樣也離不開對貧士內心狀態的巧妙發露。到了西晉，陸雲《寒蟬賦》則以寒蟬映像貧士：

> 若夫歲聿云暮，上天其涼。感運悲聲，貧士含傷。或歌我行永久，或詠之子無裳。原思歎於蓬室，孤竹吟於首陽。不衒子以穢身，不勤身以營巢。志高於鳴鳩，節妙乎鷗鵁。附枯枝以永處，倚峻林之迴橋。〔註44〕

在淒涼的歲暮時分，感運悲聲的寒蟬，正象徵著既歎窮嗟卑又清剛自守的貧士，這與《九辯》中的貧士形象一脈相承。這一貧士形象的成功塑造，也是借助「歲聿云暮，上天其涼」的氛圍營造，進而烘托出「感運悲聲」的心理狀態，從而使貧士「含傷」變得真切動人。

還值得一提的是，揚雄《逐貧賦》的藝術手法也頗為典型，在描寫感性事件同時寄寓著理性思索。揚賦以寓言的方式賦予「貧」以人化的品格，並通過「余」與「貧」之間的對話，既刻畫了自我貧士形象，又展現了對「貧」的思考。其中，作者借「貧」之口道出對貧富差距、社會公平的深刻反思尤為值得玩味：

> 昔我乃祖，宣其明德。克佐帝堯，誓為典則。土階茅茨，匪彤匪飾。爰及季世，縱其昏忒。饕餮食群，貪富苟得。鄙我先人，乃傲乃驕。瑤臺瓊室，華屋嵩高。流酒為池，積肉為崤。是用鵠逝，不踐其朝。〔註45〕

詩人追溯上古時代，彼時當政者簡約樸素，百姓安居樂業；後世貪婪之心漸起，居高位者窮奢極欲，生靈塗炭。在詩人看來，「不患寡而患不均，不患貧而患不安」，因此他起先要逐貧。在瞭解到「貧」因具有儉樸的美德而一直與聖賢為伍的事實後，恍然大悟，又極力留貧：「請不貳過，聞義則服。長與爾

〔註43〕〔清〕嚴可均輯：《全上古三代秦漢三國六朝文》，河北教育出版社，1997年版，第905頁。

〔註44〕〔晉〕陸雲：《陸士龍集》卷一，四部叢刊景明正德翻宋本，第15b頁。

〔註45〕《太平御覽》卷四百八十五，四部叢刊三編景宋本，第8a頁。

居，終無厭極。貧遂不去，與我遊息。」〔註46〕從逐貧到留貧，正是詩人由怨貧到安貧的心理轉變，與貧相連的儉樸品質，是士君子應當具備的美德，也是社會維持公平的輗軏。揚雄《逐貧賦》中的貧士，經過貧富交戰的心理活動，實現了對「貧」的正確認知，完成了從怨一己之貧到致天下之公的形象昇華，豐富了貧士形象的深層內蘊。

由上文論述可知，陶詩之前的貧士形象，不僅出現於詩歌中，更是首先見諸經、子等典籍中。這些典籍中的貧士多以安貧姿態抵禦殘酷現實，體現出樂道忘憂的精神境界。或許正是因為他們的精神境界被過度強調，使得他們的生活細節往往隱而不彰，從而消解了生命個體血肉豐滿的現實性，而更多地塑造成超凡入聖的理想文化符號。而詩歌文本雖然運用各種藝術手法鉅細無遺地描繪出貧士個體的現實生活，但由於缺少安貧樂道理想的燭照，從而使這些貧士形象缺少崇高的審美期待。而陶淵明的創新就在於，他把典籍中貧士安貧的精神內涵，與詩歌表現貧士形象的創作手法結合在一起，通過這種充滿創造性的融會貫通，塑造出既有豐富細節又有高遠追求的貧士形象。而這樣的貧士形象是全新的，且帶有極高的文化審美價值。

通過檢閱陶詩，我們會發現經、子典籍中出現的大量貧士，在陶詩這裡都得到了總結與昇華。其實，早在左思，就曾對歷史上的貧士形象有所整合。左思《詠史八首·其七》一詩羅列了眾多歷史上的貧士：「主父宦不達，骨肉還相薄。買臣困樵採，伉儷不安宅。陳平無產業，歸來翳負郭。長卿還成都，壁立何寥廓。」〔註47〕但是對比陶詩會發現，左詩所列人物都非安貧固窮的儒家之士，而是馳騖追逐的利欲之徒，詩人也並不在意他們形象光偉與否，只是借其窮達際遇抒發自我懷才不遇的寥落之情。相較而言，陶淵明則對貧士有著嚴格的去取標準，只有那些安道苦節的前修，才有資格被仰望，成為貧士群體的代表。不僅陶詩整合的古代貧士傳統體現了安貧樂道的儒家情懷，就連其描繪的自我貧士生活也始終踐行著安貧樂道的人生信條。陶詩「若不委窮達，素抱深可惜」（《飲酒·十五》）、「豈不實辛苦？所懼非飢寒」（《詠貧士·其五》）、「斯濫豈彼志？固窮夙所歸」（《有會而作》）、「高操非所攀，謬得固窮節」（《癸卯歲十二月中作與從弟敬遠》）等名句，都可作為例證，表徵詩人在飢寒交迫的現實中淬煉出的人生理想。因此，南宋湯漢才指出，陶淵明

〔註46〕《太平御覽》卷四百八十五，四部叢刊三編景宋本，第 8a 頁。
〔註47〕《宋尤袤刻本文選》（六），第 11 頁。

「詩中言本志少，說固窮多。夫惟忍於飢寒之苦，而後能存節義之閒，西山之所以有餓夫也。」〔註48〕湯氏「說固窮多」「忍於飢寒之苦」是早就關注到了陶詩頻繁出現的窮困書寫；其「而後能存節義之閒」之論，用一個「閒」字明確道出陶詩的詠貧基調正是建立在達道情懷之上。

　　陶詩的貧士書寫也對前代文學作品的藝術手法進行了創造性繼承，這主要體現在三個方面：一是善於描寫具體生活場景，二是通過氛圍的渲染來刻畫貧士的內心，三是在感性的抒發中融入理性的思索。陶淵明描寫貧居生活細節的句子在藝術技巧上極為高超：說陋室有「負痾頹簷下，終日無一欣」（《示周掾祖謝一首》）、「弊廬何必廣，取足蔽床席」（《移居·其一》）之語；說窮巷有「野外罕人事，窮巷寡輪鞅」（《歸園田居·其二》）、「窮巷隔深轍，頗回故人車」（《讀山海經·其一》）之語；說無酒有「塵爵恥虛罍，寒華徒自榮」（《九日閒居》）、「厲闕清酤至，無以樂當年」（《歲暮和張常侍一首》）之語；說乏人工、寡人用則分別有「貧居乏人工，灌木荒余宅」（《飲酒·十五》）、「窮居寡人用，時忘四運周」之語（《酬劉柴桑一首》），等等。這些詩句正是通過對具體場景和生活細節的描寫展示了自己作為貧士的物質生活狀態，從中可以明顯看出對左思等人詩歌作品藝術技巧的繼承。同時，陶詩也善於吸收陸雲等賦作家的藝術技巧，通過營造氛圍烘托貧士心理：無論是「淒淒歲暮風，翳翳經日雪」的冬夜，還是「弊廬交悲風，荒草沒前庭」的寒秋，都成為詩人描摹貧士心態的場域。並且，揚雄《逐貧賦》感性抒寫與理性思辯相結合的藝術手法，也在陶詩中得到了明顯體現，陶淵明於詩中多次提及揚雄，其《詠貧士·其一》及《遇火》詩「仰想東戶時，餘糧宿中田」的喟歎，正與揚賦異代同情，表達出返樸歸真、天下大同的強烈願望。

　　要而言之，陶淵明的作品雖然也用多樣的藝術手法來表現物質生活的困頓，但他的精神狀態是飽滿的，他的心靈世界是平和的。可以說，陶淵明成功地把從經、子典籍中繼承的安貧樂道精神與文人們在描寫貧士怨貧時鍛鍊的多種藝術手法結合了起來。無論是在描寫貧士的內容數量與精神高度上，還是在表現貧士形象的創作手法、藝術技巧上，陶詩都是貧士書寫的集大成者，這是陶詩對之前貧士書寫的超越。在陶淵明這裡，貧士書寫不僅在內容、形式上分別得到了整合，就連內容和形式二者也得到了恰如其分的融合。

〔註48〕〔宋〕湯漢注：《陶靖節先生詩》卷首序，宋刻本，第3a頁。

四、貧士世相尋：陶詩詠貧的典範意義

陶淵明曾感慨曰：「重華去我久，貧士世相尋。」（《詠貧士‧其三》）確實，自從王官失守，失職之士愈來愈多，「貧士世相尋」儼然成為歷史常態。陶淵明之前的時代，貧士已絡繹不絕地出現。但是在詩中寫貧士卻有一個發展的過程，正如蔣寅所言：「其實隱士是詩裏的老角色了，貧士倒是一個新的角色。」〔註49〕陶淵明之後的時代，貧士依然活躍，陶詩詠貧的典範意義也愈發突出。詠貧在後代從未消歇，並且因為深受陶詩影響，還擁有了更為豐富多彩的呈現方式。具體而言，後代詠貧之詩主要在兩個方面深受陶詩啟發：一是通過對陶詩的追和或模擬，塑造越來越理想化的安貧形象；二是為了刻畫越來越貼近現實的貧士形象，而特別重視對生活細節和典型事件的展示。庾信《臥疾窮愁》是一首較早受到陶詩影響的作品：「危慮風霜積，窮愁歲月侵。留蛇常疾首，映弩屢驚心。稚川求藥錄，君平問卜林。野老時相訪，山僧或見尋。有菊翻無酒，無弦則有琴。詎知長抱膝，獨為《梁父吟》。」〔註50〕此詩不僅在風格上有明顯的陶詩印記，其「有菊翻無酒，無弦則有琴」之句更是直接使用陶淵明典故，表明了與陶淵明貧士書寫之間的親緣關係。但真正首次使世人意識到陶詩貧士書寫典範意義的是蘇軾及其和陶詩。

說起和陶詩，便繞不開蘇軾，他追和了陶詩大半，引領了和陶之風。在《和陶貧士七首‧其三》中，蘇軾通過和詩形式表達了對陶淵明貧士形象的理解：

誰謂淵明貧，尚有一素琴。心閒手自適，寄此無窮音。佳辰愛重九，芳菊起自尋。疏巾歡虛漉，塵爵笑空斟。忽餉二萬錢，顏生良足欽。急送酒家保，勿違故人心。〔註51〕

詩人開篇就刻意忽略淵明物質生活之貧，一一列舉淵明眾多事蹟，竭力描摹其精神生活之富。從詩人列舉事例看，無論是琴弦不具逸事還是重陽無酒傳說，無論是葛衣疏巾裝扮還是延之贈錢豪舉，都反映出淵明家貧窘況。但是詩人筆下的淵明並沒有因此顯得寒酸，而是呈現出獨超眾類的風流態度：彈無弦琴，重陽賞菊，葛巾漉酒，送錢酒家。這是蘇軾眼中的陶淵明，也是後代眾多文人眼中的陶淵明。如果說陶詩是通過對歷史群像的集中刻畫來表現貧士理想的話，那麼蘇詩則是通過對陶淵明形象的著意刻畫來展現貧士理

〔註49〕《陶淵明隱逸的精神史意義》，《中國詩學之路：在歷史、文化與美學之間》，第38頁。

〔註50〕陳志平編著：《庾信詩全集》，崇文書局，2017年版，第157頁。

〔註51〕《蘇軾詩集》，第2138頁。

想。陶詩中那個貧富交戰、安道苦節的陶淵明，在蘇詩中被超然物外、無往不適的陶淵明所替代，呈現出更加理想化的形象特徵。不僅陶淵明形象有被理想化的趨勢，貧士形象本身也有被理想化的趨勢。明人藍仁《擬貧士二首‧其二》中的貧士形象就是如此：

> 蓬門有一士，被褐恒苦饑。朝飲南澗流，暮食西山芝。雖有二頃園，蕪穢亦不治。妻子共寂寞，彈琴詠詩書。荒林積雪深，古屋炊煙遲。高臥自有適，何必他人知。〔註52〕

詩歌是對陶詩《擬古‧其五》的有意模擬。「朝飲」六句寫出貧士餐風飲露、琴書自娛的高潔志趣，「荒林」二句寫出貧士遠離塵囂、幽美靜謐的居住環境，「高臥」二句更寫出貧士閒適自得、傲世脫俗的心靈狀態，這似乎有點陶淵明北窗高臥的影子，只不過陶淵明是在躬耕之餘的夏季偶臥北窗乘涼，而這位蓬門之士雖有二頃之園卻不治生產，呈現出脫離生活實際傾向。模仿陶詩「東方有一士」開頭的詩歌還有很多，例如「物外有幽人，閱世如飛篷」（劉因《和詠貧士‧其六》）、「東海有貧士，本非希世姿」（唐時升《飲酒》）、「幽谷有貧士，白髮被兩肩」（袁凱《古意‧其十九》）等等，這些詩歌都是通過對陶詩的有意模仿塑造理想中的貧士形象，但是這些貧士大多失去了躬耕自資的勤勞品質，走向不治生產、不問世事的遺世之途。

　　與和作、擬作中越來越理想化的貧士形象不同，貧士形象在書寫自我的詩歌中卻越來越貼合生活實際。杜甫的很多詩歌就鉅細無遺地展現了他的貧居生活，無論是「酒債尋常行處有」的貧仕，還是「盤饗市遠無兼味」的貧隱，都在娓娓訴說之中流露出詩人溫潤敦厚的貧士性情。最讓人印象深刻的當屬《茅屋為秋風所破歌》一詩，其中「布衾多年冷似鐵，嬌兒惡臥踏裏裂。床頭屋漏無乾處，雨腳如麻未斷絕」的細節描寫，將貧士家徒四壁、飢寒交迫的生活情景表現得震撼人心。即便如此，詩人計較的也不是一身之貧富得失，而是所有貧寒之士的生存處境：「安得廣廈千萬間，大庇天下寒士俱歡顏！風雨不動安如山！」〔註53〕如果說這裡的眼光還只聚焦於貧寒之士的話，那麼《自京赴奉先縣詠懷五百字》的關懷則達於全民。詩人說「入門聞號咷，幼子餓已卒」，可見其貧困程度，而「默思失業徒，因念遠戍卒」〔註54〕的推

〔註52〕〔明〕藍仁：《藍山集》卷一，清文淵閣四庫全書本，第 2b 頁。
〔註53〕〔清〕仇兆鰲：《杜詩詳注》，中華書局，1979 年版，第 832 頁。
〔註54〕《杜詩詳注》，第 272～273 頁。

己及人，表明詩人最關心的是勞苦大眾的共同生存境遇。同是從日常生活視角塑造自我貧士形象，杜甫的出發點與陶淵明大不相同：陶淵明詠貧重在凸出安貧樂道的精神追求，強調士之操守；而杜甫正是要泯滅士的特殊性，通過將貧士融入整個社會階層，以自我的貧士生活喚醒當政者對下層民眾的關注與同情。

到了宋代，詠貧之詩的自我書寫又發展到新階段。黃庭堅就曾在詩中多次歎貧，他說「貧家雖無樽酒歡，小徑曾鋤待三益」(《再和答張仲謀陳純益兄弟》)〔註55〕，又說「一年中秋最明月，也照貧家門戶來」(《和世弼中秋月詠懷》)〔註56〕，等等。或許由於黃庭堅歎貧訴苦比較頻繁，葛立方才饒有興致地將他與陶淵明、杜甫加以比較：

> 陶淵明《乞食》詩云：「饑來驅我去，不知竟何之。」而繼之以「感子漂母惠，愧我非韓才」，則求而有獲者也。杜子美《上水遣懷》云：「驅馳四海內，童稚日餬口。」而繼之以「但遇新少年，少逢舊知友」，則求而無所得者也。山谷《貧樂齋》詩云：「饑來或乞食，有道無不可。」《過青草湖》云：「我雖貧至骨，猶勝杜陵老。憶昔上岳陽，一飯從人討。」由是論之，則杜之貧甚於陶，而山谷之貧尚優於杜也。(《韻語陽秋》卷二十)〔註57〕

筆者也很重視引文中提及的諸詩句，但與葛立方的側重點不同。上述詩句確能反映三位詩人的貧窮程度，但它們最大的價值則在於展示了一條詠貧的清晰脈絡，而陶淵明顯然處於這一脈絡的開端。

除從細節入手書寫貧士生活外，後世很多詩歌還選取生活中的典型事件塑造貧士形象。自陶淵明創作《乞食》詩後，「乞食」這一情節就經常進入詠貧題材，成為作家訴貧時不可或缺的現實依據。清人鄭燮《貧士》詩就有乞食情節：

> 貧士多窘艱，夜起披羅幃。徘徊立庭樹，皎月墮晨輝。念我故人好，謀告當無違。出門氣頗壯，半道神已微。相遇作冷語，吞話還來歸。歸來對妻子，局促無儀威。誰知相慰藉，脫簪典舊衣。入廚然破釜，煙光凝朝暉。盤中宿果餅，分餉諸兒饑。待我富貴來，

〔註55〕鄭永曉：《黃庭堅全集輯校編年》，江西人民出版社，2008年版，第71頁。
〔註56〕《黃庭堅全集輯校編年》，第103頁。
〔註57〕《宋詩話全編》(八)，第8347頁。

鬢髮短且稀。莫以新花枝，誚此蘿薜非。〔註58〕

詩歌開頭展現的是乞食醞釀環節，詩人夜起徘徊，思忖著乞食的可行之處。然而待真正出發之後，心裏又開始忐忑不安。「出門」二句使人想起淵明「行行至斯里，叩門拙言辭」的乞食光景。只不過淵明所遇鄰人友善，而詩人所謁故友刻薄。所幸歸來後，妻子不僅不責備，還不斷寬慰，並典當衣簪以維持生計。「入廚」四句在寫出貧士家用短缺的同時，也如陶詩「日入室中暗，荊薪代明燭」一樣，營造出人間煙火的溫馨氣息。吳存楷《貧士詠》一詩則描繪了乞食的全過程：

> 貧士忽修飾，上下完衣巾。清晨忍餓出，去去求所親。所親有上客，車馬橫當門。徘徊重簷下，側足立逡巡。客去主方暇，進謁通殷勤。修辭苦未工，欲語顏先赬。初言久懷憶，繼乃陳艱辛。辭終若未聽，屏息不敢嗔。但聞呼幹僕，立取錢千緡。持為長官壽，薄獻非酬恩。〔註59〕

與鄭詩一樣，吳詩開篇展現的也是乞食準備階段。貧士為向富人乞食，特意換上平時捨不得穿的完好衣衫。忍餓至「所親」之家，察言觀色，小心翼翼，陳述完艱辛之後，富人呼僕以千緡之錢打發。這是一個匍匐在生活腳下的卑微貧官，整個「乞食」過程早已不復陶詩「談諧終日夕，觴至輒傾杯。情欣新知勸，言詠遂賦詩」的融洽氛圍，而是流露出貧富差距造成的尊卑錯位之感。

很多詩人還著意將典型事件系列化，以組詩的方式抒寫貧士生活。例如唐寅《貧士吟》十首，就以幽默的筆觸虛構了貧士飛黃騰達的十種情況。第一首大致說貧士雖然現在囊中羞澀，但是一旦風雲際會就能金印懸腰，以此勸誡世人不要輕視貧士：「貧士囊無使鬼錢，筆鋒落處繞雲煙。承明獨對天人策，斗大黃金信手懸。」〔註60〕其他九首與此同一思路。組詩描繪的情景幾乎涵蓋了貧士生活的方方面面：無錢、無田、無廛、無薪、無糧、無衣、無醪、無油。這種選取典型系列以表現貧士形象的詩歌還有很多。清人汪如洋《貧士四詠》就分別以「乞米」「止酒」「遣僕」「典敝裘」分詠貧士生活，李孚青也分別以「貧士屋」「貧士床」「貧士巾」「貧士僕」為詩題來刻畫自己的貧士形象。此外，許升元則選取了「無居歎」「無煤歎」「無米歎」「無衣歎」

〔註58〕〔明〕鄭燮：《板橋集‧板橋詩鈔》（不分卷），清代清暉書屋刻本，第34a～34b頁。

〔註59〕〔清〕張應昌輯：《詩鐸》卷十九，清同治八年秀芷堂刻本，第44a頁。

〔註60〕〔明〕唐寅：《唐伯虎先生集》外編續刻卷五，明萬曆刻本，第16a頁。

的「四無」主題來進行貧士抒寫。詩人在《無居歎》中說「孤雲在天無與親，溝中之斷離其根」，這簡直就是陶詩「萬族各有託，孤雲獨無依」的翻版。而《無衣歎》更是唱出了貧士的哀歌：「無玉可懷並無褐，朔風凜凜雪三尺，瑟縮簷前凍禽立。凍禽尚有枝可棲，貧士欲歸何處歸。君不見空牆日晚少陵泣，范叔綈袍贈有誰？」〔註61〕詩歌開頭就強調自己物質與精神皆匱乏的雙重生存困境，接著則描述了冰天雪地之中瑟縮而立的僵硬身影。詩人在將自己與凍禽相比附，並感慨凍禽尚有枝可棲而自己卻無處歸依之時，已然消泯了為人的尊嚴，更遑論儒士的操守。至此，陶詩中那個松柏後凋的貧士已不復可見，只餘雪天裏孤單絕望的悲吟者。

此外，還有一些詩文以理性思辯的方式對貧士問題展開了探索。例如韓愈《送窮文》上承《逐貧賦》，通過貧窮之利弊的反覆剖析，表明自己固窮守道的人生態度。其後，明人葛中翰《貧士賦》則對貧士問題進行了全面總結。葛賦首先回顧了無富無貧的上古平均之世，彼時領袖人物辛勤節儉，人民知足常樂；到了衰世，貪競之心漸起，俗人窮奢極欲，爭相誇耀，只有仁人志士不為俗淆，砥礪自高。這正是繼續了揚雄《逐貧賦》對社會公平的思考。接著作者描述了貧士飲食匱乏、衣物不周的生活狀況，對此，作者一方面強調貧士能夠安貧樂道的精神境界，另一方面則又聯想到貧民比貧士更加困窘的社會現實。賦作既有對貧富差距的理性思考，也有對歷史上眾貧士的集中展現，還有對安貧樂道理想人格的強烈追求，堪稱賦文中書寫貧士的典範之作。明人黃姬水也撰有《貧士傳》一部，傳文囊括古今貧士，也頗有深入探究的價值，限於篇幅，暫不贅述。總之可以肯定的是，貧士群體自先秦典籍的零星記載，經陶淵明詩文的集中詠歎，再由明清人作品的深化總結，已經成為獨具審美人格的文學形象群落。

五、餘　論

貧士現象是一種文學、文化現象，歸根結底是一種經濟現象。貧士同貧窮的纏鬥是一種社會現象，纏鬥中形成心靈圖景則是一種精神現象。研究貧士書寫可為探索文學、文化的進展與古代經濟發展、古人精神進境的關係提供參考。宋玉在《九辯》中曾說過「貧士失職而志不平」，可見失職帶來的經濟來源斷裂正是造成貧士雲集的主要原因。而貧士失職，一方面固然由於有限的職

〔註61〕《詩鐸》卷十九，清同治八年秀芷堂刻本，第43b頁。

位無法滿足發展壯大的士階層需要；另一方面也由於士人理想與現實不可調
和的矛盾。正如「家貧，衣若縣鶉」的子夏所言：「諸侯之驕我者，吾不為臣；
大夫之驕我者，吾不復見。」〔註62〕寧貧不屈的傲岸士氣，使不少人因仕途所
見與理想所衷相違而主動離職。

清人崔述解釋《詩經·衡門》主人公去職隱居的行為曰：「細玩其詞，似
此人亦非無心仕進者，但陳之士大夫方以逢迎侈泰相尚，不以國事民艱為意，
自度不能隨時俯仰，以故幡然改圖，甘於岑寂。謂廊廟可居，固也，即衡門亦
未嘗不可居；魴鯉可食，固也，即蔬菜亦未嘗不可食；子姜可取，固也，即荊
布亦未嘗不可取。語雖淺近，味實深長，意在言表，最耐人思。蓋賢人之仕，
原欲報國安民，有所建白，若但碌碌素餐，已無樂於富貴，況使之媚權要以干
進，彼賢人者肯為宮室飲食妻妾之奉而為之乎？」〔註63〕這一段話說出古今多
少士人主動離職的心聲，陶淵明辭官歸隱就是如此。由於離職隱居是他們主動
選擇，所以他們往往能夠樂道安貧。

然而失職並不是士人貧困的惟一原因，俸祿微薄、拙於生計、時代動盪等
現實，都可能成為士人貧困的罪魁禍首。清人單隆周曾在《詠貧士》一詩中揭
露過「流目眄川原，白骨交丘隅」的時代亂離與「兒時弄柔翰，無力勤薔薔」
的拙於生計交互影響導致的貧苦現實。〔註64〕在這樣的情形下，貧士往往充滿
怨貧之氣。士階層尤其是貧士當然也有權利追求富裕生活，孔子就曾說過「富
而可求也，雖執鞭之士，吾亦為之」（《論語·述而》）〔註65〕。明人方弘靜更
是表示：「貧非君子之所欲也，有所不可去者，斯安之耳。君子富而好行其德，
則人歸仁焉，惡取於貧士？人能力學以承業，善矣。不則，勤殖廉入而儉出，
恒足之道也。」〔註66〕可見，脫貧致富向來是全社會的共同追求，士階層當然
也不例外，只是他們特別在意取之有道。正是在這個層面上，那些書寫貧士的
詩歌，更加具有呼籲社會公平、促進共同富裕的歷史意義。

歷史文化傳統在賦予士階層追求富貴權利的同時，也賦予他們更重的社
會責任。孔子就曾明言「不義而富且貴，於我如浮雲」（《論語·述而》）〔註67〕，

〔註62〕梁啟雄：《荀子簡釋》，中華書局，1983年版，第382頁。

〔註63〕〔清〕崔述：《讀風偶識》卷四，清《崔東壁遺書》本，第8b～9a頁。

〔註64〕〔清〕單隆周：《雪園詩賦》初集卷六，清康熙刻本，第6b～7a頁。

〔註65〕《論語譯注》，第69頁。

〔註66〕〔明〕方弘靜：《千一錄》卷二十五，明萬曆刻本，第16a頁。

〔註67〕《論語譯注》，第72頁。

並強調「士志於道，而恥惡衣惡食者，未足與議也」（《論語‧里仁》）〔註68〕，可見憂道不憂貧從一開始就是儒士修養的題中應有之義。《禮記》也對士君子的行為準則提出更高要求：「君子雖貧，不粥祭器；雖寒，不衣祭服。」（《曲禮》下）〔註69〕到了孟子，更是強調「無恆產而有恒心者，惟士為能」（《孟子‧梁惠王章句》上）的個體責任感，甚至還將貧士作為士人的道德典範：「故天將降大任於是人也，必先苦其心志，勞其筋骨，餓其體膚，空乏其身，行拂亂其所為，所以動心忍性，曾益其所不能。」（《孟子‧告子章句》下）〔註70〕可見，貧士形象最大的價值，或許正是以其自身之存在昭示捨利取義的人生追求。或許也正是如此，陶淵明以及受他影響的一大批詠貧詩人，才矢志不渝地塑造出既豐富多樣又內在統一的貧士形象。

〔註68〕《論語譯注》，第 37 頁。
〔註69〕潛苗金：《禮記譯注》，浙江古籍出版社，2007 年版，第 34 頁。
〔註70〕楊伯峻：《孟子譯注》，中華書局，2005 年版，第 298 頁。